CROIX DE CENDRE

DU MÊME AUTEUR

BLOUSE, *roman*, Grasset, 2004.

LA GRANDE GARDE, *roman*, Grasset, 2007. (Prix Jean Bernard de l'Académie de médecine)

L'AMI DE JEUNESSE, *roman*, Grasset, 2008. (Prix Découverte *Figaro Magazine*-Fouquet's)

L'HOMME MOUILLÉ, *roman*, Grasset, 2010.

SALUT MARIE !, *roman*, Grasset, 2012. (Prix du roman Version Femina)

ÉTIENNE REGRETTE, *roman*, Grasset, 2014.

JONATHAN WEAKSHIELD, *roman*, Grasset, 2016.

GUÉRIR QUAND C'EST IMPOSSIBLE, Marabout, 2018.

QUE SONT NOS AMIS DEVENUS ?, Grasset, 2020.

LE CERVEAU M'A BEAUCOUP DÉÇU, Guy Trédaniel, 2021.

ANTOINE SÉNANQUE

CROIX DE CENDRE

roman

BERNARD GRASSET
PARIS

Photo de la bande : © JF Paga.

ISBN : 978-2-246-83266-9

À Quilina et à Pal Vadas.

« Couvre-moi du manteau de ton long désir »,
Laisse mon corps nu mourir au froid du monde,
Ne le retire pas de sa douleur,
Laisse-le devenir ombre de ta douleur,
Bois de ta croix, tuteur de ton corps mort.
Perce-moi des clous qui ont percé tes mains,
Que mon corps devenu croix te porte après avoir été porté.
J'accueille les clous de ta chair.
J'accueille le sang de tes plaies.
J'accueille la souffrance de ton dos et de tes épaules.
J'accueille le cri de ton désespoir,
Le doute par lequel tu meurs.
J'accueille ma solitude après ta mise au tombeau,
Mon infinie solitude, séparée de ton corps ressuscité.
Et je te porterai encore dans le feu qui me consumera.
Je te porterai comme une croix de cendre,
Une croix de vent et de néant.
Je te porterai au cœur même de ma fin, dans ma nuit,
Au point où défaite de matière et de temps
Ne subsistera de moi que la longue étreinte de ta grâce.
Et au cœur même de cette étreinte,
Le secret de ton amour et de mon éternité :
Le long désir.

MATHILDE, béguine de Ruhl, 1324

CHAPITRE 1

Laudes

Languedoc. Monastère de Verfeil. 11 février 1367.

— On se gèle les couilles, frère Antonin.

— Ce ne sont pas des paroles de moine.

— Ce ne sont pas les paroles qui font le moine, mais la vérité… et la vérité c'est qu'on se gèle les couilles.

— Il fait effectivement très froid.

— « Effectivement très froid… » C'est sûr, on n'a pas été élevés dans les mêmes étables, frère Antonin. Maudit froid d'Anglais.

— Je dirais plutôt « froid de Franciscain ».

— Ces merdeux.

— Arrête, Robert.

— Heureusement, Dieu les protège pas plus que nous et donne bonne récompense à leurs leçons de misère. Hiver maudit mais juste, on dit qu'ils crèvent comme des sauterelles, sous la bénédiction de leur chère mère nature, cette cargne…

— Dépêche-toi, on est en retard.

— On serait pas en retard si t'avais pas traîné une heure aux latrines.

— Mes intestins.
— C'est vrai que la bouffe est dégueulasse.
— C'est toi qui la prépares…
— Je peux pas faire de miracles avec ce qu'on me donne. Je suis pas Jésus, Antonin, je peux pas changer le purin en liqueur de rose.
— Écoute… On nous appelle.
— Putain, le sacristain !
La voix sévère perçait le brouillard. Ils accélérèrent le pas à travers le cloître. Des larmes de glace pendaient des nids d'hirondelles congelés au coin des arcs. Ils dépassèrent un vieux moine qui boitait sur la route de la chapelle pour le premier office du jour, les laudes, louanges à l'aurore et à la résurrection.
Trois heures et demie. Le soleil était loin d'être levé. Les laudes étaient le premier martyre des moines.
— C'est à cette heure qu'ils doivent arriver…
— Qui ?
— Les démons qui viennent te chercher le jour de ta mort… Aux laudes.
— Tais-toi, il est là…
La silhouette noire avançait vers eux. Robert ralentit pour laisser passer l'épaule de son compagnon qui prit le premier coup. Toujours le plus violent. Il reçut le second, moins sec, sur l'omoplate. Le bâton du sacristain se leva à nouveau et ils se précipitèrent dans la chapelle.
— Merci, souffla Antonin.
— Je t'ai laissé l'honneur.
— Du bâton ?
— Le Christ a souffert pour toi.

— Et pour les traîtres aussi.

— Amen.

Les cierges grelottaient. Leur lumière jaune vacillait, retenant des rayons frileux qui ne s'éloignaient pas de leur source. En arrière, la nuit dressait un mur qui coupait la chapelle en deux.

Derrière le mur, le prieur.

Une mince couche de glace craquait sous les genoux des moines et des toux s'échappaient du silence avant d'y resombrer. La demi-heure de prière intérieure devait s'accomplir sous l'œil vigilant du sacristain qui restait debout pour guetter les dormeurs.

Du fond obscur, où périssait la lueur d'une veilleuse, une respiration difficile montait, étrange et inquiétante, comme un gémissement poussé d'un autre monde. Le silence et le froid faisaient penser à la mort. Les moines tremblaient de solitude.

La voix du prieur s'éleva pour lancer les louanges :

— *Alleluia laudate dominum in sanctis eius laudate eum in firmamento virtutis eius*[1].

Antonin jeta un œil sur Robert qui priait à ses côtés. Étrange frère Robert, le plus rebelle de tous aux travaux du jour, mais le plus ardent dans la prière. Le corps fléchi jusqu'au sol, les poings entremêlés, il murmurait les paroles du psaume avec une passion égale à celle qui le faisait jurer contre les offices de l'aube, les Franciscains et les Anglais qui battaient la campagne.

Sa foi était aussi dure que son crâne.

1. *Louez l'Éternel, louez Dieu dans son sanctuaire ! Louez-le dans l'étendue où éclate sa puissance.*

Elle ne lui avait pas été offerte en cadeau du ciel. Il l'avait conquise dans la privation et la souffrance. Son père ne lui avait pas donné le choix. À douze ans, il l'avait traîné chez les frères et en guise d'au revoir avait scellé sa vocation par ces mots : « Comme tu es bon à rien, tu seras bon à Dieu. »

Le prieur tourna les pages du livre et chanta le psaume que les bouches engourdies reprirent en chœur après lui. Les chants firent briller les cierges dont les flammes retrouvaient confiance au souffle des moines. Une, plus forte, toucha de sa lumière l'or d'une enluminure et fit briller le livre comme un cristal. « *Alleluia laudate* », poussèrent les voix. Le grelot du sacristain les fit taire pour un nouvel acte de pénitence intérieure.

À la sortie de la chapelle, la nuit s'était un peu ouverte. De l'est, une vague clarté révélait les sillons du froid qui labourait le monastère. L'eau du puits avait gelé et le verglas engainait les dalles du cloître sur lesquelles les vieux moines patinaient. Les manteaux laissés à la porte de la chapelle avaient pris le givre et la couleur pâle des robes dans lesquelles les frères devaient trembler sans se plaindre. Les capuches durcies pointaient droit vers le ciel, comme celles des bouffons des foires. Les silhouettes en déséquilibre sur la glace auraient pu rejoindre leur troupe ridicule.

Robert et Antonin regagnèrent le chemin des cellules.

Une heure de paillasse puis deux de labeur, avant le prochain office.

— Si je te disais que le prieur ne sait pas lire ?

— Et alors, moi non plus.

— En fait, corrigea Antonin, il ne lit pas comme nous.

— Comment tu le sais ?

— Il n'y a pas assez de lumière dans la chapelle pour voir une seule lettre sans loupe. Pourtant il suit les lignes et tourne les pages quand il faut.

— Il les connaît par cœur les psaumes, alors pourquoi il ferait semblant de les lire ?

— Il ne fait pas semblant, il se sert de ses doigts, comme un aveugle.

— Et qu'est-ce que ça peut bien foutre ?

— On parle de lecture, c'est important.

Robert étouffa un bâillement.

— On t'a mis avec moi pour laver la cuisine.

— Demain ?

— Oui, et toute la semaine.

Antonin ignora le coup d'œil narquois de son compagnon.

— Pour curer les casseroles, elle va pas te servir à grand-chose…

— Quoi ?

— Ta lecture.

— Pourquoi ça t'énerve que je sache lire ?

— Parce que t'es un gosse de riche.

— Je peux pas oublier ma culture pour te faire plaisir.

— Elle te donne l'air fier.

Ils se quittèrent au seuil de leurs cellules après la frappe amicale de Robert sur l'épaule d'Antonin encore douloureuse du bâton du sacristain.

— Dieu garde ta misérable heure de sommeil, frère Antonin.

— Dieu te garde, Robert.

En s'élevant aussi haut que les corbeaux du ciel, l'ancien monastère clunisien devenu couvent dominicain apparaissait comme il était. Transitoire. Les forêts formaient un océan noir autour de ce caillou blanc qui émergeait d'une clairière. Leur marée sombre montait vers elle. Les moines, au milieu, ressemblaient à des crabes d'allure plutôt sereine sur leur rocher. L'avantage d'être en bas était de pouvoir rester aveugle à son destin. De là-haut, chacun aurait senti l'engloutissement proche.

Malgré sa vocation de pauvreté, l'ordre dominicain ne trouvait aucune objection à envoyer les siens occuper les belles ruines des ordres riches du siècle passé. Ceux-là avaient édifié leurs murs pour qu'ils soient vus, sur des collines ou des promontoires, jamais dans des vallées ou dans des creux de la terre comme le commandait l'humilité boueuse des communautés plus évangéliques. Pourtant, les Dominicains méprisaient la campagne inculte et préféraient les villes où l'enseignement était plus facile à délivrer. Les fondations se multipliaient pour ces moines non cloîtrés qui préféraient l'appellation de « frères », plus enclins à l'action dans le monde qu'à la méditation solitaire. Ni chanoines reliés à une église, ni moines prisonniers d'une cellule, mais frères de prédication. Faits pour porter la parole de Dieu sur les routes.

Un couvent rural comme celui de Verfeil était une singularité. Mais sa grandeur convenait à l'esprit de la communauté. Les frères dominicains avaient gardé la mémoire des guerriers fondateurs et de leurs couvents bâtis comme des places fortes. Ainsi le voulait leur histoire, commencée un siècle plus tôt. Dans le sang. C'est par le massacre des hérétiques, ou plutôt par la bénédiction des bras des soldats qui leur tranchaient la tête, que les pères avaient gagné l'affection du pape.

En ces temps, les hérésies attaquaient les racines de l'Église autant que les moines corrompus qui y proliféraient, gros, cupides et dépravés. Les ordres mendiants : Franciscains et Dominicains avaient eu la double charge de réhabiliter l'image des clercs et d'écraser les vipères aux prêches empoisonnés.

La bonne volonté des deux fondateurs se rejoignait. Pas leurs manières. François avait donné l'exemple d'une vie de pauvreté et d'amour, Dominique avait inspiré la Sainte Inquisition qui convertissait les indécis par le feu.

La voix de François parlait au cœur des hommes égarés, celle de Dominique à leurs cendres. C'est la sienne qui portait le mieux.

La promesse du bûcher avait repeuplé les églises et redressé les erreurs théologiques. On avait simplifié les débats et prié les bonnes âmes qui s'interrogeaient sur une religion purifiée et libérée de l'autorité du pape de méditer leurs erreurs dans le silence et l'isolement. Conseil à suivre.

Le monastère avait servi de forteresse aux cathares assiégés par les chevaliers français. Ses pierres avaient été baptisées par le sang des renégats qui prétendaient à une pureté impie.

Les deux ordres, issus de la même couvée, n'avaient donc pas connu le même destin. Un siècle après leur naissance, les mendiants franciscains faisaient pitié, les Dominicains faisaient peur.

Le mur de défense avait été gardé et le monastère de Verfeil devait être le seul d'Europe à avoir un chemin de ronde où les moines erraient comme des soldats sans armes. Les bâtiments construits en carré autour de l'église adossée au cloître donnaient l'image d'une force brute et sûre d'elle-même. Un peu à l'écart, s'ouvrait le jardin des simples où se cultivaient les plantes médicinales que les moines distribuaient en prêchant. Et plus loin, le cimetière où une quarantaine de croix marquaient l'âge du couvent que trois générations de frères avaient habité. Au milieu, une fosse recouverte d'un toit de bronze était remplie de chaux dont on vérifiait le niveau au début de chaque mois.

Car la peste était dans toutes les mémoires.

CHAPITRE 2

Mission

— Antonin, chez le prieur.

Le jeune frère laissa la poêle à curer et donna un coup de pied aimable à son compagnon qui somnolait près de la cheminée qu'il devait nettoyer.

La cuisine faisait partie des bonnes corvées. Rats mis à part, qui pullulaient mais dont la présence n'effrayait plus personne. Robert les empalait sur les dents d'une fourche qu'il maniait comme un chevalier.

Antonin préférait la bibliothèque, le scriptorium, où la règle invitait les frères à se rendre souvent, délaissant les travaux manuels auxquels les moines des autres ordres étaient rigoureusement astreints. Les frères dominicains devaient savoir lire. Les plus récalcitrants, comme Robert, étaient fraternellement abaissés sur l'échelle de la considération mutuelle. Mais Robert tenait sa cuisine avec fierté. N'ayant de considération que pour l'avis de Dieu, celui de ses frères le laissait parfaitement indifférent.

Quand venait le jour du scriptorium, on l'envoyait aux chiffons pour la fabrique du papier. Il devait tremper, marteler à coups de masse et déchiqueter les tissus pour en tirer une pâte qui allait recouvrir les tamis en forme de page. Après l'avoir battue, il restait à la presser pour l'assécher, ce que Robert accomplissait avec ardeur. Il prétendait qu'il était peut-être plus utile de construire des livres que de les lire. Au moins, on y versait sa sueur.

— Tu peux continuer en attendant ?

Antonin désignait les poêles couvertes de graisse.

— Je peux surtout t'attendre pour continuer, bâilla Robert.

Le prieur recevait dans la salle du chapitre où les moines se réunissaient chaque jour pour l'attribution des travaux, le recueil des réclamations et l'exposition des conflits.

Le sacristain annonça Antonin en lui jetant un regard sans bienveillance. C'était un des plus vieux occupants du monastère. Il avait enterré une génération de frères. Modèle de piété rude et rigoureuse, il semblait n'aimer personne, prouvant ainsi que l'amour du prochain n'était pas une condition nécessaire pour exercer le métier de moine.

Sur l'échelle de ses antipathies, Antonin occupait une place élevée. L'aisance de ses origines n'était pas en cause, la question avait plus d'importance. Antonin lisait le français et le latin bien mieux que les autres frères et, malgré ses exercices quotidiens, bien plus rapidement que lui. Or, la lecture était la fierté du sacristain. Le jeune moine avait déjà pris deux fois sa place au scriptorium pour déchiffrer les manuscrits à copier que les riches donateurs offraient au couvent pour le salut de leurs âmes. Le sacristain n'avait pas d'autres reproches en réserve, mais le pardon avait ses limites.

Le prieur attendait assis près du lutrin en chêne sculpté qui montait jusqu'à hauteur de poitrine. Le livre précieux y reposait, trésor du lieu, orné par maître Honoré, célèbre enlumineur du siècle passé. Franciscains mis à part, ennemis de la splendeur, tous les ordres de la région vénéraient la bible de Verfeil pour sa beauté.

— Approche.

Le prieur congédia le sacristain et désigna une chaise voisine de la sienne. Antonin remarqua le gonflement de ses jambes, déformées par l'œdème. Il les laissait pendre. Elles faisaient comme les branches d'un vieil arbre, boursouflées de tumeurs et couleur d'écorce morte. Les pieds nus ne supportaient plus le contact des chausses. Ses orteils étaient parsemés de taches violacées. Il abaissa sa couverture pour les recouvrir.

— J'ai une faveur à te demander.

Une faveur ? Jamais Antonin n'aurait imaginé entendre ce mot tomber de la bouche du prieur Guillaume, un des hommes les plus respectés de l'ordre.

Les prieurs provinciaux s'inclinaient devant lui et on murmurait qu'il avait connu celui dont personne ne devait parler et dont le nom avait été martelé sur les dalles sacrées des chapelles où celui des illustres dominicains était gravé. La crypte de Verfeil avait les siennes. Antonin connaissait celle sur laquelle on ne devait pas prier.

Du plus grand de tous les maîtres, ainsi que la rumeur le prétendait, ne restait plus qu'une cicatrice blanche sur une pierre. Et des souvenirs dans la mémoire du prieur Guillaume, aussi sacrés que des reliques. Malheur à celui qui voulait en savoir plus.

« Une faveur… » Robert aurait dû entendre ça.

Antonin se pencha avec humilité en attendant la suite. Le prieur l'observait. Sa respiration était lourde et les mouvements de sa poitrine hachés.

— Qui choisirais-tu pour t'accompagner chercher des peaux pour un parchemin, de l'encre en quantité et des plumes ?

— Frère Robert, répondit Antonin, sans hésitation.

— Ah, frère Robert… Je ne sais pas s'il a fait suffisamment pénitence pour sortir du couvent.

— Il fait pénitence tous les jours, mon père.

— Tu as partagé le prêche avec lui ?

— Oui, à Toulouse et à Albi. Il m'a même sauvé la vie à Lombers quand j'ai bien cru que ces fils de Cathares allaient nous brûler.

— Les Cathares n'existent plus, Antonin.

— Il a sauvé nos deux vies, mon père.

— Je sais cela, et aussi que j'ai dû user de mon influence pour le sortir de cellule quand il a rossé un frère franciscain en place publique.

— Il prie pour obtenir le pardon de Dieu et fait confesse.

Un sourire effleura les lèvres du prieur.

— Tu es un ami fidèle, Antonin.

Il reprit la lecture du livre enluminé. Ses doigts suivaient les reliefs des lettres d'or. Souvent, dans la chapelle, Antonin avait eu ce sentiment que les doigts du prieur avaient le don de voir. Aussi précieux que des yeux pour pénétrer le secret des livres.

C'était un homme sombre. Parfois, il vous contemplait avec bienveillance, parfois avec une intense dureté. Il était craint. Ses punitions s'appliquaient selon les règles les plus strictes de sévérité mais il avait le cœur des frères, ceux-là mêmes qu'il pouvait laisser jeûner trois jours, nus dans leurs cellules, pour des péchés de chair.

— Sais-tu ce qui différencie un franciscain d'un dominicain ?

— Un dominicain prêche la parole du Christ et défend son église.

— Non, Antonin. Rien ne les distingue et rien ne devrait les séparer. Notre père Dominique a fondé notre ordre en même temps que le père François fondait le sien, pour donner l'exemple de la pauvreté. Ils se respectaient et s'aimaient. Qu'est-ce que ton ami reproche à nos frères de pauvreté ?

— Ils se contentent de mendier et d'aimer la nature. C'est nous qui prêchons et…

— Et ?

— Qui recevons les pierres qu'on nous jette.

— Quelle est la valeur suprême pour un franciscain, frère Antonin ?

— L'amour de toutes choses.

— Et pour nous, dominicains ?

— L'intelligence de toutes choses.

Le prieur acquiesça d'un léger mouvement de tête.

— Vous partirez demain.

Antonin se retira respectueusement, en reculant avec précaution pour éviter les creux irréguliers du pavement. Il avait plusieurs fois servi de secrétaire au prieur pour la comptabilité du monastère et l'envoi des missives aux chapitres régionaux. Le couvent assurait ses propres besoins pour les travaux d'écriture et une question brûlait ses lèvres. Le prieur sentit l'hésitation qui le retenait à la porte.

— Qu'y a-t-il ?

Antonin soutint le regard réprobateur du sacristain sur le seuil et éclaircit sa gorge :

— Père, pourquoi vouloir du parchemin ? Il est cher et le papier sert aussi bien. Le chapitre général le recommande pour tous les scriptoriums.

Le prieur marqua la page du livre d'un signet et répondit gravement :

— Parce que, pour ce que je dois écrire, frère Antonin, il me faut du cuir.

CHAPITRE 3

Sur la route

— Trois jours d'âne pour rapporter des peaux puantes.

— Le prieur accepte que tu sortes, tu devrais au moins être reconnaissant.

— Je suis pas là pour faire ses courses.

— J'irai tout seul alors, reste à la cuisine.

— Tout seul ? Tu te perds dans le cloître, alors dehors… je peux pas t'abandonner.

— T'as surtout envie de respirer le bon air du monde.

— De prêcher, frère Antonin, c'est pour ça qu'on a signé. Je deviens fou dans ce couvent.

— Je suis sûr que c'est une chose importante.

— Quoi ?

— Ce livre.

— Il n'y a pas de livres importants. L'important, c'est le prêche. Les livres ne convertissent personne.

— Et la Bible ?

— Qui l'a lue à part les clercs ? Tous prennent des verrues au cul en la recopiant pendant qu'on court après celui des vilains qui dansent sur la musique du diable.

— Il y a de bonnes âmes, frère Robert.

— Non, frère Antonin, il n'y a pas de bonnes âmes. Crois-moi. Les bonnes âmes sont au ciel. Il n'y a que des chiens sur terre.

— Tu devrais remplacer tes discours par des os, tu convertirais plus de nouveaux chrétiens.

— Juste, petit frère, acquiesça Robert qui prit une longue inspiration de la brume montant du sol de la forêt. Mais tu as raison, murmura-t-il, il est bon...

— Quoi ?

— L'air du monde.

Par la fenêtre du chapitre, le prieur avait suivi le départ des deux frères sur la route de Toulouse.

Il avait refermé le livre et demandé le bras du sacristain pour regagner sa cellule.

Ses jambes le torturaient mais il avait accumulé suffisamment de douleurs anciennes pour que les neuves ne trouvent plus en lui d'espace à habiter. La place était prise. Ses pieds noircis lançaient des milliers d'aiguilles brûlantes à travers ses chevilles. « Vous ne valez pas les clous », leur disait-il, car il s'adressait souvent à ses douleurs comme à des êtres vivants, tant leur acharnement ressemblait à une volonté humaine d'exister.

Robert et Antonin s'éloignaient vers l'horizon du couvent, vers la forêt qui, à deux lieues, s'étendait jusqu'au ciel. Il l'avait défrichée avec ses premiers compagnons, au temps où les champs gagnés contre les arbres symbolisaient l'ordre du Christ contre le chaos du diable. Au temps d'avant la peste.

Il écarta le sommier de bois où il souffrait ses nuits et souleva avec peine la latte du plancher qui cachait la couverture de cuir. Le manuscrit puait. Une odeur de corruption qui allait bien avec son contenu. Il regarda les premières lignes que sa main avait commencé à copier dix années plus tôt, alors qu'apparaissaient les premiers essoufflements. L'encre formait des taches autour des mots les rendant gros, gonflés comme son corps. Le papier sur lequel il avait écrit s'effritait sur la tranche et se couvrait des volutes brunes des champignons qui en avaient pris possession. Le papier ne valait décidément rien et ses souvenirs allaient disparaître avant lui.

Mais quelle importance que celle d'une poignée de souvenirs ? auraient pu interroger ses frères à qui il essayait d'apprendre le mépris du temps.

Nulle importance, bien sûr, si les souvenirs n'étaient que des regrets.

Nulle importance à accorder aux nostalgies de tous les hommes qui survivaient dans ce monde maudit et que le vent le plus misérable avait devoir de dissiper comme des poussières froides, inutiles et irrespirables. Nulle importance à accorder aux vestiges de nos insignifiantes présences. Aucun ne méritait le ciel et son éternité. Aucun bien nourri de cette terre où le mal nous enchaînait ne méritait d'être sauvé.

Dans la mémoire du prieur Guillaume, les souvenirs formaient des croix, plantées sur les dépouilles des actes qu'il avait laissés s'accomplir. Le temps les avait brûlées, mais les croix marquaient leur place. Toutes les mémoires étaient recouvertes de croix de cendre, de grands cimetières d'actes dont l'oubli avait emporté les ombres. Chacun pouvait prétendre renier leur existence. Mais les croix demeuraient, elles prouvaient qu'on ne décidait pas du destin de nos actes et qu'aucune trace ne s'effaçait jamais de la surface de la terre.

Son heure était proche, son cœur de vieil homme le savait. La prière aurait bien mieux valu que le dévoilement de son passé. Mais la prière ne suffisait pas. Les croix de sa mémoire y résistaient, veillant sur de grandes sépultures dont il devait à présent rendre le souvenir au monde.

Il fallait percer cette mémoire comme un abcès. Et pour cela, les Ave Maria n'étaient pas assez tranchants. Une vraie lame était nécessaire, aussi coupante que l'extrémité des plumes qu'il aiguisait chaque jour avant d'écrire. Aucun travail n'exigeait autant de sueur. Mais aucune fatigue ne pouvait l'empêcher de l'accomplir, demanderait-elle de consumer toutes les énergies de son corps. Car dans sa mémoire survivait un monstre dont il devait se libérer sous peine de brûler en enfer pour dix éternités.

Il parcourut de l'index les premiers mots du texte. Depuis toujours, la peau de ses doigts était nécessaire pour déchiffrer les mots couchés.

Des voix d'enfance résonnaient en lui :

« Tu ne sauras jamais lire ni écrire, Guillaume. »

Cela remontait à ses premiers souvenirs d'école. Les lettres ne restaient pas immobiles devant ses yeux. Elles dansaient. Elles se mélangeaient en suivant un ordre différent, un chaos aimable qui ne se laissait pas pénétrer facilement. Seuls ceux qui en avaient un grand désir pouvaient y parvenir, car toutes les forces de l'esprit devaient être convoquées pour les remettre en place.

De désir, le prieur Guillaume avait toujours été rempli.

Il voulait lire. Il avait lutté pendant des années contre ce trouble que certains érudits attribuaient au diable. On l'appelait le « feu des livres », les lettres s'agitaient devant les yeux comme des flammes.

Mais le diable pouvait être vaincu. Des années lui avaient été nécessaires pour maîtriser la méthode. Son père, fils d'aveugle, la lui avait enseignée. La clé était simple, il fallait identifier le verbe et le marquer par une épaisseur d'encre que la pulpe de l'index pouvait percevoir. La danse des mots tournait autour de ce point fixe en relief et restait alors assez cohérente pour que la signification des phrases se dévoile. Sans la marque sur le verbe, les livres étaient liquides. Les mots naviguaient sur eux.

D'où venait cette houle qui transformait les lettres en vagues ? Il l'ignorait. Mais il avait appris que le secret de l'immobilité des phrases se cachait dans cette petite épaisseur laissée par la plume, comme une ancre qui les retenait au doigt qui les lisait.

« Infirmité », avaient déclaré ses professeurs, brisant ses espérances universitaires.

C'est pourtant par la grâce de cette écriture infirme que sa vie plate et promise au destin le plus morne avait pris le cours tumultueux d'un torrent.

— On casse la croûte ? demanda Robert après deux heures de marche.

Sans attendre la réponse, il ouvrit sa besace et en sortit une large tranche de pain, du lard et un pâté de lièvre.

— On est des frères mendiants, Robert.

— Et ?

— Et les frères mendiants mendient leur nourriture.

Robert étendit une couverture sur le sol de la forêt et désigna les arbres qui les entouraient.

— Demande-leur, les écureuils disent qu'ils sont généreux.

Antonin regarda les chênes autour de lui avec un air assez désespéré pour arracher un rire à Robert.

— Allez, assieds-toi.

— On sera jamais au hameau avant la nuit.

— Eh bien, on y sera demain. Ce sera pas notre première nuit au clair de lune. Détends-toi, petit frère.

— C'est un cadeau du sacristain le lard et le pâté ?

— Oui. Cet homme a du cœur.

— Tu les as inscrits sur le registre de la cuisine ?

— T'inquiète pas, j'ai un compte.

Ils se rapprochèrent de la chaleur de l'âne. Antonin s'interrogea brièvement sur le péché de gourmandise aggravé par le vol de nourriture, mais régla ses doutes en considérant que la faute pesait sur les épaules de son compagnon et non sur les siennes.

Plus tard, ils rassemblèrent les branches sèches nécessaires au foyer et tendirent une couverture au-dessus de leur tête. Robert sortit la pierre à feu. Le fer du briquet percuta la surface dure de la pierre qui lui arracha les étincelles suffisantes pour enflammer la mèche d'amadou. Il souffla sur le point de braise. Le nid de branches s'enflamma en quelques secondes au contact de la mèche. Ils installèrent leur bagage autour.

— Antonin ?

Le sommeil le gagnait déjà. Antonin maugréa en se retournant dans sa couverture, sachant que la manœuvre serait inutile. La nuit faisait bavarder Robert. Il ne céderait pas avant d'avoir obtenu réponse.

— Où est-ce qu'on va trouver des peaux de chèvre ?

— Dors.

Robert souffla sur le feu et prépara sa couche. La forêt parlait bas. Un vent amical berçait les hauts feuillages. Le sommeil descendait doucement des arbres avec lui.

— Où est-ce qu'on va trouver des peaux de chèvre ? rumina-t-il.

— Chez le tanneur, finit par répondre Antonin, et on ne va pas chercher des chèvres, mais des veaux.

— Des veaux ?

— Oui, mort-nés.

— Mort-nés ? Tu perds la tête ?

— Non, c'est avec la peau des veaux mort-nés qu'on fait le plus beau des parchemins : le vélin.

— Le prieur est devenu fou. Qui écrit sur du vélin ?

— Celui qui a quelque chose d'important à écrire, je suppose.

Robert analysa longuement l'argument, le temps que son compagnon s'assoupisse. Il pesa le pour, puis le contre, comme l'école dominicaine lui avait appris à le faire.

— Des veaux morts, conclut-il en fermant les yeux, c'est dégueulasse.

CHAPITRE 4

Vélin

Pas besoin de carte pour trouver l'atelier des tanneurs. Les villes les exilaient hors des murs. Pour tomber dessus, il suffisait de tourner autour des remparts et de suivre, parmi les puanteurs du monde, celle qui les dominait toutes : la puanteur des peaux.

Ils croisèrent un chariot de boucherie rempli de carcasses attaquées par les mouches. Le boucher accepta de les charger à l'arrière.

— Comment tu peux supporter ça, gémit Antonin, le cœur au bord des lèvres.

Robert installa son barda sur une carcasse et s'allongea confortablement en faisant lever un nuage de mouches.

— Détends-toi, petit frère. Le Christ est bien venu dans la chair.

— Pas dans celle d'un veau pourri.

— Dans celle d'un crucifié, c'est la même chose. Reposetoi.

Il est vrai que les six lieues du jour pesaient lourd dans les mollets. En cheminant parmi les carcasses sur le sentier qui menait à l'atelier du tanneur, Antonin se demandait ce qui tenait si fort la volonté du prieur Guillaume. Nul n'était plus économe avec les dépenses de son couvent dont le trésor ne comptait que le produit du travail des moines et les aumônes. Les rares deniers servaient à la nourriture pour l'unique repas quotidien et au bois pour l'hiver où l'on suivait le conseil de l'ordre de ne chauffer qu'en janvier, les autres mois étant saison de pénitence où il était saint de grelotter.

La lettre de change qui leur avait été confiée promettait trente-cinq écus d'or pour les vélins. Trente-cinq écus scintillaient dans le demi-sommeil d'Antonin. Une fortune que seuls les seigneurs pouvaient dépenser.

« Rapporte-moi les peaux et fais vite. »

Quand le prieur lui avait confié la lettre sans cacher son contenu, il l'avait congédié d'une voix ferme qui n'autorisait aucune question.

À l'approche de la tannerie, Robert le secoua pour le réveiller. Les mouches recouvraient Antonin sans le distinguer des viandes mortes. Il entrouvrit un œil et sursauta. Deux gueules de Sarrazins l'encadraient.

— Qu'est-ce que c'est que ça ?

— Des Turcs.

— Des Turcs ?

— Oui, petit frère, tu t'es réveillé à Jérusalem.

Antonin écarta les mouches. Des turbans coiffaient les deux hommes à pied qui conduisaient leur charrette vers la peausserie. Le boucher regardait son escorte de Maures avec l'air le plus méprisant du monde. Son crachat les frôla de près.

— Un croisé, railla Robert.

Depuis cinquante ans, les plus grandes tanneries d'Europe commerçaient avec les Turcs dont personne ne surpassait l'habileté dans le traitement des peaux. Après des années de factures « déshonorées », les commerçants de Constantinople avaient jugé préférable de commercer avec eux-mêmes en envoyant sur le continent des représentants de leur race. Les peaussiers turcs avaient envahi la périphérie des villes où on les prélevait en temps d'épidémie comme victimes expiatoires en compagnie des usuriers juifs. Les bûchers réunissaient ces pécheurs et réconciliaient leurs croyances dans les flammes. Depuis les années de peste, il s'en allumait partout. Les prophètes des rues appelaient à une grande purification car les derniers jours de la terre étaient proches. Il était écrit qu'aucun juif ni aucun Turc ne connaîtrait la fin du monde en Europe, tant on les massacrait pour les priver d'apocalypse.

Les tanneurs turcs étaient souvent des assassins ou des voleurs tirés des geôles en échange de leurs services. Au sortir des cachots d'Anatolie, le gibet comme le bûcher apparaissaient comme une fatalité acceptable. Plus rien ne semblait d'ailleurs les toucher. Ils traînaient leur résignation comme une carapace qui les protégeait des insultes et des crachats. Des « hommes tortues » qui avançaient lentement et disparaissaient en eux-mêmes au moindre bruit étranger.

— Tu prêches aux mouches, moinillon ?

Une jeune paysanne escortait la charrette. Robert la contemplait en souriant. Antonin détourna les yeux. Elle était d'une étouffante beauté, à moitié déshabillée, corsage ouvert laissant paraître les premières courbes de sa poitrine, cheveux noirs jusqu'aux hanches, épaules offertes sous la transparence d'un châle jaune. Une pluie fine s'amusait à découvrir son corps par petits bouts d'étoffe que le vent plaquait sur ses formes. Elle marchait pieds nus, sa robe était sale, mais la clarté de sa peau dissipait les souillures.

— Ne rougis pas, Antonin, c'est une chrétienne.

Une croix pendait à son cou, elle la prit entre ses doigts et l'embrassa en fixant Antonin d'un regard trouble. Le boucher qui guidait la charrette se retourna vers lui.

— Si tu veux la ribaude, tu la prends. Tu pourras confesser son cul. Il a plein de choses à dire.

Le rire gras de l'homme traversa Antonin et disparut avec le reste du monde.

— Tu rêves, petit frère ? dit Robert, vautré sur les peaux comme sur un lit d'auberge.

Antonin ne répondait pas et fermait les yeux. La beauté de la ribaude imposait le silence et l'attention. Jamais il n'aurait cru pouvoir éprouver un tel désir. Il lui coupait le souffle et fouillait son âme comme une douleur inconnue et pénétrante. Au fond des prières les plus exaltées dans la chapelle du couvent, aucune braise ne l'avait brûlé ainsi, avec assez de cruauté pour ressentir la passion de Dieu. Et il se dit que la vie pourrait s'arrêter à cet instant et la mort éterniser cette brûlure, tant sa chaleur était ardente. Mais la mort était moins belle que la ribaude. Et il la congédia.

Ils entraient dans la peausserie. Ses odeurs montaient le long de la charrette et les imprégnaient comme une eau putride. Le boucher enfila une cagoule pour s'en protéger.

Les Turcs firent pivoter l'attelage pour décharger les veaux.

Deux hommes apparurent à l'entrée de la caverne puante. Un genre de Tartare, crâne nu, petit et gras, aboya des ordres inintelligibles vers ceux qui portaient les carcasses. À ses côtés, un garçon pâle et souriant leur fit signe de les rejoindre.

— Amenez-vous, les moinillons.

Le jeune tanneur se présenta comme l'artisan des vélins, un métier que les Turcs sous-traitaient, confiant l'ouvrage à des mains plus délicates que les leurs. Il les fit traverser la peausserie vers la cave aux parchemins. La commande du prieur était prête. Les cuves où trempaient les peaux étaient recouvertes d'une vase marron d'où perlaient des bulles aplaties qui crevaient en exhalant toutes les fétidités de l'univers. Les deux compagnons montèrent un mouchoir à leur nez pour retenir leur nausée.

Le tanneur conseilla :

— Pour les supporter, faut les sentir.

— La merde sent toujours la merde, objecta Robert.

— Pas si tu l'as tout le temps dans les narines.

Il désigna une cuve remplie à ras bord d'une masse sombre recouverte de mouches.

— Tu sais ce qui assouplit le mieux le cuir, moinillon ? La chiure de chien, c'est pour ça qu'on en a tant autour et que personne n'ose les bouffer. Les Romains, eux, pissaient dessus.

Ils s'arrêtèrent devant les châssis où les peaux étaient tendues. Des dizaines de croix en X qui portaient les restes des veaux écorchés. Antonin s'approcha de celle que la lumière traversait comme un voilage. Il avança la main et sentit la douceur du cuir qui transformait religieusement sa chair périssable en parchemin éternel. Impossible de faire comprendre son émotion à Robert qui regardait les peaux comme des bouts de cadavre.

— Tu fais un métier de corbeau, l'ami, dit-il.

— Je m'occupe pas des carcasses, répliqua le tanneur qui tenait au respect de son art.

Antonin attira son compagnon vers le cuir translucide.

— Regarde cette peau, Robert, on dirait un vitrail.

— Un vitrail ? soupira-t-il. Décidément, ça ne te vaut rien de sortir du couvent.

Le tanneur accompagna Antonin auprès des châssis du fond, laissant Robert seul, en arrière.

— Ceux-là sont des vélins, dit-il en désignant les cadres où des peaux de petite taille séchaient dans l'obscurité.

Il approcha la flamme d'une lanterne. Son éclat glissa sur les peaux en diffusant sur elles une couleur de miel.

— On les reconnaît à ça, la lumière coule dessus.

Antonin effleura la surface encore humide. Il sentit la couche d'air chaud qui enveloppait la peau et la gardait vivante. Le vélin faisait comme une main jointe contre la sienne.

— Pourquoi tu les caresses ? murmura le tanneur qui le regardait avec intensité.

— Parce que je ne peux pas m'en empêcher, répondit Antonin.

La peausserie avec ses lanternes et ses ombres n'était pas si loin de la chapelle de Verfeil, de ses cierges et de son livre. Mais Robert n'y priait pas.

— Et la commande du prieur ? questionna-t-il d'une voix pleine d'autorité.

Le Tartare s'était glissé derrière eux. Il avait contemplé avec mépris le voyage des deux moines à travers les peaux. Leurs robes dégageaient une odeur d'encens bien plus écœurante à flairer que celle des chairs qui se décomposaient. Après les avoir jaugés, Antonin, qui s'intéressait au vélin, lui parut indigne du moindre intérêt. Il s'adressa à Robert comme s'il était seul.

— Tu as l'argent, moinillon ?

— L'argent sur les routes pour en faire cadeau aux canailles ? Non, j'ai une lettre du prieur Guillaume, ça devrait te suffire, le Turc.

Il lui tendit la lettre.

— Trente-cinq écus pour cinquante peaux, c'est cher, dit Robert.

Le Turc haussa les épaules.

— La rançon pour la peau de votre roi Jean était de quatre millions d'écus.

— Personne ne souhaitait écrire dessus, répondit Robert.

Le Turc dégorgea un rire méchant qui découvrit ses dents, plus gâtées que celle d'un vieillard. Les acides qui décomposaient les chairs mortes aimaient aussi les chairs vivantes, les dents et les ongles se digéraient en premier. Robert se dit qu'un jour, la peau du Turc pourrait bien être tendue sur les cadres de la tannerie, sans y trouver d'objection théologique. Tant qu'il n'était pas converti, le destin d'un athée ne lui inspirait aucune compassion, qu'il soit de ses terres de naissance ou de ses terres de prêche. Alors un Sarrazin… Les incroyants de France demandaient suffisamment de travail, on pouvait bien laisser ceux d'Orient sécher dans les peausseries.

Ils descendirent quelques marches vers une salle voûtée où les plus belles pièces étaient gardées sous clé.

Le colis du prieur était préparé. Robert demanda qu'on l'ouvre pour vérifier l'état des parchemins.

Le jeune tanneur les éclaira à la chandelle. La vision émerveilla Antonin.

— J'en ai jamais vu autant.

Robert haussa les épaules.

— C'est pas compliqué, le parchemin. Tu trempes, tu écharnes et tu tannes. N'importe qui peut faire ça.

— Pas les vélins, dit Antonin.

Le Turc cracha :

— C'est toujours que de la peau, petit moine. Ça se travaille au couteau et à l'acide. Allez, foutez le camp maintenant.

Ils se retrouvèrent plus tard dans l'auberge proche de la tannerie où l'aubergiste qui se disait pécheur leur offrit le gîte contre une confession.

Ils devaient partir à l'aube pour le marché de Toulouse où l'on négociait les plumes et les noix de galle qui servaient à l'encre. Ils confessèrent pour une soupe et une miche de pain à partager. On leur trouva deux paillasses au sous-sol qui ne changeaient pas de celles de leurs cellules, les poux mis à part. Les murs suintaient d'eau croupie et de vermine. Robert regretta d'avoir donné son absolution à l'aubergiste et prépara dans son cœur une prière corrective qui ressuscitait les péchés absous.

La fatigue du voyage pesait sur leurs épaules. Antonin entoura le sac des vélins d'une corde qu'il serra autour d'un crochet. Ils allèrent pisser dans un coin de la cave et Robert éteignit la chandelle en s'enroulant dans sa couverture après un Notre Père qui se perdit dans un bâillement.

Antonin ne trouvait pas le sommeil. De loin venaient les bruits des charrettes, le tintement des sonnailles au cou des bœufs, les chants d'ivrognes et les aboiements incessants des chiens.

— Pourquoi tu dors pas ? interrogea Robert.

— Pour rien.

— Y en a d'autres des ribaudes, Antonin.

— Je sais pas de quoi tu parles.

— Alors arrête de t'agiter comme un galeux.

Antonin attendit quelques minutes. Robert s'endormait. Il se redressa et le secoua.

— Est-ce que tu penses au diable, Robert ?

— Ce n'est pas le diable que tu risques d'attraper avec elle, maugréa Robert, c'est la vérole.

La cloche d'une église sonna. On avait passé l'heure des vêpres, le soleil était couché et le vacarme des alentours se calma soudain, comme si l'écho paisible de la cloche avait fixé l'attention du monde. Antonin se dit qu'il était peut-être temps de redevenir ce qu'il était.

Il murmura sa prière de cœur, le cantique de la Vierge, le Magnificat.

« *Magnificat anima mea dominum.* Mon âme exalte le Seigneur », répétait-il en pensant à la ribaude. Il savait depuis longtemps qu'il était inutile de lutter contre les pensées impures, car la lutte les renforçait. Et pourquoi repousser l'image de cette femme puisque le Magnificat ouvrait ses bras à la beauté terrestre et qu'elle ne chassait pas Dieu de son cœur ?

Robert ne dormait plus. C'est lui maintenant qui s'agitait pendant qu'Antonin retrouvait la paix.

— Tu sais pourquoi les femmes ne me regardent pas ? demanda-t-il.

— Parce que tu fais moine, répondit Antonin.

— Pas toi ?

— Il faut croire que je fais moins moine que toi.

— Ça, c'est certain, affirma Robert.

— Pourquoi ?

— Parce qu'on sent que tu es fragile en tentation.

Antonin réfléchit longuement au jugement de son compagnon. La règle dominicaine voulait qu'aucune réponse ne soit précipitée, même si les mots arrivaient vite aux lèvres. L'humeur précède la réflexion, enseignaient les professeurs et l'humeur était la voix du diable. Le temps de silence qui ouvrait les discours des clercs assurait la sainteté des mots à venir.

— Robert ?

— Oui.

— Tu n'as jamais pensé que si les femmes ne te regardaient pas, c'était tout simplement que tu avais une gueule de cul ?

Les deux compagnons partirent d'un grand rire partagé et sombrèrent ensemble dans le sommeil.

CHAPITRE 5

Les lépreux

Toulouse était une ville de brique, ce qui en faisait une ville de chrétiens. La brique était la signature de la pauvreté, moins chère que la pierre, elle convenait aux ordres mendiants et elle avait la couleur du sang des Cathares qui avaient fait de la cité la capitale des Dominicains.

— J'aime bien cette ville, dit Robert.

— Pourquoi ?

— Je ne sais pas… on y sent la foi.

Ils avaient croisé des dizaines de pèlerins sur la route, plusieurs avec les pieds ensanglantés qui tachaient les chiffons enveloppant leurs chausses. Des campements de fortune se dressaient partout, le long de la voie principale, la voie Tolosana. Compostelle était au bout. Deux cents lieues de marche, si l'on arrivait à franchir les montagnes. Pour les vieux pèlerins, le bout s'appelait Toulouse. On les enterrait au cimetière Saint-Michel avec leur coquille sur le cœur. La rumeur disait que dans l'hôtel-Dieu qui les recueillait, les aidants leur parlaient espagnol pour leur faire croire qu'ils avaient atteint Saint-Jacques.

Tous ceux qu'ils croisaient traînaient leurs ballots de douleurs et d'espérance et au bout de leurs fatigues s'inclinaient devant les moines.

Les deux compagnons cheminaient parmi les saluts et les prières.

Robert marchait en silence, rendant les regards que les pauvres lui adressaient. L'émotion faisait trembler ses lèvres.

— Tu vois, c'est ça qu'il faudrait qu'on soit dans la vie.

— Quoi ? demanda Antonin.

— Pèlerins.

Ils pénétrèrent dans la ville par la porte nord. Les sergents leur ouvrirent le passage, la robe blanche des Dominicains valait sauf-conduit. Ils se dirigèrent vers le centre. Le couvent de l'ordre y trônait, non loin de la place des Capitouls, riches négociants qui dirigeaient les affaires de la cité. Robert voulut bifurquer vers la cathédrale en construction, par la rue Tripière qu'il paraissait connaître aussi bien que les sentiers de Verfeil. La rue était un tas d'immondices sur lesquelles poussaient des échoppes crasseuses. Des cochons en liberté assuraient l'entretien. Gare à ne pas buter dessus, leurs morsures étaient plus redoutables que celles des chiens. Leur groin couvert de merde et de vermine vous infectait mieux qu'un ciseau de chirurgien. Robert balançait des coups de pied féroces sur ceux qui s'approchaient trop près. Antonin marchait prudemment dans ses traces.

Saint Étienne allait devoir patienter. Sa cathédrale mettrait un siècle à sortir de terre, mais le chantier était beau. La nouvelle nef doublait l'ancienne qui n'avait pas encore été détruite. Sa vieille charpente perdait ses poutres et les rares messes qui s'y tenaient encore menaçaient de mort les fidèles qui s'y rendaient. L'ancienne cathédrale refusait de disparaître et la nouvelle peinait à venir au monde. Les piliers de la nef montaient vers le ciel, surmontés par les cintres en bois, mais au sommet, les clés de voûte manquaient et les pierres des arches ne se rejoignaient pas encore, laissant des solives de vide s'étendre du porche au chœur. Les arches ne soutenaient que l'air trempé de la Garonne qui déposait sur elles des baisers empoisonnés de vapeurs et d'algues. Le chevet était dressé en arrière des grandes lignes ouvertes du transept et de la nef, comme un squelette d'épave.

— On dirait un galion, déclara Robert émerveillé. J'ai prêché là avant Verfeil.

Une armée d'ouvriers hissaient un arc-boutant entre un pilier et son contrefort. L'architecte, entouré des maçons, dirigeait la manœuvre. Au-dessus d'eux, des apprentis marchaient dans les grandes roues à écureuil pour les faire tourner et entraîner les masses de pierre reliées à elles par un treuil tendu sur des poulies. Les pierres se dressaient peu à peu, soutenues par les tâcherons en bas qui glissaient dans la boue pour soutenir les premiers mètres d'ascension.

— Toute cette sueur, Antonin… murmura Robert.

— Tu crois qu'elle plaît à Dieu ?

— Bien sûr, elle vaut tous les vélins de la terre.

Ils descendirent plus au sud, par la rue des Filatiers où les commerces fleurissaient. Les marchands leur donnaient des aumônes, moins par générosité que par volonté de les voir vite foutre le camp, les moines portant malheur aux transactions.

Les couvents prospéraient sur les places. Dominicains, Franciscains, Carmes, Augustins. Tous ces ordres avaient fait vœu de pauvreté et le tenaient dans leurs chapelles majestueuses où battait encore un cœur d'humilité.

— Pourquoi les pauvres se réunissent ici ? interrogea Antonin.

— Parce que c'est le quartier des riches, répondit Robert. Les ordres mendiants mendient, petit frère. Pour recevoir les aumônes, il faut des bourses qui les donnent. Tu ne verras jamais de couvents de mendiants dans des coins de misère.

Un attroupement les arrêta. Plus loin, une charrette remplie de foin bloquait la rue. Le bouvier qui la conduisait gueulait sur les badauds qui empêchaient ses bêtes d'avancer. En face, une maison délabrée attirait toute une populace qui se regroupait devant. Une croix blanche peinte à la chaux barrait la porte. Une autre était tracée au sol et personne ne la foulait.

— Des pesteux, souffla Robert, en reculant.

La peur de la peste glaçait son sang. Mais la foule qui se rassemblait autour de la maison n'était pas signe de peste.

— Des lépreux, corrigea Antonin.

Une voix s'éleva derrière eux :

— Laissez passer les hommes de Dieu.

Ils furent poussés à travers les badauds. Robert résistait fermement au mouvement et cherchait une issue vers les ruelles voisines. Impossible de se défaire du flux qui les portait vers la maison. À la frontière de la croix, des sergents faisaient reculer les téméraires qui s'avançaient trop près. L'un d'eux leur fit signe d'approcher. Antonin tira la manche de Robert qui restait au bord de la cohue.

Un médecin en tunique de cuir tenait conseil à la porte avec un homme d'allure respectable en manteau de velours gris et coiffe doublée de fourrure blanche.

Le sergent leur glissa :

— C'est le prévôt, il veut régler l'affaire des lépreux.

Des mains effleuraient le bas de leur robe. Des femmes imploraient leur bénédiction.

— On ferait mieux d'aller prier pour eux au couvent, murmura Robert d'une voix mal assurée.

Le médecin s'apprêtait à entrer.

— Faites venir les moines, commanda-t-il.

Les médecins des lépreux se servaient souvent de la présence des clercs pour éviter la lapidation des malades.

Ils avancèrent. Robert à bonne distance, derrière son compagnon. Les deux frères partageaient bien leurs craintes, Robert de la mort, Antonin de la vie.

Sur le seuil, le cœur de Robert se mit à battre plus fort. On disait que les lépreux se baignaient dans le sang des hommes pour traiter leur pestilence et qu'ils gardaient les portes de l'enfer car leurs péchés étaient les plus maudits du ciel. Antonin se moquait de ces fables, mais Antonin ne connaissait rien au monde.

Le sergent les pressa et ils pénétrèrent dans la maison à la suite du médecin.

Antonin n'avait jamais vu un tel lieu de misère. Les poutres de la pièce unique s'affaissaient par endroits et laissaient filtrer la lumière de l'étage. Les fentes des murs s'ouvraient comme des meurtrières au milieu de traînées de moisissures et de salpêtre. La saleté était repoussante, une odeur animale saisissait la gorge. Robert se signait à chaque respiration. Une vieille femme au visage protégé par des chiffons vint à leur rencontre. Sa chandelle éclaira un escalier délabré. Ils montèrent derrière elle jusqu'à une chambre puante qui paraissait déserte.

— Au fond, dit-elle en montrant un recoin plongé dans l'obscurité.

Le médecin les fit reculer. Il plaqua sur son visage un masque de cuir enduit de camphre pour filtrer les miasmes qui infectaient l'air. Il respira ensuite les émanations d'un petit sac empli de fleurs de scabieuse dont il répandit les têtes violettes autour de lui. Robert retint la manche d'Antonin qui s'approchait trop près. Le médecin avança. La longue canne en ivoire à sa main droite lui donnait l'air d'un aveugle. Elle fit remuer le tas humain caché dans le recoin.

La vieille inclina la chandelle. Et ils apparurent.

Deux hommes et une femme, accroupis, entassés les uns contre les autres. Des bosses de la taille d'une noix soulevaient la peau de leur visage, leurs bras étaient gonflés et couverts d'écailles grisâtres, comme des pattes de lézard. Elles pendaient de leurs corps enchevêtrés qui respiraient ensemble, unis en une seule créature vivante et monstrueuse. La masse informe s'ouvrit sous la canne. La femme s'en échappa la première en rampant, cherchant à rejoindre les moines tenus à l'écart et levant une main mutilée vers eux. La canne la repoussa. Elle se coucha en geignant comme un animal apeuré.

Les hommes se redressèrent lentement. Le plus âgé murmura quelques mots pour le médecin. Il se pencha et la vieille tendit son bras vers lui. Les rayons de la chandelle découvrirent l'horrible image d'un nez dévoré par une bête, les os mis à nu. La main de la lépreuse appela à nouveau Antonin qui fit un pas vers elle. La canne lui barra la route. Il entendit les paroles de l'homme dont la voix suppliante émut son cœur.

— Que dit-il ? demanda Robert.

— Ils refusent de se rendre à la maladrerie.

À ces mots, la vieille se précipita à la fenêtre en agitant sa chandelle.

— Ils refusent la maladrerie !

Le cri passa dans la rue jusqu'à la foule et ses échos percèrent les murs de la maison.

« À la maladrerie ! »

« À la maladrerie ! »

« La maladrerie ou le bûcher ! »

Le vacarme montait. Les poings se levaient contre les lépreux et les injures pleuvaient contre les sergents qui défendaient l'entrée.

Rassemblés contre leur mur, les trois miséreux gémissaient en couvrant leur tête.

Robert, aussi minable qu'eux dans son coin, se terrait sous une petite fenêtre. Il buvait l'air de l'extérieur, comme une eau que les miasmes n'auraient pas encore empoisonnée.

Antonin se tenait au côté du médecin. La pièce refoulait une odeur âcre de sueur et de charogne. L'homme au nez mangé se détacha à nouveau et implora de sa voix basse et enrouée. Antonin ne percevait que quelques mots articulés avec plus de force.

— Pas de lèpre… Pas de lèpre.

Il se traîna, pitoyable, vers le médecin. Sans brutalité, celui-ci posa le bout de sa canne sur son épaule et, le repoussant doucement vers les deux autres, lui dit :

— Fais-les descendre… Ils vont brûler la maison.

La masse se reforma et Antonin entendit leurs sanglots. Jamais il n'avait ressenti une telle désolation.

— Recule, commanda le médecin.

Antonin alla rejoindre son compagnon qui priait à genoux, dos tourné à la pièce, face à la fenêtre. Il prononça son nom mais Robert ne répondait plus à personne. L'effroi le rendait sourd. Antonin prit son bras.

— Allez ouvrir la porte, entendit-il.

Les lépreux finirent par descendre. La foule gonflait la ruelle. Ses vagues montaient autour de la maison en ruine. Des familles se pressaient aux fenêtres. De partout des rumeurs s'élevaient. Les cris contre les lépreux étaient poussés par la ville entière. Des femmes brandissaient des croix et des chapelets. Et des chants de messe retentissaient dans les rues avoisinantes.

Le silence se fit à l'apparition du médecin. Il toisa la foule et annonça d'une voix forte que les lépreux étaient sous la protection de la cité et de l'Église. Il prit ensuite la tête du cortège.

Antonin regardait les rangs s'ouvrir sur son passage. Et un souvenir vint réveiller en lui une subtile douleur. Il revit la silhouette de son père traverser la même foule et ses pas suivant les siens, dans l'espace vide que la longue cape qui flottait sur ses épaules défendait pour lui. Cette cape que sa main d'enfant agrippait et ce vide qui l'isolait des remous du monde et d'où coulait la source de toutes les protections.

On conduisit d'abord les lépreux à l'église pour la cérémonie d'exclusion.

Le prévôt les attendait sur le porche. Au bout d'une lance, ses sergents leur tendirent la robe rouge aux deux mains blanches cousues sur la poitrine, le chapeau à large bord et la crécelle. On les fit s'agenouiller sous un drap noir tiré entre des traverses et le prêtre couvrit le visage de chacun d'eux d'un voile épais. La femme et le compagnon de l'homme sans nez pleuraient, lui se tenait droit sans émotion apparente.

La foule envahit l'église. Le glas sonna et l'office commença. Le prêtre jeta une pelletée de terre du cimetière sur la tête des malheureux et déclara dans le silence revenu :

— Mon ami, c'est signe que tu es mort au monde, mais tu revivras en Dieu.

Il les bénit et reprit devant chacun :

— « Je te défends d'entrer dans les églises, au marché, tours et autres lieux dans lesquels il y a affluence de peuple. Je te défends de te laver les mains dans les fontaines et les ruisseaux. Je te défends de manger et de boire en autre compagnie que des lépreux. Je te défends de toucher aux enfants et sache qu'à l'heure de ta mort, quand ton âme laissera ton corps, tu seras enseveli dans un lieu où nul n'aura droit d'entrer. »

Les sergents les escortèrent ensuite vers la léproserie. La foule s'ouvrait. Tous reculaient en se couvrant la bouche par peur de respirer l'air vicié qui avait touché les peaux corrompues.

Quand ils passèrent près d'eux, Antonin entendit les mots que les lépreux répétaient à voix basse et que l'homme sans nez semblait commander comme un chef de chœur.

« Chiens… Diables… Maudits. »

Un mouvement de foule coupa l'avant du cortège, les éloignant des malades. Robert retrouvait ses couleurs.

— On pourrait peut-être… commença-t-il d'une voix hésitante.

— Quoi ?

— Chercher le couvent des Jacques.

— C'est toi qui as voulu voir la cathédrale.

Robert acquiesça en baissant le nez.

— Regarde… dit Antonin.

Dans la foule, une mère tenait par la main ses deux enfants, un garçonnet et une fillette aux visages grêlés de pustules infectes qui leur mangeaient les yeux. Ils ne faisaient pas le vide autour d'eux.

— Tu vois, ça c'est la petite vérole, affirma Antonin.

— Comment tu le sais ?

— J'étais fils de médecin avant de devenir fils de Dieu.

— Et alors ?

— Et alors, ils se promènent comme toi et moi, personne n'a rien à leur dire parce que la vérole n'est pas un châtiment, contrairement à la lèpre et à la peste.

Antonin continua en désignant la foule.

— Ils n'ont pas peur de la maladie, mais de l'enfer.

— Et qui a décidé que la vérole n'était pas un châtiment ? interrogea Robert.

— Je ne sais pas. Un franciscain sans doute, tu m'as dit qu'ils étaient tous vérolés.

— C'est vrai, acquiesça Robert d'un air grave.

Des bâtons sortaient des fenêtres et des portes. La haine retrouvait son ardeur à mesure que les lépreux s'éloignaient de l'église. Des enfants ramassaient des pierres.

Les deux frères contemplaient, impuissants, le chaos du monde et les minutes qui suivirent restèrent gravées à tout jamais dans leur mémoire. Au passage des lépreux, la mère des enfants grêlés cracha au visage de l'homme sans nez. Il n'avait pas une fois ralenti son pas depuis la sortie de l'église, malgré les coups et les bâtons qui lui barraient la route. Les deux autres traînaient derrière lui, les bras levés en croix pour se protéger.

Le crachat l'arrêta et la foule s'ouvrit, isolant un large espace autour de lui.

Sans un mot, il avança vers la femme qui reculait en cachant ses deux enfants accrochés à sa robe. La garde continuait devant, sans rien voir.

D'un seul mouvement, l'homme sans nez écarta son voile et arracha la petite des mains de sa mère. Son bras emmailloté la souleva du sol et la rapprocha de son visage. Il étouffa son cri en joignant sa bouche à la sienne. Puis la jeta par terre, dans la boue.

Un silence étrange s'abattit soudain. Un silence de crypte, pensa Antonin.

Le hurlement de la mère le brisa et toutes les gorges se réveillèrent pour beugler ensemble, comme au cœur d'un troupeau enragé. Un sergent se précipita sur l'homme qui toisait la foule en lançant vers elle des baisers de sa main déchirée.

Son épée lui traversa la nuque.

CHAPITRE 6

Inquisition

Depuis les lépreux, les deux frères n'avaient pas ouvert la bouche.

Ils avaient repris le chemin du couvent des prêcheurs.

— Tu vois… commença Robert, l'encre…

— Quoi l'encre ?

— C'est les arbres, quand ils deviennent malades.

— Qu'est-ce que tu racontes ?

— Tu sais bien. Les noix de galle, c'est comme un bubon sur l'écorce des chênes quand un genre de mouche venimeuse les pique, ça les fait gonfler par endroits comme la peau de ces malheureux. Et c'est de ces tumeurs d'écorce qu'on tire la belle encre pour tes vélins.

— Et alors ?

— Alors, c'est pareil pour les lépreux. Ils font de l'encre. C'est à Dieu qu'elle va servir pour écrire ses volontés. Et pour la peste, aussi. Et pour nous… Tout fait de l'encre. Nos larmes sont noires, le ciel écrit avec, c'est pour ça qu'on est là.

Antonin sentit l'émotion dans la voix de son compagnon. Il croisa son regard brillant et passa son bras autour du sien.

Ils prirent la direction des quais pour longer la rive droite, vers le nord.

Le crépuscule s'approchait. Ils iraient demain à l'atelier de l'enlumineur sur le marché Saint-Didier. Chez lui, se trouvait le nécessaire pour l'écriture : les plumes et les noix de galle traitées. Pour l'encre fine, le prieur avait recommandé un maître sur l'île du Ramier, réputé pour la qualité de ses préparations. Le couvent en produisait, mais il ne suffisait pas de faire tremper les noix réduites en fragments dans des bocaux remplis d'eau de pluie. Les galles des moines libéraient un tanin pâle qui adhérait mal au parchemin. Le maître enlumineur avait son secret pour que l'encre noircisse et adhère, une colle faite de gomme arabique, et une essence rare, celle qu'aucun scriptorium ne pouvait s'offrir : la couperose verte qui créait les noirs profonds.

Le prieur avait été formel sur ce point. Ne pas revenir sans les vélins et la couperose.

Le fleuve était large. Antonin, qui n'avait jamais vu la mer, se disait qu'elle devait ressembler à ça. Il suffisait d'y ajouter des vagues.

Sur le haut-fond du Bazacle, des hommes traversaient à pied. Pas besoin de pont. Autour d'eux, des moulins flottaient un peu partout, sans leurs ailes. Ces moulins-là ressemblaient à des gros bateaux ancrés dans la passe pour profiter des forts courants à travers leurs immenses roues à aubes qui entraînaient la meule. Ils écrasaient le blé pour un pain qui devait garder dans sa mie les parfums d'océan qui remontaient le cours de tous les fleuves.

Perdus dans la contemplation des moulins flottants, les deux compagnons ne prêtèrent pas attention aux hommes qui s'approchaient. Robert les aperçut le premier et à leur allure sentit une menace. Ce n'étaient pas des racailles du quai. Ils avançaient posément. Deux hommes jeunes et un plus vieux qui traînait la jambe. Ils étaient armés, comme des soldats, une épée à double tranchant à la ceinture. Une croix rouge apparaissait sur le revers de leur tunique.

— Des oblats, murmura Robert.

Des gens de guerre, souvent blessés, qui rentraient des combats pour se mettre au service des monastères. L'oblature militaire datait des croisades et offrait aux chevaliers invalides la vie sainte des oblats monastiques qui ne prononçaient pas de vœux.

Le vieux soldat les salua et se déclara chargé de les escorter au couvent des prêcheurs. Son ton était courtois mais ferme. Robert et Antonin échangèrent un regard surpris. Une escorte pour deux frères mendiants anonymes de passage était un honneur inexplicable. Ils suivirent les hommes à travers un dédale de rues qui les éloignait du fleuve. Robert s'en étonna. Le vieux soldat le rassura en annonçant quelques minutes de marche gagnées sur l'itinéraire habituel.

Antonin se pencha vers son compagnon et lui glissa :

— C'est pas le chemin du couvent, on va vers le sud.

— Je sais, répondit Robert, troublé.

Ils virent apparaître les tours du château narbonnais vers le quartier des Carmes.

Le soldat cessa de répondre aux questions. Leur inquiétude grandissait. Ils franchirent les ruines de la muraille romaine pour déboucher sur une place ouverte.

Robert se figea.

— Je sais où ils nous emmènent.

— Où ? demanda Antonin.

— Là, dit Robert en désignant une bâtisse sombre. À la maison Seilhan… la maison de l'Inquisition.

Les oblats les bousculèrent pour les faire avancer.

Robert interrogea encore le vieux croisé qui restait muet.

— C'est eux qui vont te répondre, lâcha-t-il quand ils firent face à l'édifice.

Deux moines blancs les attendaient au seuil de cette maison célèbre dans le monde dominicain. L'ordre avait été fondé ici, un siècle et demi plus tôt. Saint Dominique avait franchi cette porte avant eux, mais ce souvenir sacré n'était d'aucun réconfort pour leur cœur. Ils furent entraînés à l'intérieur du bâtiment en briques. Des barreaux fermaient ses fenêtres basses en arceau. Un vestibule obscur bouclé par un portail en plomb les isola brusquement des rumeurs de la ville. Antonin eut le sentiment que la vie restait derrière eux.

Ils traversèrent la cour intérieure. Des moines qui déambulaient remontèrent leur capuche avant de les croiser. L'enceinte principale était profonde. Deux bras voûtés encadraient des cours secondaires reliées par des couloirs jusqu'à un cloître, attenant à une chapelle et à un réfectoire. Le dortoir des moines sur le côté faisait face à la prison de l'Inquisition. De l'extérieur, rien ne pouvait laisser deviner l'existence de ce couvent étrange, aux ailes symétriques, l'une pour la prière, l'autre pour la souffrance.

On les fit attendre dans un hall glacé, à la porte de la chapelle majeure.

Un sacristain qui faisait ressembler celui du monastère de Verfeil à un joyeux troubadour vint enfoncer une clé dans la serrure.

Robert et Antonin ignoraient qu'on pouvait verrouiller une chapelle.

Ils entrèrent dans une vaste pièce aussi froide et dépouillée qu'un dortoir de cisterciens. Une croix vide occupait le chœur. La grisaille sur les fenêtres filtrait une lumière opale. Ni encensoir, ni calice, ni bancs sur un sol sans dalle, recouvert d'une terre battue rougeâtre parfaitement uniforme. À l'évidence, se dit Antonin, un lieu où l'on ne priait plus Dieu.

La vieille chapelle de saint Dominique avait été convertie, au début du siècle, en salle de tribunal où se tenaient les procès des hérétiques. Aucun chant, depuis des décennies, n'avait traversé ces murs dont les pierres ne recueillaient plus que des cris et des larmes.

L'inquisiteur était gros. Caractère singulier chez les Dominicains qui tenaient la maigreur pour un devoir.

Depuis la naissance des ordres mendiants, les moines se soumettaient au carnet de privations. Robert, qui s'était arrondi depuis sa mission dans les cuisines du couvent, avait été tancé par le prieur. « La croix porte des corps légers », disait-il, ceux qui n'offrent pas de résistance à leur montée au ciel.

L'inquisiteur avait échappé à la règle, mais dans les pays de langue d'oc, la règle, c'était la sienne. Au sud de la Loire, les inquisiteurs n'obéissaient à personne, sauf au pape. Autrement dit, à eux-mêmes, pour l'essentiel du temps.

En dehors de leurs frères dominicains et de quelques ordres qu'ils avaient devoir de respecter, n'existaient à leurs yeux que des chanoines, une masse de clercs complètement incultes obéissant à des évêques un peu moins abrutis qu'eux mais dont l'avidité et l'ignorance avaient déshonoré l'Église. Les châtiments qu'ils méritaient s'abattraient un jour sur leurs têtes, lorsque les cœurs de tous les hérétiques auraient été arrachés.

« Le gros inquisiteur », comme le surnommaient les sacrilèges, croyait en un Dieu impitoyable et maigre. C'était un homme sage, rigoureux et frugal. Il s'imposait des jeûnes et portait le cilice pour se rappeler les souffrances du Christ. Mais son corps ne suivait pas les sentences de sa volonté. Par une étrange anomalie chimique, il grossissait quand il le nourrissait du peu qu'il s'accordait. Sa carrière au sein de l'ordre en avait pâti. Pour prouver sa bonne foi, son prieur, devant des témoins mandatés par les cardinaux de Rome, avait dû lui imposer plusieurs semaines au pain et à l'eau enfermé dans sa cellule. Sans que son poids n'en souffre, à la différence de son humeur qui ne s'était jamais remise de cette injustice biologique.

L'inquisiteur Louis de Charnes avait une haute opinion de lui-même, lorsque ce « lui-même » délaissait son habit de chair et se parait d'esprit et de foi. Le mépris que lui inspirait son corps avait eu une influence sur ses jugements. Leur sévérité ne fléchissait que sur les femmes dont il répugnait à torturer la chair étrangère qu'il laissait plus volontiers pourrir lentement dans les cachots du pouvoir civil.

Il ne ressemblait pas aux grands inquisiteurs des décennies passées dont le souvenir effrayait encore le peuple. Son air bonhomme rassurait, il écoutait la voix des accusés avec une apparente miséricorde mais ses condamnations étaient les plus impitoyables.

Les deux frères à genoux baissaient la tête. Insensiblement, ils s'étaient rapprochés l'un de l'autre et leurs épaules se touchaient. Chacun avait été saisi par la même angoisse. Leur gorge se serrait et une sueur épaisse coulait sur leur dos malgré le froid mordant. Antonin comme Robert comprenaient qu'il ne s'agissait pas d'une convocation mais d'une arrestation. L'un et l'autre ne voyaient pas quel mal ils avaient pu commettre sur le chemin des vélins. Mais ils savaient que l'Inquisition n'avait que faire des actes que l'on commettait et chassait plutôt les pensées mauvaises qu'elle découvrait par clairvoyance.

L'inquisiteur avait accès aux consciences. Antonin se dit qu'il allait payer pour son désir pour la ribaude et Robert pour le vol de la tranche de lard.

Des délateurs avaient dû les surprendre. Les « exploratores », espions des juges, surveillaient tout et dénichaient comme des chiens de meute les pensées hérétiques, dans les villes, les campagnes, les châteaux, les églises et les cerveaux des pécheurs. Que pouvait-on faire contre eux ? Ils enquêtaient aussi dans les cimetières où les fossoyeurs déterraient sur leur ordre les squelettes des infidèles qui leur avaient échappé. Les cadavres étaient envoyés au bûcher et se consumaient au côté des vivants, pour que chacun médite la leçon de la Sainte Inquisition : l'au-delà ne sera pas un refuge pour les traîtres.

L'inquisiteur siégeait seul dans un large fauteuil de bois, sans ornement et sans couleur, au milieu du chœur.

Trois chaises vides l'entouraient, celles qu'occupaient, lors des audiences, ses moines assesseurs et celle du notaire chargé de dresser les procès-verbaux. Le tribunal de l'Inquisition n'était pas au complet, ce qui ne rassurait pas les deux accusés.

Antonin se souvenait des mots de son compagnon dans les bois de Verfeil.

« Tu as déjà vu un homme brûler, Robert ?

— Non, mais j'ai vu des cochons brûler. Ça doit pas être bien différent. »

Ils tressaillirent. La voix de l'inquisiteur résonna dans la salle.

— Frère Antonin et frère Robert du couvent de Verfeil.

La voix haute s'échappait d'une gorge épaisse. Ses plis avalaient le menton presque invisible et sa bouche fine aux lèvres incarnat paraissait maquillée.

— Ton père était médecin, frère Antonin et le tien, frère Robert ?

— Valet de ferme.

— Paysan ?

— Non, corrigea Robert, pas paysan, valet de ferme. Mon grand-père était paysan, mon père avait des terres à la Bellugue qu'il gérait pour un seigneur.

L'inquisiteur laissa le silence reprendre sa place. Les jeunes moines voyaient des formes se matérialiser sur les fauteuils vides où siégeait pour eux un tribunal de spectres fait pour les condamner. La voix doucereuse les dissipa.

— Comment se porte le prieur Guillaume ?

La question les désarçonna, ils échangèrent un regard et Robert s'apprêta à répondre mais l'inquisiteur leva sa main.

— C'est à ton frère que la question s'adresse.

Il attendit en fixant son regard sur Antonin à genoux, yeux baissés, qui ne savait que dire.

— C'est toi qui soignes les moines ? reprit l'inquisiteur.

— Je cultive les simples et je prépare les remèdes, répondit Antonin.

— Pas d'herbe du diable dans ton jardin ?

— Non, mon père.

— Frère Robert ?

— Jamais, mon père.

— Quel est, selon toi, le meilleur remède pour un dominicain ?

Antonin hésita :

— Vous voulez parler de la meilleure herbe ?

— Non, du meilleur remède.

— Je ne saurai dire, articula Antonin.

L'inquisiteur, avec patience, répéta sa question.

— Quel est le meilleur remède pour un moine ?

— La prière, répondit brusquement Robert.

Ces mots parurent satisfaire l'inquisiteur. Sa grosse tête oscilla. Il porta la main à ses paupières et resta ainsi quelques instants, tête penchée. Les genoux des deux moines commençaient à souffrir.

— Frère Antonin, interrogea l'inquisiteur, comment jugerais-tu la santé de ton prieur ?

Antonin jeta un œil sur Robert attendant du secours. Mais Robert restait prostré à ses côtés.

— Bonne, finit-il par articuler, mais ses jambes sont gonflées et sa respiration est parfois difficile.

— Je ne te parle pas de cette santé-là.

— Je ne comprends pas, mon père.

— Fils de médecin, tu devrais comprendre, assura l'inquisiteur d'un ton plus cassant.

Puis, se tournant vers son compagnon :

— Qu'en penses-tu, frère Robert ?

Robert bafouilla une réponse inaudible.

— Fils de paysan, c'est normal que tu n'en penses rien. Mais toi, frère Antonin, ton père aurait dû t'apprendre que la santé est une trinité : celle du corps, de l'esprit et de l'âme. Je ne te parle pas de la santé physique de Guillaume, ni de sa santé spirituelle qui a toujours été un modèle pour nous tous et que vous seriez bien incapables tous les deux de juger. Mais que dis-tu de sa santé mentale ?

— Je ne sais pas, mon père.

— Tient-il parfois des propos étranges ou, disons, qui ne résonnent pas avec la paix et l'harmonie nécessaires à une vie consacrée à Dieu ?

— Je n'ai jamais entendu le prieur Guillaume prononcer de paroles disharmonieuses, mon père.

— On raconte qu'il écrit un livre.

— Oui, répondit Antonin, c'est la raison de notre mission...

L'inquisiteur fit tourner la bague de fer qui entourait son index. Aucune pierre, aucune incrustation, un anneau d'acier mat, comme une alliance. Calme, il semblait avoir le temps, ou peut-être que le temps lui obéissait par peur d'être jugé trop sévèrement.

Les deux moines ne savaient plus combien de minutes ou d'heures s'étaient écoulées depuis leur entrée dans la chapelle.

— Où sont les vélins ?

— Chez le tanneur, avec notre âne.

— Et de quoi ce livre sera-t-il la copie ?

— Je l'ignore, mon père.

— De quoi sera-t-il la traduction ?

— Je ne sais pas.

— Les moines dominicains traduisent ou copient. Ils traduisent les textes grecs, ou copient les pères latins. Cinquante peaux, frère Antonin, conviendraient pour l'*Organon* d'Aristote, mais les vélins sont si chers, pourquoi l'ordre n'en a-t-il pas été averti ? Tu le sais ?

— Non, mon père.

— Et toi, frère Robert, qui ne dis rien ?

— Le prieur ne parle pas de ces choses, répondit Robert.

— Ah... reprit l'inquisiteur en durcissant sa voix. Il y a pourtant des choses que l'on apprend sans avoir besoin qu'on nous les dise. Toi, par exemple, Robert de Nuys, fils d'Albert, je sais des vérités sur ton compte, que tu ne m'aurais pas avouées.

L'inquisiteur fit appeler l'oblat. Le vieux croisé entra et s'approcha d'eux. Il tenait une chaîne entre ses mains reliée à deux bracelets de fer qui pendaient vers le sol. L'inquisiteur sortit d'une poche de sa tunique un rouleau de parchemin qu'il déroula.

— J'ai ici un acte d'accusation. Un dominicain aurait, à Albi, au printemps dernier, roué de coups un de nos frères franciscains alors que celui-ci prêchait la bonne parole. Est-ce que cette histoire sonne juste à tes oreilles ?

Robert baissait la tête, incapable de prononcer un mot.

— Vois-tu, Robert de Nuys, l'ordre dominicain est un ordre pacifique et fraternel avec les membres de tous les autres ordres de la chrétienté, et bien plus encore avec ses frères mendiants, les Franciscains.

Sur un geste de l'inquisiteur, l'oblat abattit les bracelets de fer sur les chevilles de Robert. Le jeune moine se défendit à peine lorsque deux soldats le saisirent par les épaules pour le relever. Ses jambes engourdies ne le soutenaient plus et il dut se laisser porter jusqu'au seuil de la chapelle.

— Mon père…

L'inquisiteur arrêta les gardes.

— Tu veux parler, frère Antonin ?

— Oui, mon père.

— En faveur de ton frère ?

— L'évêque d'Albi l'a déjà jugé, il a fait pénitence.

— L'évêque ? Qu'est-ce que la décision d'un évêque face au jugement de l'Inquisition ? Si ton ordre a été choisi par le pape pour juger des affaires de l'Église, vas-tu m'interdire, toi, frère de Verfeil, de punir une brebis galeuse qui déshonore notre habit blanc ?

— Il a fait haute pénitence, j'en suis témoin.

L'inquisiteur le regarda avec un faux air attendri et reprit d'une voix douce :

— Frère, sais-tu pourquoi il n'y a jamais d'avocat dans les tribunaux d'inquisition ?

Antonin secoua négativement la tête.

— Parce que c'est Dieu qui défend l'accusé. C'est lui qui décide de sa grâce ou de son châtiment par le canal de ma voix.

— Robert n'est pas coupable, mon père.

— Assez ! coupa l'inquisiteur, en frappant l'accoudoir du fauteuil.

Son gros corps trembla en se tournant vers Robert. Il le pointa du doigt ferré.

— C'est moi qui déciderai de la hauteur de ta pénitence. Tu resteras au mur étroit, jusqu'au jour où mon tribunal te jugera. Emmenez-le.

Les oblats firent disparaître Robert en traînant son corps enchaîné. Antonin resta seul face à l'inquisiteur. Une rage irrépressible envahissait son âme, brouillant ses humeurs. Il serra les poings et repoussa les prières qui toquaient à son cœur de moine.

CHAPITRE 7

Trahison

— C'est quoi, le « mur étroit » ?

— À ton avis, moinillon, rigola l'oblat qu'Antonin avait interrogé.

Un soldat ajouta :

— Une cellule où tu prends tes aises. On t'y apprend à dormir debout.

Leur rire sale repoussa Antonin vers le dortoir.

La nuit était tombée, épaisse et humide. Les chandelles de la maison Seilhan n'éclairaient rien. Dans les couloirs, une lumière jaunâtre dégoulinait avec la cire qui s'en échappait et tombait comme elle, en gouttes jaunes guidant le chemin des cafards. Le cloître désert lui apparut ainsi : chemin de cafards. Les frères qui y tournaient suivaient leur ligne tracée par des lueurs aussi rachitiques que leurs cœurs. « Des cafards… Des cafards… » se répétait Antonin sur la route du dortoir alors que des larmes montaient à ses yeux en pensant au sort de son compagnon.

Il se réveilla à l'aube. Un moine vint déposer son barda à ses pieds. Il le conduisit en silence à la chapelle majeure où l'inquisiteur l'attendait, entouré des oblats. Il fit sortir les hommes et resta seul avec lui.

Antonin ne s'agenouilla pas.

— J'ai fait livrer les noix de galle, les essences et les plumes à la tannerie.

Les mots de l'inquisiteur résonnaient mais il n'en comprenait pas encore le sens.

— À la tannerie ?

— Oui, avec les vélins. Tu chargeras tout ça sur ton âne et tu reprendras la route de Verfeil.

— Et Robert ?

L'inquisiteur ne répondit pas. Antonin sentait que tout lui échappait. La survie de Robert était liée à son obéissance, mais il ne saisissait rien de la volonté de l'inquisiteur. Il restait impuissant devant cet homme glacial dont le corps monstrueux débordait du fauteuil et qui l'observait comme un insecte pris au piège.

Il aurait voulu voir sa gorge ouverte comme celle du lépreux de la cathédrale, mais il calma sa passion, comme le prieur Guillaume le lui avait appris, en faisant le vide en lui. Il ne parvint pas à chasser l'image de Robert, debout dans sa cellule et son ventre se tordit.

— Je ne comprends pas, arriva-t-il à dire d'une voix blanche.

— Guillaume doit vous tenir en grande affection pour vous avoir confié une mission de cette importance. Et les affections sont souvent réciproques.

Antonin soutenait le regard de l'inquisiteur. Il y avait du courage dans son attitude, peu ordinaire chez un frère de son âge. Mais l'inquisiteur avait une longue habitude de la fierté et du courage. Il savait qu'il s'agissait de denrées périssables qui se corrompaient très vite, à l'air fétide de ses cellules ou sous le maillet du bourreau. Combien de hautes dignités s'étaient pliées à ses genoux après quelques heures sur le chevalet. Il préférait les lâches qui s'étaient débarrassés à la naissance du vernis de courage et de noblesse qui tenait si mal à la surface des peaux humaines. Ceux-là lui faisaient économiser des efforts et des deniers que le temps de travail des bourreaux lui coûtait. Raison pour laquelle il accordait aux lâches plus de clémence qu'aux braves.

— Est-ce que tu sais ce que je veux ?

Antonin resta sans réponse. L'inquisiteur se pencha vers lui. Il sentit le parfum musqué. Deux yeux mi-clos couleur émeraude s'approchèrent pour sonder son âme.

— Je veux savoir ce qu'il écrit.

Antonin commençait à entrevoir une lueur.

— Est-ce que la peur de l'enfer pourrait t'empêcher de me mentir, frère Antonin ?

L'inquisiteur eut une moue dubitative et sans attendre sa réponse continua :

— Moi, je ne crois pas que la peur de l'enfer t'empêcherait de me mentir. La peur de perdre ton frère Robert, oui. Pas celle de l'enfer.

— Mentir est un péché, murmura Antonin.

— Les péchés se confessent, frère Antonin. C'est leur force. La confession est l'armure du péché. Elle le protège, le défend, le pardonne. Comment croire que la peur du péché sera suffisante puisqu'on peut l'absoudre ? Si tu me faisais la promesse de ne rien omettre du travail de ton prieur, je croirais en ta sincérité, car ton cœur est pur. Et tu penseras de bonne foi que cette promesse garantit ma confiance. Mais ce qui garantit la sincérité d'un homme, bien mieux que ses promesses, c'est son frère lorsque tu le détiens.

— Je n'ai pas besoin…

— Tais-toi ! trancha l'inquisiteur, et écoute : j'ai dans les mains la vie spirituelle de ton compagnon. Le tribunal ne condamne jamais à mort, il remet le destin du condamné à l'autorité séculière des princes. C'est le monde terrestre qui brûle les coupables, pas le monde céleste auquel nous appartenons. Je peux toutefois lui pardonner ou le condamner, cela dépend de toi. Et si je le condamne, quand bien même la main séculière lui accorderait sa grâce, c'est son âme que j'exclurai de notre ordre. Pour tous ses frères, il ne sera plus rien. Celui qui lui fera l'aumône sera maudit, celui qui le soignera sera maudit, celui qui lui parlera sera maudit. Il sera comme le lépreux que tu as vu hier. Pire, un lépreux spirituel qui suppliera les sergents de le traîner au bûcher.

Sa voix se durcit :

— Je veux recevoir une lettre chaque semaine où tu me recopieras ce que le prieur Guillaume t'aura dicté. Je veux que tu n'oublies rien, pas un seul de ses mots même si tu ne les comprends pas. C'est une charge lourde que je te confie, mais si tu la mènes à bien, elle pourrait t'ouvrir les portes de fonctions élevées dans notre ordre, j'y veillerai. Et surtout, elle sauvera la vie de notre cher frère Robert.

Il appela l'oblat qui tendit son barda à Antonin avec un sac contenant du pain et une gourde remplie. L'inquisiteur y fit ajouter une trousse de cuir où des feuilles de parchemin et des plumes avaient été préparées.

— Chaque dimanche à l'heure des vêpres, un oblat viendra chercher tes lettres.

— Que vais-je dire au prieur pour Robert ?

— Qu'il est tombé malade et que nous le gardons pour sa convalescence.

— Puis-je le voir, mon père ?

L'inquisiteur contempla le jeune homme avec bienveillance et demanda à l'oblat de vérifier que le bagage était complet, puis revenant à Antonin, il lui répondit d'un air compatissant :

— Non.

L'oblat fit reculer le moine jusqu'à la porte. La lumière pâle du jour entrait dans la chapelle. Antonin jeta un dernier regard sur les traces de ses genoux et de ceux de Robert qu'on devinait encore dans le sol humide. Lorsqu'il franchit le seuil, il entendit la voix aiguë de l'inquisiteur.

— Frère Antonin.

L'oblat l'arrêta. L'inquisiteur s'était levé, son corps semblait s'étendre dans tout le chœur. Le doigt ferré pointait vers le moine.

— Si tu me trahis, Antonin de Verfeil, je ferai briser chacun des os de ton frère, en ton nom.

Puis, sur un signe de tête à l'oblat :

— Emmène-le, commanda-t-il.

Antonin reprit le chemin de Verfeil par la voie des pèlerins. Où était Robert ? Combien de nuits d'angoisse allait-il devoir affronter dans le mur étroit ? Quel sort l'inquisiteur allait-il lui réserver ? De quelles tortures était-il capable ? Et que valait l'ami qui ne partageait pas les souffrances ?

Il était facile de prétendre à l'amitié en restant à la porte du mur étroit. De quoi seras-tu capable ? se disait Antonin. Sacrifier la confiance de ton prieur et de tes frères pour avancer seul, jusqu'au bout, sur ce chemin de trahison ? Est-ce que tous les chemins de trahison ne se payaient pas en monnaie d'âme ?

Les pèlerins descendaient vers Toulouse et ôtaient leur chapeau au passage de ce frère qui remontait vers son couvent sans les voir. Ils descendaient et lui montait, il rebroussait chemin, sur la voie de son pèlerinage. Antonin marchait seul, le dos tourné à Compostelle, vers une église qui n'était pas celle de saint Jacques. Seul pèlerin sur la route de l'apôtre que personne ne célébrait jamais et qui n'ôtait aucun péché. Seul marcheur au pèlerinage de Judas.

— Où est ton ami ? demanda le jeune tanneur.

— Malade.

Son âne l'attendait devant les cuves où trempaient les peaux, chargé des vélins et des noix de galle. Le tanneur lui remit un fourreau de cuir qui contenait les flacons de couperose.

— Ce sera le plus beau livre du monde, lui dit-il en glissant une médaille dans sa main.

Antonin la fit tourner entre ses doigts. Sur une face était gravé l'emblème de l'ordre, la croix surmontée de l'étoile à huit branches, symbole de saint Dominique. Au revers, un E majuscule en lettre noire[1] apparaissait encore sous les rayures du couteau qui avait cherché à l'effacer. La main du

1. Lettre gothique.

jeune homme se posa sur la sienne et replia ses doigts sur la médaille.

— Ne la montre à personne, lui dit-il avant de regagner la cave aux vélins.

Antonin reprit lentement sa route. À la sortie de la tannerie, il croisa la ribaude qui fit un pas vers lui mais s'arrêta à distance. Il pensait recevoir le même regard qu'au premier jour, mais ses yeux devaient avoir pris une autre couleur car elle lui témoigna soudain la plus grande indifférence et le laissa passer en lui tournant le dos.

Il retrouva le chemin caillouteux du couvent, alors qu'une mauvaise pluie s'abattait sur Toulouse. Il avançait lentement, sans protéger son habit. Les yeux sur ses chausses, laissant l'âne guider sa marche. Pensif.

Il se souvenait des mots de Robert, dans la cave de l'aubergiste. Ce qui détournait le regard des filles n'avait rien à voir avec les habits ou la bonne mine. Ce qui les détourne de nous, c'est la honte de soi.

CHAPITRE 8

Orphelin

« Au béguinage de Ville Dieu, sur le Rhin, le 11 avril 1348, moi, Guillaume, m'apprête à accomplir la plus banale des missions de ce siècle : mourir.

Je ne souffre pas encore, mais la peste est en moi.

Je le sais aussi bien que les médecins de Cologne, les spécialistes que la grande maîtresse du béguinage a fait venir au début de l'épidémie et qui sont tous morts depuis.

La médecine ne guérit pas la peste.

Ni les simples, ni les saignées, ni les applications de fer brûlant ou de glace sur les bubons, les jeûnes, les gavages aux décoctions écœurantes, les plaies traitées à l'eau bénite ou flagellées, les sorcelleries ou les prières… rien ne guérit la peste. Même le sacrifice des juifs est inutile. Plus on en brûle et plus le mal se répand.

Par la fenêtre de ma chambre, je vois le fleuve que j'ai souvent traversé avec celui dont j'étais l'élève. Je me demande ce que j'ai appris depuis sa disparition et surtout ce que j'ai fait sans lui. Rien qui vaille la moindre fierté.

Je n'ai cessé de tourner dans ma mémoire comme en cellule. J'ai essayé vainement d'unir, en une seule personne, celui qui m'a tout enseigné et celui que j'ai vu si mal vivre. Ces deux hommes que mon maître a été, comment pourront-ils être jugés ensemble ? Comment le châtiment de l'un et la grâce de l'autre pourront-ils être équitablement partagés ? Tous les jugements sur nous-mêmes sont des moyennes entre le pire et le meilleur de nos actes. Mais quand l'écart est si grand, comment choisir entre celui qui mérite tous les pardons et celui qui devrait souffrir tous les enfers ?

Tout au long de ces années, la moisson de mon esprit si richement semé n'a donné que des fruits amers. Que vais-je devenir ? Mes poumons brûlent. Je mourrai avant qu'on m'emmène. Que reste-t-il des pesteux quand ils meurent en ville dans leurs maisons ? Une croix noire peinte sur une porte et la voix des sonneurs de clochettes devant leurs charrettes pleines : "Qui a des morts ?... Qui a des morts ?"

Moi, j'ai des morts. Moi, mon propre sonneur, j'ai de quoi remplir ma charrette avec le gâchis de ma vie d'homme, avec le jeune Guillaume qui repose dans ma mémoire, le moine ardent que j'étais, celui qui tenait ses mains propres à l'eau de sa foi en Christ, avant de les souiller de sang... Qui a des morts ? Moi j'ai des morts : tous ces hommes de bien qui avaient mon visage et qui n'ont pas survécu. Ces hommes justes, ces hommes doux, ces hommes d'espérance que la peste m'a arrachés. Ces hommes heureux que je n'ai pas su retenir, que je n'ai pas su maintenir en vie et dont je garde les dépouilles dans une fosse intérieure où reposent, sans paix, tous les hommes que j'ai été. Oui, j'ai des morts... »

Le prieur referma le livre au cuir altéré et aux pages flétries par l'humidité. L'encre s'effaçait et de nombreux manques rendaient la lecture presque impossible. La nouvelle œuvre sur vélin ressusciterait l'ancienne inachevée et la rendrait indestructible.

— C'est un livre de mémoires ?

— Des vélins pour la mémoire d'un simple prieur ? Non, Antonin, je n'écris pas un livre de mémoires, mais de confession.

Antonin avait regagné sans encombre le couvent de Verfeil. Le prieur était satisfait de la qualité des parchemins et du noir des noix de galle. L'absence de Robert avait été justifiée et il ne s'était pas arrêté à la question.

Il avait semblé à Antonin que le sacristain appuyait un regard plus sévère sur lui quand il avait décrit la fièvre soudaine qui avait saisi son compagnon et sa faiblesse interdisant tout voyage. Pour le reste, son histoire avait été simplement écoutée et il avait retrouvé sa vie de frère. Depuis, les heures du couvent passaient monotones et vides. Antonin redécouvrait le monde sans l'amitié de Robert et son obscurité tenait ferme devant le soleil. Le jour ne se levait plus. Sa jeunesse avait été emportée d'un coup, arrachée par quelqu'un qui ne lui voulait aucun mal. Robert la lui avait prise sans savoir. Il l'espérait encore vivante auprès de lui, au mur étroit, et peut-être bienfaisante pour le frère qui avait sa garde. Dans sa propre cellule de Verfeil, il n'en restait rien.

Le prieur l'avait affecté au scriptorium où il passait l'essentiel de ses journées à préparer son écriture pour le vélin qui ne souffrait aucun repentir. Les phrases recueillies sur un parchemin vulgaire étaient retranscrites dans un cadre de papier aux dimensions du livre pour préparer la place des mots, sans brisure au bout des lignes. Les journées étaient laborieuses et les nuits courtes.

Les dictées du prieur débutaient à l'aube et s'arrêtaient à midi, heure où Antonin regagnait le scriptorium jusqu'au crépuscule. Il ne finissait pas le maigre repas du réfectoire et tournait ensuite dans le cloître pour retarder le moment où il se retrouverait seul sur sa couche, face au sommeil. La cellule voisine de Robert n'était pas vide. Quelque chose, dans la nuit, bougeait à l'intérieur. Des cris et des gémissements s'en échappaient. Ses mains plaquées sur ses oreilles ne les faisaient pas taire.

Seul moment de repos, le jardin des simples où il venait respirer les odeurs de médecine. En soignant les plantes, il cherchait des souvenirs. Il revoyait bien la silhouette de son père, que la peste avait fini par emporter, mais sa mémoire était vide d'enfance.

« Mieux vaut pas de souvenirs que des mauvais », disait Robert, qui crachait toujours sur le sol pour rendre hommage aux douces figures familiales qui avaient bercé ses premières années, en frappant la mesure de la berceuse à coups de bâton sur son crâne.

Le travail au scriptorium l'éloignait des autres moines. Tous lui étaient devenus étrangers. Il sentait leur gêne et l'écart qui l'isolait au réfectoire et sur le chemin du cloître. Sa proximité avec le prieur attisait des jalousies, mais il y avait plus que cela. Personne ne croyait à la maladie de Robert et des rumeurs couraient déjà autour de sa disparition.

— Comment peut-on survivre à la peste ? demanda Antonin au prieur qui avait suspendu sa dictée.

Guérir de la peste... Guillaume n'aurait jamais cru cela possible. L'épidémie de 1348 avait tué un peu plus d'un habitant sur trois dans les populations d'Europe. Jamais, dans la mémoire des hommes, un tel holocauste n'avait été rapporté. La fièvre l'avait saisi quelques mois après son retour de mission en Orient.

— Survivre à la peste ? Je l'ignore, Antonin. Je sais simplement que ceux qui reçoivent cette bénédiction sont protégés et ne retombent jamais malades.

— Avec l'aide de Dieu ?

— Sans doute... et sans le vouloir.

— Sans le vouloir ?

— Oui, le vouloir-vivre déchaîne la fureur de la peste. Pendant la triste année 48, j'ai vu des centaines de gens mourir, des frères, des sœurs, des paysans, des bourgeois, des nobles, partout autour de moi. Et tous voulaient vivre, fortement, puissamment. Tous avaient la même volonté de lui résister. Quand j'ai été saisi, ma dernière préoccupation était de survivre. J'ai accueilli la maladie comme une sœur qui venait confesser mon âme pécheresse. C'est peut-être cela qui donne une chance d'échapper à la peste, le non-vouloir.

Le prieur s'accordait un temps de promenade vers none, la neuvième heure du jour. Antonin l'accompagnait dans le jardin des simples où Guillaume aimait revoir les herbes de médecine qu'il avait lui-même plantées des années plus tôt. Depuis l'entrée d'Antonin au couvent, il l'initiait à leurs secrets.

— C'est quoi, l'herbe du diable ? demanda-t-il au prieur qui caressait en souriant la feuille d'une sauge qui, selon un ermite à qui le couvent faisait aumône, pouvait guérir toutes les maladies.

— Ce n'est pas une herbe, elle ressemble à une algue.

— Une algue terrestre ?

— Oui. Elle est visqueuse et verte et s'étend en flaque. Les paysans pensent que ce sont les hérons qui la vomissent autour des marais. On l'appelle le « crachat de la lune ». Elle apparaît la nuit, après la pluie, et disparaît comme par enchantement. C'est la plante que les alchimistes recherchent avec le plus d'ardeur. Elle sert à faire leur pierre philosophale.

— C'est une plante diabolique, mon père.

— Les plantes, comme tous les éléments de la nature, sont l'œuvre de Dieu, n'est-ce pas, Antonin ?

— Vous ne croyez pas au diable, mon père ?

— Si, je crois au diable. Mais le diable est à l'extérieur du monde, c'est sa différence avec Dieu.

— Donc le diable n'est pas dans les plantes.

— Ni dans les animaux, ni en nous-mêmes. Il ne faut jamais que tu parles d'herbe du diable, de pierre démoniaque, d'eau maléfique, car rien dans la nature n'est en sa possession. Le diable, c'est l'étranger.

Ils traversèrent le jardin en silence. Antonin voyait l'herbe du diable pousser autour de sa cellule et annoncer les cauchemars de la nuit.

Il traîna ce soir-là sur le chemin de ronde. L'heure était à la prière, mais aucune ne trouvait grâce à ses yeux depuis l'arrestation. Jamais il n'aurait cru qu'une fatalité aussi injuste pourrait s'abattre sur lui. Sa foi de dominicain était forgée pour le combat et l'obéissance, pas pour la trahison des siens.

Quelquefois, Antonin pensait que Dieu se foutait bien de la gueule du monde, comme s'Il n'avait plus rien à y faire et que tout ça ne le concernait plus. Désintéressé de ses enfants confiés au grand orphelinat de la nature, avec charge pour elle de les élever comme elle pouvait. Voilà bien le monde, se disait Antonin, un grand orphelinat où l'on passait son temps à se demander pourquoi on avait été abandonné. Quant à la nature, Dieu l'avait créée en oubliant la tendresse en route, elle aimait « dur », si elle avait un cœur, ce dont on pouvait douter.

Des remparts, Antonin voyait la nuit monter de la forêt, comme si les arbres la sécrétaient. Sa sève noire et gluante recouvrait lentement l'horizon.

Où était Robert à cette heure ? dans son cachot ? sur le chevalet de torture ? souffrant ? mourant peut-être…

Des chats filaient entre ses jambes. Le chemin de ronde était leur territoire. Pendant la grande épidémie, la rumeur avait couru que les monastères qui accueillaient les chats étaient protégés. Le prieur Guillaume, qui n'accordait en règle générale aucune valeur aux rumeurs, avait validé celle-ci, et l'avait défendue au concile régional des Dominicains.

Personne ne savait comment les chats chassaient les miasmes de la peste, mais au moins, ils chassaient les rats. Peut-être voulait-il simplement se débarrasser de ces bêtes dont il avait la plus puissante horreur. On aurait dit que les rats grouillaient dans ses souvenirs, tant le dégoût qu'ils lui inspiraient semblait le tourmenter.

Le prieur avait donc imposé aux moines la charge d'attirer les chats. Des coupelles de lait étaient disposées un peu partout dans les couloirs. Et des dizaines de chats croisaient la nuit, se faufilant même dans la chapelle sans en être rejetés.

Aujourd'hui, on ne savait toujours pas si les chats protégeaient réellement de la peste, mais ils ne protégeaient plus des rats. Ceux de Verfeil étaient devenus si gros que les chats ne se risquaient plus à les attaquer. Peu à peu, ils avaient fait alliance. On les surprenait parfois à déambuler ensemble, indifférents, souvent côte à côte, en vieux couple, résignés l'un à l'autre.

Un gros chat à la fourrure jaune et pelée s'approcha d'Antonin. Deux yeux fendus en lames tranchaient sur son visage gonflé. Il faisait penser à l'inquisiteur.

Il tournait en miaulant sous les mangeoires que les frères remplissaient de beurre pour les oiseaux du monastère. Les hirondelles qui revenaient au printemps en raffolaient. En hiver, les pies et les corbeaux montaient la garde à côté pour attraper les moineaux qui tentaient leur chance.

Antonin tendit une coupelle de lait au chat, qu'il négligea avec mépris. C'est le beurre qu'il voulait, du gras pour son corps. Quand il reçut la miette jaune qu'Antonin retira de la mangeoire, il l'avala d'un coup, avec la voracité d'un affamé, puis vint lécher les doigts encore huileux de graisse. Antonin avança sa main pour le caresser. La bête se hérissa instantanément et lança sa patte. Ses griffes marquèrent trois traits sanglants sur le poignet. Antonin ne le repoussa pas, il observa le gros corps en défense devant lui, prêt à griffer encore.

« On ne caresse pas l'inquisiteur », se dit-il, en s'écartant.

Premier dimanche. L'heure approchait. Huit jours s'étaient écoulés. La griffe du chat lui avait fait du bien. La douleur le réveillait. La plaie était superficielle mais cuisante. Elle battait comme un cœur minuscule, assez fort pour alimenter des fulgurances qui montaient jusqu'à son aisselle.

Il avait traversé ces dernières heures dans un brouillard, en titubant en lui-même. Par cette douleur qui ne le laissait pas en repos, il reprenait lentement conscience et commençait à réfléchir à la situation.

Trois pages de vélin avaient été copiées. Elles parlaient du passé, de la peste qui avait atteint le prieur et de sa guérison. Il rendait grâce à Dieu et demandait son pardon. Antonin ne comprenait pas pourquoi le livre avait tant d'importance. Il commençait comme un manuel de pénitence. Peut-être annonçait-il le dévoilement d'un grand péché dont l'inquisiteur attendait la confession ? Mais la vraie question n'était pas le contenu du vélin. Le prieur dictait lentement comme s'il avait l'éternité devant lui. Le livre mettrait des mois à être écrit. Comment Robert pourrait-il résister ?

À la sortie de la chapelle, il ne prit pas le chemin de sa cellule comme les autres frères et se dirigea vers le jardin des simples. Sa main serrait dans sa poche le rouleau des parchemins qui avaient servi au brouillon du texte avant sa copie sur la peau précieuse.

Le vieil oblat l'attendait derrière le mur du jardin. Il lui tendit la main sans un mot. Antonin l'interrogea sur l'état de Robert, mais ne reçut pas de réponse. L'oblat était couvert d'un manteau de laine épaisse sur lequel une croix rouge avait été cousue, sur le cœur. À la place du cœur.

Ses compagnons l'attendaient un peu plus loin. Antonin entendait le souffle de leurs chevaux. Il lui remit les parchemins.

— C'est tout ?

Il acquiesça. Le vieux soldat se rapprocha de lui.

— De quoi parle-t-il ?

— De peste, répondit Antonin.

— Rien d'autre ?

— Non, rien d'autre.

— D'un maître ? interrogea la voix sèche.

— Je ne l'ai jamais entendu parler d'un maître.

La croix rouge recula dans l'ombre.

— Quand verrai-je Robert ?

— Quand tu le mériteras, cracha l'oblat.

CHAPITRE 9

Kaffa

Robert était debout.

Le mur étroit ressemblait à un couloir. Fermé d'un côté par un mur de brique, de l'autre par une porte lardée de tiges de fer. Un moine l'entrouvrait une fois par jour pour lui tendre un bol de soupe et un vase propre pour ses besoins. Trois mètres de long sur moins d'un mètre de large, avec un soupirail qui ne donnait sur rien et d'où filtrait l'air rance des autres cachots.

On pouvait y tenir debout ou couché, mais pas à plat dos, seulement sur le côté appuyé sur une épaule. Impossible de s'asseoir sans que les genoux râpent sur les mauvais reliefs du mur.

Robert restait donc debout et somnolait comme un cheval sur ses jambes, appuyé contre les pierres jusqu'à épuisement. Mais sa condition lui était supportable.

Il avait l'habitude des existences rudes. Le fouet de son père, les nuits glaciales de Verfeil et les routes de prêche avaient tanné son esprit comme les peaux qu'il était venu chercher quelques jours plus tôt. Son corps pouvait souffrir encore. Et le Christ avait souffert bien davantage, se disait-il.

Il était frère. Un frère signait un pacte de souffrance avec son Dieu. Avant le pacte d'amour.

L'inquisiteur avait permis que ses jambes ne soient pas entravées et les quelques pas qu'il lui était possible d'accomplir tenaient son courage.

— Je marche, répétait Robert en allant et reculant dans son couloir aux murs étroits. Comme les pèlerins sur leur chemin, je marche. Moi de côté, dos et ventre râpant les pierres, traînant mes jambes d'infirme, mais comme eux, je marche. Dans la nuit la plus obscure, aucune étoile ne brille et Dieu n'apparaît nulle part. Mais Dieu n'apparaîtra jamais à celui qui ne marche pas pour Lui.

Son corps était dur, il se savait capable de résister aux tortures. À toutes les tortures ?

On disait que chacun avait la sienne. Une torture distinctive, que le plus héroïque des hommes ne pouvait souffrir. Les maîtres dominicains y voyaient le droit accordé au diable de briser les âmes les plus sûres de leur force ou de leur sainteté. Pour terrasser l'orgueil, péché le plus mortel, le Seigneur, dans sa sagesse, avait décidé qu'aucune volonté ne serait invincible. Personne ne résistait à la torture du diable. Et Robert gardait lui aussi, au secret dans sa conscience, le supplice que l'inquisiteur ne devait jamais découvrir, sous peine de lui faire avouer tous les crimes de la terre. Aucune peur ne surpassait celle qui l'obsédait dans sa marche d'insecte entre les pierres sales du cachot : que vienne le jour où l'inquisiteur découvrirait la torture qui briserait son courage.

— Surveille la porte, Jean, dit le prieur.

Antonin ne savait pas que le sacristain pouvait avoir un prénom. Il découvrait l'entente entre les deux hommes, bien plus fraternelle que celle qu'ils affichaient en présence des autres moines. Il l'avait ressentie au cours des séances de dictée et de copie auxquelles le sacristain assistait à distance, surveillant la porte comme si elle menaçait de s'ouvrir à chaque instant.

Le prieur Guillaume et le sacristain étaient liés par une amitié qu'Antonin devinait ancienne et forte. Dans l'intimité, il n'y avait pas de rapport hiérarchique entre eux, ils se parlaient comme des frères de sang. Un jour de dictée où il était arrivé en avance, Antonin avait entendu leurs voix à travers une embrasure. Le sacristain recommandait la prudence au prieur et il avait reconnu ces mots :

« N'en dis pas trop, Guillaume, tu as beaucoup d'ennemis. »

— Tu aimes voyager, Antonin ?

— Je l'ignore, mon père.

Les voyages d'Antonin n'avaient pas dépassé cinquante lieues. Il était né à Montpellier, la ville des écoles de médecine où son père avait acquis l'essentiel de son savoir. Il ne connaissait du monde qu'un triangle de Languedoc qui partait de la Méditerranée jusqu'à Toulouse et qui pointait au sud vers les Pyrénées. Les étapes de ses voyages d'enfance n'avaient été que des hospices et des maladreries. Son père l'avait éduqué seul, sa mère n'ayant pas survécu à sa mise au monde.

De ces neuf années avant que la peste ne le donne aux Dominicains, il se souvenait de peu de choses. Il revoyait le même homme qui marchait dans les rues infectées des villes, couvert d'un manteau noir et qui se retournait pour vérifier que son fils le suivait. Mais le visage qui lui apparaissait était masqué par une cagoule de cuir où deux yeux de verre avaient été cousus. « Ne t'approche pas de moi », disait sa voix lorsque la peur le prenait et que son pas cherchait à rejoindre le sien.

« Ne t'approche pas de moi… », ces mots étaient les seuls que son père lui avait légués. Ils résonnaient plus fort quand il sentait le recul de ses frères depuis son retour au couvent.

Le prieur se recueillait devant l'écritoire. En retraite dans sa pensée. Antonin connaissait ses longs itinéraires de silence. Il osait maintenant interrompre sa méditation.

— Voyager où, mon père ?

Le prieur posa un regard fatigué sur son secrétaire.

— En Crimée, Antonin. Dans une petite ville d'Orient. À Kaffa.

— Guillaume…

Le sacristain sortit de la pénombre et s'avança vers l'écritoire. Mais le prieur eut un geste d'apaisement vers lui.

— Tu vois, Antonin, Jean connaît l'histoire et s'inquiète. Mais je ne raconte que des événements vécus. Des faits que les historiens rapporteront un jour. N'écris que les dates et le nom des lieux. Le reste ne sera utile que pour toi, pour que tu comprennes bien ce que je veux laisser graver dans la chair du vélin.

— Kaffa ? reprit Antonin qui répétait en lui-même ce nom qui claquait dans son imagination comme la voile de la nef sur laquelle il rêvait d'embarquer un jour.

— Oui, un comptoir génois sur la mer Noire. Sur la route de la soie chinoise.

Antonin déroula la feuille de parchemin vulgaire où il prenait ses notes et trempa sa plume dans l'encre terne du chapitre.

La route génoise reliait Kaffa à la Chine. Le chemin était sûr. Les Tartares avaient fait respecter la paix en massacrant à peu près tout le monde mais en garantissant la protection du commerce. C'était un long voyage pour les marchands italiens, par-delà la mer d'Azov, de Kaffa à La Tana au nord-est, avant l'interminable trajet par chars à bœufs, puis par chameaux, ânes, mulets, à travers les steppes arides et les montagnes.

— « Kaffa »… souviens-toi de ce nom.

Guillaume l'épela en marquant une pause après chaque lettre, comme il faisait pour les mots inconnus qui devaient être écrits sur le vélin. Puis il redevint silencieux.

— Mon père, interrogea Antonin, que s'est-il passé à Kaffa ?

— Je vais te le dire, frère Antonin, répondit le prieur d'une voix calme, mais auparavant, je voudrais prier avec toi et avec Jean.

Le sacristain ranima la flamme des cierges qui brûlaient sur les grilles autour de l'écritoire. La chaleur creusait des puits dans la cire dont les bords pliaient vers la mèche. Le prieur écartait la cire brûlante et redressait les mèches. Ses doigts tenaient parfois la flamme comme une plume, s'arrêtant longtemps sur elle comme si sa peau ne ressentait pas plus le feu que celle des salamandres.

Antonin s'agenouilla près de l'écritoire, en attendant l'intention.

— Je voudrais prier pour un frère absent, déclara le prieur.

Antonin leva les yeux. Le sacristain et Guillaume avaient joint leurs mains et murmuraient un psaume de consolation. Antonin les observait comme deux étrangers qui pratiquaient un rituel dont il ignorait tout. Il connaissait pourtant les paroles du psaume mais les mots lui échappaient. Ses mains refusaient de se joindre, tant elles le jugeaient indigne de la prière.

Guillaume et le sacristain avaient les paupières closes, mais il sentait leur regard et le poids de celui de tous ses frères sur lui. Alors brusquement, ses yeux se remplirent de larmes et des sanglots d'enfant qu'il ne pouvait ni retenir, ni cacher, remontèrent de sa gorge. À la fin du psaume, le prieur vit ces larmes couler sur ses joues et attendit de les voir disparaître. Puis, après un long moment, il reprit d'une voix paisible :

— Je vais te raconter ce qui s'est passé à Kaffa.

CHAPITRE 10

Veritas

— Je vieillissais. J'avais quarante-six ans et je voulais changer de monde. L'ordre avait donné son accord. Je pouvais enfin rejoindre la grande chapelle de Kaffa d'où partaient les missions pour l'évangélisation de l'Orient. Missionnaire, Antonin, je voulais porter la parole du Christ au bout de la terre, et surtout loin de la France où ma foi vacillait.

Missionnaire pour moi-même en réalité, pour me reconvertir, loin de ce que je connaissais, pour entendre la parole du désert.

Une galère génoise nous avait menés à notre première étape, avec le jeune frère qui m'accompagnait, impatient, comme moi, de prendre la route de l'est. Mais le sort en décida autrement. Les portes de Kaffa, à peine ouvertes, se refermèrent sur nous. Les Tartares de la Horde d'or attaquaient les comptoirs. Les marchands ne payaient plus les taxes. Le parfum des richesses de la route de la soie avait fait tourner les têtes des négociants italiens et byzantins. Leur avidité venait de briser une paix centenaire qui avait pourtant résisté à toutes les barbaries. On disait que les

Génois se livraient au trafic d'esclaves pour le sultan mamelouk d'Égypte privant les Tartares d'une main-d'œuvre et de guerriers pour leurs troupes. Un premier siège avait été brisé, un an avant notre arrivée. Les défenseurs avaient remporté une grande victoire. Mais les armées de la Horde d'or n'étaient pas vaincues et revenaient vers Kaffa.

Je n'avais jamais vu de Tartares de ma vie. Un moine nous les avait décrits comme des démons que Satan nous envoyait pour punir l'Europe de ses fautes. Les Grecs leur avaient donné le nom qu'ils utilisaient pour désigner leurs enfers.

Je pensais m'arrêter deux jours dans cette petite ville de passage, où ne se plaisaient que les marchands. J'allais y rester deux ans. Deux ans d'un siège où je n'ai pas eu faim. La mer était là pour nous ravitailler, la garde pour nous protéger avec ses combattants aguerris, commandée par de remarquables officiers. Mais ces mois furent assassins.

L'armée tartare arriva par le désert, au début de l'année 1345.

La population s'était massée sur les doubles remparts jalonnés de tours de la citadelle. Les sentinelles avaient annoncé un vent de sable, une de ces tempêtes communes à l'est des grands détroits. Il fallut plusieurs heures pour comprendre que les poussières géantes qui fondaient vers la ville étaient celles que les chevaux d'une armée levaient vers le ciel. Une montagne de poussière s'approchait.

L'armée était immense, elle couvrait le désert. Un silence d'église s'était abattu sur le fort. Les hommes posaient leurs mains sur les pierres des remparts pour s'assurer de leur protection, comme si elles étaient saintes. Et nous, pauvres frères du Christ, seuls à représenter sa miséricorde devant cette incroyable puissance, sentions leur détresse et leur besoin de secours spirituel, bien trop lourds pour nos épaules.

Le prieur s'arrêta et eut un sourire bienveillant pour Antonin, debout devant l'écritoire, la plume sèche levée, ne sachant quoi écrire.

— Assieds-toi, Jean te dira quand il faudra prendre la dictée.

Il partagea avec eux un verre d'eau.

— Tu veux savoir à quoi ressemblent les Tartares, Antonin ?

Antonin attendait, les yeux fixés sur les lèvres du prieur.

— À des chiens de chasse. Ils se confondent entre eux comme dans une meute, avec leur cuirasse de cuir bouilli qui ne couvre pas leurs bras, leurs bonnets de feutre enfoncés au ras des orbites, leurs cuisses nues battant les flancs de chevaux plus petits que ceux de nos pays, aux longues crinières et chargés comme des bœufs. Sur leur torse, des franges de métal fouettent leur toque de cuir et le soleil crible leur corps d'éclats jaunes. Les lames de leurs épées et de leurs lances émergent de bardas sanglés derrière la selle. Ils brillent, Antonin, ils attrapent le soleil et chargent avec ses rayons. Les Tartares ont l'énergie du ciel.

La rumeur disait qu'ils restaient toujours en mouvement et dormaient sur leurs chevaux au galop. Mais ce jour-là, les guerriers ne bougeaient pas. Les cavaliers étaient rassemblés à distance des murailles, figés comme des chiens à l'arrêt, marquant la place de leur proie. Les fantassins arrivaient derrière en une seule masse hérissée de piques autour de chariots tirés par des chameaux. Le camp fut dressé par leurs esclaves sans qu'aucun cavalier ne sorte de son rang. Personne ne comprenait pourquoi cette armée demeurait immobile face à nous.

Les Tartares attendaient un signe.

On disait qu'une de leurs troupes s'était tenue une année entière aux portes d'une ville en attendant le signe divin de l'attaque. Les gens de la cité pouvaient sortir librement, passer près de leurs chevaux, sans danger, les toucher même, comme des statues de sel au milieu du désert.

En réalité, je crois que les Tartares ne cherchaient qu'à user les nerfs de leurs ennemis. Et c'est vrai que cette attente rendait fous les assiégés.

Les premiers chants de guerre ne vinrent que deux jours plus tard. Des voix de gorge très basses qui montaient ensemble avec de faibles écarts de ton. Des chants qui rappelaient ceux de nos moines mais qui s'animaient chez eux d'une force animale et sauvage.

Des fantassins armés d'une lance finirent par rejoindre les cavaliers et montèrent en croupe. Ces hommes ensemble sur la même monture effrayaient nos soldats. On ne reconnaissait plus les silhouettes humaines, ils ressemblaient à des démons à double corps et il y en avait des centaines. Devant une telle horde, la défense de Kaffa paraissait bien fragile. Les remparts avaient été renforcés en plusieurs points depuis le dernier siège. Gênes avait envoyé par bateaux des cargaisons de pierres. Aux endroits qui paraissaient les plus accessibles, on avait doublé l'épaisseur des murs et assuré les portes par des arcs-boutants.

En dehors des soldats, la population de Kaffa rassemblait des marchands, des mercenaires et une foule d'aventuriers venus de tous les coins d'Europe et d'Asie pour suivre le chemin des soies et s'enrichir. On y trouvait des Grecs, des Latins, des juifs, des Arméniens, des Turcs. Dès l'annonce des mouvements de troupe aux confins de l'empire tartare, cette foule avait participé aux travaux de consolidation et une certaine fraternité avait trouvé sa place au cœur de ces individus étrangers les uns aux autres. Une communauté s'était forgée. Au chant des guerriers, les femmes avaient attisé les feux sous les chaudrons de cuivre au sommet des tours où l'huile commençait à bouillir et chacun était prêt à se battre.

La cloche du monastère sonna. C'était l'heure du chapitre[1]. Le prieur se retira pour revêtir son scapulaire et préparer l'ordre du jour. Antonin resta seul avec le sacristain. Le vieil homme le fixait en silence. Soudain, sa main se leva pour désigner le blason de l'ordre sculpté au-dessus de la porte : un écu, coupé des couleurs de l'habit des moines, le blanc de la tunique et le noir du manteau. La devise des Dominicains le couronnait en lettres rouges : VERITAS.

Le doigt du sacristain pointait droit vers elle. Il approcha la flamme d'un cierge et fit lentement passer sa lueur sur la devise gravée dans la pierre. Chacune des lettres qu'elle éclairait semblait s'embraser pour marquer au fer le mot « vérité » dans la chair d'Antonin. Il ressentit toute la honte

1. Réunion quotidienne des moines.

de sa trahison tandis que le cierge du sacristain allait et revenait le long du mur.

Le prieur réapparut.

Le sacristain replaça le cierge près de l'écritoire. Antonin roula le parchemin vierge. Sa pâleur inquiéta le prieur qui recouvrit ses épaules d'une couverture.

— Tu es gelé, retourne dans ta cellule pour te reposer.

— Mon père, demanda Antonin, pourrai-je revenir après vêpres ?

— Pourquoi ?

— Pour connaître l'histoire du siège.

Le prieur lui répondit avec indulgence.

— Ce n'est pas l'histoire du siège de Kaffa qui compte. Il dura plus de vingt mois avec des assauts meurtriers et de l'héroïsme inutile de part et d'autre. Les Tartares ne purent jamais prendre la ville. Tous ceux qui ont vécu ces jours les ont racontés à leur manière. La mienne ne mérite pas qu'on s'y attarde. Ce que je veux que ta plume grave dans le cuir du vélin, c'est ce qui a suivi et comment le siège de Kaffa a pris fin.

— C'est le début de votre histoire, mon père ?

— Non, Antonin, c'est le début de la peste.

CHAPITRE 11

La peste

— « Ils se rendent ! »

Le cri des remparts se propageait dans la ville.

Vers l'est, une grande lueur blanche crevait l'azur. L'aurore se levait. Du chemin de ronde, on voyait le désert se lever avec elle et ramper vers Kaffa.

Les tentes du camp ennemi avaient été démontées dans la nuit. Depuis quelques semaines, les assauts avaient cessé et les soldats redoutaient une offensive surprise.

Mais les Tartares s'en allaient.

Un détachement de cavaliers se dirigea vers la ville dans l'axe des trois machines de guerre qui n'avaient pas été démantelées.

Les trébuchets ressemblaient à des hérons géants, leur cou de bois oscillait dans le vent malgré les cordes qui les retenaient. La horde avait failli emporter le siège quand le déluge de pierres qui soutenait les attaques avait martelé nos défenses.

Le détachement approchait. Une vingtaine d'hommes, devant deux chariots couverts tirés par des chameaux. Les premiers soldats de l'escorte mirent pied à terre près des machines. Nos cris de victoire s'arrêtèrent quand les cavaliers firent face au soleil. Ce n'étaient plus les guerriers avec leurs braies courtes, leurs bonnets et leurs cuirasses de peau dénudant leurs bras mais des formes pâles, amaigries, couvertes d'une cape longue et blanche avec des turbans larges comme ceux des Turcs, qui descendaient bas sur leurs fronts. Un voile pendait sur leur visage, leur donnant des allures de spectres.

« Victoire ! » lança un garde des tourelles, mais personne ne reprit son cri.

Les Tartares plantèrent deux mâts en arrière des machines auxquels ils fixèrent leurs étendards. Tous étaient pareillement vêtus, sauf l'un d'entre eux aux épaules drapées d'une étole bleue brodée d'or qui tombait jusqu'à sa taille. Un chef de clan ou un roi car les hommes s'agenouillaient devant lui. Un guerrier déroula un tapis entre les étendards, un autre descendit d'un chariot un trône de fer de petite taille. Leur prince y prit place. Les hommes poussèrent les chariots couverts jusqu'aux machines et les ouvrirent par l'arrière. Un nuage de poussière s'éleva et les fit disparaître.

Quand le vent le dissipa, deux tas de cadavres se faisaient face.

Sur un geste du prince, les guerriers blancs saisirent des corps par les pieds et les traînèrent jusqu'aux trébuchets. Chacun était constitué d'un long balancier à deux extrémités renforcées par des tiges de fer. L'une d'elles était reliée à un contrepoids, la huche, large coffre de plomb rempli de pierres et de sable, l'autre à une fronde où l'on chargeait les projectiles. Les Tartares tendirent les treuils et les machines craquèrent dans le silence. Sous la traction des cordes, la ligne des balanciers se cambra et, l'un après l'autre, ils basculèrent en arrière en soulevant péniblement du sol les lourdes huches. Quand les frondes touchèrent le sable, les soldats hissèrent les corps en travers. Les bras et les jambes pendaient de chaque côté, largement écartés. De loin, on aurait dit de grandes araignées plantées au milieu du désert.

Les hommes lâchèrent un des treuils et le premier corps fut projeté dans le ciel. Il fila en boule vers le soleil, puis chuta vers nous en déployant ses membres, comme un pantin désarticulé battant ses bras dans l'air avant de s'écraser devant les remparts. Tous, sur le chemin de ronde, se penchèrent pour voir ce corps nu, couché sur le ventre, tête enfoncée dans le sable, tandis que les Tartares préparaient la seconde machine.

Ils chargèrent deux cadavres sur la fronde et les lancèrent en même temps. Les corps s'abattirent près des fossés extérieurs et chacun, parmi nous, entendit le craquement de leurs os. Un autre tomba plus près, au pied des murailles.

Les Tartares cessèrent les tirs pour ajuster leurs machines ou nous laisser le temps de contempler les cadavres en ligne qui formaient un chemin vers Kaffa.

Le vent balayait le sable sur eux. Je pus voir précisément le visage des plus proches, leur couleur de chaux, les plaques noires couvrant les tempes et les langues horriblement gonflées forçant les mâchoires.

« Ils nous offrent leurs morts », criaient les soldats. « Hommage de Tartare », clamaient les marchands réunis sur la place.

Le treuil claqua et un autre cadavre plongea sur nous. « Écartez-vous », hurla une voix à ceux qui s'amassaient en bas. Le corps passa au-dessus des créneaux et s'abattit au milieu de tous, sans blesser personne.

« Reculez ! » ordonna l'officier. Un gémissement sourd s'échappa de la masse de chair. La foule s'éparpilla avec des cris d'horreur et les corps se mirent alors à pleuvoir.

Ils tombaient du ciel, Antonin. Une pluie de cadavres que les pires malédictions de la Bible n'avaient jamais promise à aucun peuple.

Autour des machines, un esclave éventait le prince assis.

Vers midi, l'officier m'appela pour examiner les dépouilles qu'on avait rassemblées en tas dans la cour. Je faisais office de médecin depuis que le nôtre avait péri lors d'un assaut. « Les moines font aussi bien l'affaire », avait déclaré l'officier en me confiant les clés de l'infirmerie.

Les Tartares laissaient reposer leurs trébuchets et j'espérais que cette folie allait prendre fin, mais alors que je m'approchais, un claquement retentit et un nouveau corps plongea au-dessus des murailles, en perçant la toiture d'une maison du port.

Les cadavres étaient couverts de taches rouges très fines, comme des piqûres d'aiguille. Des ulcérations marquaient les enflures qui distendaient la peau sur les flancs et les aisselles, les gorges étaient dilatées sous la poussée des bubons et des déjections boueuses séchaient sur les cuisses.

L'officier monta un mouchoir à sa bouche. J'étais habitué aux puanteurs de mort entre les soins des blessés et les bénédictions des défunts après ces mois de siège meurtrier, mais celles des Tartares ne ressemblaient pas aux autres.

C'était une odeur de marais, de fermentation fétide et vivante. Et cette vie était effrayante, Antonin. C'était la vie de la peste. Rien de créé sur terre ne pouvait lui être relié. Elle faisait douter de la création. Elle faisait douter de Dieu.

J'avais peur. Pas seulement des violences que la maladie pouvait infliger à mon corps, mais de celles qui menaçaient ma foi. Car elle la combattait. Elle ne cherchait pas à nous arracher seulement l'existence. Elle poursuivait des proies plus subtiles, qu'elle chassait avec plus d'avidité : notre charité, notre espérance et notre confiance en un dieu de bonté. La peste ne ressemblait à aucune autre maladie, elle ne se contentait pas d'écraser nos corps, c'est après nos âmes qu'elle en avait.

Je me souvenais des paroles saintes que Job avait entendues et que le Seigneur souffle encore au cœur qui doute de sa présence : *« Sans moi, tu feras de toi l'homme marécage et tu imploreras la mort. »* L'odeur des Tartares montait dans Kaffa et, avec elle, les ombres des hommes marécages que nous allions devenir.

— Alors ? interrogea l'officier.

— Ils nous envoient la peste.

Le soldat qui nous accompagnait recula en pressant son mouchoir sur son nez et courut vers les remparts, l'officier le rejoignit aux premières marches de l'escalier. D'une voix claire, il ordonna :

— Ne parle pas aux hommes et envoie les Turcs s'occuper des morts.

Deux nouvelles formes tournoyaient et piquaient vers l'infirmerie. L'une tomba à quelques mètres en frappant violemment le sol, l'autre brisa une poutre et disparut dans un grand fracas. Les habitants questionnaient les soldats. Personne ne savait quoi répondre.

Nous regardions tous le ciel d'où s'abattaient les morts. Ils semblaient venir de loin, de l'éther où volent pourtant les anges, mais l'enfer était monté aux cieux.

— Que faut-il faire des corps ? me demanda l'officier.

Je ne savais pas. En ce temps, personne ne savait que faire des corps infectés. Certains disaient qu'il fallait les brûler, d'autres que les fumées des bûchers généraient les miasmes qui transmettaient le mal. Qui, chez nous, connaissait la peste à ce moment ?

Sur le désert, d'autres chariots couverts se rapprochaient des machines. Un cortège de deuil, sans pleureuse ni prêtre, que des chameaux squelettiques conduisaient. De nouveaux cadavres rejoignaient sans cesse le tas.

La peste avait saisi l'armée tartare un mois plus tôt, bloquant les assauts.

La maladie avait été fulgurante, décimant des centaines d'hommes chaque jour. Au début, les corps avaient été cachés dans les gorges reculées qui entouraient Kaffa. Les mages avaient promis une guérison à la pleine lune. Quand sa lueur avait éclairé le camp, le nombre de malades avait triplé. Un char hérissé de lances avait alors rejoint les cortèges funèbres. Les têtes des mages que le Khan avait commandé de trancher formaient un chapelet sanglant sur leurs pointes.

Sur la place de Kaffa, plus de vingt guerriers gisaient, brisés, mélangés dans le sable dans les positions obscènes d'une orgie macabre. Le peuple tournait autour. La peur se dissipait peu à peu. Les enfants jouaient avec les cadavres en sautant par-dessus.

— C'est de la chaux qu'il faudrait.

— Il n'y a pas de chaux, dit l'officier.

Il resta sur sa décision de ne pas parler de la peste et déclara aux hommes qu'il avait eu vent de cette coutume : les morts d'un chef tartare vaincu offerts en hommage aux vainqueurs. Un messager de paix devait venir. Je craignais que l'apparence des corps, l'armée encore debout derrière les étendards et les machines de guerre pour lancer des dépouilles de guerriers qui auraient dû être déposées respectueusement au pied des murailles, ne troublent les esprits. Mais les hommes voulurent le croire. Ils s'étreignirent et entonnèrent des chants de victoire. Puis du chemin de ronde, se tournant vers le désert, tous rendirent grâce à Dieu et acclamèrent les Tartares.

Ceux-ci chargeaient leurs morts sur les frondes. Il en restait des dizaines.

Jusqu'à la nuit, les Turcs qui servaient l'armée transportèrent les corps sur une place aérée du port. On les entassa sur un bûcher fait de madriers et de bois d'épave avant de les enduire d'huile. L'ordre de brûler les dépouilles que le soleil du désert décomposait vite avait enfin été donné.

L'armée dut lutter contre la foule qui dansait autour des flammes pour fêter la fin du siège. À la tombée de la nuit, un groupe de femmes déjoua la surveillance et bloqua une des charrettes turques dans une rue étroite. Elles firent tomber les corps des Tartares sur le sol et s'amusèrent de leur nudité.

Et à tous ces cadavres, Antonin, sais-tu ce que les femmes de Kaffa ont fait ? Elles ont tranché leur sexe. Elles ont mis ces bouts de chair en tas sur la place et les ont brûlés. Pourquoi brûler le sexe des morts ? Ces femmes étaient chrétiennes, elles croyaient en l'éternité. Mais elles n'étaient pas certaines que l'éternité respecterait leur vengeance. Pour les châtiments, elles n'avaient confiance en personne. Pas même en Dieu. Quand les inquisiteurs déterrent les os des hérétiques pour les brûler sur les bûchers publics, c'est pour continuer à les punir. Ils font comme les femmes de Kaffa, ils craignent que la mort entrave la justice. Ils pensent que Dieu a le cœur tendre. Le monde est peuplé d'implacables, Antonin. Ce sont eux les vrais hérétiques.

Pour calmer la foule, une messe célébra la fin du siège. On put ainsi brûler les corps des charettes sans avoir à les défendre, mais d'autres pleuvaient encore autour de nous. On finit par les jeter dans le port. Ils recouvrirent bientôt toute sa surface, butant sur la coque des bateaux. Leurs ventres gonflés de gaz les retenaient et aucun ne coulait. Cette mer de cadavres, je ne l'oublierai jamais. On aurait dit que l'eau ne voulait pas de la peste, elle refusait d'engloutir ses victimes. Elle refusait de les bénir.

Au matin, on annonça enfin la levée complète du siège.

L'armée tartare était en marche, cap vers l'est. La petite troupe, assemblée autour des chariots vides, s'apprêtait à la rejoindre. Ils emportèrent les étendards, et laissèrent le trône de fer devant la ville. Un groupe d'esclaves tira le troisième trébuchet qui n'avait pas servi à l'envoi des pestiférés et brûla les deux autres. Les étendards s'éloignèrent en claquant vers l'armée en marche. Sa masse noire resta longtemps suspendue sur la ligne de l'horizon puis plongea au-delà, d'un coup, comme emportée.

L'histoire avait tant troublé Antonin qu'un tremblement avait saisi sa main, rendant son écriture presque illisible. Le prieur acheva son récit en décrivant le départ des galères génoises de Kaffa vers l'Italie, la Sicile, Messine à l'automne 1347, puis Marseille, avec la peste à bord, frappant l'équipage et les passagers. C'est ainsi, conclut-il, que la maladie, à partir des cadavres tartares jetés par-dessus les murailles de Kaffa, dévasta le monde.

Antonin ne sentait plus le froid de la salle du chapitre. Et le visage fermé du sacristain ne lui inspirait plus la même crainte après le récit du prieur. Depuis qu'il avait donné les premières copies du livre à l'oblat, son esprit se désembrumait. L'indifférence de l'ancien croisé le prouvait, la peste n'intéressait pas l'inquisiteur. Et le sort de Robert ne changerait pas avec le parchemin contant l'histoire de Kaffa. L'inquisiteur traquait une ombre. Assez vaste et menaçante pour le pousser à transgresser les règles de son ordre et oser se mesurer à une de ses figures, le prieur Guillaume. Antonin commençait à entrevoir les forces qui convergeaient vers le vélin.

— Mon père, votre maître était-il présent à Kaffa ? demanda-t-il.

Le sacristain frappa le sol de son bâton.

— Est-ce que le maître était présent, Jean ? interrogea le prieur.

Le vieux moine ne répondit pas. Guillaume murmura à nouveau la question pour lui-même. Puis, se retournant vers Antonin, en appuyant ses mains sur le bord de l'écritoire comme pour donner plus de poids aux mots qu'il allait dire :

— Il l'était, frère Antonin, à sa façon et c'est le premier secret d'importance que je te livre.

CHAPITRE 12

La crypte

Les portes du couvent s'ouvrirent. Antonin crut d'abord à un pèlerin tant son apparence était misérable. Une capuche recouvrait son visage et ses habits ressemblaient à des haillons. Un âne décavé l'accompagnait. Antonin se demandait pourquoi la porte principale lui avait été permise. Les mendiants passaient par la cour des convers qui travaillaient pour les frères, à l'arrière, vers le jardin des simples. L'homme releva sa capuche et Antonin reconnut le jeune tanneur des vélins de Toulouse.

Il avança vers lui avec amitié mais son accueil fut glacial. Le jeune homme l'ignora, heurtant son épaule au passage. Il prit la direction de la salle du chapitre avec l'assurance de quelqu'un qui connaissait bien les lieux. Le sacristain l'attendait à la porte et lui ouvrit ses bras.

Et Antonin reçut durement ce geste d'affection qui ne lui était pas destiné. Le prieur, le sacristain et le jeune tanneur voyaient-ils sur lui le sceau de la trahison comme le signe gravé au fer rouge sur le front des voleurs ? La flétrissure du mensonge échappait aux miroirs mais elle était vivante et apparaissait lentement sous sa peau. Chaque jour qui passait la soulignait, lui ajoutant sa propre brûlure et la révélant aux yeux de ceux auxquels il fallait la cacher. Les autres moines, qui ignoraient tout, devaient la deviner aussi, puisqu'ils marquaient l'écart en le voyant, plus distants à chaque heure, l'isolant à la chapelle, au chapitre, au réfectoire, où il n'avait plus de voisin. Chacun apportant sa lanière au fouet de solitude promis à son corps de lâche.

Le gros chat du chemin de ronde était la seule présence autour de lui qui ne le jugeait pas, sauf lorsqu'il omettait sa récompense. La justice du chat était simple et il la respectait, mais qu'avait-il fait pour mériter l'opprobre des hommes qui l'entouraient ? Rien d'autre qu'un devoir d'amitié.

Tous ses actes n'avaient été conduits que par la seule volonté de protéger Robert et on le traitait comme un nouveau Judas. Mais que savaient-ils de la vérité, s'étaient-ils seulement interrogés ? Aucune question ne lui avait été posée. Peut-être avait-il forgé lui-même ce monde de suspicion, et construit son exil de ses propres mains. Lui seul, bâtisseur de sa triste chapelle. Qu'importe le coupable, se disait-il, élevés par soi ou par les autres, les murs des chapelles d'angoisse étaient aussi durs. Elles résistaient aux tempêtes et aux feux et enfermaient comme dans une geôle celui qui avait cru qu'on y pouvait prier.

Le chat l'attendait. Il lui donna une double ration de gras pour lire un peu de reconnaissance dans un regard.

Le nouveau rendez-vous avec l'oblat avait été fixé à la nuit. Antonin avait résumé sur parchemin les grands événements de la fin du siège de Kaffa. Il savait que cela ne suffirait pas. C'est sur la piste de ce mystérieux maître que chassait l'inquisiteur. Le maître ? Qui était-il ? Et pourquoi faisait-il encore trembler les plus hautes autorités de l'ordre si longtemps après sa mort ?

Sa mort, précisément...

Depuis la veille, Antonin ne cessait d'y penser. Et une image revenait, obsédante. Elle conduisait son esprit à la crypte, sur la dalle dont le nom avait été effacé. Le maître n'y reposait pas. Il avait entendu dire qu'il avait péri noyé et que son corps n'avait jamais été retrouvé. La plupart des dalles étaient commémoratives et n'abritaient pas de corps. Celle de Thomas d'Aquin, qui venait d'être sanctifié, était usée par les genoux de ceux qui avaient prié sur elle. Celle du maître maudit était recouverte de poussière. Il l'avait souvent contemplée, si nue et abandonnée. La dalle lui apparaissait sans cesse depuis les derniers mots du prieur dans la salle du chapitre.

Il avait consulté l'almanach du scriptorium où les grandes années du monde étaient fixées. Celle du début de la peste ouvrait la dernière page : 1347. Cette date tournait dans son crâne. Une vingtaine d'hivers seulement les séparaient du cataclysme. La peste avait ensuite reflué aussi mystérieusement qu'elle était venue.

1347. Le prieur l'avait dit, son maître était présent à Kaffa. Pourquoi cette date revenait-elle sans cesse le tourmenter ?

Antonin essayait de rassembler ses souvenirs de la crypte et les chiffres sur la dalle nue lui apparaissaient dans une brume qu'il ne parvenait pas à dissiper. Le temps du maître inconnu avait été gravé dans la pierre, comme avait été gravé celui de tous ces grands hommes : entre deux échéances, naissance et mort, qui formaient une pince sur leurs tombes enserrant des vies courtes. Mais quelque chose troublait sa mémoire aiguisée. Les chiffres des autres dalles s'écrivaient clairement devant ses yeux, sur celle du maître, l'image était brouillée. Les dates se dessinaient pourtant, mais lointaines, douteuses. Et ce doute tenait peut-être la vie de Robert à son fil.

Il n'y avait qu'un seul moyen de le lever.

L'oblat devait avoir quitté Toulouse, il ne restait qu'une poignée d'heures avant le rendez-vous. L'accès à la crypte était interdit aux frères en dehors des vêpres où ils s'y réunissaient, mais sa grille demeurait ouverte comme celle de tous les lieux sacrés où chacun devait pouvoir venir prier quand il le voulait.

Antonin hésitait. La cloche sonna cinq coups. Au dernier, il se décida et prit le chemin de la chapelle. Il poussa prudemment la porte. La place était vide. L'obscurité tombait dehors et la nuit avait déjà commencé sa besogne d'ombre à l'intérieur. Il progressa à tâtons, sans ranimer les chandelles de l'entrée. L'air sentait la cire et l'encens. Des cierges avaient été préparés pour l'office du soir, les éteignoirs laissés en place recouvraient les mèches. Sa manche en arracha un qu'il rattrapa de justesse avant qu'il ne touche le sol. Il s'arrêta, la main tremblante, s'assura que personne ne l'avait entendu puis longea le mur jusqu'à la grille de la crypte. Il la tira avec précaution et descendit l'escalier de pierres humides.

Une flamme éternelle brûlait pour la mémoire des morts, au fond d'une petite lanterne qu'un frère remplissait d'huile à la fin de l'office. Éternelle mais mourante. Sa lumière hésitait sur les murs et versait sur les dalles qui recevaient les prières des moines venus faire pénitence. Antonin s'approcha de celle sur laquelle personne ne s'agenouillait jamais.

Le nom avait été gratté profondément et il ne restait aucune trace des lettres qu'on y avait inscrites, mais au-dessous, une ligne en relief subsistait. Cette ligne poussiéreuse et recouverte de moisissure avait ressurgi dans sa mémoire. Il savait ce qu'on pouvait y lire. Il frotta sa surface et vit apparaître les dates bien distinctes : 1260-1328.

Le siège de Kaffa avait été levé en 1347, dix-neuf ans après le décès officiel du maître. Si le prieur avait dit vrai, l'homme que l'ordre avait maudit n'était pas mort au jour gravé dans la pierre.

Son regard s'arrêta sur une marque à un angle de la dalle. Il approcha la lampe. C'était une lettre en plomb qu'on avait scellée, comme un cachet. Un E gothique, identique à celui qui figurait sur la médaille offerte par le tanneur.

— Qu'est-ce que tu fous là, toi ?

Un violent coup de pied le repoussa contre la dalle et sa mâchoire frappa durement la pierre. La douleur traversa ses dents comme un clou de feu, une nausée l'envahit et la pièce bascula. Le sol devint liquide. Antonin s'accrocha aux bords de la dalle. Le sacristain l'en arracha et le saisit par la gorge.

— Mouchard de merde.

Il heurta le mur. La lanterne se brisa sur son dos et il sentit la brûlure de l'huile qui coulait sous sa robe. Il voulut crier, mais les mains du vieux moine tenaillaient son cou, bloquant son souffle. L'étau broyait ses vertèbres.

— Tu veux savoir ce que cette lettre signifie ?

Antonin étouffait. Les veines de ses tempes se dilataient, ses yeux poussaient hors de leurs orbites et sa langue gonflait comme un corps étranger derrière ses lèvres. Du sang coulait de son nez et de ses dents. Le filet d'air qui le tenait en vie s'échappait. La bouche du sacristain se colla à son oreille.

— E comme Eckhart, souffla le moine, en relâchant brutalement son étreinte.

Antonin roula sur la dalle en vomissant. Il monta les mains à sa gorge pour desserrer la tenaille qui restait serrée dans sa chair et toussa en crachant une salive de sang. Le sacristain lui jeta un chiffon qui traînait au sol.

— Remercie Guillaume, sans lui je te brisais la nuque.

Il le redressa et le poussa vers l'escalier. Antonin gravit lentement les marches, sans un mot. Sa tête tournait encore mais sa fierté le tenait droit. À la sortie de la chapelle, il avança sans hésitation jusqu'à la salle du chapitre.

Le tanneur des vélins était assis à côté du prieur. Il se leva à son entrée et lui fit face comme pour l'affronter. Antonin lui jeta un regard chargé d'un mépris égal au sien. Le prieur eut un geste d'apaisement.

— Assieds-toi, Antonin.

Le jeune moine resta debout, sans bouger.

— J'ai une faveur à vous demander, mon père, dit-il d'une voix ferme.

— Je t'écoute.

— Entendez-moi en confession.

Le prieur lui désigna une chaise en face de la sienne.

— Je n'ai pas besoin de ta confession, répondit-il en souriant, on lit en toi comme dans un livre.

Il posa sa main sur le bras du tanneur :

— Ne reproche rien au frère Antonin. Il n'a trahi personne. Il a défendu son ami, comme il le pouvait. Le plus mal possible. Mais il est resté fidèle en amitié.

Puis se tournant vers Antonin :

— Tu aurais dû me révéler tout cela, dès ton retour de Toulouse. Robert aurait gagné du temps.

Le prieur aperçut les marques bleuâtres qui cerclaient la gorge du jeune moine.

— Je vois que tu portes le collier de ton sacristain. C'est justice, tu l'as mérité.

Antonin découvrait le lien ente le prieur et le jeune tanneur. Un lien ancien, à l'évidence, que le sacristain partageait avec eux. C'est à lui que la commande des vélins avait été passée, ce qui supposait une grande confiance. La dernière lettre du prieur l'avait chargé de l'enquête sur la disparition de Robert. Il lui avait été facile de découvrir qu'aucun frère n'avait été admis à l'infirmerie de la maison Seilhan. Mais une rumeur courait. Le mur étroit était habité. Or aucun procès n'avait été ouvert et la condamnation à ce châtiment ne concernait que les hérétiques. Plusieurs jours furent nécessaires pour en savoir plus. Un novice avec l'aide d'un peu de vin de messe finit par lui révéler qu'il s'agissait d'un frère dominicain emprisonné sur ordre direct de l'inquisiteur.

— Quand as-tu rendez-vous avec l'oblat ? interrogea le prieur.

— Ce soir, après vêpres, répondit Antonin.

Le prieur prit un rouleau préparé sur l'écritoire et le lui tendit.

— Tu lui donneras ces pages que j'ai rédigées. Et tu lui diras ce que tu as découvert dans la crypte.

Ces mots brûlèrent le cœur du sacristain.

— Guillaume, pourquoi… ?

Le prieur l'arrêta.

— Parce que la vie de Robert en dépend. Elle tiendra à la valeur de ce que nous avons à vendre à l'inquisiteur.

Et s'adressant de nouveau à Antonin :

— Tu diras que j'ai des révélations, que tu as vu des manuscrits, une lettre de la main du maître que je suis le seul à posséder et dont j'ai interdit la copie. Elle est sous la garde du sacristain. L'inquisiteur te connaît, Jean, non ?

Le sacristain se raidit, un crachat au bord des lèvres.

— J'ai envoyé un courrier à l'évêque et ton ami le tanneur va remonter vers Paris pour avertir le prieur général qu'un dominicain est gardé au cachot pour une affaire de querelle, avec un franciscain, déjà jugée à Albi. L'inquisiteur ne pourra pas retenir longtemps Robert et la lettre dont tu parleras à l'oblat garantira sa vie.

Antonin et le tanneur sortirent ensemble de la salle du chapitre. Ils marchèrent silencieusement côte à côte, à travers la cour. La mâchoire d'Antonin le lançait et il n'avait pas retrouvé un souffle normal. Mais il se sentait mieux.

Il accompagna le jeune homme jusqu'à son âne qu'il aida à charger.

Au portail, Antonin lui tendit la médaille d'Eckhart pour la lui rendre.

Le tanneur tira sur la bride de la bête qui rechignait à quitter l'enclos du monastère.

— Tu peux la garder, dit-il avant de prendre la direction de la forêt.

CHAPITRE 13

Aveux

Un mois de mur étroit.

C'était bientôt Pâques. Robert se dit qu'il allait rater son bain.

La règle de saint Benoît imposait deux bains annuels aux moines. Un à Noël, un à Pâques. L'eau lui manquait, mais il se sentait propre. Le cachot sécrétait une sorte de salpêtre couleur de craie. Sa poussière se déposait sur la peau en pellicule blanche huileuse qui dissimulait la crasse. Tel était l'effet du mur étroit sur ses habitants. Il lâchait sa souillure crémeuse sur le corps. Les cheveux, les yeux, les dents aussi se couvraient d'une épaisseur collante en dégageant une odeur de plâtre. L'odeur de sainteté pour les victimes de l'Inquisition.

Robert avait inscrit un nom de femme sur le mur. Tous les jours son ongle repassait sur la ligne que l'humidité du salpêtre digérait pendant la nuit.

Talitha.

Ce n'était pas la première fois que Robert pensait à une femme. À ses débuts au couvent, le poivre des moines qui repoussait les pensées lubriques lui avait été servi en ration quotidienne, mais les débâcles intestinales qu'il provoquait n'étaient pas assez puissantes. Ni le jeûne, ni le port du cilice qui meurtrissait sa peau sans effleurer ses désirs, ni la flagellation.

La chasteté était le commandement le plus sévère du Christ et Robert avait combattu. Peu à peu, il avait appris à connaître son adversaire. Plutôt que de lutter contre lui et de l'endurcir au combat, il lui avait offert son amitié et l'avait adouci. Il n'essayait plus de résister aux pulsions charnelles. Quand elles survenaient, il les accueillait et les laissait se développer à leur guise. Mais nul besoin d'attacher ses mains comme le faisaient les sacristains de tous les monastères avec leurs jeunes moines. Une fois que le désir l'avait envahi complètement, il le convertissait en un désir plus grand. Les prêches qu'il avait menés à travers les routes du Languedoc pour convaincre les athées lui étaient d'un grand secours. Il savait que sa foi était capable de conquérir les âmes les plus défendues. Le désir charnel était comme elles. Et Robert parvenait toujours à le transformer en désir de Dieu.

Puisque l'accueil était un meilleur choix que l'affrontement, une femme l'accompagnait partout où il allait. *Talitha.* En mémoire de la fille de Jaïre, emportée par la pestilence, et qu'une seule parole du Christ avait ressuscitée. « *Talitha koumi* », « Jeune fille, lève-toi ». *Talitha* était resté pour Robert le nom de toutes les femmes dont il avait laissé mourir le désir dans son cœur.

La porte s'ouvrit. L'éclair de lumière le coupa comme une dague. Des bras le tirèrent hors du mur étroit. Il se laissa traîner sur quelques mètres puis repoussa ceux qui le portaient et se redressa.

— C'est bien, le moine, dit l'oblat qui fit reculer ses hommes. On aurait pu faire de toi un croisé.

— C'est vous les Sarrazins, murmura Robert.

— L'inquisiteur veut te voir.

L'oblat le poussa vers la chapelle majeure où l'inquisiteur l'attendait. Robert boita à travers la cour, en fuyant la morsure du soleil.

La salle était obscure, il lui fallut du temps pour distinguer les formes. Des cierges faisaient briller des traînées d'humidité sur les murs. Il se demanda si le goût de leur sueur était le même que celle du mur étroit que sa langue léchait pour y trouver du sel.

L'inquisiteur contempla le corps blanchi et tordu du jeune moine qu'il avait condamné et salua en lui-même la fidélité du mur étroit à ses volontés. Tous ceux qui l'habitaient y laissaient leur arrogance.

— Comment te portes-tu, frère Robert ?

Sa voix était aussi stridente que la lumière. Robert se raidit, le monde extérieur lui donnait envie de rebrousser chemin vers son cachot. L'oblat le bouscula pour qu'il réponde, mais il resta enfermé dans son silence. L'inquisiteur fit sortir l'escorte.

Robert avait soif. Il fixait sur la table le verre transparent rempli d'une eau limpide que sa gorge n'avait pas goûtée depuis des semaines. L'eau croupie qu'on servait aux cachots sentait le purin.

— Tu veux boire ?

L'inquisiteur souleva son gros corps et s'approcha de lui, le verre à la main. Robert avala le liquide comme s'il venait du ciel.

— Tu es un homme courageux, Robert de Nuys. Tu n'as pas encore souffert comme tu le méritais mais je réfléchis à ton avenir. Tu juges peut-être que ce tribunal a été sévère avec toi. Mais tu sais que la sévérité purifie mieux que la douceur et qu'aucune âme ne saurait prétendre à une pureté suffisante pour rendre son châtiment injuste. Raison pour laquelle l'inquisiteur ne se trompe jamais quand il condamne.

Il regagna sa place sur l'estrade qui dominait Robert.

— Aujourd'hui, je voudrais que tu m'écrives une lettre.

— Je ne sais pas écrire, répondit Robert.

— Un dominicain qui ne sait pas écrire ?

— Un fils de paysan.

La réponse fit sourire l'inquisiteur.

— Tu as la tête dure, frère Robert. Ta signature suffira.

— Signer quoi ?

L'inquisiteur sortit d'un large portefeuille de cuir un parchemin enluminé où le nom de Robert apparaissait. Il le lui tendit.

— Des aveux d'hérésie, dit-il d'une voix égale.

Robert leva la tête pour contempler le gros inquisiteur. Le plus effrayant n'était pas son énorme corps qui suintait à travers ses vêtements, ni son pouvoir, ni les spectres des condamnés envoyés à la torture et au bûcher qui tournaient autour de lui. Le pire était sa quiétude. Il progressait sur son droit chemin avec la bénédiction du ciel. Il n'y avait place pour aucun doute en lui, seulement pour cette confiance aussi inaltérable que la pierre qui affûtait les lames.

— Des aveux d'hérésie ? répéta Robert, avec incrédulité.

— Oui, le prieur Guillaume a beaucoup d'amis et de l'influence aux plus hauts sommets de notre ordre. J'ai reçu une lettre du chapitre général me demandant de justifier ton incarcération. Le prieur d'un couvent a le droit, lors de l'instruction du procès, de récupérer son frère, sauf s'il s'agit d'une faute profonde de foi.

Robert comprenait. L'hérésie refermait sur lui la porte du mur étroit et personne en dehors du pape n'y pourrait plus rien.

— Je ne signerai jamais ces aveux.

L'inquisiteur servit un nouveau verre d'eau cristalline qui miroita sur l'autel de justice. Il soupira.

— Jamais est un mot qui appartient à Dieu, frère Robert, pas aux hommes.

Robert se redressa et défia son juge du regard.

— Je suis prêt.

— Prêt à quoi ? dit l'inquisiteur d'une voix apaisante. À la torture ? Tu es un frère dominicain, Robert, tu as droit à des égards. Je te renvoie fraternellement réfléchir dans ta cellule. Personne ne te touchera.

Il frappa dans ses mains et l'oblat réapparut, escorté de deux soldats. Robert se leva pour les suivre. La voix de l'inquisiteur l'arrêta à la porte.

— On m'a rapporté que lors de l'arrestation des lépreux à la cathédrale, un des moines présents paraissait très effrayé, au point de renoncer à son devoir spirituel. S'agissait-il de toi ou de ton frère Antonin ?

Ces mots coupèrent le souffle de Robert. Il sortit sans répondre. L'oblat l'entraîna vers l'aile des cachots. Son cœur battait vite. Il sentit la résistance de l'air et son poids sur sa poitrine, comme si l'espace se contractait autour de lui. Dans la cour, pour ses derniers pas, il se tourna, comme au mur étroit, pour présenter son épaule au monde.

En le poussant dans sa cellule, l'oblat remarqua le nom qui avait été gravé sur le mur. « Talitha », déchiffra-t-il.

— C'est ta fiancée ou ta mère ? railla l'oblat.

— Les deux, répondit Robert en retrouvant sa place dans le mur étroit.

La nuit s'abattit sur lui et il commença à marcher. Il se laissa reprendre par le sommeil criblé du cachot et, dans une demi-conscience, avança entre les parois en murmurant des prières qui couvraient l'écho empoisonné de la voix de l'inquisiteur.

Les heures passèrent. Un jour entier peut-être. Impossible de savoir comment le temps s'écoulait. Il avait faim. Il entendit des pas qui se rapprochaient et attendit la soupe et le seau auxquels il avait droit.

La porte s'ouvrit sur une vision de cauchemar. Une vieille femme courbée en deux, sous des loques, serrait dans sa main une crécelle. Avec une longue canne qui la tenait à distance, l'oblat la repoussait dans le mur étroit. La vieille résistait en gémissant et avec un regard possédé vers Robert faisait tourner sa crécelle. La lèpre avait ravagé son visage et arraché ses dents.

— De la compagnie pour toi, petit moine, lâcha l'oblat.

Il claqua la porte sur une nuit d'épouvante où vrillait, comme le cri d'un démon, le craquement fou de la crécelle.

CHAPITRE 14

Au service du maître

Le jeune tanneur avait porté ses messages. Le calme revenait dans l'esprit d'Antonin et le couvent reprenait ses couleurs. La libération de Robert ne devait plus tarder, le prieur général de l'ordre était un ami de Guillaume et l'évêque haïssait l'inquisiteur qui défiait son autorité.

Sa vie de frère avait repris son cours, rythmée par les offices, les travaux au jardin des simples et les dictées dans la salle du chapitre. Sans les prêches que le prieur avait suspendus, le couvent dominicain ressemblait à un monastère ordinaire. N'y manquait que la clôture.

Antonin allait plus volontiers vers ses semblables dont il regagnait la sympathie et retrouvait sa place dans la collectivité. Le sacristain ne lui adressait toujours pas la parole, mais avait jeté dans sa cellule une couverture sans trou pour remplacer l'ancienne mitée ; marque de sollicitude inouïe qu'aucun frère n'avait jamais reçue. Antonin gardait autour de sa gorge son dernier présent, le collier d'hématomes qui tardait à se résorber. On ne pouvait certes pas encore parler d'une grande amitié, mais le remplacement de la couverture faisait croire à un avenir.

Le chat grossissait et exigeait toujours plus de gras. Il traînait dans ses pieds et tout geste de tendresse se payait d'un coup de griffe. Pourtant Antonin aimait sa présence et le laissait le suivre jusqu'à la porte de sa cellule.

Le lien avec les autres moines passait par le jardin des simples dont il avait gardé la charge. Son statut de secrétaire du prieur le dispensait des corvées, ce que ses frères lui reprochaient. Au moins retrouvait-il un peu de bienveillance en soignant leurs fluxions et leurs œdèmes.

Le jardin était le lieu où il se sentait lui-même. Et la médecine était devenue la seule langue qui lui permettait de bien communiquer avec son prochain. Le prieur le savait et le guidait pour les préparations. Ses connaissances médicales surprenaient Antonin, quand Guillaume, lui, s'étonnait de l'ignorance des siens pour cette science dont ils avaient été les gardiens pendant des siècles.

L'histoire remontait à des jours lointains. Au temps de la communauté de saint Benoît, sur le mont Cassin, et aux innombrables monastères bénédictins qui allaient éclore par la suite. C'est là, dans ces églises perdues au fond des campagnes, que la médecine des anciens avait survécu. Chaque monastère créait son infirmerie avec son jardin clos où un moine cultivait avec soin les plantes de médecine, les simples, qui méritaient leur nom car elles n'avaient pas besoin d'être composées pour guérir, à la différence des potions complexes des apothicaires et des mages qui perdaient du pouvoir dans les mélanges.

Seuls sur terre, les ordres religieux assuraient les soins. La médecine n'existait que dans les maisons de Dieu. Mais ce temps de gloire ne dura pas. Le pape autorisa bientôt le secours aux laïcs qui mouraient aux portes des infirmeries réservées aux moines. Les frères médecins que l'on visitait dans leurs cloîtres finirent par accepter de sortir des couvents pour se rendre au chevet des malades importants des villes ou des châteaux. La règle monastique ne tarda pas à succomber à la corruption et la médecine devint une source de péché. En 1219, un concile interdit définitivement au clergé de l'exercer, ordonnant aux moines qui étudiaient la santé des hommes de retourner à l'étude de la santé de Dieu. La profession médicale revint alors aux laïcs des universités qui se prétendaient clercs. Quelques monastères continuèrent à prodiguer des soins malgré l'interdit, mais leurs moines ne pratiquaient jamais de saignée, ni d'acte chirurgical. Un vieux principe le leur interdisait : *Ecclesia abhorret a sanguine*, « L'Église a horreur du sang ». La chirurgie avait été abandonnée aux barbiers qui possédaient dans leurs échoppes des lames assez coupantes pour l'exercer. On jugeait que leur habileté à manier le ciseau sur les barbes leur donnait une compétence pour les gestes chirurgicaux que le diable devait pratiquer avec eux puisqu'ils s'achevaient presque toujours par l'infection et la mort de leur patient.

Le prieur le répétait : l'Église n'aurait jamais dû laisser s'échapper la médecine de ses couvents. Ni les autres trésors qu'elle avait sauvés de l'oubli : le savoir grec, volé par les universités, les livres, la musique, l'art. Tout ce que le monde sans reconnaissance devait aux moines.

— Mais inutile de se lamenter sur ces forces perdues, disait Guillaume, la vraie médecine restera toujours entre nos mains. Les laïcs peuvent arracher les racines spirituelles de l'art du soin, nous resterons les seuls à les conserver.

Personne ne guérit sans Dieu, Antonin. Les clercs des universités brandissent la science à la place de la croix. Mais sans Dieu, la médecine est boiteuse. Apprends à soigner avec les secrets de la nature mais n'oublie jamais d'ajouter une prière à tes décoctions et à tes purges.

Antonin aimait étudier auprès du prieur et lui était reconnaissant de son enseignement et bien plus encore d'avoir compris et pardonné sa trahison. Depuis que Guillaume avait annoncé la proche libération de Robert, il se réjouissait de retrouver son frère. Il avait préparé sa cellule, l'avait aérée, lavée et, lui qui ne savait utiliser aucun outil, avait attelé et cloué les pieds de sa couche qui menaçaient de se briser. Chaque soir, il saluait intérieurement sa présence à venir.

Dès l'aube, il retournait prendre les dictées du prieur qui devenaient plus précises. La figure d'Eckhart apparaissait enfin. Antonin sentait qu'une ombre traînait derrière elle, mais le prieur ne semblait pas pressé d'éclairer le mystère qui l'entourait. Il laissait remonter les bons souvenirs de sa vie auprès du maître et c'était une joie de voir son visage rajeunir à l'évocation de son passé et la gaieté l'habiter à nouveau.

« C'est le propre de la créature de faire quelque chose à partir de quelque chose, mais c'est le propre de Dieu de faire quelque chose à partir de rien. Si donc Dieu doit faire quelque chose en toi ou avec toi, tu dois auparavant être devenu néant. »

La voix du prieur s'arrêta pour laisser ces mots résonner dans le silence de la salle du chapitre. Antonin ne comprenait pas. Devenir néant ? Comment pouvait-on devenir néant sans mourir ? Le prieur lui avait dit qu'il fallait laisser les mots du maître faire leur chemin. La volonté de les comprendre les empêchait de trouver leur voie vers une compréhension plus subtile qui échappait à la raison.

— Un jour, tu les auras compris sans pouvoir les expliquer. Bien souvent les auditeurs de ses sermons venaient me consulter pour que je leur en révèle le sens. J'en étais bien incapable et je disais au maître que ces hommes et ces femmes qui lui étaient si fidèles se plaignaient de l'obscurité de ses propos. Il ne s'en préoccupait pas. Sa réponse était toujours la même : « Les gens frustes doivent le croire, les gens éclairés doivent le savoir. »

Le prieur parcourait les dernières lignes du parchemin qu'Antonin se préparait à copier. Sans lever les yeux, il l'interrogea.

— Que penses-tu que les sermons du maître apporteraient à notre frère Robert ?

— Du réconfort ? proposa Antonin d'une voix hésitante.

— Non, dit le prieur en souriant, de la migraine.

Au scriptorium, Antonin calligraphiait patiemment le texte corrigé de ses parchemins sur le vélin. Le prieur ne souhaitait pas une dictée précise qui aurait contraint sa mémoire. Il préférait la conversation. À charge pour son secrétaire de mettre en forme en travaillant la composition avec lui. Pour la rédaction, il avait choisi le français, langue vulgaire pour un document d'une si grande importance. Antonin s'en étonnait, mais le prieur disait que le latin était pour les clercs et ce livre pour le monde.

Quand le parchemin manquait, le jeune moine notait tous les détails des conversations sur les feuilles d'un papier médiocre qu'il avait reliées pour en faire un carnet facile à transporter. Il enfermait ainsi la voix du prieur Guillaume qui lui parlait à chaque relecture. Les pestiférés de Kaffa traversaient souvent sa mémoire et leur vol au-dessus des remparts troublait son sommeil. Mais Guillaume ne parlait plus de la peste. Son passé revenait avec force et les dictées noircissaient les pages à mesure que la présence du maître devenait plus tangible. Le livre se constituait.

Il commençait à Paris.

« Notre rencontre remonte à l'an 1313. J'étais novice et le maître cherchait un assistant. J'avais quinze ans. Je commençais ma vie de frère au couvent des Jacques. J'apprenais le latin, la psalmodie[1] et la récitation des offices. Un jour, on vint nous annoncer qu'un maître viendrait suivre notre classe. À l'époque, aucun moine ne le connaissait. Seuls les prieurs et les hautes autorités de l'ordre savaient qui il était. Nous nous levâmes à son entrée et je découvris pour la première fois cet homme qui allait me donner une seconde naissance.

Il était grand, maigre, les reliefs de son visage étaient taillés, glabre, un nez droit et des yeux noirs comme de l'onyx qui vous traversaient. Il avait “le regard long” comme on le disait des sages ou des sorciers. Il ne ressemblait pas aux autres maîtres qui nous avaient visités, calmes et bienveillants, accompagnés d'un aréopage d'étudiants et de novices. Eckhart était seul et tendu. Une lumière sombre émanait

1. Cent cinquante psaumes à connaître.

de lui, pleine de cette énergie troublante qui vous repoussait parfois ou vous envoûtait. En fait, il ne ressemblait pas à un moine mais plutôt à un alchimiste. Mystérieux et inquiétant.

Le vieux clerc qui nous faisait la leçon balbutiait d'émotion. Au lieu de se tenir à ses côtés, Eckhart était venu s'asseoir parmi nous, ce qui augmentait le trouble du professeur qui peinait à articuler une parole. Il l'écoutait sans dire un mot, avec le masque de gravité qui ne le quittait jamais. Nous avions un parchemin et un stylet pour copier la dictée. Chaque jour commençait par ce cours de latin que nous savions parler puisque cette langue devait remplacer la nôtre dès la première heure de notre entrée au couvent.

Le maître ne s'intéressait pas au cours, ni au professeur. Il observait un novice au premier rang qui devait lui avoir été recommandé. L'esprit de ce jeune clerc était beaucoup plus délié que le nôtre et son latin s'écoulait aussi fluide que nos patois. Il avait lu plus de livres que nous tous réunis et récitait des chapitres entiers de la Bible. C'était un fils de seigneur que nous n'arrivions pas à détester car il était d'une bonté christique. Je ne lui souhaitais que du bien et assister un grand maître était la certitude d'avoir un destin dans la hiérarchie de l'ordre.

Sans m'occuper du reste, je notais sur le parchemin les mots qu'on me dictait quand je sentis le regard d'Eckhart sur moi. Sentir est le mot juste. Son regard pesait, matériellement. Je m'appliquais, mais comme depuis toujours et malgré mes efforts, les lettres s'inversaient rendant les mots illisibles. Le professeur, qui connaissait mes difficultés d'écriture, s'interrompit et voulut expliquer le désordre de ma feuille mais le maître le fit taire d'un geste. Je levai la plume comme si j'avais été pris en faute. Eckhart me fit signe de continuer.

Je t'ai déjà parlé de la danse des lettres, Antonin, comme si tous les mots que j'écrivais étaient faits de flammes et les efforts que je devais fournir pour les fixer à la pointe de mon stylet. L'émotion aggravait beaucoup les choses et je fus incapable de finir ma ligne. Eckhart s'approcha et regarda mon parchemin. Comparé à celui du fils du seigneur, il ressemblait à un brouillon de paysan. Il prit la feuille, la relut et la tendit devant mes yeux

— Qu'est-ce que tu vois ? demanda-t-il.

Je ne savais pas quoi répondre. Les autres frères m'observaient avec ce sourire que je connaissais bien depuis que le professeur affichait mes parchemins au mur pour m'inciter au progrès.

La voix du maître était grave et lente. Je pensais faire pénitence et lui promettre plus de travail et d'attention. Mais il n'y avait aucune réprobation dans son attitude et je sentais que ce n'était pas des paroles de novice pris en faute qu'il attendait, mais un signe qui viendrait de moi.

Alors, sans baisser les yeux, je répondis :

— Je vois un feu.

Deux jours plus tard, je franchissais, derrière lui, les portes de la Sorbonne. »

CHAPITRE 15

Sorbonne

« Le service du maître était simple. Il vivait comme un moine du monastère dont il m'avait sorti. Je n'avais à faire pour lui que ce que je faisais pour moi-même. J'étais maladroit et les rares tâches qui m'étaient imposées pour la quête de la nourriture et le changement des linges étaient accomplies comme j'accomplissais les choses à l'époque. Médiocrement. C'était bien pour mon écriture que j'avais été choisi. Aucune de mes autres qualités n'aurait pu attirer l'intérêt de quiconque. Mon père m'avait ouvert la voie, mais c'est lui qui m'apprit à placer les signes entre les mots pour les stabiliser et faciliter leur lecture. Lui aussi voyait les lettres en mouvement, comme à la surface d'une mer houleuse.

"Ancre-les", disait-il.

Les ancres étaient des points, des taches ou des petits reliefs en accent à ajouter après les verbes et au milieu exact des phrases longues. Ainsi, les mots s'apaisaient et glissaient sur des lignes calmes et droites que je pouvais alors lire et copier sans difficulté.

Nous partagions cela.

Ses manuscrits étaient constellés de hachures, de chiffres et de symboles. Celui qui ne voyait pas la danse des mots ne pouvait les comprendre. Pour la première fois de mon existence, cette écriture que je maudissais depuis toujours m'avait aidé, me sortant d'un avenir gris de petit moine à qui n'auraient été attribuées que des corvées manuelles. J'admirais qu'un esprit aussi brillant, qui avait rédigé des traités de théologie, ait pu surmonter un tel handicap. Le choix qui s'était porté sur moi était la preuve des fantastiques efforts qu'il avait dû fournir pour maîtriser la lecture et l'écriture, les deux outils de sa pensée sans lesquels sa science serait restée murée en lui-même. Le maître mesurait l'effort et récompensait le mérite. Il m'avait préféré au novice à qui la nature avait offert tous les dons. Il n'aimait pas la facilité. Nos écritures sont entrées en amitié avant nous et ont tissé ce lien qui m'a tenu à Eckhart toute ma vie. Pour mon bien comme pour mon malheur.

Le monde de la Sorbonne était pour moi aussi nouveau que si j'avais traversé un océan. Il se trouvait pourtant à deux pas du couvent où j'avais été élevé, mais le peuple que j'y découvrais était aussi éloigné de moi que les Turcs ou les Tartares. On n'y croisait que des clercs venus de toute l'Europe pour écouter les leçons des maîtres en théologie et en philosophie. La plèbe était rudement tenue à l'écart de ce château fort de pensée et d'intelligence. Les maîtres traversaient les lieux comme des seigneurs, suivis par une cour d'étudiants. Des clans se formaient autour d'eux, aussi défendus les uns contre les autres que les armées anglaises et françaises qui guerroyaient dehors dans de sanglants combats pour des duchés ou des couronnes. Ici, pas de cadavres sur le champ de bataille, mis à part les dépouilles de vanité qu'on laissait derrière soi après avoir perdu une joute philosophique publique. Les blessures d'orgueil étaient plus mortelles que les plaies ouvertes par la pointe des flèches ou des lances. On y croisait des moines, des prieurs, des évêques. Des cardinaux venaient parfois d'Avignon pour écouter les débats. Le cerveau du monde s'abreuvait dans ces lieux. Et moi, je n'y comprenais rien.

Je m'égarais dans les dédales des couloirs de ce fantastique bâtiment où grouillait nuit et jour une foule de personnages plus impressionnants et effrayants que les spectres qu'ils faisaient fuir des salles obscures. Le peuple les disait hantées par les ombres des barbares d'Attila que sainte Geneviève avait repoussés huit siècles plus tôt. Je ne trouvais pas les amphithéâtres, je ne connaissais personne et les autres novices qui assistaient les maîtres ne m'apportaient aucune aide, plutôt satisfaits de me voir parcourir le chemin de vexation et d'angoisse qu'eux-mêmes avaient parcouru avant moi.

Un seul accepta mon amitié intéressée.

On ignorait son nom de naissance, les professeurs qui le voyaient traîner dans les salles depuis toujours l'appelaient Étienne, comme le premier martyr de la chrétienté. Le nom lui convenait bien, il avait toujours l'air d'avoir été roué de coups. Saint Étienne avait été lapidé à Jérusalem, Étienne le novice, au Quartier latin. Son corps s'était résigné à souffrir sans économie. Il était connu pour avoir attrapé à peu près toutes les maladies possibles et passé plus de temps dans l'infirmerie du noviciat que dans sa cellule.

Il était grand et d'une gentillesse à la mesure de sa taille. Je revois un visage long, d'une pâleur de cierge avec des yeux tombants et une absence à peu près complète d'expression. Son crâne aussi était en longueur, avec une tonsure que personne n'avait réussi à arrondir qui faisait comme une sorte de haricot glabre entre ses oreilles. Il ressemblait aux crétins des montagnes qu'on faisait descendre à Noël pour les exposer sur les foires.

Pourtant son esprit était délié mais il laissait son aspect pitoyable parler à sa place pour limiter les corvées qu'on hésitait à exiger de lui. Il prétendait qu'une fatigue naturelle héritée du ciel lui tenait lieu d'ange gardien. Je pense plutôt qu'une grande paresse gardienne, héritée de lui-même, l'assistait dans tous les actes de sa vie.

Il avait aussi une étrange façon de saisir les objets. Il restait collé à eux. Ses doigts se crispaient à l'effort et mettaient du temps à lâcher leur prise. Sa poignée de main était persistante. Il fallait parfois lutter pour s'en défaire. Il disait qu'il n'y pouvait rien. Les frères qui le connaissaient bien ne s'y risquaient plus et le saluaient à distance ou d'une tape amicale sur l'épaule. Cette étrangeté musculaire avait été observée, analysée et inexpliquée par les médecins que son prieur avait convoqués. On avait conclu à une épreuve que Dieu lui soumettait. Ses gestes étaient lents, comme sa démarche, comme sa parole. Il donnait l'impression de s'écouler lentement de lui-même. Raison pour laquelle on l'avait surnommé "la Cire", ce qui convenait bien à sa main qui se figeait sur la vôtre, comme la cire d'une bougie.

Tout cela aurait pu l'exclure de la fonction d'assistant mais il avait eu la chance de trouver chez le doyen des maîtres en théologie de la Sorbonne une âme charitable et surtout superstitieuse. Quand le vieil homme avait entendu parler de ce novice qui attrapait toutes les maladies de la terre, il s'était dit qu'il serait bon de l'avoir à ses côtés, comme un aimant capable d'attirer à lui les flèches des affections qui le menaçaient. L'idée n'était pas d'une générosité très chrétienne, mais le corps entraîné de son assistant lui semblait de taille à supporter quelques fièvres de plus à ajouter aux siennes. Il lui demandait donc de ne jamais s'écarter de la ligne de ses pas.

Et, chacun pouvait en témoigner, la santé du vieux théologien s'était améliorée au contact d'Étienne. Citée en exemple à travers l'ordre, où elle était présentée comme le fruit d'une vie de raison et de sainteté, elle apparaissait aux yeux du patriarche surtout garantie par la présence de son novice. À plus de quatre-vingts ans, il était encore mobile et vif d'esprit et personne ne l'avait vu terrassé par une seule infection depuis leur association. Quand Étienne lui paraissait vigoureux, son humeur s'assombrissait. Il devenait inquiet et taiseux, ne commerçant plus qu'avec les tisanes et les purges préventives qu'il exigeait de ses médecins. Il s'enquérait chaque matin de la mine de son fidèle assistant et s'affligeait de sa fraîcheur. La nouvelle d'une toux ou d'une fièvre était accueillie avec un soulagement profond. En voyant dans les souffrances que le jeune garçon endurait toutes celles qui lui seraient épargnées, il reconstituait ses forces. Il l'encourageait d'ailleurs à s'exposer au froid et à l'humidité que la Sorbonne thésaurisait. Les miasmes puisés dans la Seine toute proche rendaient le lieu encore plus insalubre que les sous-sols inondés de l'hôtel-Dieu d'où les malades ne sortaient que par intervention miraculeuse. Cet homme sage gardait donc précieusement son novice talisman en limitant les charges qui pouvaient l'éloigner du périmètre tracé par son ombre. Le rôle principal qu'Étienne devait assumer était de le réveiller lors des leçons, à l'aide d'une longue baguette qui effleurait son corps dès qu'un ronflement s'en échappait.

La situation convenait bien à celui qui contemplait, assis et serein, le ballet des autres novices à qui chacun ne cessait de commander quelque chose et qui, dans ce haut lieu d'intelligence, ressemblaient plus à des esclaves qu'à des futurs clercs.

Ce fut lui qui vint vers moi et accepta de m'initier aux secrets de la place en commençant par l'essentiel : savoir reconnaître ceux qui méritaient d'être reconnus.

Lors de la première leçon d'Eckhart à laquelle j'assistai, Étienne était à mes côtés. L'amphithéâtre était plein. Je prenais peu à peu conscience de ce que le maître représentait. Je pensais qu'il était un frère célèbre de notre ordre, au même titre qu'un prieur de région. Sa qualité de maître était pour moi un grade honorifique qui assurait une place élevée dans la hiérarchie des Dominicains et le respect des autres congrégations. Je ne pouvais pas imaginer à quel point sa renommée dépassait les clôtures des monastères et plus largement les clôtures de l'Église.

À l'époque, on lui avait déjà confié les plus éminentes fonctions à la tête des juridictions d'Allemagne. Il était provincial de Saxe et vicaire général de Bohême. Son autorité s'étendait sur un territoire allant des Pays-Bas au nord-est allemand et à Prague, sur quarante-sept couvents d'hommes et de femmes.

Mais sa célébrité n'était pas directement liée à sa position dans l'ordre. Ses traités théologiques avaient été diffusés dans toutes les universités d'Europe et l'avaient consacré parmi les intellectuels les plus importants du temps, mais ces œuvres étaient écrites en latin, ce qui en limitait l'accès aux clercs. Ce sont les sermons en allemand, en langue vulgaire, qu'il autorisa à la publication qui furent la source de sa gloire. Et aussi de sa chute. Ils permirent à ses idées dissidentes de toucher des esprits non universitaires, non formés aux nuances théologiques, en échappant à la censure de l'Église.

Pourtant la menace qu'il représentait me semblait bien limitée. Sa pensée était tellement complexe, tellement élevée, que personne n'était capable de la saisir. Moi-même, à qui il donna pourtant tous les outils, je crois pouvoir dire que je n'ai jamais compris un seul sermon de maître Eckhart.

Ce sont des femmes pieuses qui m'en ont donné la clé, bien plus tard.

Selon elles, il ne fallait pas chercher à les comprendre, il suffisait de les aimer.

Ce conseil, si innocent en apparence, était le plus juste. Le cœur était le meilleur secret de compréhension de la pensée du maître, même s'il en appelait à la raison pour suivre son chemin. C'était le pouvoir unique de ses sermons. Leur obscurité s'éclairait dans le cœur.

À la fin de sa leçon, l'amphithéâtre avait tremblé sous les applaudissements et tous les auditeurs s'étaient levés pour une ovation. Je remarquai alors, dans l'assemblée, un jeune dominicain qui n'applaudissait pas. Sa silhouette détonnait sur les bancs de la faculté. Il était gros.

Son corps débordait de sa chaise et faisait le vide autour de lui. Un collier de graisse glissait sur le haut de sa robe. Ses doigts épais pianotaient lourdement sur son pupitre et son regard sur le maître était plein de dureté.

Il devait avoir le même âge que nous mais il était assis, ce qui montrait sa valeur. À ses côtés se tenait un homme d'allure sévère que chacun saluait au passage.

— Qui est-ce ? demandai-je à Étienne.

— Guillaume Ymbert, répondit-il d'une voix molle, l'inquisiteur général de France. C'est lui qui brûle les sorcières.

— Et le gros à côté ?

— Ne l'appelle pas "le gros", me conseilla mon nouvel ami. C'est le novice de l'inquisiteur. Son molosse plutôt. Il s'est déjà renseigné sur toi.

— Auprès de qui ?

— De moi.

— Et tu lui as dit... ?

— De ne pas s'inquiéter, sourit-il lentement, j'ai dit que tu venais des montagnes comme moi.

J'appris que le novice de l'inquisiteur général s'était déjà fait une réputation dans l'ordre. Je devais être le seul dominicain à ne pas connaître son histoire. Il avait volontairement subi un jeûne de huit semaines sous la surveillance du prieur de sa région et de plusieurs clercs témoins pour prouver que son poids ne devait rien à un quelconque péché de gourmandise. Il avait ainsi fait taire toutes les moqueries et les insinuations dont il avait souffert, mais elles avaient laissé leurs cicatrices d'amertume.

L'ordre avait accepté qu'on le soumette à cette épreuve car il était considéré comme l'un de ses disciples les plus prometteurs. C'était le plus jeune licencié de théologie de l'histoire de l'université et le prieur général plaçait beaucoup d'espérance en lui. Son avenir ne pouvait pas se refermer pour une histoire de poids. Au bout de deux mois de jeûne, il avait conservé sa graisse mais il ne pouvait plus marcher, ses muscles avaient fondu de manière invisible sous son épaisseur. Il boitait encore quand je l'ai rencontré. »

— Est-ce que le portrait te rappelle quelqu'un, Antonin ? interrogea Guillaume.

— Oui, murmura Antonin, en retrouvant l'image de Robert et le contact de son épaule sur la sienne quand ils se serraient l'un contre l'autre, dans la chapelle-tribunal de Toulouse devant le gros inquisiteur.

— Un vieil ami, comme tu vois.

« La Cire me raconta qu'un étudiant imprudent avait un jour raillé sa démarche de pachyderme. On apprit plus tard que ses parents avaient été arrêtés peu après l'incident pour une accusation de catharisme alors qu'ils étaient bons chrétiens et que leur abbé se portait garant de leur orthodoxie. On les libéra, mais après les avoir soumis à la torture sur ordre personnel de l'inquisiteur général, conseillé par son novice dont il tenait le jugement en haute estime. Sa précocité l'émerveillait. Ce jeune frère connaissait Aristote aussi bien que les maîtres en théologie et ne se référait qu'à lui. Il avait une mémoire prodigieuse et pouvait réciter des pages entières de ses traités. On disait entre nous qu'il était "gros d'Aristote". Et le philosophe lui allait bien. Comme lui, il mettait de la raison partout et de la spiritualité nulle part.

J'allai rejoindre le maître sur l'estrade, il était entouré des étudiants et des professeurs enthousiastes. Mais je ne pouvais pas oublier le regard du novice sur lui. À la sortie de l'amphithéâtre, je me rapprochai du groupe qui s'était formé autour de l'inquisiteur général et je surpris l'échange. L'inquisiteur avait été impressionné par la leçon du maître et se félicitait que l'ordre dominicain compte un aussi grand esprit à offrir à la chrétienté. Nombreux étaient ceux qui le comparaient déjà au nouveau guide de la pensée de l'Église, le vénérable Thomas d'Aquin, en route pour la béatification. Les trois clercs qui l'entouraient acquiesçaient à ses paroles. Son novice restait silencieux. L'inquisiteur lui demanda ce qu'il avait pensé de la leçon d'Eckhart. Et j'entendis distinctement cette réponse :

— Il ne respecte pas la distance de majesté.

Phrase obscure, qui tourna longtemps dans mon esprit. Le sens m'en échappait mais ce n'était pas la cause de mon trouble. Les phrases obscures m'étaient si familières depuis ma rencontre avec le maître… J'avais vite renoncé à tenter de les éclairer par lucidité sur ma faiblesse intellectuelle, et aussi par paresse. Je me disais que le temps à ses côtés allait faire son œuvre et que je finirais par percevoir sa pensée comme une langue étrangère qui se dévoilerait à force d'être entendue, sans avoir à la travailler. Ce qui m'avait troublé en réalité, dans la phrase du novice, était la sécheresse de son ton. La voix était haute et coupante et chaque mot portait la même violence froide. Le rejet était profond et définitif. En m'éloignant, je vis les clercs se rapprocher de lui pour débattre. L'inquisiteur général écoutait à l'écart, l'air assombri. Les clercs discutaient ces étranges paroles, l'inquisiteur les méditait. »

CHAPITRE 16

Colchique

Le prieur Guillaume s'arrêta et demanda à boire.

— Tu feras le résumé de cet entretien sur parchemin. Je le corrigerai avec toi au scriptorium. Je te dicterai ensuite le texte définitif pour le vélin. Je te donnerai les dates précises. Tu parleras des circonstances de ma rencontre avec maître Eckhart. Tu n'omettras pas les problèmes de lecture et d'écriture qu'il a surmontés et qui ne sont honte que pour les ignorants. Je te donnerai les dates de son magistère parisien, les lieux où il a enseigné et les titres de ses leçons latines dont les copies ont été gardées. Ce ne sont pas ces textes qui intéressent les juges. Raconte aussi notre rencontre avec l'inquisiteur, cela pourra nous servir pour la suite. Ce temps que nous avons passé à Paris avant notre départ en Allemagne est cher à mon cœur. Laisse Étienne dans un coin de ta mémoire, il rafraîchit la mienne, ne parle pas de mes sentiments, ni des relations qui n'ont pas un lien direct avec Eckhart. C'est lui le propos du livre, son cœur et son venin.

Le prieur s'arrêta. Il semblait essoufflé, sa respiration était sifflante et ses poumons encombrés. Ses jambes avaient gonflé davantage depuis quelques jours. Il les recouvrait d'un cataplasme de marjolaine à partir de la cheville et buvait toutes les heures une tisane décongestionnante à base de pissenlit et de feuilles de bouleau séchées qu'Antonin lui préparait.

— Nous reprendrons plus tard, dit-il, je suis fatigué.

Antonin replia le carnet recouvert de notes et s'apprêta à regagner le scriptorium pour préparer le parchemin. Mais une question le retenait et il tardait à se lever de sa chaise. Le prieur, qui connaissait bien sa manière, soupira.

— Qu'y a-t-il, Antonin ?

— Qu'est-ce que la « distance de majesté », mon père ?

Antonin travaillait à ses côtés depuis plus de trois heures dans l'air humide de la salle du chapitre où peu de jour pénétrait, ce qui justifiait un peu de bienveillance. Guillaume fit patienter sa fatigue et lui répondit.

— La distance de majesté… toutes les hérésies se sont attaquées à elle. C'est le dogme le plus sacré de notre Église, sans elle ce couvent et ses frères n'auraient pas de sens. Elle désigne la distance qui sépare l'homme de Dieu. Une frontière de nature, qu'aucune volonté humaine ne peut abolir. Les hérétiques prétendent la franchir en promettant une union parfaite avec le Très-Haut. Par leurs extases, leurs illuminations, ils disent se fondre dans la divinité au point d'annuler toute différence et rendre inutile notre sacerdoce. Je pense que c'est plutôt avec le diable qu'ils se fondent… Cette distance, que notre très saint père Augustin a si bien nommée, appartient à Dieu seul. Il n'est pas en notre pouvoir de devenir ce qu'Il est.

— Et le maître ne respectait pas la distance de majesté ?

Le prieur lui désigna la porte d'un geste las.

— Nous verrons cela plus tard. Va, laisse-moi me reposer.

La goutte avait saisi le pied du sacristain.

Son gros orteil avait enflé et ressemblait à un radis rouge qu'il ne fallait effleurer sous aucun prétexte. Le courant d'air le plus léger semblait aussi écrasant que la roue d'une charrette. Il marchait appuyé sur un bâton de pèlerin, guettant autour les menaces que le monde liguait contre lui. Les moines devaient respecter un mètre d'écart et cet homme rugueux et dur au mal laissait parfois échapper une expression de détresse qu'il repoussait avec répugnance.

Antonin l'avait vu tourner autour du jardin des simples quand il y travaillait. Il ne demandait rien, hésitait un peu devant la barrière puis repartait vers la chapelle en maugréant. Les frères, qui subissaient continuellement sa sévérité juste mais implacable, se réjouissaient de sa situation. Aux laudes, s'accordant entre eux, ils se rassemblaient autour de lui, faisant mine d'osciller sous les à-coups du sommeil et rapprochant de tous côtés leurs sabots de son pied. Les péchés étant remis par les confessions quotidiennes, ils ne craignaient pas la sanction divine pour leur manque de compassion. Le sacristain, depuis, allait tête basse dans la chapelle, à l'affût des sabots qui glissaient vers ses orteils comme des serpents.

Antonin le voyait bien venir chaque jour un peu plus près du jardin sans oser y pénétrer, luttant contre lui-même. Un soir, il finit par se décider, la douleur ayant eu raison de sa volonté. Sans un mot, il se déchaussa et montra son orteil gonflé, brillant d'œdème, recouvert jusqu'à l'ongle d'une peau écarlate et brûlante.

Antonin avait déjà soigné des vieux moines pour ce mal. Il le conduisit jusqu'à la serre où il gardait les plantes séchées et désigna un bocal rempli de fleurs aux reflets lilas qui ressemblaient à du safran.

— Des colchiques, murmura le sacristain.

Antonin acquiesça.

— On dit qu'elles tuent les chiens, dit le vieux moine.

— Elles tuent la goutte aussi.

Le sacristain surveillait chacun de ses gestes avec méfiance. En lui-même, Antonin se disait que Dieu lui rendait justice. Son cou douloureux obtenait réparation et il ne pressait pas les étapes de sa préparation.

On lui avait appris que la goutte était une maladie d'humeur, ce qui convenait bien à son malade. L'équilibre des quatre humeurs du corps réglait la bonne santé. L'une d'elle, la bile, pouvait s'accumuler en excès dans le crâne et verser à travers le corps comme l'eau d'un vase trop rempli. Goutte à goutte, jusqu'au pied. D'où le nom que les anciens avaient donné à l'affection. Peut-être était-ce l'excès de dureté qui commençait à s'égoutter de l'âme du sacristain pour enflammer ses orteils ? Antonin songea qu'il avait là l'occasion de gagner un peu plus l'estime de ses frères en le laissant souffrir, mais il avait bon cœur. Il prépara la décoction avec prudence, le colchique trop concentré étant un poison mortel, et la lui remit.

Des maux aigus de ventre clouèrent le sacristain au lit pendant deux jours. Il refusa qu'on lui rende visite. Antonin crut l'avoir assassiné. Il avait pourtant vérifié chaque mesure dans la *Materia Medica* de Dioscoride dont le scriptorium gardait un exemplaire et où étaient consignés tous les remèdes connus d'Orient et d'Occident. Mais son inquiétude ne dura pas. Le sacristain se remit vite et l'inflammation de son pied fut entièrement guérie.

Le vieil homme en profita pour régler ses comptes avec les sabots qui avaient menacé son orteil lors des laudes. Les omoplates de leurs propriétaires furent corrigées avec plus de vigueur que jamais.

Antonin ne reçut aucun remerciement. Quand il le croisait, le sacristain prenait l'air soucieux d'un homme qui cherchait quelque chose. Un « merci », pensait Antonin, mot perdu qui avait dû se noyer dans sa mémoire à force de ne jamais être prononcé. Mais quelques jours après sa guérison, le sacristain fit enfin preuve de reconnaissance.

Alors qu'Antonin se dirigeait vers le chemin de ronde, il l'appela à la porte de la cuisine et lui remit un petit paquet en tissu d'où s'échappait l'odeur amère d'une motte de beurre. Ses doigts se recouvrirent de gras dès qu'il le reçut.

— Il est rance, précisa le sacristain, il ne manquera à personne et ton chat ne verra pas la différence.

Un sourire se forma sur les lèvres d'Antonin que l'air sévère du vieux moine congédia sur-le-champ.

La guérison du sacristain donna du prestige à Antonin et le confirma dans son rôle de médecin du couvent. Il passait toujours plus de temps dans le jardin des simples dont les parfums tranquillisaient son âme. L'enseignement du prieur Guillaume guidait ses pas. Chaque plante, lui avait-il appris, possédait un secret de guérison qu'un œil averti pouvait lire dans sa forme. Lors d'une de leurs promenades quotidiennes, Antonin avait retenu ces paroles :

— Dieu fait comme les marins. Comme les messages qu'ils enferment dans des bouteilles avant de les donner à la mer. Dans toute créature vivante, notre Père inscrit des signes.

— Pour nous, mon père ?

— Oui, Antonin, pour nous, pour notre santé car un père soigne ses enfants. Ainsi, le saule, expliqua Guillaume, aux branches si souples et flexibles donnera, à travers son écorce que tu feras bouillir, le secret de sa souplesse aux articulations enraidies de nos vieux moines.

Antonin apprenait ainsi le métier d'apothicaire et cherchait les plantes qui apaisaient les tourments car l'ombre de l'inquisiteur le suivait. Mais mieux que les décoctions de valériane, d'aurone et de menthe consommées le soir, le travail sur le vélin parvenait à les dissiper. Les souvenirs de Guillaume occupaient alors toute sa pensée et chassaient son angoisse. Lorsqu'il la sentait monter, il revenait sur les bancs de la Sorbonne, où la mémoire du prieur le reconduisait.

« Il y avait des clans et des combats, racontait Guillaume. Le peuple de la Sorbonne était essentiellement composé de gens d'Église. Ce qui ne les empêchait pas de se battre comme des soudards. Entre les moines réguliers dont je faisais partie et les prêtres séculiers qui nous méprisaient, tout ce petit monde se bénissait d'ecchymoses et de bosses.

Les convictions philosophiques étaient aussi matière à contusions.

Parce que le maître paraissait défendre les thèses des platoniciens, le clan de l'inquisiteur général nous traitait de "Plats", en prenant des airs de condescendance infinie. Eux n'avaient qu'Aristote à la bouche, un philosophe grec que l'on étudiait depuis moins d'un siècle. On disait qu'on devait aux Arabes d'avoir conservé et traduit ses œuvres. Alors on les appelait les "Sarrazins". Les échauffourées entre les "Plats" et les "Sarrazins" de la Sorbonne étaient fréquentes et les bottes de paille qui servaient de chaises volaient dans les étages. Souvent, les concierges devaient séparer les novices qui se battaient comme les canailles du quartier.

Étienne était toujours partant pour le combat. Fort de ma présence, il défiait les groupes de Sarrazins. Il relevait les manches de sa chemise jusqu'au coude avec la lenteur d'une chenille, le combat commençait sans lui et la mêlée se dispersait avant qu'il y pénètre. Il volait à mon secours quand j'étais déjà rossé et promettait d'en découdre avec la plus impitoyable violence lors du prochain affrontement.

Fort de ce soutien, je finissais par proposer des débats de conciliation à nos ennemis.

Les clercs n'étaient pas les seuls à combattre pour des convictions philosophiques d'autant mieux défendues qu'elles étaient moins comprises. Il y avait aussi le clan des laïcs qui nous sommaient de retourner à nos couvents. Ils méprisaient tout ce qui venait de l'Église et prétendaient que l'université écraserait un jour les cathédrales. Pourtant, leurs maîtres étaient tous des clercs. Ils crachaient sur les serviteurs de Dieu mais écoutaient leurs leçons. Comme ces apothicaires qui venaient apprendre leur métier auprès des moines thérapeutes avant d'afficher leur mépris pour ces ignorants sans diplôme à qui ils devaient leur culture.

Rejeter la religion, aux yeux des étudiants laïcs, garantissait une certaine élévation d'esprit. Dieu, dans sa très grande sagesse, n'avait pas cru bon de créer l'intelligence pour ses moines, se satisfaisant de leur foi. Il revenait donc aux laïcs de s'atteler à combler ce manque, ce dont ils se chargeaient en nous accablant d'insultes et de coups.

Tout cela pour te dire, Antonin, qu'on ne plaisantait pas avec les idées dans les couloirs de la Sorbonne.

Au bout de quelques semaines de ce régime qui m'éloignait avec bonheur de la rigueur du couvent, je finissais par poser à Étienne la question qui me tourmentait depuis mon arrivée dans ce lieu sacré :

— C'est quoi la différence entre Aristote et Platon ?

Il me répondit très précisément :

— Qu'est-ce que j'en sais, moi, mon père était boucher.

Je n'avais jamais osé interroger Eckhart sur ce sujet. Comme sur les autres. En dehors de son travail d'écriture qui exigeait un silence parfait, il restait le plus souvent plongé dans ses pensées et nous parlions peu. Mais il avait eu vent des combats de novices. Un jour, alors que nous quittions les quais de Seine pour monter par la rue Saint-Jacques vers la Sorbonne, il surprit mon regard fixé sur un des lions sculptés sur le portail principal. J'étais aussi sensible à l'art qu'un âne de pèlerin mais ce lion était d'une majestueuse beauté. Il ne faisait pas peur, il gardait l'entrée par sa perfection.

Alors que nous étions en retard sur l'horaire, Eckhart prit le temps de s'arrêter devant la statue et comme s'il avait eu vent de ma question à Étienne :

— Tu voulais savoir la différence entre Platon et Aristote ? Demande au lion. Pour le sculpter, Platon l'aurait cherché dans sa tête, Aristote dans la pierre. L'un croyait que la mémoire contenait le modèle de toutes choses, l'autre que rien ne pouvait exister sans la matière. Platon aurait demandé à l'artiste de copier le lion qui posait dans son esprit, Aristote lui aurait dit de l'extraire du marbre où il attendait sa main habile pour le libérer. L'un va chercher la beauté hors du monde, l'autre la trouve ici-bas. Tu as compris ?

J'avais décidé de ne plus répondre à cette question.

Nous franchîmes les portes de l'université sous l'œil respectueux du concierge. Quand Eckhart commença sa leçon, je restai pensif. Étienne à mes côtés m'observait avec l'extraordinaire inexpressivité dont il était capable. Je m'étais empressé de partager avec lui la réponse du maître. Il avait plissé ses grands yeux, comme si une idée lui apparaissait mais elle avait dû lui échapper avant qu'il ne parvienne à la saisir. Il donnait l'impression de la chercher à l'extérieur de lui-même, au loin, en rétrécissant le regard pour mieux la distinguer à l'horizon. N'y repérant rien, il me proposa d'aller traîner vers les cantines où sa mère travaillait, ce qui nous valait un supplément de soupe quand l'humeur de cette femme rugueuse était légère.

— Ils sculptaient des lions, Platon et Aristote ? demanda Étienne sur le chemin des cuisines.

— Il faut croire, assurai-je. »

CHAPITRE 17

Marguerite

« Qui t'a dit que c'étaient des sorcières ?

— Le novice de l'inquisiteur, me répondit Étienne l'air indifférent.

— Ce ne sont pas des sorcières, ce sont des femmes pieuses, on les appelle les béguines.

— En tout cas, reprit Étienne, il y en a une dont l'inquisiteur général est fier d'avoir eu la peau. Il y a pas si longtemps que ça, l'année où ils ont commencé à brûler les templiers, mon père me l'a raconté, il a vu les bûchers. Elle s'appelait Marguerite, elle disait que Dieu était son amant. Une fêlée. Paraît qu'elle a joliment crié en rôtissant et ça l'a pas fait venir, son bien-aimé. Comme quoi, Dieu est parfois dur d'oreille.

Les béguines. Deux jours auparavant, Eckhart m'avait dit qu'elles n'étaient des sorcières que pour ceux qui en ignoraient tout. Ses mots revenaient.

— C'est de ces sorcières que nous allons nous occuper, Guillaume, en Allemagne et en Flandres. Nous partons pour Strasbourg dans trois jours.

Je ne connaissais rien d'elles. Il y avait des rumeurs sur des laïcs qui jouaient aux moines sans l'être vraiment.

Parmi eux, on trouvait des femmes, souvent des veuves, de bonnes personnes qui se réunissaient en communauté sans prononcer de vœux. Indépendantes des ordres monastiques, elles agissaient comme des moniales sans clôture, sous la surveillance de l'évêque. Leurs seuls engagements étaient la chasteté et l'obéissance. Installées dans de petites maisons regroupées en béguinage, elles s'occupaient des pauvres et des malades, catéchisaient et menaient tranquillement leur chemin de prière et de méditation. Leur vie édifiante leur valait un statut social et le respect du peuple. Rien de menaçant ne paraissait pouvoir venir de ces congrégations simples et vertueuses. Pourtant l'ordre dominicain devait redouter de sérieux périls pour envoyer une figure aussi prestigieuse qu'Eckhart diriger leur enseignement. Les béguines lisaient, écrivaient, débattaient des questions spirituelles en toute liberté, le monde ne restait pas à leur porte. Or, à cette époque, une vague d'hérésie recouvrait l'Europe et avait particulièrement infecté les communautés dans les Pays-Bas et en Allemagne. »

Le prieur Guillaume appuya sa voix :

« La liberté, Antonin, elle avait prêté son nom à la grande hérésie qui faisait trembler l'Église : le Libre Esprit. Ces saintes femmes furent accusées de le propager.

Les béguines étaient comme les Franciscains, elles mettaient de l'amour partout. Pour elles, l'amour était suffisant pour "voguer sur l'océan de Dieu", ainsi qu'elles le répétaient. La raison devait rester au port. Le pur contraire de l'esprit dominicain qui, pour voguer vers Dieu, s'en remet à la seule intelligence en respectant la distance de majesté.

La “Marguerite” dont m’avait parlé Étienne était une béguine célèbre qui avait écrit un livre que tu ne trouveras pas dans les scriptoriums des monastères, ni dans les bibliothèques des universités. Une œuvre en langue vulgaire qui pouvait contaminer les esprits non préparés et non surveillés, et dont les copies ont été détruites par l’Inquisition. Toutes, sauf quelques-unes que tu pourras obtenir si tu sais à qui demander.

La pauvre Marguerite fut brûlée avec son livre pour une phrase qu’elle aurait dû peser. Des mots empoisonnés, remplis d’un venin mortel, connus de toutes ses sœurs et de nous, dominicains, qui les avons condamnés : *“Je suis Dieu, car amour est Dieu et Dieu est amour… Je suis Dieu par nature divine.”* Comment pouvait-on accepter une telle folie ? Si chacun peut se transformer en Dieu par l’extase, à quoi sert l’habit que nous portons ? À quoi sert de prêcher la bonne parole et de confesser les âmes de leurs péchés ?

Tous ceux qui défendaient la divinisation étaient pourchassés. Les adeptes du Libre Esprit qui prétendaient à l’union divine la célébrèrent sur le bûcher. Quelques-uns prirent refuge dans les béguinages. Leurs idées troublèrent l’esprit de ces saintes femmes qui furent à leur tour suspectées et parfois condamnées.

L’Inquisition a défiguré l’histoire en faisant de ces hérétiques des illuminés libertins qui professaient la fornication. Il est vrai que certains d’entre eux traversaient les villes, nus comme Adam, en déclarant que l’âge de la liberté était venu et que, déjà unis à Dieu, ils ne pouvaient plus pécher sur terre. L’union divine les autorisait à suivre leurs pulsions, sans remords ni culpabilité. *"Vertus, je prends congé de vous"*, avait écrit Marguerite… Mais nombreux, parmi eux, ne se comportaient pas de manière aussi insensée. L'Inquisition a effacé de ses registres les témoignages de ceux qui pratiquaient l'ascèse et la pauvreté et rejetaient les désirs vulgaires. J'ai rencontré de belles âmes chez ces hommes mais ils surestimaient le pouvoir de leur foi. Leur vision du monde était idéaliste et ouvrait à toutes les dérives. Ils n'avaient pas la même défiance sur les faiblesses du corps que celle de notre sainte Église. Les plus sages respectaient les instincts pourvu qu'ils soient naturels et purs. »

— Comment reconnaît-on un instinct naturel et pur ? interrogea Antonin.

— Parce qu'il est irrésistible. On raconte que les libres esprits recommandaient « le martyre blanc », engageant les couples à coucher nus et enlacés en combattant les sollicitations naturelles de l'amour. Le désir devait se développer lentement et il ne fallait y céder qu'au bout de l'irrésistible. Tu vois que tout cela nous éloignait beaucoup de la discipline de nos couvents.

Antonin méditait au scriptorium sur le martyre blanc et l'image de la ribaude lui réapparaissait. Si l'irrésistible garantissait la pureté des désirs, le sien n'était donc pas coupable. Le corps nu de la ribaude venait se coucher chaque nuit contre le sien, malgré ses prières à la Vierge qui ne devait pas trop s'en offusquer puisqu'elle lui laissait toute la place dans ses pensées.

À l'évidence, les béguines avaient joué un rôle important dans l'histoire du prieur Guillaume. Antonin était impatient d'en connaître plus sur leurs voyages à travers les communautés d'Allemagne. C'est au contact des fugitifs du Libre Esprit que ces femmes avaient découvert le nom d'Eckhart. Nom célèbre parmi les adeptes de l'hérésie qui se partageaient ses sermons. Ils affirmaient y trouver les échos des promesses de déification auxquelles ils croyaient.

Antonin n'arrivait pas à imaginer le prieur Guillaume sous les traits d'un novice maladroit qui peinait à écrire comme un enfant laborieux. Il était plus facile de se représenter le gros inquisiteur au même âge. On sentait que rien en lui n'avait fondamentalement changé. Sa dureté garantissait la résistance au temps. La vieillesse ne s'intéressait pas à ce genre d'homme. Elle ne pouvait les abîmer qu'en surface.

Le prieur lui avait raconté un incident qui n'avait pas de lien direct avec Eckhart, mais l'histoire avait sa place sur le vélin.

« Le gros novice était détesté par tout le monde et en particulier par le clan des laïcs qui exécraient l'Inquisition, plus encore que nous. Un jour, ils lui tendirent un piège, pour lui infliger une humiliation brutale qu'aucun de nos frères n'aurait osé concevoir. Trois d'entre eux l'attendaient à la sortie d'une leçon au fond d'un couloir obscur. Ils portaient des cagoules car tous le craignaient. J'avais quitté l'amphithéâtre peu après son départ. Les laïcs l'avaient repoussé contre un mur et forcé à mettre genou à terre. Les frères qui me suivaient firent comme s'ils ne s'apercevaient de rien et passèrent leur chemin.

À l'époque, je n'étais pas quelqu'un de courageux. La peste n'avait pas encore détruit toutes mes lâchetés, mais j'avais fait vœu de n'abandonner personne. Les trois laïcs ne voulaient pas lui faire de mal physiquement, juste briser sa morgue par un outrage qui ferait le tour de l'université. L'un d'entre eux portait un sac en tissu de bure noirci de taches humides et qui paraissait lourd. Une puanteur de déjection flottait autour. Il contenait une tête de truie coupée au col dont le crâne avait été évidé. Le laïc l'extirpa du sac, ses doigts plantés dans les naseaux remplis de sang. Les deux autres ceinturaient leur victime pendant qu'il levait la tête tranchée pour en couronner son front.

Je ne pouvais pas laisser faire ça. Mais je tenais à ma peau. Pour les faire fuir, je me mis à hurler au feu comme un possédé. Mon cri les arrêta. Les concierges accoururent et des professeurs sortirent des salles. Les trois laïcs filèrent alors en abandonnant leur sac et la tête roula à mes pieds en couvrant mes chausses de sa corruption.

Je me rapprochai du gros novice qui se relevait, l'air étonnamment calme. Il ne prit pas la main que je lui tendais pour l'aider et, en rajustant son habit, me dit avec un étrange sourire :

— Je savais bien que tu ne descendais pas des montagnes. »

La nuit commençait. Le scriptorium était désert. Vêpres allait bientôt sonner.

Antonin feuilletait les dernières pages de son carnet et revivait le départ pour l'Allemagne et l'adieu à Étienne que le prieur lui avait raconté.

« À la fin de la dernière leçon d'Eckhart dans le grand amphithéâtre, Étienne m'attendait dans la cour, l'air encore plus abattu que de coutume, la tête rentrée dans les épaules et l'œil brillant. Son allure était si pitoyable que je m'inquiétai.

— Tu es malade ?

— Non, répondit-il en tordant ses lèvres.

— Et alors, tu n'as pas l'air…

— Si, ça va.

Je savais bien ce qu'il avait dans le cœur.

— Je reviendrai, promis-je avec amitié.

— Je sais, murmura-t-il, mais…

— Dis-moi.

— Tu seras plus intelligent.

— Et alors ?

— Alors rien, fit-il en piquant du nez.

Je lui tendis la main. Il hésita à la prendre car le geste était rare. J'attendis sans impatience que les doigts se desserrent pour me libérer, en les regardant se déplier lentement un par un comme des lézards engourdis. Nous nous quittâmes ce jour-là avec émotion mais j'avais la certitude de le revoir. Eckhart aimait Paris. Et son magistère avait eu un tel retentissement que la chaire de théologie lui serait à coup sûr offerte une seconde fois, comme à Thomas d'Aquin qui avait été le seul à recevoir cet honneur.

Le soir du départ, en me retournant vers mon ami qui agitait sa main devant le porche de la Sorbonne, j'aperçus sa joue humide. Étienne pleurait.

Ses larmes s'écoulaient plus lentement que les miennes. »

Antonin rêvassait. Il avait laissé la figure d'Étienne reposer dans ses carnets. Il savait qu'il n'avait pas sa place sur le vélin. Il aurait voulu qu'il y soit. Il aurait été facile de glisser son souvenir dans l'ornement d'une page, mais le prieur ne souhaitait aucune enluminure. Certains manuscrits du scriptorium avaient été illustrés par un frère d'un autre temps qui maîtrisait l'art du dessin. Son don était mort avec lui et n'avait pas trouvé d'héritier. On disait qu'il calligraphiait les ciels nocturnes comme personne. Antonin lui aurait bien demandé d'ajouter une petite étoile de cire au ciel de la Sorbonne.

CHAPITRE 18

Détachement

Après leur dernier entretien, le prieur avait remis à Antonin un parchemin où étaient consignées les dates des voyages d'Eckhart, les titres et les thèmes généraux de ses leçons données à Paris, ainsi que le nom des professeurs qui l'avaient assisté et les honneurs reçus. Il lui avait révélé qu'Eckhart était présent en 1310 lors du châtiment de la béguine Marguerite Porete en place de Grève et qu'il n'avait jamais oublié l'horreur de ce bûcher dont les Dominicains bénissaient les flammes. Mais le prieur ne voulait pas s'attarder sur un passé qu'il n'avait pas partagé. C'est dans l'intimité du maître que le vélin devait se construire.

Guillaume était satisfait du travail de son secrétaire et de son ardeur à la tâche. Lorsque la dictée arrivait à sa fin, Antonin insistait toujours pour connaître la suite de l'histoire, et malgré sa fatigue, le prieur ne résistait pas longtemps. On sentait que cette période de sa vie avait été heureuse et que son souvenir le reposait.

« Le voyage vers Strasbourg fut le temps le plus cher de ma jeunesse. Il dura deux pleines semaines. Deux semaines, seul avec le maître dont l'humeur s'éclaircissait à mesure que nous nous éloignions de la Sorbonne. Loin du travail que lui demandait la préparation de ses leçons, loin des devoirs que lui imposaient ses fonctions, il retrouvait le sens de la vie. Le printemps nous accompagnait et son exceptionnelle clémence fleurissait les routes de l'est d'ordinaire si rugueuses. Eckhart s'ouvrait au monde et à moi.

Il s'arrêtait pour goûter les parfums et prolongeait de longues pauses devant les paysages. Il n'exigeait aucune prière, aucun rituel. Il me demandait de laisser faire la nature, de la laisser prier pour nous et pour le monde car sa beauté était action de grâce. C'était la première leçon du maître, Antonin, voir dans la nature une action de Dieu.

Son visage se détendait. Son corps était souple. Il marchait vite, bien souvent loin devant et ne s'arrêtait qu'au bout de mes ultimes supplications. Tout nous souriait et nous partagions la joie des choses. Ah, Antonin, dit le prieur d'une voix exaltée, comme le monde parfois peut être ravissant ! Heureux le cœur de l'homme qui a été ravi, un seul court instant, le temps d'un furtif éveil de conscience.

Le maître m'enseignait avec plus de chaleur. Effet du beau printemps, sans doute, qui rendait les choses fraternelles. Qu'importait notre différence d'âge et de valeur, une nouvelle confiance s'établissait. Je n'étais plus le novice au pied de la statue, j'étais Guillaume. J'existais près de cet homme surhumain. Eckhart était capable de cela ; lui qui pouvait vous écraser d'un regard savait aussi vous rendre à vous-même. Tout ce qu'il m'a enseigné sur ces routes est resté gravé dans mon cœur. Dans mon cœur, Antonin, comme les béguines l'avaient dit.

— Quel est le but d'une existence terrestre, Guillaume ? me demanda-t-il.

— Le bonheur.

— Bien sûr, mais quel bonheur ? La santé, la bonne humeur, la paix intérieure, le confort pour toi et pour les tiens ?

— Je ne vois rien de plus désirable.

— Non ? Alors pourquoi ceux qui les obtiennent désirent-ils encore ? Si l'assouvissement du désir n'exigeait rien au-delà de ses limites, à quoi servirait cette force en nous qui ne s'apaise jamais ? Non, Guillaume, notre désir est fait pour Dieu, puisqu'il est infini.

— Alors tous les hommes devraient se faire moines ?

— Tous les hommes devraient se faire passants. Rien sur terre ne devrait les arrêter.

— Il suffit de désirer Dieu ?

— De désirer s'unir à Dieu.

L'enseignement d'Eckhart trouvait là sa source. Sa vie intellectuelle ne fut consacrée qu'à la question de l'union à Dieu. Comment l'obtenir et ce qu'elle nous promettait, bien loin des délires du Libre Esprit. J'avais encore beaucoup à apprendre. Les maîtres parisiens jugeaient son enseignement trop impénétrable. Comment moi, simple novice, aurais-je pu prétendre au moindre entendement ? Pourtant certains mots d'Eckhart vous traversaient comme des éclairs de sens, en laissant une trace brûlante que l'esprit le moins préparé pouvait ressentir.

La dernière nuit de ce voyage, avant d'entrer en terre rhénane, il me parla du détachement.

Le feu nous enveloppait ou peut-être était-ce la grâce de cette nuit, ou celle des souvenirs qu'elle éveillait. Tu verras,

Antonin, murmura le prieur soudain pensif, les souvenirs ont des bras. Pour nous enlacer comme ceux d'une mère bienveillante et réchauffer nos cœurs ou bien serrer nos gorges pour étouffer notre soif de vivre.

Eckhart était heureux. Le voyage avait été si tranquille. Nous nous sentions hôtes du monde, protégés de toutes les vicissitudes. La nature était responsable de nous. Et sous sa protection, nulle angoisse n'avait de pouvoir.

Un paysan nous avait offert un poulet contre une bénédiction et, à ma surprise, le maître l'avait accepté. Tu connais la rigueur de notre ordre sur l'interdiction absolue de la consommation de viande. Durant mon noviciat, ma bouche n'en avait jamais effleuré le goût. L'abstinence devait être totale, mais aux novices qui montraient des capacités intellectuelles et de l'ardeur à la lecture, du poulet était consenti pour l'unique repas du soir. Beaucoup de moines se découvraient ainsi une passion pour les livres. Une page pour une cuisse…

Eckhart s'en amusait. Selon lui, de nombreux intellectuels reconnus avaient rempli leur cerveau pour remplir leur panse. Et leur savoir devait beaucoup à des volailles qui passaient leur temps à gratter du fumier et dont on avait tordu le cou.

Il était d'une exemplaire frugalité. Je regrettais parfois les maigres repas du couvent quand nous partagions des soupes transparentes, quelques légumes d'un temps reculé et du pain rassis. La frugalité dominicaine était un commandement. Le grand jeûne, observé de septembre à Pâques, était respecté scrupuleusement, parfois jusqu'à la mort. Et l'interdit semblait juste. Adam, avant la faute, ne mangeait la chair d'aucun animal. La consommation de viande signait donc la chute et le péché. Mais Eckhart se méfiait des jeûnes et des châtiments que les moines s'imposaient. La souffrance touchait souvent la vanité. Dans ses sermons, il prévenait contre "la fierté des souffreteux" qui s'égaraient sur leur chemin de passion.

Je suivais volontiers son jugement en préparant le poulet que je regardais griller sur le feu avec émerveillement. Le sort de ce pauvre volatile heurtait ma sensibilité chrétienne qui était alors pleine de fraîcheur, mais l'écriture disait que la mort des déshérités ouvrait sur la richesse éternelle. Je mangeais donc, sans prévoir de confession.

Eckhart me regardait avec bienveillance. Il avait à peine touché les morceaux de son assiette. J'avais le sentiment qu'il se rassasiait de ma plénitude. Nous ne dressâmes pas de tente, ce soir-là. La lune était pleine. Nous avions fait halte vers Frankenthal, près d'un étang aux eaux noires. Nous traversions les collines des Vosges, des cols à taille humaine et bientôt la plaine d'Alsace allait s'ouvrir devant nous jusqu'au Rhin. Strasbourg nous attendait à une journée de marche. Nous étions arrivés, les dangers du voyage derrière nous, je nourrissais le feu et Eckhart contemplait les étoiles.

— Tu pries, Guillaume ?

— Chaque jour, répondis-je.

— Pourquoi pries-tu ?

— Pour mes parents et mes frères, pour ma santé, pour le pardon des pécheurs. Pour que Dieu me donne la sagesse et la paix.

Eckhart restait silencieux. Sa question me troublait. La prière était le devoir premier du moine. Peut-être n'avais-je pas répondu comme il le fallait. J'osai l'interroger :

— Et vous, maître, pourquoi priez-vous ?

Sa réponse me saisit.

— Je prie pour que Dieu ne me donne rien. C'est cela qu'il faut attendre, Guillaume. Si Dieu donne du néant, il donne le juste prix de la prière.

Déconcerté, je continuai :

— Cela ne sert donc à rien de prier ?

— Je n'ai pas dit cela. Quand tu demandes quelque chose à Dieu, que crois-tu faire ? Lui rappeler son devoir envers toi ? L'inciter à t'offrir sa protection ? Personne ne peut inciter le ciel à quoi que ce soit. Ta voix pourrait porter à l'infini, elle ne ferait pas obéir les anges. Dieu n'est pas comme un roi qui distribue sa bienveillance et que tu pourrais émouvoir ou séduire. Dieu n'a pas de cœur, Il a sa propre guise.

Je savais que les paroles d'Eckhart étaient souvent provocantes. Les sermons que j'avais entendus contenaient des formules qui choquaient par leur hardiesse. Un jour, il avait déclaré que Dieu n'était pas bon. Que la bonté n'était pas un attribut du Très-Haut, puisqu'il n'en possédait aucun. Les qualités touchaient les créatures, pas le Créateur. Il était aussi faux de dire de Dieu qu'Il était bon, mauvais, juste ou injuste.

— Tu peux dire que tu es meilleur que Dieu, que ton intellect est plus subtil. Tu peux dire que Dieu t'arrive à la cheville, tu diras aussi peu que lorsque tu le loues. Que tu dises qu'Il est infini ou qu'Il fait la taille d'une mouche, Dieu n'est rien de ce que tu peux en dire. Mieux vaut dire alors que Dieu n'est rien. Ou dire ce qu'Il n'est pas, plutôt que ce qu'Il est à l'horizon de notre faible intelligence. Dès que tu parles de Dieu, dès que tu le qualifies, tu le fais exister comme une créature. Et c'est cela, dont il faut se séparer. Du Dieu créature.

Je ne comprenais pas comment je pouvais voir Dieu autrement. Il fallait bien que je voie quelque chose pour accueillir mes prières. Il fallait bien que Dieu, malgré sa toute-puissance, soit un être vivant pour qu'il me parle et que mon amour puisse s'échanger avec le sien. Mais Eckhart ne concevait pas les choses de cette façon. Pour lui, la création nous séparait de Dieu et la distance de majesté était infranchissable dans le monde matériel. L'union ne pouvait se faire que sous une forme purement spirituelle, en rejoignant la pensée de Dieu et la place que nous y occupions éternellement.

— Si tu veux être semblable à Dieu, Guillaume, il faut remonter le temps.

— Jusqu'à la naissance ?

— Plus loin encore.

Je ne voyais pas comment il était possible de remonter plus loin et j'observai :

— Avant la naissance, nous ne sommes pas encore, maître.

— Pas encore créature, dit Eckhart.

Je ne pus m'empêcher de murmurer une phrase pour moi-même. Il l'entendit et me demanda de la répéter à voix haute. Je voulus cacher ma confusion et j'allais faire pénitence mais son ton paisible me rassura.

— Redis-moi ces mots, Guillaume.

— Quand nous ne sommes pas créés, nous ne sommes rien, répétai-je avec hésitation.

Le regard d'Eckhart s'éclaira. J'ignorais que nous touchions au cœur de ce qu'il voulait révéler.

— Quand le sculpteur conçoit son œuvre avant de commencer à tailler la pierre, est-ce que cette œuvre n'est rien ?

— Elle est dans sa pensée.

— Tu vois, Guillaume, "elle est", tu l'as dit toi-même. Et c'est là que commence l'histoire de notre ressemblance avec Dieu, quand nous sommes dans sa pensée, pas encore créés dans le monde. Là… il désignait mon front, et seulement là ! Ce n'est que sous une forme purement spirituelle que nous pouvons nous unir à Lui, car Dieu est esprit. Si tu veux être de même nature que l'esprit, deviens pensée. Deviens "Idée d'homme", il n'y aura alors aucune différence entre ce qui pense et ce qui est pensé. Aucune différence, Guillaume, entre celui qui pense et celui qui est pensé.

Étienne aurait plissé les yeux pour distinguer, à l'horizon, l'absence de toute lueur. Et, à dire vrai, je ne voyais pas grand-chose non plus. Mais je n'insistais pas, je savais que le maître s'irritait lorsque ses auditeurs se perdaient. "Que celui qui peut comprendre comprenne", disait-il. Malheur aux vaincus. »

Le prieur soupira longuement et un sourire apparut sur ses lèvres. Antonin relisait avec peine les derniers mots qu'il avait inscrits sur le carnet et écarquillait ses yeux comme si l'obscurité de la salle du chapitre avait été rendue plus profonde. Le sacristain s'était assoupi sur sa chaise.

« À cette époque, reprit Guillaume, j'étais bien loin de ces subtilités théologiques. Je pensais aux voyages plus qu'à l'union à Dieu. Je voulais quitter ce froid continent et traverser l'Asie en missionnaire pour convertir les peuplades lointaines. Entre une place dans la pensée de Dieu ou dans l'équipage d'un navire, j'aurais choisi l'équipage.

Et puis, était-ce vraiment le sens de la vie de vouloir s'unir à Dieu ? Est-ce que son sens n'était pas plutôt de la vivre le mieux possible, à hauteur de créature finie et imparfaite ?

Pour Eckhart, la question ne se posait que pour des esprits sans grandeur : "Il est écrit que Dieu a fait l'homme à son image, disait-il, pas à celle des animaux qui nous accompagnent, pas à celle du ver de terre qui vit sa vie à l'abri du jour. La hauteur de la créature, c'est la hauteur du ver."

Je savais que ces paroles étaient dangereuses. Elles sonnaient diaboliquement. Sa folle ambition d'union à Dieu me semblait lui ouvrir les portes de l'enfer et je priais chaque jour pour le salut de son âme. Et de la mienne qui la côtoyait de près. À Paris, le prieur ami du couvent des Jacques où il résidait lui avait conseillé la modération mais Eckhart n'écoutait personne et notre séjour allemand aggrava la suspicion envers lui. Devant les béguines que nous visitions, il oubliait toute prudence. Il prêchait avec passion des sermons foudroyants qui plongeaient ces femmes dans l'extase et les autorités dans la défiance.

Dans la nuit que nous partagions comme deux frères en pèlerinage, mes questions ne lassaient pas sa patience.

J'aurais pu alors obtenir bien plus de lumière, mais je revenais sur la question de la prière.

— Et si je demande très peu à Dieu ?

— C'est trop, répondit-il. Dieu ne vient que s'Il trouve un lieu sans désir. Un espace absolument libre où Il peut accomplir sa naissance. Les premiers moines étaient des défricheurs. Ils ont abattu les arbres, arraché les buissons pour lever leurs monastères. Un homme qui a réussi à se défricher lui-même, jusqu'à l'herbe la plus minuscule de désir, fait venir Dieu à lui.

— Personne ne peut faire cela.

Eckhart me reprit avec calme.

— Que font les alchimistes dans leur laboratoire, Guillaume ?

— Ils transforment le plomb en or.

— Oui. Mais qu'est-ce que le plomb ? Qu'est-ce que l'or ? Du métal dont on pourrait tirer quelques pièces ? Non. L'alchimie est une voie spirituelle. Le plomb, c'est l'homme misérable que nous sommes lorsque nous vivons selon les désirs terrestres. L'or, c'est l'homme spirituel, enrichi de Dieu. Et la pierre philosophale qui transforme l'un en l'autre s'appelle le détachement. Lorsque tu auras abandonné la volonté d'obtenir quelque chose, tu auras gravi la première marche du détachement.

“Détachement”… J'aimais ce mot dont je n'ai jamais épuisé le sens. Quand Eckhart le prononçait, il me semblait parvenir à un certain repos. Je le répétais souvent en moi, sans savoir précisément quel chemin il devait prendre pour toucher mon cœur. Mais peu m'importait, ce mot déroulait le fil qui me reliait à la plus haute visée possible : la pensée de Dieu.

Voici, Antonin, les paroles du maître telles qu'il les a prononcées.

Elles sont restées écrites dans ma mémoire. Ce sont les vestiges du temps où je l'aimais encore.

À l'époque, c'était un homme mûr. Je ne connaissais pas son âge, mais il avait passé la cinquantaine. Il était vigoureux et son allure n'était pas celle d'un homme usé. En fait, il y avait un mélange de jeunesse et de vieillesse en lui et son humeur faisait pencher la balance vers l'une ou l'autre. Quand elle était sombre, il ressemblait à un vieillard, sa démarche se ralentissait, sa parole devenait hésitante. Quand elle s'allégeait, sa jeunesse se redécouvrait. C'est dans l'enclos des béguines qu'elle apparaissait dans sa plus grande clarté. Assis à ses côtés, je retrouvais parfois l'air de notre voyage du printemps. Les béguines à leurs œuvres, si fines et délicates, passaient autour de nous. Et nous sentions, dans l'air qu'elles déplaçaient, leur empreinte pure et caressante. Eckhart aimait la compagnie des femmes. Il était sensible à leur beauté et à leur grâce sans le dissimuler.

— Regarde-les marcher, me disait-il, on dirait du vent.

Puisque la paix semblait venir de la contemplation des femmes, je demandai au passage des plus exquises qui était source de ravissement :

— Est-cela le détachement ?

— Non, Guillaume, me répondait Eckhart en souriant, cela n'est pas le détachement. »

CHAPITRE 19

Robert prêchait

Antonin travaillait nuit et jour. Jamais labeur ne lui avait paru plus fertile. Les mots d'Eckhart scintillaient comme les lettres d'or que le prieur interdisait pour le vélin.

« Il sera enluminé de cuir, disait-il, ce qui y sera écrit rendra l'or inutile. » Antonin s'efforçait de ne penser qu'au livre, mais la conscience de l'injuste sort qui accablait Robert et la vision de son frère croupissant dans son cachot brisaient son ardeur. Que ressentait-il à présent ? Quelle douleur souffrait-il ?

Eckhart n'effaçait pas son image. Au contraire. Dans l'esprit d'Antonin, Eckhart et Robert étaient liés. Le maître et l'ami habitaient ses pensées. Eckhart appelait Robert. Robert appelait Eckhart. Ils cheminaient ensemble, unis par une même force d'existence. Mais Robert était vivant et Eckhart n'était qu'une ombre dans la mémoire de Guillaume. Pour rejoindre Robert, il lui suffisait de fermer les yeux et il franchissait la distance qui le séparait de la maison Seilhan. Que faisait-il à cette heure ? Antonin l'ignorait et ne pensait qu'à lui faire sentir sa présence.

Robert prêchait aux cafards.

Il leur enseignait la vérité du Christ, mission de tous les dominicains.

« Vérité », répétait Robert, à voix haute, comme on le lui commandait aux premiers temps de son noviciat quand aucune prière n'entrait dans son crâne. Des chapelets de « Vérité » à répéter dans sa cellule quand les autres récitaient des psaumes.

La vérité était l'Évangile du Christ. Mais Robert n'avait pas ouvert le livre. L'Évangile, il l'avait écrit dans son cœur, sans savoir que les mots qui s'y trouvaient étaient les mêmes que ceux des pages sacrées qu'Antonin lisait si bien. Et il les avait prêchés, à sa manière, sur des centaines de lieues à travers le Languedoc.

Le prieur avait rempli pour lui un carnet de prédication dont les feuillets conservaient bien le parfum du lard fumé qu'il y cachait. Robert n'avait pas besoin des mots des autres. Un dominicain pouvait prêcher sans. Dominique, leur saint fondateur, passait pour un piètre orateur qui bafouillait ses sermons. Le prêche était la foi qu'on montrait, pas les mots qu'on prononçait. Robert prêchait avec son corps offert au peuple, à moitié découvert dans les froids de l'hiver, avec sa maigreur de mendiant qui ne tendait la main à personne et les cicatrices de sa vie errante. Il avait souffert sur les routes, souffert dans les forêts, souffert dans les villes, au fond des quartiers de misère et de révolte, pour porter cette souffrance aux cœurs de tous les hommes sans Dieu. C'est cette souffrance qu'il prêchait, la vérité du Christ, son humilité, sa pauvreté, son humanité. Et rien ne l'arrêtait sur les chemins du Christ. Il pouvait marcher des nuits entières, épuisant ses compagnons, accélérant le pas quand il les sentait fléchir. Antonin était le seul pour qui il consentait à ralentir.

Il n'aurait pas pu vivre enfermé dans la clôture d'un monastère. Les frères dominicains agissaient dans le monde, pour le monde. Robert n'était pas un moine car il avait choisi l'action. Un moine aurait supporté la cruauté du mur étroit plus aisément qu'un frère qui passait sa vie en liberté sur les chemins. Raison pour laquelle il avait décidé d'abandonner le souvenir de celui qu'il avait été, car cet homme qui ne respirait bien que l'air des forêts serait devenu fou entre les pierres de sa prison.

Robert avait donc choisi de devenir cafard et de prêcher à ses frères grouillants. Il prenait garde de ne pas les écraser dans ce trou dont ils avaient fait leur tanière, il leur offrait les miettes de ses repas et les laissait courir sur son corps, table ouverte pour la vermine. Les cafards se nourrissaient de tout, de tissu, de cuir, de sang, d'excréments. Tout était nourriture et ils se dévoraient entre eux quand la faim les y forçait. Mais Robert veillait au respect des commandements et les séparait quand ils se dressaient les uns contre les autres. Aux heures de prêche, il se rapprochait de leurs nids posés au sol en rampant comme eux sur leurs pattes hérissées d'épines. Leurs corps vivants ou morts formaient des monticules qui abritaient leurs œufs, les colonies s'agitaient autour. Pour se faire entendre, il piégeait les plus gros au creux de son écuelle et pour les rendre solitaires et attentifs à sa parole, arrachait leurs antennes qui les aidaient à se reconnaître.

« La parole et l'exemple », lui avait-on appris au couvent. À ses semblables, filant entre les pierres, il prêchait son exemple de cafard humain.

« Le bien se diffuse », proclamait la règle dominicaine. Aux cafards de recevoir le bien de Robert car c'était louer Dieu que de bénir ses plus misérables créatures. Ainsi s'appliquait la maxime de l'ordre : « Louer, bénir et prêcher. »

Qu'importe s'il devait se passer des hommes. Un maître avait déclaré que la vérité devait se chercher dans la douceur de la fraternité. La fraternité de Robert irait désormais à ces créatures infectes qu'il nourrissait de sa chair et de sa parole. Et du fond des ténèbres, il lançait ses bénédictions aux insectes du monde.

Sans aucun doute devait-il exister, au cœur des Évangiles, un verset pour le pardon de toutes les créatures. Ces mots universels devaient avoir été écrits, se répétait Robert, et s'ils ne savaient pas où les lire, Antonin saurait trouver pour lui le verset du pardon aux vivants les plus méprisables. Le verset des cafards.

Il se souvenait du temps de leurs devoirs partagés sur le banc du scriptorium de Verfeil, ces heures d'amitié où son frère écrivait pour deux. Les paroles de Dieu étaient si dures à copier et si dures à retrouver dans les chapitres de l'Évangile que le prieur désignait par des chiffres. Manière, disait-on, de faciliter le pèlerinage sur les chemins de l'Écriture.

Robert butait à chaque pas.

— Cherche-les comme si c'était du pain, lui conseillait Antonin, puisque personne ne trouvait mieux que lui la nourriture qu'on leur cachait dans les cuisines.

Il cherchait, en comptant les mots comme un écolier, jusqu'à émouvoir le cœur de son compagnon qui prenait son doigt pour le faire glisser jusqu'à la bonne ligne.

Les surnoms que le sacristain donnait à chaque frère étaient justes : Robert l'endurant, Antonin l'avisé. Les muscles de Robert oubliaient les efforts, la tête d'Antonin retenait les choses. « Tu as une mémoire de vieillard », disait Robert à son compagnon qui le corrigeait : « Les vieillards oublient tout. » Mais, pour Robert, la vieillesse commençait à trente ans. La jeunesse n'avait pas besoin de souvenirs. Elle vivait du jour, des sensations de l'instant, insouciante du lendemain. La mémoire faisait des provisions, elle annonçait les fins à venir et signait l'âge.

Robert attrapa le corps gras d'un cafard qui courait sur sa poitrine et le plaça dans son écuelle en refermant sa paume sur elle comme un couvercle.

— Un homme donna un grand souper, commença-t-il en prononçant chaque mot avec soin pour qu'il soit bien entendu par son disciple. Le jour venu, il envoya un serviteur annoncer aux invités : *« Venez, car tout est prêt »*, mais ceux qui avaient été conviés refusèrent de le suivre pour des prétextes futiles. Alors le maître dit au serviteur : *« Va sur les chemins et le long des haies et ceux que tu trouveras, contrains-les d'entrer afin que ma maison soit remplie*[1]. »

« Contrains-les d'entrer ! » répétait Robert en libérant ses cafards qui s'enfuyaient vers les murs. Il les rattrapaient dans les fissures où ils avaient trouvé refuge et les bloquait

1. Saint Luc XIV, 17 et XIV, 23.

dans leurs trous pour qu'ils transmettent à leurs semblables le message du Christ. Ceux qui s'échappaient encore lassaient parfois sa patience et, de colère, il en écrasait un entre ses doigts. Robert pleurait alors sur le sang des cafards et demandait pardon à Dieu.

« Contrains-les d'entrer ! » commandaient aussi les maîtres dominicains à leurs élèves. L'ordre avait trouvé sa raison d'être dans ce passage vénéré qui résumait sa mission. Ces mots sacrés étaient restés gravés sous le front de Robert sans rien devoir aux bâtons de tous les sacristains qui l'avaient châtié depuis son noviciat pour lui apprendre son évangile. Les paroles du Christ avaient fait des hématomes sur son dos.

On disait que Dominique s'agenouillait plusieurs fois pendant ses prières et, comme lui, Robert s'agenouillait sans cesse. La peau de ses genoux était pelée et couverte de croûtes mais les petites douleurs de son corps se diluaient dans le reste de ses souffrances.

Dominique ouvrait largement ses bras quand il prêchait aux impies, avançant à leur rencontre comme une croix vivante. Le mur étroit ne permettait pas d'ouvrir assez les bras pour les cafards, Robert levait simplement ses coudes, les mains tordues devant son visage, comme un estropié.

Sa raison vacillait. Il voyait s'allumer des cierges aux flammes froides qui dessinaient un cercle autour de son corps, comme dans une crypte. Quand il découvrait son cadavre au milieu des cierges glacés, l'horreur de la mort apparaissait entière à sa conscience et le jetait contre les pierres du mur.

Le deuil de soi-même… Voilà à quoi servait la vie. Robert le savait mais n'y parvenait pas. Il voulait retrouver les chemins de prêche, la morsure des aubes blanches qui le tirait des nuits hantées dans les bois et les champs où sa fatigue l'avait cloué, la rude cellule du couvent où il faisait pénitence. Il ne regrettait pas la douceur de la vie, mais la douloureuse caresse de ses griffes. Mais cela n'était plus. Demain, comme chaque jour, l'oblat lui tendrait le parchemin de ses aveux à signer et son refus ouvrirait la porte à la lépreuse.

Il somnolait dans les ténèbres du mur étroit et ses réveils étaient toujours inaccomplis. Ce demi-sommeil était la pire souffrance. Il priait pour que la foi vienne comme le matin, le tirer de ces limbes et lui donner, contre ce sommeil mouvant, quelque chose de dur et de résistant, un sol sur lequel s'appuyer…

« Antonin viendra », répétait-il, mais que pouvait faire Antonin face au monstre de l'Inquisition ? « Antonin viendra. » Comme il était venu à ses côtés affronter les pierres des hérétiques. Leur amitié datait de ce jour. Ils partageaient alors une prédication dans la région d'Albi. On leur avait parlé d'un village qui lapidait les prêcheurs, un hameau près de Lombers entièrement brûlé au siècle précédent lors de la croisade contre les Albigeois. Ses maisons étaient peuplées des petits-fils des impies que les croisés avaient massacrés. Aucun prêcheur ne s'aventurait plus là-bas. La haine contre les soldats du Christ battait encore puissamment. Robert avait décidé de s'y rendre et Antonin l'avait suivi. Le courage de ces deux jeunes garçons qui avançaient vers les pierres, les bras largement écartés en crucifiés que le sang de leurs blessures ne faisait pas reculer, avait fait s'agenouiller les descendants des Cathares. Leur amitié était ainsi, pensait Robert, aussi dure que les pierres de Lombers.

« Antonin viendra. »

CHAPITRE 20

Strasbourg

« L'année qui suivit fut ardente et épuisante. Nous étions résidents au couvent Sainte-Croix à Strasbourg, mais il serait plus exact de dire que nous habitions sur les routes. »

Antonin avait rejoint Guillaume dans la salle du chapitre. Sa copie sur le vélin avait été louée. Le sacristain n'avait pu retenir l'éclair d'émerveillement sur son visage devant la page qui lui avait été montrée. Les lettres étaient gravées à la perfection. L'harmonie de leurs courbes et la profondeur des noirs traités à la couperose valaient toutes les enluminures. Le prieur corrigea la seule torsade qu'Antonin s'était accordée sur le mot qui lui était le plus cher : détachement.

— Ne décore pas les mots, Antonin, surtout ceux qui sont faits pour la nudité.

La qualité de la copie n'était pas seulement un bien pour la présentation du texte mais aussi pour lui-même. Elle lui donnait confiance pour remonter plus librement le cours de ses souvenirs.

« La tâche que l'ordre avait confiée à Eckhart était considérable. On l'avait nommé vicaire général. Il répondait de la conduite spirituelle et administrative des provinces. Elles recouvraient la partie sud de l'Allemagne, la Teutonie qui englobait l'Alsace, la Souabe, la Bavière et le Brabant. Un vaste territoire qui s'étendait d'Anvers à Vienne où l'on comptait quarante-huit couvents.

Strasbourg était le point central.

D'innombrables lettres devaient être envoyées pour juger des problèmes de droit ecclésial, de conflits entre les ordres, entre les diocèses et leurs évêques, entre les paroisses et leurs prêtres, en plus de la gestion du trésor à partager entre les régions. Les visites des émissaires étaient quotidiennes. À cela s'ajoutaient les devoirs universitaires. Nos nuits étaient courtes.

Sainte-Croix était au cœur de la cité, le long de l'enceinte romaine. À cette époque, le couvent était encore en chantier. Il disputait avec la cathédrale le titre du plus grand édifice religieux du pays. Les riches donations avaient permis d'entreprendre des travaux somptuaires qui en faisaient une sorte de cathédrale dominicaine, plus vaste que la plupart de celles qui couvraient l'Europe.

Pour le jeune homme que j'étais, la ville était vibrante.

J'y retrouvais l'énergie de la Sorbonne et ses combats. Dans les rues, on se battait chaque jour entre artisans, bourgeois, nobles qui luttaient pour les premières places au conseil. L'Allemagne bruissait d'un vent d'énergie guerrière. Tout le monde voulait en découdre et les clercs ne faisaient pas exception. Notre église était un champ de bataille. Les prêtres détestaient les moines qui se méprisaient entre eux. Le pape allait excommunier l'empereur élu contre sa volonté. Les Franciscains, fidèles à l'empereur, complotaient contre les Dominicains fidèles au pape. L'interdit lancé contre l'Allemagne fermait les portes des églises. Plus de messe, plus de sacrements et des hérésies qui poussaient partout. Les bûchers s'allumaient à travers le pays. On brûlait pour une parole, pour un livre. On chassait les juifs, les bégards[1], les sorciers. Chaque jour moissonnait une énergie puissante et sombre. Le monde grondait sous ces courants contraires qui s'entrechoquaient. »

— Ah, que ces souvenirs font battre mon cœur, cher Antonin ! Toi qui n'as connu que la paix de Verfeil, tu n'imagines pas comme cette jeunesse guerrière était bonne à vivre et comme sa sève rouge me manque.

« Les années 1314 à 1323 sont les frontières de ce temps. On voyageait. La règle de l'ordre interdisait aux frères itinérants d'utiliser un cheval ou une charrette. C'est donc à pied que nous parcourions les chemins. Sans nous économiser, de couvent en couvent. Nous ne dormions jamais deux nuits de suite dans la même couche. Les heures couraient vite et je me sentais heureux. Le maître avait pourtant repris son allure de la Sorbonne. Notre amitié du printemps était restée à quai, au bord du Rhin, Eckhart n'avait pas permis qu'elle embarque avec nous. Mais je me contentais de ce que j'avais. La vie était suffisamment intense. J'étais jeune, j'ignorais la fatigue. Parfois je m'inquiétais pour lui, les efforts dépassaient souvent les limites de nos corps. Pourtant, je n'ai pas le souvenir de la moindre plainte et il ne tombait jamais malade. Il connaissait le pouvoir des plantes et des matières subtiles.

1. Adeptes du Libre Esprit.

On racontait que des alchimistes l'avaient initié, à Paris. Il possédait des secrets de médecine. J'étais tenu à l'écart de ces questions et j'ignorais tout de son savoir, mais il méprisait tant les médecins des facultés que je me disais qu'une science supérieure devait à coup sûr l'habiter. Il ne croyait pas à la théorie des humeurs et répétait qu'il faudrait saigner et purger les médecins avant de leur donner leur diplôme pour leur faire passer le goût des gestes inutiles.

Pour lui, la santé ne nous habitait pas. Elle appartenait aux métaux et aux plantes d'où il fallait l'extraire. On ne guérissait pas seul. La nature portait en elle toutes les réponses à nos maux qu'elle ne voulait pas nous cacher mais qu'elle nous murmurait tout bas. Guérir, c'était prêter l'oreille. À l'esprit qui savait l'écouter, tous les secrets de guérison se révélaient.

Les périples sur les routes restaient de terribles épreuves sous ce climat pluvieux qui les embourbait et la menace des pilleurs qui vous éventraient pour un morceau de pain.

Mais nous avions une mission, l'ordre avait demandé au maître de veiller en priorité à la discipline des couvents de femmes. Des rumeurs de grave relâchement remontaient jusqu'en Avignon. Elles ne mentaient pas. Eckhart décida de s'y atteler dès les premiers mois de son vicariat. Je pense qu'il n'avait pas mesuré la difficulté de la tâche.

Les couvents de Teutonie n'étaient pas remplis de mendiantes. Les sœurs étaient des filles de nobles familles dont les parents payaient la confortable subsistance. L'entrée était soumise à un don de 80 livres, qui limitait le recrutement à l'aristocratie. Les demandes étaient aussi nombreuses que les vocations étaient rares. La haute natalité avait élargi les familles, et les femmes qui grandissaient sans espérance de mariage terrestre se voyaient imposer, par défaut, le mariage avec Dieu.

Nous perdions une formidable énergie dans ces lieux où l'humilité avait quitté la place. Les transports mystiques imposaient leur règle dans la confusion et le tumulte. Peu occupées par les travaux manuels, les riches dominicaines déviaient souvent vers des chemins d'égarement, d'extase et de mélancolie.

Que d'efforts nous dûmes consacrer à calmer les esprits et combien de baumes lénifiants et d'inhalations balsamiques ai-je dû préparer pour ces créatures aux âmes enfiévrées.

Heureusement, nous avions les béguinages. Ces villages de dames pieuses qui inquiétaient notre ordre et dont nous avions également la charge.

L'atmosphère y était différente, effet sans doute des choix délibérés de ces femmes souvent plus âgées et riches d'une expérience de vie dans le monde. Les veuves y étaient nombreuses et elles travaillaient, ce qui plaisait au maître. Les béguines n'étaient pas contemplatives comme les sœurs des couvents qui n'avaient pas la culture de l'effort. Entre Marie, l'adoratrice de Jésus qui restait à ses pieds et Marthe, l'active qui préparait ses repas, le cœur des Dominicaines penchait vers Marie, celui des béguines vers Marthe. Les riches religieuses se contemplaient elles-mêmes en pensant contempler Dieu quand leurs sœurs des béguinages soignaient, recueillaient, tissaient.

Eckhart préférait Marthe.

Plusieurs de ses sermons rappelaient la nécessité d'une vie active pour parcourir le chemin spirituel. »

Les béguinages... Antonin n'en n'avait jamais vu à l'horizon de Verfeil. Leur réputation était trouble. Des rumeurs de dépravation couraient encore à leur sujet. Il avait interrogé le prieur sur ce point. On disait que des nuées mystérieuses les enveloppaient pour cacher les péchés qui s'y commettaient. Guillaume avait rétabli la vérité. Il suffisait d'écouter ses souvenirs pour reconnaître leur sainte nature.

« L'accueil des béguines réconciliait avec le monde. Elles se savaient menacées et la venue d'un grand maître dominicain aurait pu les effrayer ou les durcir, mais ces femmes voyaient le bien. Eckhart aimait leur présence. Il avait rapidement jugé que les rumeurs d'hérésie courant sur elles étaient infondées. À ses yeux, elles n'étaient coupables que de passion spirituelle.

Leurs poèmes si blâmés vibraient de la même flamme que les prières du Cantique. Leur crime était d'être écrits pour tout le monde, en langue vulgaire, comme ses propres sermons. Et elles étaient libres, sans vœux, ni clôture. L'ordre n'a jamais eu de sympathie pour la liberté et, au lieu de protéger ces âmes pieuses, les accablait de soupçons. Eckhart fut le seul à prendre leur défense.

L'affaire aurait pu être réglée dans la simplicité et la charité chrétienne, si un homme dont le souvenir m'est odieux ne s'en était mêlé.

Cet homme s'appelait Henri de Virneburg, l'archevêque de Cologne. Un personnage épais au visage fruste de paysan avec un étrange regard bridé, comme celui d'un Tartare de Kaffa, souligné par des cernes en anneaux.

Il aimait l'alcool et l'argent. C'était un ignorant, fat et jaloux. On disait que ses dents le faisaient souffrir et altéraient son humeur. En dehors de leurs rages qui détruisaient ses nuits, il avait deux détestations : les hommes plus célèbres que lui et les Dominicains. Les premiers attaquaient sa vanité, les seconds sa fortune.

Eckhart et lui étaient faits pour se mésentendre.

À cette époque, l'Église d'Allemagne traversait une crise profonde. Les nobles fidèles à l'empereur achetaient les prêtres pour les forcer à braver l'autorité du pape Jean. La corruption était partout. La simonie[1] n'avait pas infecté notre ordre mais son enrichissement le faisait suspecter. Pour une communauté de mendiants, l'opulence était une contradiction. Mais que faire ? La réputation des Dominicains était si élevée que toutes les aumônes de la région tombaient dans leurs bourses et échappaient aux caisses de l'archevêque, comme les généreux legs pour obtenir une inhumation, nos cimetières étant réputés pour conduire les âmes plus vite au ciel. Depuis longtemps, le bruit courait que notre absolution était cotée plus haut par le Seigneur et par ses anges, et dispensait du détour par le purgatoire. Les curés d'Allemagne nous accusaient de voler leurs morts et l'archevêque faisait remonter leurs plaintes jusqu'à la Curie en Avignon. »

Le récit de Guillaume enflammait l'imagination d'Antonin. La grande figure d'Eckhart ne quittait plus son esprit et, dans son ombre, se révélaient toutes les menaces

1. Commerce des biens spirituels.

dont Robert était la victime. Il ne comprenait pas encore pourquoi le gros inquisiteur désirait à tout prix connaître le secret du livre qui s'écrivait à quatre mains dans cette salle glacée de Verfeil. Mais une force puissante se levait du passé de Guillaume et le temps n'avait pas de pouvoir sur elle. Cette force montait, capable d'écraser sur son passage tous ceux qui voulaient la libérer.

« Henri de Virneburg menait grand train. Il avait pris parti pour Frédéric d'Autriche qui avait disputé à Louis de Bavière son titre d'empereur. Son vote en faveur de l'Autrichien avait été monnayé pour la somme de 40 000 marcs et n'avait pas empêché l'élection de son rival allemand. Opposé au nouvel empereur que le pape se préparait à excommunier, Henri de Virneburg avait naturellement acquis le soutien d'Avignon. Spirituel et financier. La Curie lui versait des rentes considérables pour faire respecter la pauvreté évangélique dans son diocèse. Le meilleur ennemi d'Eckhart était donc riche et protégé par le pape, ce qui en faisait un adversaire redoutable.

Leur première rencontre aurait pu changer la donne si Eckhart avait fait preuve de modération. Mais il se comportait avec les clercs sans cervelle comme avec les médecins sans science. Avec emportement.

Il n'avait pas jugé utile de se présenter à lui lors de notre arrivée. La première invitation de l'archevêque fut donc une convocation.

Les mois qui suivirent aggravèrent la situation. Eckhart ne rendait jamais compte de ses actions devant son conseil comme il en avait le devoir. Il s'en désintéressait. Il ne mesurait pas l'inquiétude du pape devant la montée des hérésies qui touchaient l'Allemagne et le pouvoir de plus en plus souverain qu'il déléguait à son archevêque. Eckhart pensait que l'on devait corriger l'hérétique par la parole, l'archevêque suggérait qu'on lui tranche d'abord la gorge avant de l'écouter. La tolérance du maître fut jugée suspecte. On trouva dans ses sermons des échos de thèses défendues par ceux que l'Inquisition pourchassait. L'archevêque demanda des éclaircissements. En vain. Des mois d'humiliation se succédèrent. Le cœur fier de cet homme envieux ne cessait de souffrir de l'indifférence du maître. Aucune déférence, aucun égard, quelques lettres informelles qu'il fustigeait dans sa colère, “les miettes d'Eckhart !” criait-il en jetant les feuillets au visage de son secrétaire. Personne ne l'avait jamais traité ainsi. Il patienta jusqu'au point où son influence lui parut suffisamment puissante en Avignon et le pape suffisamment affaibli pour le laisser agir.

En 1323, il lança l'attaque.

Il réussit à corrompre deux de nos frères de Cologne qui se répandirent en calomnies contre Eckhart. Ils distribuèrent des pamphlets qui ridiculisaient son enseignement ou le trempaient dans une encre hérétique. Le maître ne se défendait pas. Ses fonctions dans l'ordre lui donnaient un privilège d'exemption. Il n'avait de compte à rendre à personne en dehors du pape et de l'université de Paris. Il n'acceptait en vérité aucune autre autorité que la sienne. Ce trait de caractère lui coûta cher.

Une procédure fut ouverte. La première audience eut lieu le 3 mars 1323.

L'archevêque avait nommé une commission d'enquête. Deux commissaires l'assistaient lorsqu'il nous reçut dans son palais rutilant de Bonn qui convenait mieux à un seigneur qu'à un prêtre. Nous dûmes faire le voyage à pied, jusqu'à cette ville éloignée où il résidait car le climat y était réputé plus doux qu'à Cologne et le vin sans doute mieux parfumé. Il avait bien choisi ses enquêteurs : un inquisiteur et un Franciscain qui établirent la liste des propositions jugées suspectes à partir des sermons du maître. Personne n'avait osé employer le mot "hérésie", mais le plan pour détruire Eckhart était en marche.

L'archevêque nous reçut dans la grande salle d'audience, assis sur une cathèdre trop étroite pour lui. Sa tête ronde dépassait du dossier fait pour un évêque de petite taille dont il avait récupéré l'attribut. Il commença avec un ton bonhomme en soulignant la sainte admiration que les membres de l'assemblée portaient à cette grande figure de l'ordre dominicain qui comparaissait devant eux. Ce qui fit passer un méchant sourire sur le visage du franciscain pour qui le nom de maître Eckhart ne signifiait rien.

— Maître, dit l'archevêque, j'ai reçu pour mission…

Eckhart le coupa d'une voix brutale.

— De qui ?

L'archevêque se raidit sur son minuscule trône.

— Du pape Jean.

— Le pape ne missionnerait pas un archevêque pour juger un maître dominicain. Tu es prince d'Église mais tu n'es pas homme de Dieu. Ton sang noble méprise les clercs. Tu fais la guerre, tu intrigues et tu vends tes services. Tu m'accuses d'impiété mais tu es un homme sans foi, valet des puissants. Pour moi, tu n'es pas archevêque, tu n'es même plus prêtre, tu as déposé ton pallium en obéissant à tes pairs.

— Comment oses-tu ? articula l'archevêque.

— Je n'ose rien, Henri. Oser me demanderait du courage et, devant toi, je n'en ai nul besoin.

Eckhart s'approcha du trône et je crus qu'il allait porter la main sur lui. Mais il l'ignora, se tournant vers l'inquisiteur et le franciscain qui avait effacé son sourire.

— Je suis venu chercher vos propositions, puisque ce sont les vôtres, pour y répondre moi-même devant le pape en Avignon.

Les deux hommes, impressionnés, lui tendirent la liasse de parchemins et nous quittâmes le palais sans un mot.

Eckhart était ainsi fait. Il y avait de la violence en lui. Parfois son visage se figeait, comme saisi par la mort. Il prenait alors cet air qui m'effrayait, où la folie apparaissait et peut-être plus que cela, une sorte de bestialité qui déformait le bel équilibre de ses traits. Elle montait du plus profond de lui-même ou bien appartenait-elle au démon qui suivait ses pas et dont j'ignorais encore la funeste présence. Il se calmait par le silence, en joignant ses mains sur ses lèvres, en prière. Mais je ne suis pas sûr qu'il priait. Ses yeux étaient grands ouverts et du feu brûlait dans son regard. »

CHAPITRE 21

Un ennemi

« L'archevêque ne lâcha jamais Eckhart après cette entrevue. Il le pourchassa sans cesse, avec l'aide de ses valets, deux dominicains qui furent la honte de l'ordre. Hermann de Summo, un Colonais, fils de boulanger, expert en délation déjà condamné pour faux témoignage, et Guillaume de Nidecken, un Vosgien, qui entretenait des concubines.

Les Franciscains unissaient leurs efforts à ceux de l'archevêque pour l'atteindre. Son secrétaire personnel appartenait à leur ordre.

Les dagues, Antonin, ne sont pas toujours faites de métal. Certains hommes sont aussi traîtres et mortels que ces poignards qu'on cache sous son habit. La dague de l'archevêque se nommait Kanssel. Un petit homme sanguin dépourvu de culture, surnommé par ses frères "l'éveillé" pour des raisons obscures. À mes yeux de novice, qui n'avait aucune prétention intellectuelle, Kanssel "l'éveillé" m'apparaissait comme un simple d'esprit. Opinion que je n'étais pas seul à partager.

J'appris plus tard, qu'il appartenait à cette secte de fanatiques franciscains, qu'on surnommait à tort "les spirituels", qui voulaient restaurer sur terre la pauvreté évangélique sous sa forme la plus rigoureuse.

Kanssel avait pris la tête d'une délégation de frères qui s'était rendue en Avignon pour demander au pape s'il était saint de continuer à se nourrir. Car le commandement suprême de leur ordre était de ne rien posséder. La nourriture étant une certaine forme de propriété, ces brillants esprits demandaient au Saint Père s'il n'était pas plus judicieux, pour gagner le ciel, de se laisser mourir de faim plutôt que de briser leur vœu de privation. Ils quittèrent Avignon sous les moqueries de la Curie.

Kanssel, plus tard, envoya des missives au pape pour dénoncer les avantages qu'il accordait aux Dominicains, ces "chiens de Dieu" comme nous nommaient ses frères franciscains. Il nous accusa de faire peindre dans nos églises des christs crucifiés d'un seul bras ; l'autre, laissé libre, servant à compter les sous d'une bourse pendue à sa ceinture, glorifiant ainsi le saint amour de l'argent.

Les Franciscains soutenaient l'empereur d'Allemagne et, même s'il en était l'ennemi officiel, l'archevêque le tenait pour un allié possible au cas où la situation évoluerait en sa faveur et en celle de ses moines dévoués. L'empereur voulait nommer un anti-pape dans leurs rangs. Leur ordre pourrait peut-être un jour conquérir le siège d'Avignon, raison pour laquelle Henri de Virneburg avait choisi pour secrétaire ce franciscain inattaquable, pièce utile pour obtenir un pardon possible si un sort contraire s'en mêlait.

Kanssel avait fait de moi son ennemi personnel, laissant à l'archevêque et aux supérieurs de son ordre la culture de la haine d'Eckhart. Car la haine poussait dru dans les jardins intimes de ces hommes. Ils ne pensaient qu'à l'abattre, assiégeant la Curie, multipliant les plaintes et les faux témoignages. Des phrases tronquées, extraites de ses sermons, étaient réunies en somme d'articles suspects d'hérésie appelant à un procès en inquisition.

— Ton maître finira rôti, sifflait Kanssel quand il me croisait.

Sa bouche édentée paraissait faite pour le venin. Il avait d'ailleurs un œil de serpent, à moitié crevé par une brûlure ancienne qui avait opacifié sa pupille, la striant de taies jaunes qui l'étiraient verticalement comme celle d'une vipère. Quand il parlait, il penchait la tête vers son épaule pour explorer le champ éteint de son œil aveugle. Sa tonsure était irrégulière, il était sale et puant. Il exhibait sa pauvreté d'apparence comme preuve de sa foi, un bon franciscain devant paraître plus mendiant que les éclopés pourrissant aux portes des églises et donner ainsi leçon d'humilité aux frères dominicains pervertis par le luxe.

Kanssel ne cessait de prêcher ses leçons de savoir mal vivre. Les pauvres novices qu'on lui avait confiés ressemblaient à des spectres. Il leur faisait respecter une abstinence sans pitié et leur promettait le fouet pour un bout de gras auquel ils auraient cédé. Il traquait dans les assiettes la moindre ombre d'aliment nourrissant. Son aversion pour les produits animaux était telle qu'il refusait de porter du cuir. Ses sandales étaient faites de cordes. Tout contact avec le vivant le répugnait. Je me demandais comment il pouvait supporter sa propre viande.

Il avait d'ailleurs lancé contre elle une entreprise de destruction, l'affamant au point d'atrophier les muscles de ses bras et de ses jambes ou bien l'offrant en nourriture à la vermine qui le recouvrait. Ses os semblaient percer sa peau, mais son énergie était sans limite, particulièrement quand il s'agissait d'écraser son prochain.

Je me disais que l'archevêque le gardait par superstition, comme les crapauds que les sorcières nourrissent pour obtenir les bonnes grâces des démons. Lorsque les excès de sa cour étaient trop bruyants, dépassant les limites de son pouvoir pour les étouffer, l'archevêque agitait son franciscain comme un étendard de sainteté.

Et Kanssel avait l'oreille de son maître.

Son fanatisme lui avait acquis une certaine gloire dans son ordre. Il assurait ainsi la direction spirituelle de plusieurs béguinages tout en méprisant ceux qui se rattachaient à l'autorité dominicaine.

— Mes béguines à moi sont évangéliques, disait-il. Elles sont promises à Dieu, les vôtres à la vérole.

Les béguinages franciscains étaient des ruines. Des couvents pour béguines inférieures, disait-on, issues des couches basses de la société, filles d'artisans, de paysans ou de bourgeois désargentés. Kanssel ne cessait de faire courir des rumeurs pour briser la réputation des "béguinages dominicains". Il prétendait qu'on y célébrait des messes noires où les crucifix saignaient et qu'on offrait des corps vierges à la concupiscence des démons. Calomnies et mensonges étaient le pain dont se nourrissait cet homme qui justifiait le mal qu'il faisait aux hommes par le bien qu'il faisait à l'Église.

Kanssel avait observé Eckhart.

Il avait assisté à plusieurs de ses sermons. Non pour les écouter, mais pour chercher la marque du péché dans la voix, les gestes et l'apparence de ce prêcheur qui attirait les femmes. Pour lui, les sermons n'étaient que bavardages et s'il en avait eu le pouvoir, il les aurait tous interdits, comme les livres qui méritaient d'être brûlés avec le bois mort. La foi était à vivre, pas à débattre.

Eckhart était un cas difficile. Il sentait de la rigueur en lui et une flamme qu'un cœur franciscain pouvait partager. Mais il y avait ces femmes. Leur fascination pour cet homme. Kanssel ne pouvait l'expliquer que par une perversion si subtile qu'elle lui échappait.

En présence d'Eckhart, il se taisait et affichait une attitude respectueuse. Le regard du maître le traversait comme s'il était de l'air. C'est sur moi qu'il se rabattait pour déverser son fiel. Nos séjours prolongés dans les béguinages lui avaient été rapportés.

— Qu'est-ce que vous foutez là-bas, toi et ton maître ?

L'enfer m'était promis à chacune de nos rencontres et il m'envoyait ses novices avec la charge sainte de me rosser. Étant assez rompu à l'exercice par les combats de la Sorbonne, j'arrivais facilement à repousser leurs assauts. Ils n'avaient pas l'énergie des "Sarrazins".

Mais où que nos tâches nous conduisent, un franciscain se tenait toujours en arrière de nos pas. Kanssel était sur notre piste et la suivait sans repos comme un animal en chasse.

Son plan était simple, il voulait effacer le nom du maître du livre de l'Église et faire disparaître les béguines insoumises de la surface de sa terre.

— Il brûlera avec ses putains du Libre Esprit, me promettait-il.

Les clercs de Cologne le redoutaient. Moi, je n'avais pas peur de lui. Malgré ses menaces, je le trouvais inoffensif.

J'avais tort.

C'est lui qui détruisit le maître.

Bien sûr, il y eut le procès, les voyages exténuants vers Avignon, l'Inquisition qui condamna son œuvre et la maudit pour les siècles à venir. Mais l'Inquisition n'a pas touché au cœur d'Eckhart. Kanssel l'a brisé. »

CHAPITRE 22

L'enclos

« L'histoire que je vais te confier, Antonin, personne ne la connaît. Aujourd'hui, tous ceux qui pourraient en témoigner sont morts. Tu n'en trouveras la trace ni dans les archives d'Avignon, ni dans celles de l'ordre. Nos frères ont fait disparaître son souvenir et j'ai fait comme eux. J'ai obéi. Pendant quarante ans, j'ai fait semblant de l'oublier. Quarante ans d'un oubli de paille, Antonin, qui brûlait pour moi au soleil de chaque nouveau jour. Aujourd'hui, je veux que ce souvenir soit gravé dans la chair du vélin pour rendre justice à la mémoire d'une femme qui n'a jamais été honorée.

Le printemps de l'an 1324 commençait. Nous finissions notre tournée des couvents. Après ces longues marches, Eckhart aimait se reposer au béguinage de Ruhl sur la route du retour vers Strasbourg. C'était un enclos protégé, éloigné des grandes villes et de leur foule. Une vingtaine de béguines s'y rassemblaient. L'air y était pur, une petite rivière tournait autour des murs. Le béguinage formait une île sur son cours.

Les béguinages sont des lieux de paix, Antonin. Qu'ils soient de Flandres ou d'Allemagne, on y retrouve la même tranquillité secrète. L'enclos, le lieu de vie, est entouré de murs avec une porte fermée à clé. On entre dans un refuge de calme qui appartient aux pauvres et aux malades. Les infirmeries sont propres. La "grande dame" vous accueille. Elle est le prieur du lieu, choisie par ses compagnes pour sa sagesse. Elle mérite bien son nom. Je n'ai pas rencontré d'âme décevante parmi elles.

La grande dame de Ruhl aimait Eckhart et le connaissait bien.

Elle ne le pressait pas de questions et n'implorait pas ses sermons comme le faisaient la plupart de ses sœurs. Elle respectait son repos et son silence.

Je me souviens d'une heure paisible où nous nous tenions côte à côte devant la rivière. Aucune passion ne venait nous distraire de la douce contemplation du cours de l'eau, des champs qui commençaient à lever leurs grains et du ciel nuptial que le nouveau printemps unissait à nos cœurs. Les béguines vaquaient à leurs occupations et passaient près de nous comme si nous appartenions au lieu.

— Tu aimes les histoires, Guillaume ? m'avait demandé Eckhart.

Je m'étonnais de cette question. Le maître ne s'intéressait pas aux histoires. Les prêcheurs, tu le sais Antonin, ont des carnets d'exemples pour imager leur prêche et le rendre accessible aux esprits simples. Des contes, des légendes... Eckhart ne recourait pas aux fables pour illustrer ses sermons. Il trouvait le procédé indigne de sa culture. Ses années d'études avaient été assez longues pour y puiser le nécessaire et se dispenser d'histoires inventées. Mais ce jour-là, il manqua à sa règle.

— Il y en a une, Guillaume, qui pourrait t'aider à comprendre mon enseignement. Les anciens Grecs se la racontaient. Leur mythologie était pleine de fantaisies et d'extravagances mais aussi de leçons subtiles. Comme celle de Dionysos. Ce dieu était le fils chéri de Zeus. Dès sa venue au monde, tous les ennemis du ciel le jalousèrent. Des forces archaïques et brutales, les titans, qui convoitaient le pouvoir, le pourchassèrent. L'enfant s'enfuit, se cacha mais ne parvint pas à leur échapper. Les titans finirent par le dévorer au cours d'un horrible festin. Chacun digéra cette chair sacrée qui imprégna de lumière leurs corps monstrueux. Quand il le découvrit, Zeus foudroya les assassins. De leurs cendres naquirent les hommes que nous sommes, fils de la matière des titans mélangée aux restes d'un dieu.

Vois-tu, Guillaume, les Grecs savaient déjà qu'il existait dans le cœur humain une petite étincelle divine. Et cette petite étincelle, je ne cesse de la prêcher.

Quelquefois, je l'appelle l'étincelle, quelquefois la citadelle de l'âme, quelquefois l'intellect. C'est la part que Dieu a laissée en nous pour que nous puissions revenir en lui. Si tu ne comprends pas mes sermons, pense au festin des titans et n'oublie pas le dieu qui est en toi.

— Je croyais que ces écrits grecs étaient pour les païens.

— Ils le sont, raison pour laquelle je ne les apprends pas à nos sœurs. D'autant que les yeux de l'Inquisition nous guettent. Je pense, ajouta-t-il en souriant, que l'histoire de Dionysos règlerait mon compte une fois pour toutes auprès de l'archevêque. Et que ce petit titan ne ferait qu'une bouchée de moi.

Nos jours s'écoulaient avec une légèreté qui m'emportait loin de mes vœux de moine. Mais la rigueur d'Eckhart était là pour me redresser.

Ses cours commençaient tôt, à prime, lorsque sonnait six heures, habitude de la Sorbonne qui faisait honneur aux maîtres titrés en leur laissant l'heure la plus matinale qui garantissait la fraîcheur d'esprit des auditeurs. Plus le grade était bas, plus tard était la classe.

À l'heure dite, la fraîcheur de mon esprit n'était pas au rendez-vous. Eckhart s'amusait de ma torpeur. "Allons, maître Guillaume, à vos cours."

Le calvaire de mon éveil commençait par une crucifixion. La corvée d'eau à puiser dans l'air glacial de la nuit encore chez elle. À la Sorbonne, s'y ajoutait la préparation des salles de cours et des sièges de paille des étudiants où il n'était pas rare de réveiller un rat qui y cherchait de la chaleur. J'en faisais l'économie au béguinage où les saintes femmes préparaient seules leur salle.

L'aube était l'heure d'Eckhart. Il la traversait avec une incroyable énergie. La nuit ne pesait pas sur lui. Dès son lever, il donnait le sentiment d'épousseter son corps de ses cendres. Il ne dormait jamais vraiment. Une sentinelle de conscience restait toujours en éveil et guettait l'arrivée du jour. Il composait avec le sommeil comme avec un ennemi dont on lui aurait imposé la présence, forcé de partager avec lui la même demeure. Il restait à la surface de ses songes, craignant leurs profondeurs, les crevasses de nuit où son esprit pouvait disparaître. Et il se levait souvent pour marcher sous les étoiles.

Les leçons s'arrêtaient quand la cloche du béguinage sonnait tierce. Eckhart se retirait alors pour préparer ses prêches et méditer. Il m'accordait une sieste après le repas de midi jusqu'à none où j'étais libre de prier ou de vaquer. Ce repas était un luxe. Pendant nos voyages, Eckhart respectait la règle dominicaine d'un seul repas par jour avant le coucher. La méridienne, sieste des moines pourtant d'usage dans nos couvents, ne m'était accordée que dans l'enclos du béguinage, pour respecter le repos des sœurs. La vie m'y apparaissait luxueuse.

Je me souviens d'une heure aux côtés d'Eckhart, dans la lumière de l'enclos. Nous marchions côte à côte en silence et j'avais le sentiment que cette marche paisible pourrait continuer dans l'éternité sans que les flèches du temps ne l'effleurent. Vois-tu, Antonin, s'il fallait choisir un instant de sa vie qu'il faudrait revivre éternellement, sans jamais en épuiser la saveur, ce pourrait être celui-ci. C'est pourtant un souvenir à deux visages, à la fois heureux et triste. L'âge l'a maintenu ainsi, double, sans que son amertume ne l'abîme tout à fait. Je l'ignorais, mais ce jour serein annonçait les plus sombres heures que nous allions connaître.

La grande dame vint nous rejoindre au bord de la rivière. Elle sollicitait une entrevue pour un conflit qui agitait l'enclos. Le chapelain du béguinage avait été consulté pour des rêves qu'une jeune fille décrivait avec une grande exaltation. Elle réveillait parfois ses sœurs… »

— Par ses cris ? demanda Antonin.

— Non, par ses chants. Des chants qui, selon la grande dame, étaient célestes.

CHAPITRE 23

Mathilde

« Le curé s'était avoué incapable de donner un avis sur la question. Il avait conseillé d'interroger le prieur du proche couvent dominicain de Nacht qui louait le lieu aux béguines. Une lettre lui avait été envoyée, encore sans réponse. Le passage dans la communauté d'un maître aussi prestigieux qu'Eckhart était un heureux hasard et une chance pour résoudre l'énigme du chant céleste.

— Je n'ai jamais entendu une chose plus belle, dit la grande dame avec sérénité.

La sœur s'appelait Mathilde. Elle était la fille d'un universitaire du Studium de Cologne qu'une fièvre mortelle[1] avait emporté quand elle avait seize ans. Elle gardait pour son père une admiration ardente. Son esprit était vif et curieux, et son enfance l'avait poussée vers les livres. Sa culture était bien supérieure à la mienne, ce qui écorchait ma vanité de jeune moine. Elle avait assisté à des joutes menées par son père dans les amphithéâtres de Cologne et possédait des connaissances en théologie et en philosophie.

1. Nom donné à la tuberculose à l'époque.

Elle pouvait citer Aristote, Platon et Proclus. Et elle écrivait des poèmes qui étaient lus. »

Antonin, intrigué, demanda des détails sur l'apparence de Mathilde. Guillaume lui répondit avec bienveillance.

« Pour ce qui est de son apparence, je ne pourrais pas t'en dire beaucoup, cher Antonin, car Mathilde était voilée.

Ce n'était pas la seule béguine voilée que nous avions rencontrée et, dans les couvents, les sœurs dominicaines ne refusaient pas ce droit à l'une des leurs. Les vicaires des régions n'avaient pas de position affirmée sur la question. Les cas étaient rares et tolérés car aucune volonté mauvaise ne s'y attachait. Certaines femmes faisaient acte d'humilité en cachant leur beauté et portaient le voile nuit et jour, d'autres voulaient seulement retirer leur visage du regard des hommes et ne s'en couvraient que lors des visites des vicaires et des chapelains, ou quand les convers croisaient leur chemin. Tel était le cas de Mathilde. Elle avait repris son voile à notre arrivée.

La grande dame nous avait raconté son histoire. Elle était commune à de nombreuses sœurs voilées. Mathilde avait été abusée par les soudards de l'empereur, un soir de beuverie. Son entrée au béguinage datait de cette violence.

Eckhart accepta de la recevoir le jour même. La grande dame proposa une rencontre dans la discrétion de sa maison, mais il préféra notre lieu paisible. Elle la fit quérir sur-le-champ.

Mathilde arriva d'un pas assuré. Sa silhouette était fine. Son voile couvrait son visage, la ligne claire de ses yeux se distinguait en transparence. Elle baisa la main d'Eckhart et s'agenouilla devant lui.

— Je n'ai rien fait de mal, maître, dit-elle d'une voix inquiète.

— Pourquoi devrais-je penser que tu as fait le mal ? répondit Eckhart.

— Le chapelain m'a dit que les Dominicains allaient venir pour moi.

— Je ne suis pas l'Inquisition, Mathilde. Et ton chapelain n'a pas fait appel à moi.

— Je ne veux pas être brûlée.

— Tu ne seras pas brûlée parce que tu chantes bien.

— Ce n'est pas moi qui chante.

Ces paroles troublèrent Eckhart. Je savais déchiffrer ses sentiments. Chacun avait son écriture, comme celle de ses manuscrits, illisible pour un œil sans expérience, mais claire pour le mien. Lorsqu'une émotion le gagnait, il joignait les index sur ses lèvres et les appuyait parfois si fortement l'un contre l'autre que ses ongles blanchissaient. Son visage ne le trahissait pas. Il pouvait rester absolument impassible dans les situations les plus intenses, ses mains seules ouvraient une fenêtre sur son âme.

Il les laissa se réunir avec douceur en contemplant Mathilde, puis demanda si les chants revenaient souvent.

— Ils viennent la nuit, dit-elle, presque toutes les nuits.

— Alors, nous irons les écouter.

Les béguines prirent congé et quand elles furent suffisamment éloignées, Eckhart m'ordonna de le laisser seul.

Il n'était pas rare que son bon vouloir me libère sans besogne à accomplir. Je laissais alors le temps passer pour moi. J'allais et venais dans l'enclos, croisant de jeunes béguines qui baissaient les yeux à mon passage. Et je me sentais bien, Antonin. À cette époque, la jeunesse circulait dans mes veines. Apprends à sentir les flux qu'elle y déverse pour en imprégner ta mémoire. Leurs souvenirs irrigueront les heures sèches.

Il y eut plusieurs nuits sans chant. Mathilde disait qu'elle ne les entendait plus.

Je croyais que tout cela n'était qu'une fantaisie de son esprit car nombreuses étaient les illuminées dans ces lieux clos que nous visitions.

Maintes fois, nous étions appelés pour juger des manifestations de la Vierge qui, de couvents en béguinages, devait s'épuiser à apparaître à tant de monde. Les voyantes étaient si nombreuses que celles qui ne voyaient rien se plaignaient d'injustice et en retiraient une grande amertume. Miracles ? Hallucinations démoniaques ? Divagations ? Ces questions entretenaient des passions inopportunes au sein des cloîtres. Pour y répondre, l'ordre avait donné une consigne inattendue à ses prêcheurs désarmés. Si aucun autre remède n'était possible, il suggérait de conseiller aux voyantes de cracher au visage de la Vierge qui leur apparaissait. La suite déterminait la nature de la vision. Si la Vierge s'en offusquait, on pouvait conclure à l'origine diabolique de l'apparition, car le diable était trop orgueilleux pour supporter un tel affront. La Vierge dans son humilité ne s'en offensait pas. »

Antonin ne voulut pas interrompre le prieur mais, à ces mots, il se signa intérieurement devant un blasphème aussi grave.

« Eckhart ne parlait jamais du diable. Pour lui, le mal n'avait pas d'être véritable. Il était juste un manque de bien, une insuffisance spirituelle et non une créature maléfique. Aussi ne demandait-il pas aux béguines de cracher sur leurs visions et leur interdisait-il les cruelles pénitences qu'elles s'infligeaient quand elles se croyaient possédées. Il les rassurait. Les visions étaient des messages de présence et devaient les inciter à plus d'œuvres et de prières. Mais il connaissait le pouvoir éphémère des paroles et complétait toujours ses prescriptions spirituelles de quelques herbes aux effets fortement sédatifs.

Eckhart disait que les femmes étaient supérieures aux hommes parce qu'elles étaient fertiles. Sans oser le contredire, je m'interrogeais parfois. Mais pour la fertilité, il est vrai que leur esprit enfantait une abondante progéniture.

Des prieurs, inquiets des dérives, venaient réclamer auprès de lui l'autorisation de durcir la règle des couvents de sœurs, Eckhart les sermonnait rudement. Il ne prêchait pas comme les autres maîtres formés aux principes de l'ordre qui suivait l'enseignement de saint Paul. Pour eux, la femme était un être inférieur, son esprit moins perçant devait être fermement guidé. “Seule la femme qui se fera mâle pourra entrer dans le royaume des cieux”, avait prêché un père de l'Église. Eckhart moquait ces absurdités et prolongeait ses heures auprès des femmes, non pour redresser leurs faiblesses mais pour se reposer de celles des hommes qui l'affligeaient. »

À ces paroles, le visage de Guillaume s'adoucit. Ses yeux brillaient. Antonin attendit respectueusement qu'il reprenne son récit. Il lui semblait que le prieur ouvrait dans sa mémoire l'écrin d'une image précieuse.

« Il y avait une petite fille qui accompagnait les béguines, reprit-il. Une âme retenue dont on entendait rarement la voix. Son visage était lisse, sa coiffe recouvrait des cheveux roux. Ses sœurs prenaient soin de ne jamais les dévoiler car leur couleur était signe de concupiscence.

Elle se tenait à l'écart sur un banc contre le mur de l'enclos et laissait glisser les heures sur ses épaules avec une tranquillité étrange qui avait attiré mon attention.

Plusieurs fois, je lui avais fait signe de s'approcher. Mais elle ne répondait pas. J'avais essayé de l'amadouer en lui sculptant une petite flûte de bois. Elle ne s'y était pas intéressée. Lassé par son mutisme, j'avais cessé d'insister, mais elle m'intriguait. Elle restait souvent à quelques pas de nous, dans l'enclos, en fixant un point dans notre direction. Je cherchais ce qu'elle observait. Et je le découvris.

Elle observait Eckhart.

Son regard ne le quittait pas. Elle paraissait parfaitement indifférente à ma présence, mais cet homme la fascinait comme une apparition mystérieuse que son jeune esprit ne pouvait relier à rien de connu. J'en parlai au maître en espérant attirer son attention sur elle. Mais Eckhart voyait les enfants comme une espèce à rapprocher des moustiques ou des chiens qui aboient la nuit. Contrariante.

Il n'était pas évangélique sur ce point. Le Christ conseillait de laisser venir à lui les petits enfants, Eckhart recommandait vivement de les chasser.

Il changea d'attitude quand la grande dame nous révéla que cette âme innocente était la fille de Mathilde, enfant du viol qu'elle avait subi dix ans plus tôt. À sa naissance, elle ne lui avait pas donné de nom et ne lui avait apporté aucun soin. Elle ne s'en était jamais approchée depuis. Elle ne lui parlait pas et descendait le voile sur son visage quand elle la croisait.

L'enfant avait été mise au monde au béguinage. La grande dame l'avait placée sous la protection de la Vierge et lui avait donné le nom de Marie. Elle avait décidé de son adoption, sans désigner une béguine en particulier. Toutes étaient sa mère, avait-elle établi. Ainsi l'abandon était en partie compensé et cette sainte femme qui croyait en la bonté de Dieu se disait que, sous sa bénédiction, Mathilde finirait un jour par rejoindre le cortège des mères de Marie. »

CHAPITRE 24

Libre Esprit

« Des nouvelles inquiétantes nous parvenaient. L'évêque de Strasbourg convoquait l'Inquisition dans son diocèse. Une délégation avait été reçue par le pape. Elle avait dressé un tableau précis de la situation. L'hérésie gagnait. Les "frères du Libre Esprit" pullulaient dans la région, infectant les âmes comme une pestilence. Les nouveaux Cathares, comme on les surnommait, méritaient une croisade sur les terres d'Allemagne.

Je savais que les "parfaits" du Libre Esprit se réclamaient des thèses que professait Eckhart, en altérant leur sens. Le maître avait déjà redressé les erreurs de ces exaltés, persuadés que l'Esprit saint était en eux et que leur perfection rendait les œuvres et les prêtres inutiles. Mais le Libre Esprit montait comme une vague à travers l'Allemagne et inquiétait les puissants. Les petites gens des villes, les artisans et même les bourgeois qui luttaient pour imposer leur liberté accueillaient favorablement ces hommes sans loi qui refusaient toute autorité, appelaient les prêtres à se défroquer et les moines à brûler leurs cloîtres.

Si les béguines avaient été si séduites par leur doctrine, c'est qu'elles y avaient trouvé des échos à leurs transports mystiques qui leur faisaient vivre l'union à Dieu. L'union à Dieu, tout revenait à cette folie. Elle était au cœur de l'hérésie et les sermons du maître résonnaient dangereusement avec elle.

Pourtant Eckhart n'était pas un hérétique et rejetait radicalement ces faux disciples. Je l'avais interrogé sur certains prêches qui alimentaient les doutes sur son orthodoxie.

— Les bégards prétendent que les hommes peuvent devenir Dieu par eux-mêmes. Ils disent comme vous, maître. Je l'ai entendu dans vos sermons.

— Tu n'as pas tout entendu, Guillaume. J'ai dit que l'homme était capable de Dieu au bout d'un long chemin. Eux affirment que l'Esprit saint se donne à celui qui le désire. Au bout du long chemin du détachement, j'ai dit que l'homme pauvre rencontrait Dieu. J'ai dit aussi qu'il fallait la grâce pour la déification. Seule la grâce nous permet de nous unir à Dieu. Et j'ai dit que cette grâce devait être gagnée par la connaissance. Quelquefois, j'ai dit que cette grâce n'était rien. Parce que le "rien" est le point de rencontre avec Dieu. Ces ignorants qui veulent me condamner ne comprennent pas le message universel du Christ et sa naissance, au présent, au cœur de l'homme appauvri de tous ses désirs.

J'acquiesçais, mais je trouvais les arguments obscurs. Je ne les comprenais qu'à moitié. Et j'avais bien entendu Eckhart prononcer des paroles telles que : "Dieu et moi sommes un." »

Antonin ne saisissait pas non plus les subtilités de l'enseignement d'Eckhart et n'avait pas cœur à y réfléchir. Sa pensée s'échappait plutôt vers la maison Seilhan. Le deuxième mois de mur étroit allait s'écouler pour Robert. Un soldat avait dit que les hommes qui avaient tenu au-delà devenaient enragés. Le lieu était maudit et toutes les sorcelleries y trouvaient refuge. On prétendait que des chiens ou des loups possédés erraient dans les galeries des sous-sols et creusaient jusqu'aux cachots pour déchirer la chair des condamnés. Les survivants gardaient la trace de leurs morsures. Quand ils en réchappaient, les enragés du mur étroit couraient dans les villes, la bave aux lèvres et le regard en feu. Ils finissaient par mourir d'épuisement et de colère.

« Mais Robert était fort, se répétait Antonin. Robert était fort… »

Le prieur le rappela à l'ordre.

— Tu n'écris plus, Antonin.

— Pardon, mon père, je pensais…

— Je sais à qui tu penses, coupa Guillaume avec impatience. Et il ne quitte pas plus mon esprit que le tien. Robert va être libéré, j'en ai appelé aux évêques et à l'ordre. Il en sera ainsi. Tranquillise-toi et écoute les paroles d'Eckhart. N'oublie pas que ce livre n'est pas seulement écrit pour un frère emprisonné, c'est un témoignage pour tous nos frères. Et pour le monde à venir.

Guillaume reprit son récit :

« Je sentais monter les périls. L'archevêque armait sa croisade. La montée de l'hérésie menaçait son autorité et ses revenus. Il allait l'écraser et, avec elle, tous ceux qui, dans son diocèse, échappaient à son pouvoir. Les fiers dominicains et Eckhart à leur tête.

À Strasbourg, j'avais entendu un sermon prononcé par l'archevêque dans la cathédrale. Eckhart était présent. Derrière nous, une foule exaltée envahissait les lieux. Le peuple attendait des victimes. Les mots de l'archevêque lui donnaient le goût du sang.

"Quand je vois brûler les hérétiques, prêchait-il, je ne vois pas d'homme sur le bûcher. Ce n'est pas leur chair qui brûle, c'est celle du diable qui est en eux. L'odeur qui me tourne le cœur, c'est le parfum du diable. Vous avez été faibles. Votre foi s'est laissé fléchir par les tentations démoniaques de la nouvelle hérésie. Et vous n'avez pas été les seuls à faillir.

Parmi nous, vos pères devant Dieu, quelques-uns se sont laissés aller à une coupable patience, voire une coupable complicité, au lieu de sévir pour garantir la ligne sacrée de l'Église et écraser le serpent avant qu'il ne grandisse.

Certains ont écouté, dialogué, commercé avec ces hommes et ces femmes grosses de folie qui par leurs extases putrides prétendent s'unir avec le Très-Haut. Comme si nous, créatures souillées par le péché, étions capables de nous unir à la pureté immaculée de Dieu, sans la salir. Le Libre Esprit est l'esprit du mal. Il vous conduira à la damnation."

L'archevêque voulait relier les thèses des hérétiques aux sermons d'Eckhart afin qu'une accusation officielle puisse être portée contre lui. Personne n'aurait imaginé qu'un procès en Inquisition puisse être ouvert contre un maître dominicain. Il fit appel à des théologiens qui disséquèrent chacune de ses paroles et travailla avec eux dans l'ombre pour leur fournir des témoignages et des aveux de condamnés soumis à la géhenne[1].

Eckhart ne mesurait pas le danger.

Alors que les hérétiques étaient envoyés par dizaines au bûcher, il prêchait encore la naissance de Dieu en nous, et les espions de l'archevêque nous suivaient partout. Je l'en alarmais, mais il n'écoutait rien.

Les griefs contre les Dominicains se concentrèrent sur sa personne. On disait que des prêcheurs égaraient les esprits par des sermons trop abscons et confortaient les erreurs. Les auditeurs étaient sommés de dénoncer les formules provocantes. Eckhart n'était pas nommé, mais chacun reconnaissait sa haute figure dans les témoignages. Des mises en garde étaient clouées aux portes des églises et des couvents. Les prêches devaient être purifiés et donner les preuves de leurs vertus.

Les temps changeaient. La montée des hérésies, les révoltes des pauvres, la réputation d'avidité de l'ordre battaient de nouvelles cartes. L'archevêque intimait à la Curie de lever l'immunité des mauvais prêcheurs afin que ceux-ci ne soient plus intouchables.

Eckhart ne voyait pas le monde avancer autour de lui. À cette époque, il se jugeait invulnérable, protégé par son grade universitaire, et ne doutait pas de son avenir. On pouvait croire, à tort, que le secret de cette confiance tenait à son fantastique orgueil. Mais la vérité était plus simple. Le secret se trouvait au béguinage de Ruhl.

1. Torture.

Malgré les lourdes tâches à mener, il prolongeait nos séjours parmi les béguines. Les avertissements de nos frères m'inquiétaient. Les Franciscains faisaient courir des rumeurs sur la pureté de nos intentions. À Strasbourg, Kanssel s'étonnait publiquement de nos visites répétées à Ruhl. Et je peux te le confier aujourd'hui, Antonin, je me demandais parfois aussi ce que nous y faisions. Nos séjours étaient de plus en plus fréquents. Eckhart ne s'éloignait jamais de plus d'une vingtaine de lieues du béguinage et envoyait des vicaires à sa place pour les devoirs plus lointains. Quand je l'interrogeais, il me disait que nous ne quitterions pas la région tant qu'il n'aurait pas entendu le chant de Mathilde.

Mais quand nous étions là, Mathilde ne chantait pas. »

CHAPITRE 25

La langue des femmes

« Eckhart dut bientôt prendre un secrétaire, mes difficultés avec la langue allemande m'empêchaient de tenir le rythme de ses dictées. Il me corrigeait en français, langue qu'il maîtrisait parfaitement, mais mes progrès restaient insuffisants.

Mathilde m'aida généreusement. Entre les offices qu'elle respectait comme une moniale et son travail à l'infirmerie, elle offrit de me donner des leçons quotidiennes dans la petite bibliothèque du béguinage.

Elle entrait doucement dans notre intimité et je l'y accueillais volontiers.

Je n'avais pas la moindre idée de ce qu'était une femme. J'étais prévenu contre elles comme tous les moines, mais Mathilde m'enseignait la langue subtile qui permettait de les comprendre. Elle avait son vocabulaire et ses accents. Sa grammaire était libre et s'apprenait sans effort. Je me disais que si j'avais eu à l'écrire, les mots auraient tenu en place sur mes parchemins et les flammes qui les faisaient trembler se seraient naturellement éteintes. Parfois, il me semblait que la langue des femmes était parlée par le monde.

Les beautés de la nature avaient leur voix. Nul besoin d'exercice ou de devoir. Pour les comprendre, il suffisait de les contempler. Je m'y employais. Mes progrès en allemand pâtissaient de cette concurrence. Eckhart s'en irritait mais je ne souhaitais pas m'améliorer trop vite et sacrifier à une langue mortelle mes progrès en langue éternelle. Chaque jour, j'exerçais donc un peu plus ma lenteur pour faire durer les leçons de Mathilde et apprendre à ressentir ce qu'aucun maître ne savait enseigner.

Eckhart avait une relation particulière avec elle. Il l'écoutait avec patience en acceptant une certaine familiarité. Mathilde ne semblait pas écrasée par l'envergure du maître. Elle ne se contentait pas d'affirmations et disputait avec lui en le traitant en égal. Eckhart s'en amusait et aimait sa compagnie. Il lui disait qu'elle aurait eu sa place dans les débats de la Sorbonne et remerciait le Seigneur de ne pas avoir eu à l'affronter.

Elle aussi avait des extases. Eckhart la prévenait contre elles. Mathilde lui répondait qu'ainsi, il la prévenait contre Dieu. Il la laissait dire et n'essayait pas de l'emporter. En fait, il aimait se laisser vaincre.

Pour Eckhart, la contemplation de Dieu, aussi glorieuse qu'elle puisse apparaître dans les extases, n'était pas le couronnement du chemin spirituel. Plusieurs fois, je l'avais vu redresser les égarements mystiques dans les couvents et les béguinages où les sœurs prétendaient à l'union divine.

Il hochait négativement la tête.

— Ceci n'est pas l'expérience de Dieu, répétait-il.

Dans la véritable union, il était impossible de voir Dieu puisqu'il n'y avait plus d'écart avec lui. À celles qui l'interrogeaient sur ce point, il répondait qu'on ne pouvait pas être un avec le Seigneur si on le contemplait.

— Les visions font de nous des spectateurs et nous maintiennent créatures devant Dieu. Ce n'est pas la contemplation qu'il faut rechercher mais l'anéantissement de soi. Ne plus être créature, n'être plus rien d'autre que Lui en Lui.

Mathilde affirmait que l'amour conduisait à cet anéantissement.

— L'amour s'arrête à la contemplation, répondait Eckhart. C'est déjà une très haute élévation, mais il y a un degré supérieur que l'on n'atteint que par la connaissance de Dieu.

— Et cette connaissance, comment se fait-elle ? demandait Mathilde.

— Par le détachement. Le dépouillement de nos habits de créature. C'est une connaissance par la nudité et par le vide. Elle ne consiste pas à remplir son esprit de savoir comme à l'étude, mais au contraire à le désemplir, à en évacuer toute pensée. Si Dieu était une pluie céleste, comment pourrait-elle abreuver un puits déjà gorgé d'eau ? Pour que Dieu vienne, il faut lui faire de la place. Dieu n'habite pas dans la création, si tu veux le faire venir, deviens désert. C'est cela la spiritualité.

Sur le chemin de Damas, Dieu apparaît à Paul dans une lumière si forte qu'elle le précipite au pied de son cheval et le rend aveugle. "Il ne voyait rien", dit l'Écriture. Et pourtant… quand Paul ne voit rien, il voit Dieu.

Mathilde ne croyait pas au chemin du détachement. Elle le trouvait trop escarpé. Personne n'était capable de le parcourir, l'effort était surhumain. "Tout ton être doit devenir néant", disait Eckhart.

Qui était capable du néant ?

Quand Mathilde était lasse, elle répondait par des poésies. Je me souviens des images fulgurantes qui les traversaient. Quand elle parlait de Dieu, elle utilisait ces mots qui retentissent encore aujourd'hui dans tous les béguinages. Elle le nommait le "long désir".

"Le soleil du soir se couche, parce qu'il le faut.

Parce qu'il le faut, les étoiles de la nuit s'allument.

Parce qu'il le faut, mon Seigneur me désire et mon cœur s'embrase d'amour.

Parce qu'il le faut, mon Seigneur s'unit à moi.

Et parce qu'il le faut, dans cette union je ne suis plus.

Que nos désirs unis ne fassent qu'un long désir sur le chemin de l'éternité.

Sur le chemin du 'sans pourquoi', où vont nos âmes épouses.

Puisqu'il le faut."

Eckhart écoutait inlassablement Mathilde.

J'assistais à leurs entretiens sans toujours saisir ce qu'ils se disaient. Leurs esprits étaient trop élevés pour le mien et trop en sympathie pour que j'y trouve ma place, mais j'aimais les entendre.

Mathilde poussait Eckhart dans ses développements, le forçant à clarifier les thèmes qu'il traitait dans ses sermons. On aurait dit qu'elle le préparait à des confrontations où ses positions allaient devoir être défendues. Et son aide fut éminente pour les heures si difficiles qui nous attendaient en Avignon.

Mathilde ne parlait que d'amour à Eckhart et elle sentait qu'il y avait là quelque chose qui dépassait le maître. Elle l'interrogea, un jour, sur deux questions que personne n'avait jamais osé lui poser.

— Avez-vous connu l'amour ?

Eckhart répondit sans hésiter :

— Je connais l'amour de Dieu.

— Je parle de l'amour d'une femme.

— Non, dit Eckhart.

Mathilde continua sans aucune hésitation :

— Et l'expérience de Dieu ?

Eckhart resta sans réponse. Son silence me troubla. La passion qu'il mettait dans ses sermons pour tracer le chemin du détachement et lancer l'appel au néant qui convoquait Dieu en soi, l'exaltation que l'on sentait derrière ses mots, ses formules inouïes qu'il trouvait dans son cœur… quelles autres preuves à rechercher ? Aucun homme n'aurait pu les prononcer s'il n'avait connu lui-même l'expérience de l'union à Dieu. Mais Eckhart ne répondit jamais clairement à cette question, ni devant l'Inquisition, ni devant moi.

À cet instant, je sentis que Mathilde avait réellement pris naissance dans son cœur. Et une certaine souffrance marquait les traits du maître, car cette naissance était douloureuse pour celui qui n'aspirait qu'à se déshabiter de tout sentiment. Le vide qu'il appelait dans son âme se trouvait soudain brisé par la présence d'une femme qui y avait simplement sa place. Il sentait que l'en arracher allait exiger une force spirituelle surhumaine. Et peut-être qu'à ce moment, il ne s'en croyait pas capable.

Il la regarda différemment à partir de ce jour. Je ne pense pas qu'en ce temps, ni jamais, il ne la désira. Pas au sens charnel. Il aurait su effacer ce genre de désir. Mais Mathilde fut le seul être à trouver la fine brèche d'intimité qui restait ouverte dans cette âme troublée. Et elle s'y engouffra.

Eckhart ne posait jamais de questions personnelles à ceux qui l'entouraient.

En dehors du secret de notre écriture mouvante, il ne savait rien de moi. Il ne m'avait pas interrogé sur mon enfance, mes parents, mes peines et mes joies passées, comme si ma vie n'avait de sens qu'au présent. À son présent.

De mon côté, que savais-je de l'enfance d'Eckhart ? Il était de Thuringe, d'une famille de petite noblesse, sans terres, au service d'aristocrates dont elle administrait les biens. Sans confort excessif, il n'avait pas connu le besoin. Mais le métier d'administrateur ne convenait pas à ses ambitions. Entré adolescent au couvent d'Erfurt, il avait choisi les Dominicains car il voulait prêcher et devenir maître en théologie, à l'égal de Thomas d'Aquin. Voilà comment il résumait sa vie. En surface. Impossible de savoir comment il l'avait vécue.

Lors de notre voyage en amitié vers Strasbourg, il avait partagé un seul souvenir d'enfance avec moi : l'accueil qu'il avait reçu du frère chargé des novices à son entrée au couvent d'Erfurt. Je n'en ai jamais reçu d'autre.

Alors qu'Eckhart avait demandé à visiter la chapelle pour rendre grâce, le frère lui avait fait visiter les latrines parce qu'il devait, avant tout, apprendre que "l'homme était né entre les excréments et l'urine".

Les chapelles seraient pour plus tard. »

CHAPITRE 26

Le chant

« Un soir Mathilde chanta.

Nous étions couchés. Une béguine vint nous réveiller et nous conduisit, à la lueur d'une chandelle, jusqu'au dortoir des sœurs.

Le jugement de la grande dame était juste. Le chant de Mathilde était céleste. On ne pouvait rien dire de mieux. La voix vous envahissait comme les parfums d'encens d'une chapelle. Elle appelait les anges.

Elle était étendue sur son lit à demi inconsciente, son visage tourné dans l'ombre, ses cheveux clairs coupés court sur sa nuque. Sa gorge était ouverte et sa poitrine était nue. Je m'approchai d'elle pour la recouvrir et respecter sa pudeur mais le maître m'en dissuada. Il me fit asseoir silencieusement à ses côtés pour entendre le chant dans la chambre obscure, contemplant sa nudité qui l'éclairait, sans aucune défiance. La blancheur de sa peau et ses courbes étaient simples et s'unissaient à la voix, avec les mêmes accords d'harmonie et de douceur. Le maître prononça alors ces mots :

— Regarde, on dirait que Dieu s'est posé sur elle.

Je ne pensais plus à la nudité de Mathilde. Elle m'apparaissait neutre et ce sentiment était partagé car les béguines présentes, pourtant si attentives à leur pudeur, ne s'en préoccupaient pas non plus. Le chant l'habillait d'un tissu de grâce que les pensées impures ne traversaient pas. Et moi, jeune novice, trop sensible à la beauté de toutes les femmes que mon regard rencontrait ; moi, qu'aucune tentation n'épargnait dans un monde où tant de robes me frôlaient, je ne désirais pas le corps de Mathilde, ou du moins je le désirais sans vouloir le posséder et le diable qui écoutait lui aussi le chant de cristal laissait sa fourche au repos.

Eckhart me reparla souvent de cette nuit du chant céleste et de la nudité de Mathilde.

— Tu vois, quand tu enlèves le vêtement des choses, à quel point la pureté apparaît. »

Guillaume interrompit son récit.

— Je ne te lasse pas avec ces vieilles histoires ?

Antonin n'était pas lassé. Au contraire, son cœur vibrait au chant de la béguine et il imaginait autour d'elle le chœur des anges qui le reprenait. La nuit tombait sur Verfeil. Le sacristain avait allumé les bougies de la salle du chapitre, et les avait rapprochées du pupitre où le jeune moine écrivait. Une couronne de lumière entourait le parchemin. Les souvenirs du prieur s'écoulaient naturellement. Il parlait à Antonin comme à un reflet de lui-même au même âge et laissait sa mémoire prendre possession de la sienne.

Le sacristain recouvrit les épaules de Guillaume de son manteau et, à sa demande, lui apporta le livre où avaient été copiés les sermons du maître. Il l'ouvrit avec précaution et retira d'entre les pages un signet de bois en forme d'épée.

Il datait du temps d'Eckhart.

— À l'époque, je passais mes heures perdues au béguinage, à tailler des signets dans des éclats de bois que j'offrais aux sœurs de l'enclos. Celui-ci était pour Eckhart. Il me disait que cette épée était un symbole de ce que le prêche devait être : un combat avec des armes qui ne coupaient pas.

Le signet tremblait entre les doigts de Guillaume, il le reposa.

« J'avais fini par amadouer Marie, la petite gardienne de l'enclos. Je lui apprenais à réaliser des figurines sur des branches destinées au feu qu'elle allait chercher dans la réserve des cuisines. Elle était habile. Je lui montrais comment ébrécher des copeaux de tilleul, le bois le plus tendre, comment suivre le sens du grain. Elle parvenait à extraire de leur gangue des silhouettes d'animaux qui y étaient cachées, en reliant les savantes courbes que la nature avait tracées sous l'écorce et que je ne distinguais pas. Elle était relieuse. Cela lui convenait bien. Elle trouvait aussi des fils invisibles entre les êtres, elle les cousait entre eux sans que nul ne les devine. Je lui offris mon couteau qui lui obéissait mieux qu'à moi-même. Dès lors, elle tailla tout au long du jour et sa chambre se remplit d'un bestiaire qu'elle tenait caché.

Elle avait dû surprendre les promenades nocturnes d'Eckhart. Quand le sommeil le fuyait, il tournait dans l'enclos jusqu'à l'aube. Elle l'avait surnommé “Nachteule”, le hibou. Marie suivait toujours Eckhart, d'une façon ou d'une autre. En se montrant à lui ou en se dissimulant. S'il était quelque part, elle y était aussi. Ses mères béguines s'en amusaient :

— Pour trouver Marie, trouvez le maître.

Eckhart le savait et il la cherchait quand il ne la voyait pas derrière lui.

Marie était la seule au béguinage à ne pas écouter les chants de Mathilde. Quand ils venaient, elle s'éloignait au point le plus écarté de l'enclos vers la rivière et se couchait, l'oreille contre l'eau qui s'écoulait, pour se remplir de bruit.

Eckhart aimait sa présence et Marie lui était fidèle. Je me souviens avoir surpris une errance du maître dans le béguinage endormi. Marie était là. Au milieu de la nuit la plus noire. Elle le suivait, silencieuse, à distance, mais sans laisser trop d'espace entre eux. J'ai cette image dans ma mémoire. La cape de ce grand homme qui balayait la terre et cette enfant en arrière à la place de son ombre.

Lorsque vint le temps de notre départ, la grande dame réunit les femmes du béguinage pour rendre un dernier hommage à Eckhart. Ce jour-là, Marie sculpta en secret une petite tête de hibou sur la loupe d'une branche d'orme tombée près de la rivière. Quand nous quittâmes l'enclos, elle l'offrit au maître.

Eckhart la glissa dans sa bourse à sa ceinture et ne s'en sépara jamais.

1324. La mission du maître à Strasbourg prenait fin. Dix ans de ma jeunesse étaient passés à ses côtés. Je n'avais pas beaucoup progressé en théologie et je n'en savais pas beaucoup plus en philosophie. Mais j'avais progressé en vie. Je me sentais plus armé, plus sûr de ma vocation de prêcheur, plus conscient de ma vocation d'homme.

Nos derniers mois dans la ville furent difficiles. Nous gelions. L'hiver avait été le plus glacial de la décennie et ne s'achevait pas. Des troupes de paysans affamés assiégeaient le parlement. Les marchands ruinés et le petit peuple suivaient ces spectres misérables qui réclamaient du grain. Malgré les famines et les colères du climat, la population avait augmenté dans le pays, imposant plus de récoltes à des sols épuisés qui ne se reposaient jamais. Une semence de blé ne donnait plus que deux ou trois grains au lieu des dix habituels. Le désespoir écrasait l'Allemagne.

"Je ne suis pas dans la terre, ni dans le gel", plaidait le chef du conseil devant le peuple. La ville était ruinée, la révolte couvait et les soldats rassemblés aux portes avaient déjà essuyé des lancers de pierres et d'ordures.

Pour canaliser la fureur des habitants, le conseil encouragea le recours aux victimes expiatoires. On autorisa l'entrée dans la ville des troupes de flagellants.

Ils défilaient dans les rues du centre, appelant la malédiction du ciel sur les communautés étrangères qui y vivaient. Eckhart et moi étions présents le jour de Pâques où ils venaient les plus nombreux. Le chemin du couvent traversait la rue des Juifs que l'on nous conseilla d'éviter. Les flagellants respectaient les hommes de Dieu, mais leur folie prenait parfois des allures de fièvre d'enragés capables de tous les sacrilèges.

Eckhart méprisait ces processions d'hommes à moitié nus qui déchiraient leur peau à coups de fouet aux lanières lardées de pointes de fer.

“Expiation”, “Expiation”, criaient-ils, comme si Dieu avait soif de leur sang.

Leur défilé durait trente-trois jours en mémoire de l’âge du Christ et assurait le pardon de leurs péchés. Ils ne se contentaient pas de maltraiter leur corps mais chassaient impitoyablement ceux qu’ils avaient proclamés ennemis de l’Église, en particulier les juifs qui avaient tué le sauveur. Le clergé faisait preuve de la même indulgence que le conseil, occupé comme lui à détourner la colère du peuple.

Ce jour-là, nous revenions du palais épiscopal pour retrouver le couvent Sainte-Croix. En approchant par la rue du Dôme, on entendit leurs cris : “Hep ! Hep !”

— Sais-tu ce que cela signifie Antonin ?

— Non, mon père.

— Ce sont les initiales de “*Hierosolyma est perdita*”, Jérusalem est perdue. Un cri de croisés qui appelle au meurtre des juifs. Tu l’entends encore aujourd’hui.

Les familles traquées fuyaient dans les rues pour leur échapper. Les flagellants massacraient les femmes et les enfants et tous ceux qui portaient la rouelle jaune sur la poitrine. Ils les jetaient à terre et les piétinaient.

La garde ne les protégeait pas et cela d’autant moins qu’on avait signalé quelques cas de peste autour de leur quartier. On disait que la maladie était dans leur souffle. La rumeur avait traversé la ville. Étonnamment exacte au rendez-vous de toutes les tensions qui menaçaient les corps établis. Un sergent nous annonça qu’une famille avait été retrouvée morte dans une maison près de la cathédrale. Un médecin avait parlé de bubons sur les gorges. Cela avait suffi. De multiples voix pouvaient en témoigner, des juifs venus de Tolède avaient été aperçus rôdant autour des points d'eau. Ils portaient tous une poche de peau cousue à leur ceinture, pleine d'un mystérieux poison qu'on les avait vu verser dans les puits.

Les flagellants, ce jour-là, firent plus de victimes que la peste. Nous étions loin de la folle épidémie qui allait dévaster notre monde vingt ans plus tard. La maladie était connue, souvent confondue avec d'autres infections, mais nous avions perdu la mémoire des grands ravages. Dans les archives des monastères, il restait des traces écrites venant de temps lointains où de mortelles pestilences s'étaient déchaînées. Mais qui en gardait le souvenir ? Eckhart avait une étrange attirance pour ce fléau. Pour lui, aucun n'était comparable en violence et en cruauté. La peste était la maladie de l'apocalypse, il voulait comprendre pourquoi Dieu la permettait. Il n'en parlait jamais dans ses sermons mais il méditait sur elle.

Un jour, il la compara au détachement.

— C'est dans la peste que le détachement le plus pur peut se trouver. Car la peste est vide de Dieu. Rien de sa volonté, rien de son amour n'y survit. La peste ne se contente pas de détruire toutes les créatures, elle détruit tout ce que Dieu est. Elle ne laisse qu'un désert sans foi ni espérance. Elle renvoie la création au néant.

C'est ce détachement que je prêche. »

Le prieur resta un long moment silencieux.

— Elle était en lui, Antonin, reprit-il d'une voix chargée d'émotion. Elle était avec lui… C'est la peste qui inspira à Eckhart le sermon de l'homme pauvre.

CHAPITRE 27

L'homme pauvre

« Je crois que le sermon de l'homme pauvre est celui qui a marqué la plus profonde empreinte dans le jeune cœur qui était le mien. C'est celui dont se souviennent ceux qui ont suivi Eckhart et ceux qui, aujourd'hui, lisent encore ses œuvres.

Il y parlait du dénuement de l'âme avec une telle foi ! Pour lui, l'homme pauvre n'était pas le franciscain qui ne possédait rien, mais l'homme qui faisait le vide en lui.

Les sermons d'Eckhart… Personne ne pouvait les oublier. Tous ont été copiés et admirés mais celui-ci n'a jamais été surpassé. J'ai été le témoin de sa naissance. Il contenait la fine pointe de son enseignement. C'est le sermon de l'homme pauvre qui lança les premiers vents de la tempête. Il circulait dans tous les béguinages et déclenchait des extases. Je me rappelle précisément le jour où il fut conçu.

C'était sur la route du retour vers Strasbourg, après notre dernière tournée des couvents de Saxe. Nous traversions un village boueux où des paysans avaient dressé un marché au pied d'une petite église. Des bœufs épuisés y meuglaient misérablement pour réclamer leur herbe absente. Les hommes étaient comme eux, affamés. Les plus démunis vendaient leur fumier. La puanteur du lieu nous “remettait droit”, comme disait le maître.

En voyant la maigreur des visages, je pensais que nos nourritures spirituelles étaient de bien peu de consistance et que tous les sermons du monde ne valaient pas le bout de viande pour lequel chacun de ces hommes se serait battu. Les récoltes faméliques et l’impitoyable hiver avait ruiné leurs fermes. La famine les écrasait.

Eckhart contemplait cette assemblée grelottante et triste et restait pensif. Alors que nous traversions la place, il s’arrêta.

— Regarde cet homme, Guillaume.

Il désignait une pauvre loque au portail de l’église qui agitait son écuelle. Personne ne s’approchait de lui. Une pancarte avait été accrochée à son cou avec le mot “Peste” inscrit en lettres rouges.

— Dirais-tu que c’est un homme pauvre ? m’interrogea-t-il.

— C’est un mendiant, maître, et un pestiféré…

— Si tu lui proposais de la nourriture, des habits neufs, une rente et une bonne santé, que dirait-il ?

— Il dirait oui, assurément.

— Donc, cela signifie qu’il n’est pas pauvre de désir ou d’envie et que son âme est grosse d’espérance. Comme celle de ces paysans qui vendent leur fumier. Tous n’ont que l’apparence d’hommes qui ne possèdent rien. Ce n’est pas de cette pauvreté-là que je parle dans mes sermons, Guillaume, mais d’une pauvreté qui ne s’impose pas à nous, qu'il faut gagner et qui est la récompense suprême que l'on peut obtenir sur terre.

Je ne comprenais pas ce qu'il voulait dire. Et sa vision me heurtait. Je le questionnai :

— Il faudrait devenir plus pauvre encore ? Leur prendre plus ? Je ne vois pas ce qu'ils pourraient donner de plus que leur fumier. Faut-il alors interdire l'aumône à tous les mendiants qui tendent leur main et ne soigner personne ?

— Je leur demande de s'appauvrir en âme.

Qui pouvait accepter cela ? Eckhart ne méprisait pas le malheur de ces miséreux. Il n'y avait aucune arrogance dans sa manière d'appeler à plus de pauvreté sur leurs épaules. Mais à ses yeux, il ne suffisait pas à l'homme pauvre de ne rien posséder, il fallait qu'il prépare le vide en lui. “Préparer le vide” devait être la plus haute préoccupation de l'existence. Être riche ou misérable n'y changeait rien, le vide ouvrait le chemin de la gloire spirituelle : l'union à Dieu.

— Et qu'arrive-t-il à l'homme qui s'est assez appauvri ?

— L'homme pauvre devient alors l'homme noble en voie de divinisation, me répondit Eckhart.

— Et si Dieu ne veut pas lui donner cette grâce ?

— Dieu ne le peut pas. Il ne le peut tout simplement pas, Guillaume. Car le Rien le contraint à venir. Le Rien est le lieu de Dieu.

Il se tourna vers moi et posa ses mains sur mes épaules, lui qui ne touchait presque jamais les corps de ceux qui l'entouraient.

— Ce que je vais te dire, Guillaume, je vais le prêcher encore et encore. Si ce prêche pouvait traverser le temps, il ouvrirait une voie qui conviendrait à tous les mondes, quel que soit le visage du futur.

Avant d'être quelque chose, tu n'étais rien. Tu n'existais pas dans la création puisque Dieu n'avait rien créé. Tu n'étais qu'un néant, mais tu occupais la pensée de Dieu. C'est là qu'il nous faut revenir, en Lui avant qu'Il ne nous mette au monde. C'est un voyage qui nous fait remonter le cours de la vie. C'est le voyage du détachement.

Eckhart m'interrogea :

— Quand ressemblons-nous le plus à Dieu, Guillaume ?

— Quand nous l'aimons ? répondis-je en pensant à Mathilde.

— Non, avant même de pouvoir l'aimer ?

— Je ne sais pas, maître.

— Dieu est un être purement spirituel. C'est donc sous forme spirituelle que nous Lui ressemblons le plus. Quand sommes-nous sous forme spirituelle ?

Eckhart m'avait déjà donné la réponse.

— Quand Dieu ne nous a pas encore créés.

— Exact, Guillaume. Quand Dieu a l'idée de nous créer, quand nous sommes en Lui, non comme des créatures, mais comme des pensées, des projets de création… Le détachement consiste à remonter le cours du temps pour nous retrouver là.

— Est-ce qu'un homme pourra un jour y parvenir ? lui demandai-je en contemplant le pauvre hère qui tremblait sous ses loques.

— Tout homme capable de s'appauvrir suffisamment le peut.

Eckhart déclara alors qu'il allait écrire un sermon sur la pauvreté spirituelle et qu'il devait le méditer jusqu'à notre retour à Strasbourg. Je ne devais plus le déranger.

Je marchais silencieusement à ses côtés mais je n'étais pas en paix.

Je me demandais pourquoi Dieu m'avait créé s'il fallait que je rejette tout ce qui faisait de moi une créature. Eckhart répondait à cela que Dieu avait besoin de moi pour sortir du néant. Dieu se réalisait dans la création. Et, par un mouvement inverse, l'homme devait le rejoindre en amont de cette création.

Tout cela me paraissait si complexe et si abstrait. Dans ces hautes pensées, je ne trouvais aucune nourriture utile pour ma vie. Le détachement en était la négation. Il consistait à passer sa vie à mourir au monde. Et que devenait mon corps dans tout cela ? On pouvait bien faire le désert dans sa pensée mais pas dans sa chair, à moins d'en mourir. Mais de cette question-là, le maître ne se préoccupait pas.

Eckhart commença à écrire le sermon de l'homme pauvre en quittant le village des affamés. Ceux qui l'entendraient, promit-il, n'auraient pas besoin d'un mot de plus, car toutes les réponses y reposeraient. »

CHAPITRE 28

Les crécelles

Robert dormait. Ses rêves aussi. Ensommeillés comme lui. Sans vigueur, incapables de s'ouvrir aux jours, incapables de traverser les pierres du mur étroit. La fatigue de ses rêves était peut-être le plus sévère de ses châtiments. L'Inquisition les avait condamnés, comme lui, à l'enfermement. Ils avaient pris acte de cette peine et l'avaient acceptée. Depuis, ils ne s'envolaient plus. Ils restaient attachés à lui comme par des chaînes et leur horizon était celui de sa conscience. Pourquoi ? se disait Robert. Pourquoi ses rêves avaient-ils accepté cette pénitence à laquelle ils auraient pu facilement se soustraire ? Parce que Dieu le voulait, et si Dieu le voulait, c'était qu'Il le jugeait coupable et qu'Il ne permettait pas qu'une partie de lui-même échappe au châtiment. Personne sur terre n'avait assez de pouvoir pour venir appliquer les peines au plus profond de soi. L'inquisiteur avait condamné son corps, Dieu avait condamné ses rêves.

Ainsi, quand Robert se réveillait, il n'avait pris aucun repos. Les murs de son cachot semblaient encore plus lourds et infranchissables et l'air autour de lui toujours plus concentré, épais, irrespirable.

La lépreuse écrasait les cafards. Chaque soir, quand l'oblat la poussait dans la nuit du mur étroit, elle hurlait comme une possédée en faisant vriller sa crécelle et les cafards fuyaient sur les pierres. Ses pieds les broyaient et Robert sentait la mort de ses frères corrompre l'air qu'il respirait. Quand la porte s'ouvrait, il se couchait en boule dans le coin du mur, tenait les mains sur son crâne et chantait des Ave Maria que la crécelle écrasait de son cri. L'oblat poussait la lépreuse au fond du mur vers le corps ramassé de Robert et la faisait trébucher pour qu'elle le recouvre de sa vivante pourriture. Quand il le décidait, il agitait une cloche qui la faisait reculer vers la porte et sortir pour saisir son écuelle du jour remplie d'une nourriture que les chiens ne lui disputaient pas.

L'oblat jetait alors sur le sol le parchemin des aveux et une plume.

— Signe, lâchait-il avant de refermer la porte.

Une veilleuse lui était laissée. Robert fuyait sa lumière. Elle lui montrait la réalité du lieu où il pourrissait. Il ne pouvait empêcher sa main de saisir la plume et de la rapprocher du parchemin qui le libérerait du mur étroit. Chaque retour de la lépreuse le poussait aux bords de la folie. Signer. Robert le décidait tout au long des heures de la nuit. Sa libération tenait à une simple goutte d'encre. Signer sauverait sa raison et si le bûcher en était le prix… mais qu'importait le bûcher s'il faisait taire toutes les crécelles de ses cauchemars. Pourtant il ne s'y résignait pas. Quelle était la valeur du frère, se répétait-il, qui confessait une hérésie à laquelle il n'avait jamais cédé au risque de salir tous les siens. Que lui resterait-il ? Quand la plume penchait vers le parchemin, il le couvrait de sa main et laissait la pointe percer sa peau pour empêcher l'encre de s'y déposer.

Il inclinait ensuite la veilleuse sur le sol pour recueillir les dépouilles des cafards que les pieds de la lépreuse avaient foulés.

Il les bénissait et creusait de ses ongles leurs sépultures dans la terre du mur étroit. En examinant leurs carapaces, ses yeux trouvaient des déformations et des tumeurs ; sur leurs pattes tordues, des preuves invisibles d'infection. Les cafards lépreux n'avaient pas droit au baiser de paix qu'il offrait à leurs frères, mais Robert priait ardemment pour eux. Quand l'oblat revenait lui arracher le parchemin vierge, il le trouvait toujours à genoux.

Le temps pressait. Le plan était clair, les aveux devaient être signés au plus vite. Chaque jour qui passait donnait plus de force aux alliés de Guillaume. L'inquisiteur ne pourrait pas tenir tête à l'évêque et au maître de son ordre qui exigeaient une libération immédiate. Sans l'aveu d'hérésie, il devrait relâcher Robert et perdre tout pouvoir sur le vélin.

L'oblat réfléchissait dans la cour des cachots. La résistance de ce moine l'intriguait mais il connaissait bien les hommes. Celui-ci ne tiendrait plus longtemps. Ses gardes l'entendaient délirer nuit et jour et bénir la vermine de son trou. Il suppliait comme un damné qu'on fasse sortir la lépreuse alors qu'elle avait déjà quitté son cachot. Quelques jours de plus suffiraient pour le briser mais l'inquisiteur ne tolérerait plus le moindre délai.

Accroupie dans la cour devant son écuelle, la lépreuse attendait. Quand la nuit avançait et que sa tâche auprès du moine était remplie, on la repoussait hors de la maison Seilhan. Elle retournait à ses bouges et revenait le lendemain pour la nourriture. Sa robe déchirée découvrait les parties intimes de son corps. Les soldats s'en amusaient et l'oblat avait ordonné qu'on la couvre d'un châle. Personne n'osait s'en approcher et il avait lui-même tendu l'étoffe au bout de son épée. Il avait aperçu sa poitrine rongée par le mal et gangrénée de pus. Rien de pire que ce qu'il avait vu sur les champs de bataille de Palestine. Rien qui puisse émouvoir son cœur de croisé rompu à toutes les cruautés mais les moqueries des jeunes sergents blessaient ce qu'il lui restait d'honneur.

Un jour ou deux... se disait-il, l'inquisiteur n'accepterait pas plus. La poitrine de la lépreuse revenait dans ses pensées et son image rejoignait celle du moine. Une idée lui traversa alors l'esprit. Il tenait peut-être le moyen de le faire fléchir. Il ordonna qu'on ouvre la porte du mur étroit. Robert priait devant, courbé les mains jointes.

— Prie pour la guérison de ta lépreuse, lui dit le vieux soldat, car ce soir tu forniqueras avec elle.

CHAPITRE 29

Long désir

Le sacristain servit à Guillaume sa tisane de mémoire, comme à chaque lever et à chaque fin du jour quand il dictait à Antonin. Un mélange de romarin et d'un champignon à crinière qui poussait sur les arbres morts et qui donnait au breuvage un goût de lait caillé.

Le vieux moine le regardait avaler sa préparation avec répugnance. Le prieur la lui proposait toujours en partage pour le tourmenter.

— Je préfère encore avoir des trous dans ma mémoire que dans mon estomac, maugréait-il.

Guillaume attendait un signe. Quand il avait affirmé à Antonin que Robert ne quittait pas son esprit, il avait dit vrai. Dans la communauté dominicaine, le mot frère avait un sens. Les frères de foi n'avaient pas de sang commun, mais celui qui irriguait leurs veines avait été béni par la main de leur prieur. Et cette bénédiction commune faisait d'eux des fils devant Dieu. Un dominicain n'abandonnait jamais un des siens.

Le signe de croix de Verfeil commençait par « Au nom du frère », ainsi que Guillaume l'enseignait à ceux qui rejoignaient sa communauté. Et Robert, condamné par l'inquisiteur, condamné par Dieu, savait qu'aucun châtiment ne pouvait briser cette fraternité qui faisait vivre son espérance.

Guillaume avait reçu les réponses des évêques et du provincial du Languedoc. Chacun lui assurait la libération de Robert. L'inquisiteur ne pouvait pas s'y opposer. Il avait envoyé le tanneur rôder autour de la maison Seilhan, mais aucune rumeur de libération d'un prisonnier n'avait été rapportée. Guillaume ne comprenait pas. Sur un conflit entre moines de deux ordres différents, l'inquisiteur n'avait pas autorité. Le prieur franciscain d'Albi avait lui-même adressé une lettre pour la libération de Robert. Guillaume attendait avec foi, mais son humeur s'assombrissait. Seule la passion d'Antonin lui donnait un peu d'élan. Elle, et la tisane de mémoire qui lui faisait remonter plus aisément le cours de son passé.

« C'est à Cologne que la haine de Kanssel s'arrêta de croître. C'est là qu'il décida que sa maturation était suffisante et qu'il était temps de passer à l'acte.

Les dix ans passés à Strasbourg et sur les routes de Teutonie avaient rendu Eckhart plus célèbre encore. Ses prêches en langue allemande avaient ouvert son public au peuple qui ne comprenait pas le latin. La fin de sa mission en Alsace aurait dû nous ramener vers la France ou bien vers son couvent d'origine à Erfurt mais l'ordre avait besoin d'hommes de son envergure. Il quitta Strasbourg avec une nouvelle mission : continuer l'enseignement de la théologie au Studium de Cologne et le prêche, dans les couvents et les béguinages de la région.

Un public de plus en plus nombreux nous suivait pour entendre sa voix. Des franciscains se pressaient aussi à nos portes. La popularité d'Eckhart traversait les frontières spirituelles.

Avant de prêcher, il restait toujours en méditation silencieuse durant l'heure qui précédait. Je préparais son habit et le bonnet de maître qu'il n'aimait pas porter. Il prenait une collation, un fruit pressé ou des morceaux de sucre.

— Quel est le but de la vie, Guillaume ? me demandait-il avant de gagner sa chaire.

— L'union à Dieu.

Nous nous quittions sur ces mots qu'il avait besoin d'entendre.

À Cologne, nous résidions au cœur de la ville dans le couvent des prêcheurs de la Stolkgasse. Le maître y préférait enseigner, mais honorait les invitations des autres communautés.

Kanssel assista à un sermon au Mariengarten, un couvent de cisterciennes proche du nôtre. Il prit alors l'exacte mesure du charisme d'Eckhart. Je l'aperçus parmi ses frères. Il n'écoutait pas les paroles, il observait les visages. Et en chacun, l'ardente passion que les sermons du maître y faisaient naître. Je vis du dégoût sur ses traits, la nausée paraissait le saisir à chaque vibration de l'auditoire. À la fin, il congédia brutalement les franciscains qui l'entouraient, leur commandant de retourner à leur couvent et de défendre en silence la pauvreté du Christ au lieu de se faire complice des chiens qui aboyaient sa parole.

Kanssel s'était promis d'écraser la morgue des Dominicains et de rétablir l'idéal évangélique des frères mendiants.

Le cœur de sa haine était fidèle à sa foi, ce qui la rendait féroce. Pour atteindre leur ordre, quoi de plus souverain que de faire chanceler son représentant le plus prestigieux.

"Faire chanceler" Eckhart pouvait paraître présomptueux pour un moine dont la culture s'écrivait sur un quart de parchemin. Mais Kanssel avait une énergie inépuisable et un réseau d'informateurs dans tous les couvents et béguinages d'Allemagne. De plus, les sermons du maître avaient été critiqués par les hautes instances de son ordre et les rumeurs d'hérésie continuaient de monter autour de lui comme des parfums mortels. Enfin, Kanssel n'avait peur de rien. La renommée d'Eckhart ne l'impressionnait pas. Il ne prononçait jamais le mot "maître" en parlant de lui, "frère Eckhart" suffisait. Quant à moi, il m'appelait "le chiot" et ne cessait de m'insulter.

Je parlais de ces menaces au maître, mais sa réponse montrait qu'il ne mesurait pas le danger : "Ce franciscain est un homme de Dieu, Guillaume. Il est vulgaire et stupide, mais sa stupidité est pure et sa vulgarité transparente. Ce sont des qualités à respecter."

À Strasbourg, Kanssel avait déjà essayé de lancer l'Inquisition sur notre trace. Il avait même accompli le voyage en Avignon pour adresser personnellement au pape Jean une protestation contre le vicaire général et les déviances qu'il laissait se répandre sur les couvents de femmes comme sur les béguinages assaillis d'extases mystiques et sensuelles. Il prétendait que les mots de ses sermons apparaissaient dans les poèmes enflammés de ces pécheresses et que le Libre Esprit s'y reconnaissait. Le pape avait envoyé des lettres, mais de là à lancer une procédure d'Inquisition…

La puissance de l'ordre dominicain s'imposait encore à la Curie.

Après son voyage, Kanssel comprit qu'il serait impossible de briser Eckhart de cette façon. Comme il ne pouvait pas attaquer le maître, il décida d'attaquer l'homme. Il chercha dans son intimité et voulut arracher mes confidences en m'envoyant un jeune franciscain qui m'offrit sa fausse amitié. Bien inutilement. Il n'y avait rien à reprocher à Eckhart. Sa conduite était celle d'un moine dans un monastère qui était le monde et où il respectait les règles de son ordre.

Mais il y avait Mathilde.

Kanssel apprit l'existence de cette béguine voilée qui chantait et exposait sa nudité. Eckhart y paraissait attaché. Un informateur lui confia que dès qu'il le pouvait, le maître revenait à Ruhl et qu'une abondante correspondance s'échangeait entre eux. Kanssel intercepta des lettres qu'il fit recopier. Il n'y trouva pas de phrases suffisamment compromettantes pour en faire état, mais des échanges spirituels qu'il fit étudier par un maître franciscain. Celui-ci ne put en extraire aucune parole dissidente mais souligna un point que Kanssel avait déjà entrevu : Eckhart corrigeait Mathilde.

Les poèmes qu'elle lui envoyait étaient traversés d'un feu mystique qui brûlait au-delà des terres de l'Église. On y décelait des mots que n'auraient pas reniés les adeptes du Libre Esprit. Les réponses critiques d'Eckhart, si douces dans leur expression, étaient la preuve que des traces d'hérésie apparaissaient bien dans les écrits de la béguine. Kanssel décida d'utiliser ces lettres pour instruire un procès en Inquisition non contre Eckhart, mais contre Mathilde. Dans ce procès, il ferait d'Eckhart son principal accusateur.

Nous ignorions tout de ce piège. Jamais je n'aurais pu penser qu'autant de cruauté et de perversité pouvait habiter le cœur d'un moine.

Pendant l'année qui suivit, la correspondance entre Eckhart et Mathilde fut abondante. Le maître en avait fait une confidente spirituelle. Il lui proposait les thèmes de ses sermons à venir et écoutait ses conseils sur la manière la plus juste d'exprimer ses thèses.

La vie de Mathilde s'était transformée depuis leur rencontre. Elle consacrait l'essentiel de son temps à leurs échanges. La grande dame avait dû la rappeler à l'ordre pour qu'elle ne néglige pas son travail à l'infirmerie auprès des malades.

Elle lui écrivit un jour un poème qui devint rapidement célèbre dans le monde des béguinages. Elle y reprenait l'image du "long désir". Elle s'adressait à Dieu comme à un époux et commençait par cette prière : "Couvre-moi du manteau de ton long désir". Le théologien franciscain mandaté par l'archevêché y trouva la preuve d'une volonté d'union charnelle avec le Créateur. Et Kanssel en fit le premier acte du dossier d'accusation de Mathilde.

"Couvre-moi du manteau de ton long désir
Ne laisse pas mon corps nu mourir au froid du monde
Ne laisse pas le jour s'éteindre pour lui
Recueille dans ta passion un peu de ma douleur
Recueille dans tes mains blessées le peu de ma chair
Et conduis-moi au point où défait de matière et de temps
Ne subsistera de moi que la longue étreinte de ta grâce

Et au cœur même de cette étreinte
Le secret de ton amour et de mon éternité
Le long désir."

"Le long désir" revenait dans presque tous les poèmes de Mathilde. Ces trois mots, lus dans les écrits d'une sœur flamande, parlaient à son cœur et portaient l'amour de Dieu aussi fortement qu'une page d'évangile. Kanssel n'y voyait que de la lubricité. Eckhart la mettait en garde. Mais Mathilde lui répondait avec malice par des formules bien plus provocantes tirées de ses propres sermons.

Loin de ces menaces nous revenions à Ruhl le cœur léger. Nous y étions chez nous. Malgré l'éloignement depuis le départ pour Cologne, Eckhart ne manquait pas de faire le voyage à chaque nouvelle saison. Ses tâches administratives prenaient l'essentiel de son temps mais l'air de Ruhl les rendait moins contraignantes. Il "purifiait la pensée", assurait-il. Il travaillait le jour et préparait ses sermons la nuit. Il disait que le lieu leur donnait la profondeur qu'il recherchait. Et c'est là qu'il écrivit ses plus belles pages. Les phrases qu'il y déposait ne portaient pas seulement la marque de Dieu mais aussi celle de l'accueil des béguines, des chants célestes de Mathilde et de la petite ombre qui suivait ses promenades nocturnes dans l'enclos.

Marie était toujours au rendez-vous du "Hibou". Eckhart me confia que cette enfant lui donnait quelque chose de sa grâce et l'aidait à combattre les angoisses de la nuit, et plus que cela, à les convertir en discours. "La grâce, Guillaume, me disait-il en parlant de Marie, c'est ce que Dieu donne pour rien. En sa présence, c'est ce que je ressens : la grâce et le rien. Tous mes sermons sont écrits avec ces deux mots…”

Mathilde continuait à voiler sa face devant sa fille et son cœur lui restait fermé. La parole du maître sur ce sujet avait échoué, comme celle de ses sœurs. Et rien ne semblait pouvoir combler la faille ouverte dans l’âme de Mathilde. Ni la parole des hommes, ni celle de Dieu, ni celle d’Eckhart. »

CHAPITRE 30

Procès

« À la tête du Studium de Cologne, la plus prestigieuse école de Teutonie, Eckhart se retrouvait. Sans s'accorder le moindre repos, il se lança dans une tâche d'enseignement épuisante doublée de la rédaction d'une grande œuvre où tous les thèmes de sa prédication devaient être développés.

Il prêchait devant des foules de plus en plus denses.

Le couvent de la Stolkgasse embellissait. Le succès des sermons garantissait des bénéfices importants qui finançaient les travaux, et les donations affluaient pour trouver sépulture dans le cimetière des Dominicains.

Comme à Strasbourg, le clergé séculier se dressa contre ces "mendiants" aux poches remplies d'or. L'atmosphère de la ville était délétère. Le pape n'avait pas levé l'interdit[1]. Les portes des églises avaient été verrouillées et on avait retiré le battant des cloches pour les rendre sourdes. Le peuple, privé de messe et de sacrement, sans bénédiction pour ses morts, se lamentait. Beaucoup soutenaient l'empereur excommunié qui encourageait en secret les hérésies. De l'or

1. Décision du pape qui suspend toute vie religieuse dans une région.

impérial avait été trouvé dans les coffres des prédicateurs du Libre Esprit.

L'archevêque Henri de Virneburg défendait ardemment le pape. La Curie lui prodiguait des revenus toujours plus charitables pour soutenir sa bonne volonté. Les Franciscains, qui reprochaient son luxe à la cour d'Avignon, prêchaient la rébellion. L'anarchie spirituelle menaçait et la plus grande sévérité fut recommandée à tous les prélats.

Pour affirmer l'autorité de l'Église, le vieil ennemi d'Eckhart relança sa croisade contre le Libre Esprit. Elle fut sanglante. Il chassa impitoyablement tous ceux qui, de près ou de loin, pouvaient avoir un lien avec l'hérésie. Les bûchers crépitaient dans toutes les villes de Teutonie.

Sous l'influence de traîtres à la solde de l'empereur, l'esprit de rébellion contamina quelques couvents dominicains, déclenchant la fureur du pape. Henri de Virneburg profita de cette situation favorable et relança alors la procédure d'inquisition contre Eckhart. Mis en difficulté par la révolte de ses couvents, le conseil ne put s'y opposer.

En mai 1326, l'archevèque fit rédiger une liste de quarante-huit erreurs issues de ses sermons et intenta le procès en inquisition qu'il ne confia pas aux Dominicains, mais aux Franciscains, plus enclins à le condamner. L'affaire traîna des mois.

Devant l'Inquisition, à Cologne, Eckhart ne renia aucune de ses propositions et les défendit avec majesté.

“Je puis en effet me tromper mais je ne puis être hérétique”, fut sa seule concession au tribunal.

Alors que d'autres articles suspects d'hérésie constituaient de nouvelles charges, Eckhart décida de faire appel de toutes les accusations, pour s'en défendre directement auprès de Jean XXII.

Au milieu de l'hiver 1327, nous fîmes donc nos bagages pour le voyage en Avignon.

Eckhart se rendit à son procès avec fierté, inconscient des dangers qui pesaient sur lui. L'archevêque de Virneburg avait pris de l'importance à la Curie. Il était devenu le bouclier du pape contre l'empereur. L'envergure spirituelle du maître ne tenait plus aussi fermement contre un tel avantage politique.

Trois lecteurs de Teutonie nous accompagnaient pour travailler sa défense et témoigner du soutien de l'ordre dominicain.

Nous nous installâmes dans le vaste couvent des prêcheurs près du palais de la Curie. Durant d'interminables mois, deux commissions de cardinaux et de maîtres en théologie examinèrent les propositions suspectes d'hérésie. Le temps se figeait autour de nous. Eckhart était écrasé de travail et moi d'ennui.

Il passait ses journées à rédiger sa défense et débattre chaque article avec ses lecteurs. Les jours s'éternisaient et les portes du palais restaient closes. L'affaire était si délicate pour la Curie en équilibre entre la puissance de l'ordre dominicain qui soutenait Eckhart et la volonté du pape de satisfaire son archevêque, qu'aucune décision n'était prise par personne.

La chaleur de l'été écrasa nos corps habitués à l'atmosphère glacée d'Allemagne. Le silence qui nous entourait et la suspicion que nous sentions monter faisaient de nous des prisonniers à qui leur peine n'avait pas été signifiée. Nous pouvions sortir du couvent sans nous éloigner au-delà du regard des frères chiourmes qui nous surveillaient. Seule la pensée du béguinage égayait mon cœur. Celui d'Eckhart semblait s'emplir de fureur à mesure que les articles continuaient d'arriver alourdissant le dossier d'accusation.

Son humeur devint instable. Elle alternait entre des moments d'abattement et d'excitation rageuse contre l'acharnement dont il était victime. Pour la première fois de sa vie, il sentait que son autorité ne s'exerçait plus. Nous n'étions plus à Paris ou dans les villes universitaires qui le respectaient. Les remous politiques étaient si puissants qu'ils engloutissaient les grandes figures du passé et les voix qui ne résonnaient plus avec le temps présent.

Sa gloire pâlissait et l'issue du procès ne changerait pas le cours de l'histoire.

L'histoire, c'est elle qui emportait Eckhart. La puissance spirituelle s'inclinait peu à peu devant la puissance temporelle. Le temps n'était plus aux ambitions mystiques. Le monde regardait vers la terre. Le peuple avait faim et froid. Il ne voulait pas s'unir à Dieu mais nourrir ses enfants et les abriter sous un toit. Il n'attendait pas l'aide des frères mendiants qui lui proposaient des confessions, mais celle des laïcs qui lui promettaient du travail. Ce n'était pas l'archevêque le plus grand ennemi d'Eckhart, mais la déspiritualisation du monde.

Attelé sans relâche à son procès, il négligeait ses sermons et la rédaction de sa grande œuvre. À force de lecture à la lumière vacillante des bougies, sa vue se troublait. Il m'envoyait en ville courir auprès de tous les apothicaires pour acheter l'herbe de luminelle qui possédait la merveilleuse propriété de guérir les yeux. Ce fut le seul remède conseillé par la médecine que je lui ai jamais vu prendre. Mais la menace de la cécité le plongeait dans une telle angoisse…

Il me disait que ses sermons ne tenaient pas devant la promesse de l'obscurité. Il répétait que ses yeux le traitaient d'imposteur car sa haute spiritualité ne lui servait à rien pour accepter le destin qui leur était promis. Quand il voyait les images s'assombrir, l'effroi le saisissait et l'homme pauvre qu'il rêvait d'être s'inclinait devant l'homme aveugle empli de terreur.

Pour son repos, restaient les lettres de Mathilde.

Ma voix devait les lui faire entendre pour ne pas fatiguer ses yeux. Que de belles choses j'ai pu lire, Antonin, et oublier ! Sa plume vous faisait effleurer la beauté des cieux. Dieu y avait mis l'encre.

Mais Eckhart s'épuisait. En novembre, il tomba gravement malade. »

CHAPITRE 31

Au nom d'Eckhart

« Une toux maligne s'était déclarée et il crachait du sang. Un médecin de la Curie diagnostiqua une fièvre mortelle qui saisissait les poumons. Eckhart refusa les saignées et renvoya tous les thérapeutes. La fièvre montait malgré les bains d'eau froide et les décoctions de feuilles de saule. Il cessa de s'alimenter et il fallut batailler pour le faire boire. Les toux sanglantes lui arrachaient des râles de douleur. Il se mit à délirer.

Comme sa mort paraissait proche, une extrême onction fut demandée. Les cardinaux durent débattre pour savoir s'il était orthodoxe de l'administrer à un suspect d'hérésie. Elle le fut au final. Et l'état d'Eckhart empira encore.

Une nuit, il fut pris de violentes convulsions qui l'arrachèrent de son lit. Il se brisa l'épaule en tombant et mordit cruellement sa langue. Sa parole devint incompréhensible et les semaines suivantes passèrent dans la plus grande confusion.

La nuit, je lui relisais les poèmes de Mathilde qui calmaient son agitation.

Depuis notre arrivée en Avignon, elle écrivait tous les jours. Les lettres nous parvenaient grâce à l'aide d'un novice dominicain qui travaillait à l'acheminement du courrier de la Curie aux diocèses. Pour quelques pièces, les hérauts qui parcouraient la région à cheval nous laissaient profiter de leurs sacoches.

Un jour, il n'y eut plus de lettres.

Eckhart sombrait peu à peu dans le coma. La fièvre avançait et se retirait. Sa conscience resurgissait par instants et il se débattait alors en proie à d'effrayantes souffrances. Dans ce tumulte, je parvenais à lui faire boire quelques gorgées d'eau. Un médecin m'apprit à lui en administrer par le fondement quand son état interdisait tout autre moyen.

Son pouls s'affolait. Sa respiration s'arrêtait. Mille fois, je le crus mort. Mais sa vie tenait bon. Des semaines s'écoulèrent à guetter les éveils de sa conscience pour lui administrer un peu de nourriture. Je m'inquiétais du silence de Mathilde.

En dehors du couvent, personne ne savait rien. Dans l'enceinte, les moines n'avaient pas le droit de me parler et s'écartaient à mon passage. L'accusation d'hérésie pesait sur nous et, jusqu'à preuve du contraire, nous étions coupables. Impossible dans ces conditions d'avoir la moindre nouvelle du monde.

En janvier, le novice nous apporta une lettre signée par la grande dame de Ruhl.

Mathilde avait été arrêtée. L'Inquisition la jugeait à Cologne, avec d'autres béguines accusées d'hérésie.

Je ne savais que faire.

L'audience que je demandai à la Curie pour chercher de l'aide me fut refusée. Le provincial de Teutonie, Henri de Cuso, qui était venu soutenir Eckhart, ne m'offrit pas plus de secours. Défendre une béguine hérétique ne pouvait qu'aggraver la situation du maître et desservir sa cause. Il me congédia.

Je me retrouvais sans solution et dans une solitude absolue. Finalement, je décidai de prendre la route de Cologne, en confiant les soins du maître aux frères du couvent.

Cette année, la crue du Rhin inonda toutes les routes. Les tempêtes succédaient aux tempêtes. Je mis plus d'un mois à rejoindre la ville. Dès mon arrivée, je demandai audience au palais de l'archevêque qui avait quitté ses terres de Bonn. Je suppliai, au nom de Dieu et du pape, qu'il me l'accorde. Il fit attendre sa réponse une semaine. Une semaine que je passai à tourner, impuissant, dans cette ville où nous avions été acclamés et où je ne rencontrais plus qu'indifférence ou suspicion.

J'implorai alors l'appui de l'université où Eckhart avait encore sa charge. Les portes du Studium restèrent closes.

L'audience fut enfin fixée et, au jour dit, je gagnai le palais épiscopal en priant pour Mathilde. Arrivé le matin, on me fit attendre jusqu'au soir. La salle d'audience ne s'ouvrit pour moi qu'après le départ du dernier visiteur et des valets qui récuraient le sol. Je pénétrai dans cette longue pièce où le maître avait plusieurs fois défié si inconsidérément l'autorité de l'Église. L'archevêque ne m'y attendait pas, mais sa chaire n'était pas vide. Kanssel occupait sa place.

Il me fit approcher. Ses deux novices l'entouraient, plus décavés que jamais. Il penchait la tête vers son épaule, sa pupille de serpent fixée sur moi.

— Mes frères, déclara-t-il, contemplez le chiot d'Eckhart qui vient gémir.

Les deux spectres s'inclinèrent pour mieux distinguer ce jeune dominicain dans sa robe encore maculée de la boue du voyage, le visage creusé d'épuisement, aussi minable qu'eux devant leur tortionnaire.

— Viens plus près, dit Kanssel.

Je m'avançai vers la chaire, en baissant les yeux. Ses pieds nus dans ses sandales étaient couverts de crasse.

— Comment va ton maître ? On dit que le diable a l'intention de le rappeler à lui.

— Il vivra.

Kanssel approcha son visage du mien. Je sens encore sa puanteur.

— Je sais pourquoi il t'envoie. Pour la prostituée de Ruhl.

— C'est au nom de…

— Tais-toi, cria-t-il, tu fais honte à ton ordre, tu fais honte au Christ. Pendant que tu servais l'hérétique, tes frères franciscains purifiaient cette région infectée. Ton maître égare les âmes et les plonge dans le chaos, moi je les corrige. La béguine voilée a commis les pires péchés, ses écrits suintent la luxure.

Les deux novices joignirent leurs mains à ce mot.

— "*Couvre-moi du manteau de ton long désir*", demandait la pécheresse. Je l'ai recouverte d'un manteau de flammes, cracha Kanssel.

Ces mots me firent vaciller. Tout le mal de la terre semblait s'être concentré dans le corps malingre et tordu du franciscain. Le maître avait tort, le mal avait bien une existence et le démon s'incarnait dans les hommes.

— Elle a eu droit à un procès équitable, reprit-il. Ses sœurs ont renié leurs déviances et expient dans des monastères d'où elles ne sortiront jamais. Elle seule a persévéré dans l'erreur. Et ton maître a bien aidé l'inquisiteur.

Je ne comprenais pas ce que ces mots signifiaient. Kanssel les répéta, avec une sorte de volupté.

— Ses lettres l'ont accusée mieux que toutes les preuves que nous avons apportées. Elles redressaient avec amitié ses transports, ses extases, l'arrogance de sa foi mais en les redressant, elles en témoignaient. Pour le reste, le fouet a obtenu la confession de ses crimes.

Kanssel s'arrêta et scruta mon visage pour y chercher la brûlure de ses mots.

— Que de fautes pour une si jeune âme ! Lubricité, impudicité et hérésie ! Elle prétendait s'unir à Dieu… en ouvrant ses cuisses. D'ailleurs, je suis sûr que le manteau de ton maître l'a couverte. Le malin était dans cette femme. Son voile ne protégeait pas sa vertu, il cachait ses appétits. Elle a avoué l'inspiration diabolique de ses poèmes et l'infection de vos béguinages, tanières du Libre Esprit…

Il hocha la tête et sa voix devint bienveillante :

— Pourtant, l'Inquisition était prête à lui pardonner. Son repentir était entier. Elle avait signé le reniement de tous ses écrits comme le serment de ne plus jamais se compromettre. Sa pénitence réclamait la même indulgence que pour ses sœurs. Toi, petit dominicain, tu le sais mieux que personne, le tribunal ne condamne pas durement les erreurs reconnues par les coupables. Mais son bras s'abat impitoyablement sur ceux qui persistent dans leur faute ou qui récidivent : les relapses.

Ces derniers mots devaient avoir l'odeur de la viande. Les deux novices se rapprochèrent comme des charognards.

— J'aurais pu la laisser en paix, mais j'ai pensé aux crimes impunis de ton maître. Et j'ai décidé d'aller chercher un plus juste châtiment. Je sais que l'Église n'osera jamais le condamner comme il le mérite. La justice des puissants ne châtie pas les puissants. Mais moi, frère mendiant, je rends la justice des pauvres. Pourquoi les hérétiques du peuple seraient-ils les seuls à brûler ? On ne voit jamais de prince griller dans les flammes, aucun maître d'université, aucun évêque !

Kanssel saisit mon bras.

— Je suis allé moi-même la visiter dans son cachot au lendemain du jugement. Son voile lui avait été arraché depuis longtemps. Elle avait le visage de tout le monde. Je suis venu avec mes témoins, dit-il en désignant ses novices. Il me suffisait d'entendre un seul mot renié pour la renvoyer au juge.

La rage me tordait le ventre, Antonin, j'étais comme un insecte entre les griffes de Kanssel et je sentais le cœur abandonné de Mathilde battre à côté du mien.

— Tu l'as torturée…

— Non, je ne l'ai pas touchée. Un franciscain ne fait de mal à personne. Je n'ai fait que lui montrer l'acte d'accusation. Quand elle a vu que le nom de ton maître y figurait, comme premier accusateur, elle s'est recroquevillée dans un coin comme un ver qu'on aurait arraché de la terre. Et, tu sais comme les âmes possédées par le diable peuvent agir de manière insensée, au lieu de geindre, elle s'est mise à chanter. À chanter comme dans une chapelle alors qu'elle pourrissait dans un cul de basse-fosse.

Kanssel jeta un coup d'œil rieur à ses novices.

— Ces deux-là ont trouvé quelque chose de doux dans son chant. Leurs âmes ignorantes se sont laissé charmer par la douceur malfaisante. Mais moi, j'y ai trouvé quelque chose de dur. Eux, dit-il d'une voix forte qui fit reculer ses servants, n'ont entendu qu'une mélodie qui sortait de sa gorge. Moi, j'ai vu ses lèvres bouger. Son chant avait des paroles. Je suis allé les chercher tout contre elle. Et j'ai clairement entendu les mots du poème qu'elle avait renié devant Dieu. Ces mots qu'elle avait fait le serment de ne plus jamais prononcer. "Long désir", murmurait-elle, "long désir"...

La bouche de Kanssel s'appuya contre mon oreille et articula lentement la sentence : "Relapse."

— Oui, relapse, petit chiot et devant trois témoins. Nos témoignages d'hommes d'Église ont suffi et elle ne les a pas contredits. Elle s'est enfermée dans le silence jusqu'au bout. Je l'ai moi-même fait monter dans la charrette pour le bûcher.

Kanssel me désigna la porte.

— Fous le camp, maintenant. Tu pourras dire à ton maître qu'elle a été brûlée au nom d'Eckhart. »

La voix du prieur Guillaume tremblait au souvenir de ce jour de Cologne. Antonin avait la gorge serrée d'émotion. Un douloureux silence s'installa dans la salle du chapitre.

— Et l'enfant ? interrogea Antonin.

— Après Cologne, je suis retourné au béguinage. L'enfant avait été prise par les Franciscains. Personne ne savait où elle avait été emmenée.

— Eckhart était-il... ?

Le prieur leva la main pour signifier qu'il avait besoin de repos.

Antonin se tut et retourna au scriptorium pour copier les écrits du jour sur le vélin. Sa plume était lourde. Le martyre de Mathilde déchirait son cœur.

« Pour rien, se répétait-il, pour rien… »

Le prieur lui avait conté l'issue du procès d'Eckhart. Sa défense et la puissante influence de l'ordre dominicain permirent d'éviter l'accusation d'hérésie qui englobait l'œuvre et l'homme. On finit par décider d'intenter un simple procès en censure qui n'attaquait que la formulation de ses sermons. Guillaume se souvenait d'une déclaration du maître sur le sujet.

« Il suffit que je renie ces propositions, disait-il. Elles seront censurées mais pas déclarées hérétiques. L'hérésie suppose de persister dans l'erreur. Je ne persiste pas. Le tribunal accepte l'innocence de celui qui a professé des idées contraires au dogme s'il fait amende honorable et les retire. Eh bien, Guillaume, je les retire après les avoir dites. Les jugements des hommes ne remontent pas le temps. Je veux bien être censuré mais je ne veux pas mourir par la main des sots. »

Eckhart ne fut donc jamais déclaré hérétique, seuls ses écrits furent condamnés. L'ordre dominicain lui fit néanmoins payer cher la clémence du tribunal en le bannissant de son histoire, mais il ne fut pas poursuivi et sa mort empêcha un nouveau procès.

L'acte de son jugement se concluait par une courte phrase, dérisoire épitaphe pour tant de souffrances et d'âmes éteintes : « Il a voulu savoir plus qu'il ne convenait. »

« Pour rien… » se disait Antonin en traçant, avec art, la majuscule du premier mot déposé sur le vélin.

CHAPITRE 32

Croix de cendre

Jour de l'oblat. Le prieur Guillaume avait convoqué Antonin, à l'aube. Il fallait gagner du temps et offrir quelques miettes à l'inquisiteur. Une nouvelle lettre du provincial du Languedoc l'avait assuré que la libération de Robert ne pourrait plus être différée. L'ordre s'était engagé et un émissaire s'était mis en route pour Toulouse. Quelques pages de ses mémoires aviveraient l'appétit de l'inquisiteur. Ce ne seraient pas celles qu'il dictait à Antonin. Elles n'étaient pas écrites pour des yeux avides. L'inquisiteur avait toujours haï Eckhart et chassait encore ses disciples, les « Eckhartiens », cette secte dont il était certain que le prieur de Verfeil protégeait les secrets.

Parfois, Guillaume se demandait si sa volonté serait assez forte pour résister aux convoitises de la mort. Ses souvenirs étaient si brûlants. Sa poitrine l'étreignait quand il revivait les heures de Cologne. Mais qu'importaient les douleurs de son corps et l'impatience de ses Parques. Rien, se disait-il, ne pourrait l'empêcher d'achever sa confession, car Dieu voulait l'écouter jusqu'au bout.

Les pages pour l'inquisiteur ayant été copiées, Guillaume poursuivit pour le vélin.

« Je repris le chemin d'Avignon. Les nouvelles du maître étaient meilleures. Il était sorti de son coma, mais je n'en savais pas plus.

Je n'ai jamais oublié la première image que j'eus d'Eckhart lorsque je pénétrai dans sa chambre. Il était assis sur son lit, calme, son corps maigre couvert d'un drap paraissait démesuré. Il posait sur moi son regard auquel il manquait quelque chose. Ses yeux creusaient ses orbites et semblaient plus clairs, comme délavés. Ils avaient attrapé l'immobilité de l'âge et sa signature d'absence. Il souleva sa main droite en guise de bienvenue, sans qu'un sourire n'éclaire ses traits absolument fixes. Sa main gauche enveloppait un objet familier que ses doigts faisaient tourner dans sa paume : le petit hibou sculpté du béguinage.

Malgré sa faiblesse, il gardait sa prescience. Dès qu'il me vit, il sut que Mathilde était morte. Il désigna un siège près du lit et je me préparai à lui faire le triste récit de mon voyage à Cologne. Mais il préféra ne pas l'entendre. Il laissa le silence parler pour moi.

Sa peau avait la couleur de la pierre. Un léger tremblement animait ses lèvres et ses doigts serrés blanchissaient sur les reliefs du hibou. Je savais qu'une puissante émotion l'envahissait. Mais il était encore Eckhart, l'homme qui enseignait le détachement. Et il sut se reprendre. Il me demanda de l'aider à se lever et de le porter jusqu'à l'âtre où reposaient les cendres d'un feu éteint. Il en saisit une poignée et, les laissant s'échapper doucement de son poing, dessina une croix sur le sol. Puis il s'agenouilla devant elle. Je vins à ses côtés pour prier avec lui devant la croix de cendre. Et jamais, Antonin, prière ne fut plus ardente que celle que j'ai partagée avec le maître ce triste jour de l'année 1328.

— Ce seront les cendres de Mathilde, murmura-t-il en désignant la croix.

Il me commanda de lui donner ses gants de cuir. Il en coupa un doigt, le remplit de cendres puis me le fit coudre dans la doublure de son manteau.

— Où est l'enfant, Guillaume ?

Sa parole était heurtée. La fièvre avait brassé les humeurs de son crâne. La bile noire y régnait. Les veines de sa gorge battaient sous ses à-coups, preuve d'acédie. À Paris, j'avais vu des barbiers saigner la jugulaire des moines atteints de mélancolie, leur sang était sombre, comme celui qu'Eckhart crachait de ses poumons. Les linges autour du lit en étaient encore recouverts.

La saignée des moines mélancoliques était la seule exception qu'accordait l'Église à l'interdiction de faire couler le sang des malades. Je savais la pratiquer, mais je connaissais d'avance sa réponse et je ne la lui proposais pas. Aucun traitement consacré ne trouvait grâce à ses yeux. Mis à part la luminelle qui retenait le jour, il refusait toutes les préparations des apothicaires et ne croyait qu'aux vertus des corps alchimiques. Il possédait de la poudre d'or et des sulfures qu'on retirait de l'urine chauffée. Chaque soir, il consommait ses poudres en doses infimes ajoutées à son eau. Ses ongles en gardaient la trace. La nuit, ils s'éclairaient d'une légère phosphorescence.

— Où est l'enfant, Guillaume ? demanda-t-il encore.

Je l'ignorais. J'avais interrogé nos frères sur la route d'Avignon, mais personne ne savait rien. Un couvent franciscain m'avait accordé l'hospitalité pour une nuit. Ses moines connaissaient Kanssel de réputation mais n'avaient aucune idée de l'histoire de Mathilde et de Marie. Nous n'avions plus d'appui. Les lettres pour le vicaire général de l'ordre et pour l'archevêque mettraient des semaines à arriver et n'obtiendraient probablement pas de réponse.

— Nous devons rentrer à Cologne, déclara-t-il. C'est le seul moyen.

Il tenait à peine debout. J'essayais de le raisonner, mais on ne raisonnait pas Eckhart. Si les forces de son corps n'étaient pas suffisantes, sa volonté l'était. Il la rassembla. Et cet homme de fer exigea de marcher. Contre ses muscles atrophiés, ses articulations enraidies, ses humeurs en excès. Contre ce corps infirme qui devait obéir comme un serf à son seigneur. Jamais je n'ai vu un homme se traiter avec une telle dureté. Dès le lendemain de mon retour, il m'ordonna de le préparer.

— Au cloître, Guillaume.

Je le traînais comme un pantin dans les allées. Je portais son corps mort sur mon dos. Ses jambes flasques se croisaient et se décroisaient sous lui. Ses bras autour de mes épaules se contractaient sous l'effort et j'entendais, contre mon oreille, l'essoufflement rauque de ses poumons. L'épuisement me gagnait mais il n'était pas question de repos.

Les frères du couvent restaient à distance, contemplant avec curiosité ces deux hommes enchevêtrés qui luttaient dans leur sanctuaire. Il fallait que la fatigue m'agenouille pour qu'Eckhart accepte de regagner sa cellule. Le soir, je m'endormais perclus mais jamais pour longtemps. Sa voix revenait vriller dans mon sommeil :

— Au cloître, Guillaume.

De rage, il frappait ses jambes mortes. Son genou droit s'était fléchi au cours de son alitement, sa raideur était presque invincible. Je devais l'étirer de toute ma vigueur, déclenchant des douleurs en foudre qui le terrassaient.

— Continue ! ordonnait-il, alors que son visage ruisselait de sueur.

Et je continuais, sous la menace de fracturer sa jambe qui craquait entre mes mains. Dès qu'il put relever ses pieds, il demanda des fers pour charger ses chevilles. Un forgeron nous en fournit. Chaque jour de progrès, il rajoutait un fer. Le cliquetis de ses pas rappelait celui des condamnés enchaînés qu'on conduisait au gibet. Et il était comme eux, avec ses propres chaînes, Antonin, mais j'ignorais encore qu'elles étaient bien plus lourdes que celles que je lui voyais porter.

Malgré ses efforts, sa faiblesse ne cédait pas. Il avait perdu un quart de son poids. Il maudissait sa maigreur et contre la règle me commandait d'aller acheter de la viande en cachette pour nourrir ses muscles consommés par la maladie.

Jamais je n'ai connu de volonté aussi guerrière. Il insultait son corps comme s'il lui était étranger, comme un mauvais chien qui n'écoutait pas ses ordres. C'est à lui qu'il jetait ces bouts de viande, dans sa gueule ouverte, pour le gaver. Il les mâchait à peine pour ne pas en sentir le goût.

Il fallut un mois pour qu'il se redresse seul.

La nuit, il tournait dans notre cellule entre deux bâtons serrés dans ses mains, les jambes prises dans des attelles de bois. Dans mon demi-sommeil, j'entrevoyais cette ombre, surgie des ténèbres, qui claudiquait, les mains brillantes des lueurs maléfiques du sulfure. Et plus je le regardais, plus je me disais que cet homme n'avait pas échappé à la mort comme je le croyais, mais qu'il avait été choisi par elle pour marcher à son bras. »

Le prieur Guillaume resta pensif. Dans le silence de la salle du chapitre, on percevait le frottement aigu de la plume d'Antonin qui courait sur ses carnets.

« Dès qu'il put faire quelques pas, il demanda l'autorisation de quitter Avignon. Elle nous fut accordée. La censure de ses œuvres avait été prononcée. Son engagement acté de ne plus prêcher d'idées "malsonnantes et qui dépassaient l'entendement", il était libre de retourner à Cologne.

Avec le consentement de l'ordre au regard de son état de santé, il fit atteler une charrette. Je n'avais pas le droit d'y prendre place et devais marcher comme les autres prêcheurs. Les pluies torrentielles qui s'abattaient sur la région retardèrent notre départ d'une semaine.

Eckhart se remettait lentement sur pied, mais il avait changé. Son humeur restait toujours sombre. Il se plaignait de maux de tête et de vertiges. Il disait que sa mémoire lui échappait et qu'il n'était plus capable d'écrire. Il avait brisé plusieurs stylets de rage. Il affirmait que sa pensée ne pouvait plus rien concevoir. Elle était envahie : Marie occupait toute la place. Souvent, il semblait parler pour lui-même mais ses paroles s'adressaient à elle, comme s'il revenait dans l'enclos du béguinage, l'enfant sur ses pas. Il dessinait sa croix de cendre sur le sol, comme il l'avait fait pour Mathilde. Mais il ne priait pas devant elle, il l'effaçait brutalement d'un revers de main ou l'écrasait sous son pied. Il jurait alors en proférant les pires malédictions. Il promettait d'ouvrir le ventre du ciel si Marie ne lui était pas rendue. Je priais pour que Dieu pardonne ses blasphèmes.

Le retour à Cologne fut une épreuve, une lutte contre les éléments qui se liguaient pour nous abattre et le feu qui emportait la raison d'Eckhart.

L'archevêque prétexta une maladie pour ne pas nous recevoir. Kanssel avait quitté la ville et, au palais, personne ne pouvait nous en dire plus.

Ni la puissante université ni même notre ordre n'offrirent leur aide. Tous nos appuis se délitaient. Eckhart avait perdu son pouvoir. Il ne prêchait plus, il refusait de reprendre ses cours et ne se consacrait plus qu'à la recherche de l'enfant. Des frères restés fidèles parcouraient les régions d'Allemagne pour retrouver sa trace. En vain. Nous n'apprenions rien, nous ne savions rien. La charrette d'Eckhart sillonnait les chemins des couvents et des béguinages. J'allais de mon côté pour interroger les apothicaires et les médecins qui auraient pu donner des soins à une petite béguine. Et ce fut le pur hasard qui me mit enfin sur une piste, à Coblence. »

CHAPITRE 33

Chemins de Dieu

« Je visitais les infirmeries de la ville et des couvents franciscains des alentours qui voulaient bien m'ouvrir leurs portes. Mes connaissances en médecine aidant, j'offrais mes services et parvenais à vaincre la méfiance de nos ennemis mendiants. C'est au cœur d'une de leurs infirmeries que je retrouvai, dans un état de pur délabrement, un des deux novices de Kanssel qui s'y mourait lentement.

J'eus de la peine à le reconnaître. La malnutrition avait grêlé sa peau et arraché tous les cheveux de son crâne. Sa bouche était entièrement édentée et laissait s'écouler une salive noire.

Il était bien trop faible pour répondre à une question, et à mille lieues du jeune dominicain que son maître avait humilié dans le palais de Cologne. Je lui consacrai tous mes soins. Eckhart prescrivit sans compter ses préparations de poudres alchimiques que je lui administrais en secret. Je le nourrissais aussi, en dissimulant sous ma robe des fruits, des œufs et du lard qu'il engloutissait avec avidité. Son état s'améliora et il me témoigna sa juste reconnaissance.

Dès qu'il put parler, je l'interrogeai sur Marie. Il ne savait pas où elle se trouvait, mais il avait entendu parler ses frères. Et les nouvelles que j'appris de sa bouche me glacèrent. Kanssel laissait la petite mourir de faim. »

— Aucun frère du Christ n'accepterait une telle ignominie, s'écria Antonin.

Guillaume continua son récit, la voix blanche.

« Les moines qui s'en occupaient s'alarmaient de sa maigreur, me révéla-t-il. L'enfant refusait toute nourriture. Ils demandèrent à Kanssel quelle était l'attitude la plus juste. "Laissez-la faire, répondit-il, elle ira au ciel sans rien avoir possédé."

Nous l'avions cherchée partout, Antonin, mais elle n'était plus en Allemagne.

Il l'avait envoyée en Italie, au nord, vers Milan où les Franciscains avaient des couvents et des béguinages.

Dès que je rapportais les révélations du novice à Eckhart, il décida de notre départ. Il nous fallut un mois pour rejoindre le couvent dominicain de Milan. Eckhart parvenait à marcher, appuyé sur deux cannes, sur de courtes distances. Il tenait à descendre de la charrette dès qu'il le pouvait mais il tombait souvent. Les chemins de montagne se parcouraient à dos de mules qui martyrisaient nos vertèbres. Je sais que la haine est un péché, Antonin, mais celle que j'ai portée à ces bêtes tout au long de ma jeunesse a dépassé ma crainte de l'enfer.

Eckhart traversa ce voyage dans un silence absolu.

Les frères qui nous accueillirent savaient où Kanssel se trouvait. Il achevait sa tournée annuelle des béguinages et faisait retraite au couvent de Monte-Alto à vingt lieues, au nord-est. Nous n'eûmes pas le temps de déposer nos affaires dans nos cellules. Eckhart voulut repartir avant la nuit.

Monte-Alto est perché sur un piton rocheux qui surplombe la plaine du Pô. On y accède en traversant des forêts d'acacias et des marais où planent des hérons par centaines. À l'aube, la charrette s'enlisa et une journée inutile passa dans l'humidité et les nuées de moustiques qui traquaient toute forme vivante. Des paysans vinrent à notre secours et nous menèrent chez les Franciscains.

Nous étions tellement las et sans espoir, Antonin. Nous chassions Kanssel depuis des mois et je finissais par croire que le ciel le protégeait. Cet homme nous échappait toujours. Je me disais qu'il avait trouvé une alliée à son image dans la boue qui avait noyé notre charrette. Il savait que nous étions à ses trousses et ces heures abandonnées dans les marécages lui avaient été une nouvelle fois injustement accordées.

Le prieur du couvent nous offrit son hospitalité. On nous conduisit au chauffoir pour sécher nos vêtements humides autour du feu, mais je ne me réchauffais pas. Je me souviens avoir pensé que les braises franciscaines étaient plus froides que les nôtres. Nous attendîmes longtemps, seuls dans cette pièce. Le couvent paraissait désert, nous sentions pourtant la présence de ce serpent, Antonin. Je pensais qu'il se cacherait sous la protection du prieur. Mais Kanssel ne se cachait pas.

Il apparut. L'air moins misérable que dans le palais de l'archevêque.

Sur ses terres et parmi les siens, il ressemblait à un moine.

Il s'avança vers nous et se tint debout devant le maître.

— Je n'ai pas peur de toi, frère dominicain.

— Où est-elle ? demanda Eckhart.

— Elle est morte, répondit Kanssel d'une voix calme.

Eckhart vacilla.

— Oui, je l'ai sauvée de ton influence diabolique.

— Tu l'as tuée, murmura-t-il.

— Non, dit Kanssel, j'en ai fait une franciscaine. Et peut-être une sainte. Elle est entrée en jeûne, de sa propre volonté.

— Et ?

— Et qui suis-je, moi, mendiant du Christ, pour interrompre un jeûne de sainteté ?

— Tu l'as laissée mourir de faim, souffla Eckhart. Tu l'as laissée mourir de faim…

Kanssel posa sa main sur son épaule.

— Mon frère, dit-il, le chemin de Dieu est escarpé pour les créatures et défendu de ténèbres. Tu le sais comme moi. Il faut que notre fraternité nous aide à le parcourir ensemble et à affronter ses épreuves avec dignité.

Je saisis la robe de ce démon et j'empoignai mon bâton pour le lui fourrer dans la gorge, mais Eckhart m'arrêta.

— Lâche-le, Guillaume !

Kanssel me regardait sans le moindre trouble. Il n'y avait pas de crainte en lui. Il traça une croix de bénédiction sur le front du maître et se retira.

Je brisai le bâton de rage sur le sol. »

Le prieur Guillaume se tut. Le sacristain s'inquiétait de sa fatigue et proposa de le raccompagner à sa cellule, mais Guillaume restait immobile et pâle, plongé dans les lugubres souvenirs qu'ils venaient de dévoiler. Son regard fixait les braises du poêle qui noircissaient.

— … Tous ces morts, Antonin, qui n'ont pas besoin de terre pour être ensevelis et qui se retrouvent dans les cheminées éteintes. Toutes ces croix de cendre que nous devons leur dresser… Et comme eux, sans sépultures, nos espérances, nos joies, nos certitudes… Combien de croix de cendre à tracer sur le sol de nos cellules pour nos désillusions ?

Antonin regagna le scriptorium, laissant le sacristain prendre soin du prieur.

Sans se hâter, il traça sur le vélin les précieuses lettres qui tenaient la mémoire d'une béguine brûlée et d'une enfant abandonnée. Il aurait voulu savoir ce que le destin avait réservé à Eckhart après la rencontre avec Kanssel. Mais le prieur n'avait pas eu la force de continuer.

Antonin goûtait ces longs moments de solitude et d'art où sa main, sur les peaux, prenait de l'assurance. Le lieu lui paraissait aussi sacré qu'une chapelle. Et comme les heures s'y arrêtaient, c'est que le temps y priait lui aussi.

Il resta tard dans la nuit. Alors qu'il allait éteindre les chandelles et regagner sa couche, un frère poussa la porte. Le prieur le demandait.

Antonin voulut couvrir son écritoire et protéger le vélin, mais le frère le pressa. La demande était urgente. Il accéléra le pas vers la salle du chapitre. Le sacristain lui ouvrit. Le jeune tanneur était là, Antonin n'avait pas été averti de sa venue mais n'eut pas le temps de se réjouir. Une profonde gravité marquait les traits du prieur assis à sa place devant le livre.

Il lui fit signe de s'avancer. Aux visages défaits du tanneur et du sacristain, Antonin se dit qu'une nouvelle funeste allait lui être annoncée.

Il serra ses poings quand la voix de Guillaume s'éleva.

— Robert a signé des aveux d'hérésie.

CHAPITRE 34

Pour Robert

Robert avait été libéré du mur étroit. On l'avait placé dans une cellule plus vaste avec une lucarne qui donnait sur le ciel. Il avait droit à deux repas par jour et à de l'eau propre. Rien à voir avec le régime qu'il avait connu. Pourtant, il n'avait jamais ressenti une telle souffrance. Ses genoux étaient maculés de sang à force de prières implorant le pardon de Dieu pour sa faiblesse. Sa misérable faiblesse. Il regrettait le mur étroit où il avait abandonné son courage et son estime de soi. Abandonnés là-bas, à la pourriture. La crécelle de la lépreuse avait tout emporté. Et le corps dévoré de cette femme, dénudé par l'oblat et jeté sur sa couche avait séparé son esprit de lui-même. La main qui avait signé les aveux lui était devenue étrangère. Il aurait voulu la trancher. Des larmes coulaient sur ses joues en pensant au couvent de Verfeil et à son frère Antonin qu'il ne reverrait jamais, car il avait décidé de mourir.

— Qui peut faire quelque chose ? interrogea Antonin.

— Personne, répondit le prieur d'une voix blanche. Les affaires d'hérésie échappent au clergé. Elles sont placées sous l'autorité exclusive de l'inquisiteur. J'aurais tous les cardinaux d'Avignon avec moi, ça ne changerait rien. Le seul maître de l'inquisiteur c'est le pape, et le pape ne le désavouera jamais. C'est lui qui l'a nommé en l'imposant contre le vote de son conseil. Ils se connaissent bien et s'estiment. Et il se méfie de moi. Je l'ai rencontré après la mort d'Eckhart quand je suis allé déposer devant le tribunal qui avait condamné ses sermons. Il était cardinal, il m'a dit que s'il en avait eu le pouvoir, il l'aurait envoyé au bûcher.

— Alors ?

Les trois hommes restaient silencieux. Antonin retenait son souffle. Le prieur toussa longuement puis fit un signe de tête au sacristain.

— Attelle une charrette. Nous partons demain matin.

Le vieux moine se raidit.

— Tu ne peux pas y aller, Guillaume. Tu peux à peine marcher.

— L'inquisiteur veut un livre, je vais l'échanger contre un frère.

— Il ne te laissera jamais repartir.

— Jean… dit le prieur d'une voix adoucie.

Le sacristain baissait la tête.

— À Kaffa, j'ai connu un moine qui n'avait peur de rien et que j'ai vu se battre à l'épée aux côtés des soldats.

— À Kaffa, j'avais vingt ans, répondit le sacristain.

— C'est l'âge de Robert.

— Tu ne convaincras jamais l'inquisiteur.

— Il me doit quelque chose.

— Parce que tu as empêché qu'on le couronne d'une tête de truie ? railla le sacristain.

— Non, pour une parole que j'ai tenue.

Le sacristain haussa les épaules.

— Il a autant d'honneur qu'un rat.

À l'aube, une charrette tirée par un gros cheval de trait quitta le couvent de Verfeil. Un homme qui paraissait malade y était couché sur un lit de paille, une couverture remontée sur ses jambes et une capuche couvrant son visage. Deux jeunes garçons cheminaient devant, un frère en tunique blanche et un autre qui ne portait pas l'habit. Derrière, un vieux moine fermait la marche. À la main, il tenait un étrange bâton de pèlerin enveloppé de chiffons lacés, qui semblait peser lourd.

Dans la nuit, le vélin avait été enfermé dans un coffre de plomb et caché dans une cavité à l'intérieur de la cuve à chaux.

La pluie tombait dru sur la charrette. Le sacristain avait tendu une toile pour protéger le prieur dont la santé se dégradait. Trois jours de voyage, avec de longues pauses imposées par les essoufflements. Il faisait froid et la pluie ne cessait pas. Les deux nuits dans la forêt, sans feu, furent glaciales. La boue envahissait les chemins et les roues s'enlisaient. Tous étaient fatigués et d'humeur sombre. Ils marchaient comme des pèlerins au bout de leurs forces. Toulouse et ses remparts leur apparurent comme la Terre sainte.

Le tanneur reconnut les parfums familiers aux abords de la peausserie. Les bonnes puanteurs qui annonçaient le repos. Ils passèrent la nuit près des cuirs qui séchaient. On trouva une chambre pour le prieur, ses compagnons durent se contenter de paillasses dans l'atelier des parchemins. Malgré les Turcs qui travaillaient autour, Antonin se sentait chez lui, comme au jardin des simples. La transparence des peaux avait la pureté d'un philtre et il ne se lassait pas de les caresser comme une matière vivante et douce. La ribaude avait quitté la place, mais sa main la retrouvait au contact des vélins.

La vie d'Antonin reprenait le chemin qu'elle avait perdu. Elle allait droit.

Il avait regagné l'amitié du tanneur qui lui avait raconté son histoire au cours du voyage. Son père venait d'un village près de Montpellier, où il avait été mégissier dans un hameau qui produisait du cuir médiocre distribué aux cordonniers pour fabriquer des souliers. Il lui avait appris le métier et promis le même avenir que le sien. Plutôt souhaitable, puisqu'ils ne manquaient jamais de pain et de bois de chauffe.

Une tannerie plus noble, protégée par le seigneur du lieu, avait ouvert ses portes dans les faubourgs. Les peaux qui y séchaient étaient belles, ordonnées et dégageaient une odeur plus subtile que celle du hameau. Elle montait des cuves où trempaient les matières brutes, remplies d'écorce de chêne et de cendre qui parfumaient les relents nauséabonds. Le jeune artisan s'attardait souvent autour pour les respirer les jours de livraison des chausses sur le marché de la Condamine. C'est là qu'il rencontra un enlumineur qui appréciait ses cuirs. Cet homme bien né s'intéressa à ce vendeur de chausses qui parlait des peaux avec passion. Il lui fit découvrir le cuir des parchemins préparés dans la tannerie noble où il le recommanda. Le tanneur entra alors dans un nouveau monde. Il se levait aux aurores pour quitter tôt le marché et rejoindre le parcheminier qui l'utilisait comme apprenti.

Sans le dire à son père, il s'initiait. Celui-ci ne voulait rien entendre. Pour lui, le cuir des parchemins gâchait des peaux pour des livres que personne ne savait lire. Les clercs n'étaient que des fainéants incapables de faire travailler leurs mains, des illuminés qui tuaient des vaches pour noircir leur peau avec de l'encre.

À sa mort, le jeune artisan monta avec ses frères à Toulouse où il voulut continuer le métier. La tannerie des Turcs lui offrit une place parce qu'il connaissait le traitement des parchemins dont eux maîtrisaient mal la fabrication. Il devint le fournisseur des enlumineurs de la ville qui œuvraient pour le clergé en illustrant les livres d'heures et les missels.

À leur contact, il apprit à reconnaître les lettres. Un frère dominicain qui traitait avec les enlumineurs accepta de l'initier à la lecture et à l'écriture. Il se révéla doué.

Entendant parler de ce tanneur qui faisait le beau cuir de ses parchemins et qui savait lire, le prieur Guillaume le fit venir à Verfeil. Il le jugea digne de confiance. Plus que de parchemins, il avait besoin de messagers et d'hommes sûrs qui pouvaient l'informer des soubresauts du monde. Il sentit de l'ardeur dans ce cœur encore neuf. Il lui ouvrit des textes liturgiques et des livres saints pour le perfectionner et apprécia sa volonté à l'étude. Il confia son apprentissage au sacristain qui s'attacha à ce garçon qui l'écoutait avec un respect qu'il ne recevait de personne. Un jour, le prieur remit solennellement à sa nouvelle recrue un texte qu'on ne trouvait pas dans le scriptorium. C'était un sermon de maître Eckhart traduit en français. Un texte simple, destiné aux béguines, qui saisit le cœur du jeune homme. Son émotion fut si violente qu'il crut à une révélation divine et demanda au prieur si son destin n'était pas d'entrer au couvent. Guillaume le lui déconseilla.

D'autres sermons suivirent, dont le prieur éclairait le sens. Chacun allumait le même feu dans cette âme passionnée. Le tanneur se mit à préparer les vélins comme des objets sacrés. « Des reliquaires, avait-il déclaré avec flamme, destinés à recevoir les phrases enchantées de maître Eckhart, aussi précieuses que les clous de la croix ou les épines de la couronne du Christ. »

Il fit graver une médaille d'un E gothique qu'il porta à son cou, sans jamais la quitter. Il en proposa une au sacristain et une au prieur, comme signe de reconnaissance pour les amis du maître. Mais Guillaume refusa :

— C'est au texte que tu dois rendre hommage, pas à l'homme.

Tout ce qui touchait Eckhart devait rester secret. Le prieur s'en tenait aux sermons et ne répondait jamais à une question sur la vie du maître.

Les choses avaient changé, pensait Antonin. Il ne comprenait pas ce qui avait poussé le prieur à dévoiler ce qu'il avait toujours voulu cacher. Les malheurs qui s'étaient abattus sur eux étaient nés de ce livre et d'autres allaient venir, il le pressentait.

Quel destin attendait Robert ? Chacune des pages de ce vélin maudit figurait des heures de vie. Le temps de son compagnon se consumait au bout de sa propre plume. Les mots qu'il écrivait s'écoulaient comme les gouttes d'une clepsydre qui mesurait ses jours.

Le prieur gardait sa confiance, mais Antonin se demandait si tout cela valait cette peine, si le mieux n'était pas de laisser les vélins vierges et les secrets mourir avec ceux qui les portaient.

Au matin, ils traversèrent Toulouse sous des torrents de pluie, jusqu'à une place qu'Antonin reconnut aussitôt. Les portes de la maison Seilhan s'ouvrirent pour laisser passer leur charrette puis se refermèrent sur eux avec le bruit d'un marteau sur un fer.

L'oblat attendait dans la cour, sa croix rouge bien en vue sur sa poitrine. Il leur souhaita la bienvenue et s'inclina devant le prieur Guillaume. Des moines se chargèrent de l'aider à descendre de la charrette. Leur venue avait été annoncée. Ils furent conduits au pavillon qui recevait les hôtes.

Alors qu'ils se dirigeaient vers leur lieu de repos, Antonin s'arrêta soudain, planté au milieu de la cour, l'air égaré. Le sacristain le héla pour qu'il les suive mais il resta sourd à ses appels. Il fixait l'aile des cachots comme si ses yeux pouvaient traverser leurs murs. Et alors que tout était silencieux dans la maison, il se mit à hurler le nom de Robert, comme un dément.

Ce cri figea le cortège des moines qui les accompagnait. Sa voix résonna jusque dans les appartements de l'inquisiteur, dans les salles, les couloirs et perça vers l'aile des cachots. Le cri forait les pierres pour chercher le passage vers le mur étroit. Il butait sur leurs barrières épaisses, mais Antonin sentait que Robert pouvait l'entendre. Comme il était capable d'entendre ses rêves à travers les murs de leurs cellules jointes à Verfeil. Les frères dominicains se signèrent devant cet homme assurément possédé par le diable.

L'oblat s'avança vers Antonin pour le faire taire. Mais avant que sa main ne saisisse son col, un coup brutal sur son dos le projeta en avant. Sa jambe blessée le déséquilibra et il chuta lourdement sur les genoux. Le silence revint dans la cour. Tous les yeux se fixèrent sur le sacristain. Le vieux moine fit face à l'homme qu'il venait de mettre à terre. Un sergent se précipita vers lui pour le corriger mais l'oblat le repoussa d'un ordre sec. Il se releva péniblement, en prenant appui sur son épée et épousseta longuement sa cape. Puis, sans colère apparente, ignorant le sacristain qui attendait poings serrés, commanda à ses hommes de regagner leur poste.

CHAPITRE 35

Première entrevue

— Robert n'a jamais été un hérétique.

— Ce n'est pas moi qui ai tenu la plume qui a signé ses aveux d'hérésie.

Guillaume se sentait las, mais sa voix était ferme.

— Je veux le voir.

— Bien sûr. Il a été bien traité. Je l'ai placé dans une cellule confortable, tu pourras t'en assurer. Je n'ai pas oublié qui il était : un frère dominicain et de plus un moine de Verfeil, de la communauté de mon vieil ami, le prieur Guillaume.

L'inquisiteur avait reçu le prieur dans ses appartements, dans l'aile sud de la maison Seilhan. Un vestibule ouvrait sur un salon où deux fenêtres étroites laissaient entrevoir les murs de brique rouge de la ville. La pièce était spacieuse mais la rigueur dominicaine y était respectée. Rien sur les murs recouverts de chaux blanche, en dehors d'un crucifix portant un christ en majesté. Des chaises et une table avaient été approchées d'une cheminée trop grande où un feu perdait sa chaleur.

L'accueil avait été fraternel et prévenant. L'inquisiteur

avait laissé passer la nuit de repos nécessaire avant d'inviter Guillaume à le rejoindre dans la matinée.

Il s'était longuement enquis des rigueurs du voyage et avait exprimé une compassion qui ne paraissait pas affectée. Un frère avait apporté de l'eau et nourri le feu.

— Tu as l'air fatigué Guillaume. Tes jambes ressemblent aux miennes et ta respiration est courte. Tu as l'air de devoir mourir.

Le regard de l'inquisiteur se perdit vers le bout de ciel gris qui pendait des fenêtres. Il continua comme s'il se parlait à lui-même.

— Les médecins disent que l'œdème vient d'une faiblesse du cœur. C'est une chose que j'avais perçue en toi.

— Je ne crois pas qu'un cœur dur me ferait de meilleures jambes, répondit Guillaume.

L'inquisiteur approcha ses mains du feu. Elles semblaient recouvrir sa lumière tant leur taille était démesurée, les paumes larges, les doigts gros et courts aux bouts arrondis comme des moignons. L'index qui portait l'anneau de fer avait bleui autour de la trace profonde que le métal avait creusé dans la peau boursouflée.

Les deux hommes assis côte à côte regardaient les bûches humides craquer sous les flammes. Une épaisse fumée s'en échappait. Ils ne paraissaient pas pressés d'arriver au bout de leur entretien, ni au bout des silences qui séparaient leurs échanges. La règle dominicaine imposait de la réflexion et du temps pour conduire une pensée à la parole. Ils la respectaient.

Chacun connaissait la valeur de l'autre. Guillaume savait que la moindre faiblesse serait flairée par cet homme dont l'esprit aigu perçait la nature profonde des âmes. Il admirait son intelligence, sa culture et, d'une certaine façon, son implacable dureté. Quelque chose de pur s'y trouvait. Un cristal de cruauté taillé pour le service de Dieu.

L'inquisiteur, de son côté, respectait Guillaume. C'était un sentiment inhabituel et ancien, encore bien vivant au bout de ces années où leurs chemins s'étaient souvent croisés. En fait, il le trouvait à sa mesure. Guillaume avait côtoyé le plus grand esprit du siècle. Et même si l'ordre avait décidé de l'abattre, maître Eckhart, malgré ses erreurs, restait un modèle de puissance intellectuelle qu'il avait toujours enviée. Quelque chose de son rayonnement avait traversé Guillaume. L'inquisiteur savait que son pouvoir ne s'exerçait pas sur lui. Pas seulement parce que ses protections étaient puissantes et qu'il avait conscience de la haute estime dans laquelle il était tenu, mais parce que Guillaume, comme lui, avait traversé le chaos du monde. Les rescapés de la peste ressentaient tous cette fraternité d'espèce qui s'était vu disparaître et qui les empêchait de se haïr trop mortellement.

Longtemps, ils s'étaient tenus à l'écart l'un de l'autre, chacun portant ses secrets comme des épées tenues au fourreau par un pacte de confiance.

Mais l'inquisiteur avait décidé de changer d'avenir. Et ce que savait Guillaume pouvait faire obstacle à la nouvelle route qui s'ouvrait à travers ce qu'il lui restait d'existence. L'heure était venue de quitter le chemin tortueux qu'il avait dû suivre depuis le début de sa vie de clerc sur les bancs de la Sorbonne, dans l'ombre de tous ceux qu'il avait servis. Les ombres de ses maîtres l'enveloppaient encore comme la coque de torture qu'on refermait sur les condamnés pour broyer leurs os.

Quand la prestigieuse Inquisition lui avait confié sa charge, il avait jugé l'honneur insuffisant. « Insuffisant », avait-il enluminé en lettres d'or sur le sceau de ses désirs. Et le mot scintillait dans la chapelle où il priait chaque matin avant le lever du jour et dans les nuits de la maison Seilhan où son corps lourd étouffait comme dans un mur étroit construit autour de lui-même.

Avec les années, tous ceux qui auraient pu freiner sa marche étaient morts ou convertis à la crainte. Guillaume était le seul à garder un pouvoir sur son destin.

Il possédait un objet qui pouvait salir son honneur. Un simple objet qui lui appartenait et qu'il n'avait pas cherché à reprendre jusqu'ici. Il avait reçu la parole d'un homme qui ne trahissait pas son prochain. Guillaume avait sa confiance, mais son passé d'inquisiteur le lui avait appris : un homme de confiance restait toujours un homme qu'on n'avait pas encore soumis à la question. Il devait maintenant s'assurer que rien ne puisse venir troubler la transparence de son passé.

Lorsqu'il avait appris que Guillaume rédigeait ses mémoires, l'accord de paix, entre eux, lui avait paru menacé. Le frère Robert qui faisait pénitence dans son mur étroit veillait sans le savoir sur sa sécurité.

L'inquisiteur approchait du but. Le vélin était la clé qui pourrait enfin déverrouiller les portes qu'on avait refermées sur lui. Le plan ancien qui devait si triomphalement venger tous les affronts reposait aujourd'hui sur les secrets que ces pages voulaient révéler au monde. Aucun accroc sur la belle mécanique qu'il avait mise en place n'était concevable.

D'abord récupérer l'objet, ensuite forcer Guillaume à lui remettre le parchemin.

Il rompit le silence.

— Je pensais que tu serais passé par Avignon avant de venir me voir. Le pape est le seul à pouvoir te rendre ton moine.

— Le pape est ton ami.

— Ah l'amitié, Guillaume, il en était question entre nous, il me semble.

Le prieur fixa le regard de l'inquisiteur.

— La seule chose qui m'importe pour l'heure est la santé de Robert.

— Sa santé dépend de toi. Comme je te l'ai dit, il est traité dignement. Il se porte aussi bien que chacun de ceux dont j'ai la charge. Je comprends ton affection pour lui. C'est un frère courageux.

— Je croyais que tu méprisais le courage.

— Je suis un moine, Guillaume. Un moine ne méprise rien. Mais comme l'apôtre l'a dit : « Le courage, au soleil de sa gloire, projette toujours une ombre de lâcheté. » C'est l'ombre qui m'intéresse, celle que tu n'as pas perçue chez ton disciple, celle qui révèle ce que sont les hommes. L'hérésie est une eau fétide qui s'infiltre partout, même dans les cœurs les plus purs.

— L'hérésie de Robert est d'appartenir à ma communauté et de pouvoir servir tes ambitions.

L'inquisiteur haussa les épaules.

— Je n'ai plus l'âge des ambitions.

— Nous reparlerons de cela, dit Guillaume. Mais tu ne m'as pas demandé la raison de ma venue.

— Je la connais. Te présenter à moi, en personne, et plaider pour la libération de ton frère.

— Plaider devant toi n'aurait pas justifié le voyage, nous le savons tous deux.

— Alors ? interrogea l'inquisiteur.

— Alors, je suis venu t'apporter ce que tu voulais.

— Ce que je veux, Guillaume ? Est-ce que tu sais seulement ce que je veux ?

Guillaume se pencha vers l'inquisiteur et désigna son flanc droit.

— La réponse est là…

L'inquisiteur contemplait avec étonnement le doigt pointé vers son ventre. Guillaume laissa passer une lueur de moquerie dans ses yeux.

— Le foie est l'organe du désir. Les Grecs le disaient, raison pour laquelle leurs dieux ont condamné celui de Prométhée à être arraché éternellement par le bec d'un aigle.

— C'est toi l'aigle ? railla l'inquisiteur.

— Non, Louis, je crois que personne ne serait assez fort pour arracher les désirs de l'homme que tu es devenu. Je n'y risquerais pas mes serres, je viens plutôt sagement t'aider à les réaliser. Cela te coûtera une vie à épargner, une somme bien modique à tes yeux.

— Ton manuscrit sera suffisant.

— Il est loin d'être achevé et je ne pense pas que mon manuscrit sera suffisant pour assouvir ta soif. Mais j'ai quelque chose qui t'appartient.

La pâleur gagna le visage de l'inquisiteur.

— Tu as apporté l'objet avec toi ? interrogea-t-il d'une voix troublée.

— Je te le remettrai ce soir, contre la libération de Robert.

L'entrevue durait. À quelques pas de là, trois hommes tourmentés attendaient dans le pavillon des hôtes. L'air de la pièce pesait sur les épaules de chacun.

L'inquisiteur leur avait fait porter un repas qu'ils n'avaient pas touché. Ils étaient libres de leurs mouvements, mais les oblats veillaient. Ils tournaient à tour de rôle dans la cour intérieure, il était impossible d'échapper à leur surveillance. Le prieur les avait quittés serein, sentiment que ne partageait aucun de ses compagnons.

Le sacristain ruminait la décision de Guillaume. Se jeter dans la gueule de l'Inquisition était le pire moyen de récupérer leur frère. Antonin attendait, abattu dans un coin. Le silence de Robert en réponse à ses cris avait consumé ses forces. Le tanneur, de son côté, se disait que son séjour à la maison Seilhan pourrait bien être son dernier sur terre. Il était le seul à ne pas être homme de Dieu, ce qui pouvait lui offrir la place d'honneur pour monter au bûcher.

Les heures s'écoulaient lentement. Quand le prieur fut reconduit, chacun s'empressa de le questionner sur la santé de Robert et sur sa libération. Il les rassura sur son état, pour le reste : « Ce n'est pas l'heure des réponses », déclara-t-il. Sa respiration était encombrée et sa voix affaiblie. Il paraissait encore plus épuisé que sur la charrette du voyage. Le sacristain l'aida à s'allonger sur le lit, mais un accès de toux le força à se redresser et à garder la position assise qui portait mieux l'air à ses poumons. Il resta longtemps à chercher son souffle. Puis, sa respiration se calma et ses lèvres murmurèrent une invocation à la Vierge que le sacristain reprit avec lui, aux côtés du tanneur et d'Antonin. Chacun des quatre hommes demeura en prière.

À la fin, Guillaume demanda la main du sacristain et la garda sur son cœur. L'émotion du vieux moine fut brutale et seule la présence de ses jeunes compagnons retint ses larmes à ses paupières. Le prieur le contempla avec bienveillance.

— Toujours là, Jean ?

— Pour longtemps, répondit le sacristain.

Guillaume fit un signe vers Antonin.

— Sors le parchemin. Il y a des choses à écrire.

La voix du sacristain, résonnait en lui. « Pour longtemps »…

Pour toujours n'appartenait qu'à Dieu.

CHAPITRE 36

La caravane des dominicains

« Les historiens diront que ce sont les bateaux de Kaffa qui ont apporté la peste en Europe. C'est faux. La peste a été apportée par la caravane des dominicains. »

Les trois hommes écoutaient les paroles de Guillaume. Antonin préparait sa plume, aidé par le tanneur qui tendait les bords du parchemin sur la table autour de laquelle ils avaient pris place.

Le sacristain n'avait pas tenté de dissuader le prieur de révéler les secrets des temps de peste. Les jeunes compagnons avaient gagné le droit de les entendre. L'histoire était à la source de tout ce qu'ils avaient vécu : l'écriture du vélin, l'arrestation de Robert et l'acharnement de l'inquisiteur.

« Quand les Tartares ont quitté la terre de Kaffa, aucune quarantaine ne fut décidée. Personne ne voulait reconnaître la réalité de la peste et, surtout, personne ne voulait arrêter le commerce. La route de la soie s'ouvrait à nouveau et les marchands s'impatientaient. Nombreux, parmi ceux qui avaient connu le siège, souhaitaient retrouver les leurs, retourner chez eux au plus vite, à Gênes, Venise, Marseille…

Les bateaux appareillaient dès que les vents devenaient favorables.

C'est donc par la mer que la peste se serait répandue. À travers les miasmes que les cales des bateaux enfermaient. Or, tous ceux qui entraient dans les ports d'Italie et de France subissaient la sévère quarantaine à laquelle ils avaient échappé au départ de Kaffa. Les galères qui transportaient des malades furent brûlées et les premiers cas de peste, contrairement à ce que l'on a prétendu, n'apparurent pas dans les villes côtières, mais loin de la mer au centre des terres, dans des villages parfois reculés dont l'accès n'était possible qu'au travers des forêts ou des montagnes. »

La voix du prieur Guillaume trembla.

« C'est la caravane qui a transmis la peste au monde. »

Guillaume se tut quelques instants pour chercher dans sa mémoire les souvenirs précis à donner à la plume d'Antonin. Il reprit :

« En 1336, sept dominicains furent choisis par le pape pour aller évangéliser les païens d'Asie. Jean te donnera les noms de chacun. Leur mission était périlleuse, les derniers missionnaires avaient été retrouvés mis en croix à l'entrée des routes, écorchés vifs par les Tartares pour célébrer leur récente conversion à la religion des Sarrazins. Il fallait des hommes d'exception. Avant leur départ, dans la cour du palais d'Avignon, chacun reçut, de la main du pape, la médaille de l'éperon d'or. Une croix de Malte gravée à leur nom, portant un éperon accroché aux branches inférieures. La plus haute des distinctions.

Le mérite récompensé par cette médaille était de contribuer à propager la foi catholique ou de participer à la gloire de l'Église par des faits d'armes ou autre action d'éclat. La mission sur la route de la soie déchirée par les Tartares était assurément un fait d'armes. Aucun frère distingué ne se séparait jamais de son éperon. Présenter la médaille sans le frère signifiait qu'il était mort. »

Antonin ne comprenait toujours pas le lien entre l'histoire que le prieur racontait et leur présence dans la maison de l'Inquisition. Il espérait que Guillaume laisse le passé derrière lui et revienne au seul temps qui comptait, celui que Robert vivait aujourd'hui, à quelques pas d'eux, bien loin des chemins de la caravane des dominicains. Mais il fallait prendre patience, la mémoire du prieur ne s'égarait jamais.

« Dix années plus tard, quand les armées d'Asie ont fait mouvement vers l'ouest, ravageant les églises sur leurs routes, le pape a donné l'ordre à ses missionnaires de rejoindre le port de Kaffa pour s'y réfugier avant de retourner en Europe. Parmi les sept dominicains, six purent nous rejoindre. La tête du septième était piquée en haut d'un étendard à l'arrivée des troupes tartares devant nos murs.

Tous rentraient très affaiblis. Les fièvres contractées sur les routes de la Chine revenaient les saisir chaque mois, par accès de quatre jours. Elles résistaient à l'armoise dont les coffres des apothicaires d'Orient étaient remplis et les menaient bien souvent aux frontières de la mort. Nous les vîmes peu durant le siège, ils restaient ensemble dans leur maison convertie en couvent et ne sortaient que pour les prières collectives et les messes.

Les dernières semaines, ils vinrent nous prêter main-forte à l'infirmerie et firent preuve d'un remarquable dévouement.

Au départ des Tartares, la peste mit quelques jours avant de quitter les cadavres projetés au-dessus des remparts et de gagner l'air que nous respirions.

Elle commença à l'infirmerie parmi nos blessés sans vigueur. Les dominicains refusèrent d'abandonner les malades mais le chef de la garde leur ordonna de quitter la place. L'épidémie était si meurtrière, qu'on finit par interdire les soins et murer les maisons où l'on trouvait des corps. Les dominicains restèrent cloîtrés plusieurs semaines. La date de leur embarquement avait été fixée, mais les navires se faisaient rares dans la baie de Kaffa. Des rumeurs de pestilence avaient été relayées par les premiers arrivés et la pluie des morts impressionnait les imaginations. On disait le lieu maudit. Les galères préféraient accoster au comptoir de la Tana, même s'il fallait naviguer six jours de plus à travers la dangereuse mer d'Azov, avec ses glaces d'hiver et ses eaux peu profondes. On voyait passer leurs voiles devant nous et les injures pleuvaient sur eux depuis les quais du port.

Les dominicains décidèrent alors de faire le voyage par la terre.

Ils quittèrent la ville avant la fin de l'année 1347. Leur isolement les avait protégés de la maladie. Je recueillis l'histoire de leur périple de la bouche d'un frère qui en avait reçu confession et que le hasard me fit retrouver bien après.

Le voyage devait durer quatre mois. Il suivait les routes du Danube, à travers les contrées sauvages de Bulgarie par le nord, Dobrich, Ruse, Lom. Il fallait traverser des montagnes, des vallées remplies de marais fétides, des lieux incultes où l'on pouvait croiser des troupes tartares qui harcelaient les royaumes, et à peu près tout ce que la lie humaine peut proposer en matière de misère, de corruption et de barbarie.

En Serbie orientale, vers les gorges de Djerdap, sur la rive droite du fleuve, un frère dominicain tomba malade. Sa fièvre ne ressemblait pas à celle des marécages et ne donnait pas les mêmes frissons. Il se mit à tousser et à cracher une salive mêlée de sang. On le chargea dans la charrette qui les suivait mais sa faiblesse devint telle et les douleurs, à chaque cahot, si fortes qu'il fallut s'arrêter. Un village de pêcheurs les reçut avec humanité. Leur guérisseur fit porter au malade un collier de guérison fait de coquilles de noix contenant des araignées vivantes censées absorber les pestilences. Son état empira. Des pèlerins en retour qui suivaient la route des croisades vinrent porter secours à cet homme de Dieu. Les dominicains accompagnèrent leur procession jusqu'à Zeislerlic, à la frontière du royaume hongrois, où la grande foire des tisserands se tenait une fois par an. Les pèlerins furent accueillis par une foule bienveillante et on réclama aux moines des bénédictions et des baisers de paix. Un autre frère de la caravane fut alors touché par la fièvre et commença à tousser douloureusement. On fit venir un médecin qui examina attentivement les deux hommes, découvrant sur leur corps la même éruption de taches rouges qui ressemblaient à des piqûres d'insecte. Le premier frère atteint entra dans un état de prostration coupé d'accès de tremblements et de contractures. Le second se plaignit de violentes douleurs dans les articulations et les muscles, et de cruels maux de tête. Le thérapeute conseilla l'application de ventouses sur les taches qui s'ulcéraient et des lavements qui parurent soulager les symptômes.

Un frère avait entendu parler d'un lieu saint vers la vallée de Tzakrik, près de la ville de Gran, l'ancienne capitale du royaume. Un monastère où des miracles avaient eu lieu. Des moines orthodoxes y vivaient. La caravane remonta donc vers le nord en suivant les courbes du grand fleuve. Elle cahota à travers des chemins à peine tracés qui coûtèrent dix jours de marche pour parvenir au monastère des guérisons. Mais ils n'y trouvèrent plus qu'un cimetière avec des cadavres pourrissants alignés sur des échafauds de fortune offerts aux rapaces. La variole avait ravagé la région et les moines survivants s'étaient dispersés. Les paysans avaient déterré les morts pour qu'ils ne contaminent pas la terre et préféré ce péché mortel au risque d'une récolte infectée.

Le premier dominicain mourut là, l'autre récupéra lentement de sa fièvre mais resta si affaibli qu'on dut le traîner sur un brancard de fortune.

Peu après, deux essieux de la charrette se brisèrent dans une fondrière. Tout le chargement versa sur le chemin et un coffre qui n'appartenait à aucun des frères s'ouvrit sur le sol. On y découvrit des cadavres de rats. Personne ne put expliquer l'origine de ce coffre, ni qui l'avait chargé et pourquoi ces rats s'y trouvaient. Le fait demeurait inexplicable. On suggéra qu'un sac de graines avait dû y être oublié et colonisé avant le départ par les rats qui pullulaient à Kaffa. Mais il ne s'agissait pas d'une ou deux bêtes, une dizaine s'y trouvait, en ordre, placées côte à côte, comme volontairement enfermées. Un guide de la caravane parla d'une halte, au second jour du voyage, chez un vieil ermite dont la retraite abritait des meutes de rats. Le plus âgé des dominicains le fit taire.

La fièvre finit par emporter le second malade alors que la caravane franchissait le fleuve.

Puis ce fut l'entrée dans les terres du Saint Empire et les routes devinrent plus sûres et plus hospitalières. La caravane traversa les grandes villes, Vienne, Ratisbonne, Mayence. Les couvents accueillaient avec honneur les missionnaires qui apportaient les nouvelles d'Orient. Trois mois s'étaient écoulés, les dominicains pensaient être libérés des miasmes de Kaffa, mais la peste était dormante dans leurs bagages et c'est lors de leur halte dans la maison de Dieu, au grand couvent dominicain de Mayence, qu'elle décida de s'éveiller.

Les quatre frères assistaient à une assemblée générale de l'ordre, dans la basilique, en compagnie des vicaires des régions, quand les premiers signes se déclarèrent chez l'un d'entre eux.

Quand il sut qu'un des missionnaires qu'il avait accueillis était atteint d'une fièvre puissante et que des tumeurs gonflaient ses aisselles, le prieur de Mayence les fit tous conduire vers un ermitage hors de la ville, dans un lieu reculé au bord d'une falaise qui dominait le Rhin. Là-bas, pensait-il, leurs miasmes ne menaceraient personne. Le troisième missionnaire mourut en quelques jours et les autres frères tombèrent malades à leur tour. Entre eux, ils prétendaient reconnaître les symptômes de la fièvre des marais. Leur violence était inhabituelle et ils sentaient la présence d'un mal bien plus puissant mais aucun n'osait parler de peste. Le but de leur voyage était si proche… Strasbourg, Lille, Paris à une poignée de lieues. Ils choisirent de ne pas respecter la quarantaine que leur avait conseillée le prieur de Mayence et reprirent la route. La peste les faucha un à un. Alors qu'elle était restée longtemps tapie dans les corps des premiers malades, prolongeant leur agonie sans apparaître, elle flamba. Son feu dévora leurs poumons en quelques nuits. Le dernier, épuisé, n'eut pas la force d'enterrer les deux autres et laissa leurs robes tachées de souillures leur servir de linceul.

Un paysan trouva l'ultime rescapé de la caravane des dominicains, agonisant et seul. Ému par l'état pitoyable de cet homme de Dieu, il le reconduisit dans les faubourgs de Mayence où il fut ramené au couvent qu'il venait de quitter.

Après une longue confession, le dernier missionnaire de Kaffa remit au prieur qui referma ses yeux un coffre contenant les éperons de tous ses frères disparus et le sien.

Des éperons comme celui-ci… »

Guillaume ouvrit sa main. Antonin et le tanneur furent saisis. La médaille paraissait forgée dans de l'or pur, elle scintillait à l'éclat des bougies de la pièce.

« Le prieur de Mayence était un ancien disciple d'Eckhart. Pendant son magistère en Teutonie, nous l'avions souvent croisé sur notre route. Le maître l'avait recommandé auprès de l'ordre. Une amitié était née entre nous que la condamnation d'Avignon n'avait pas altérée. Dix ans après mon retour de Kaffa, alors qu'il touchait à la fin de sa vie terrestre, il me demanda les copies des sermons interdits du maître pour l'accompagner dans son dernier voyage. Je les lui apportai moi-même. Il reçut mes parchemins avec gratitude, comme une ultime bénédiction et me raconta l'histoire. J'ai encore une carte dessinée de sa main, qui retrace l'itinéraire de la caravane.

Avant de mourir, il fit envoyer à la Curie tous les éperons qu'il avait reçus des missionnaires. Tous, sauf un.

À mon retour au couvent de Verfeil, après notre entrevue, l'éperon manquant m'attendait dans la salle du chapitre. Un mot l'accompagnait : "Garde-le pour ta protection."

Je reconnus aussitôt le nom gravé dans l'or. Parmi les frères de la caravane se trouvait celui qui le portait, le dernier dominicain à avoir rejoint notre Seigneur après sa confession au prieur de Mayence. Il s'appelait Enguerrand de Charnes, frère aîné de Louis de Charnes, grand inquisiteur du Languedoc. »

Le sacristain lâcha d'un ton acerbe :

— Tu crois que l'inquisiteur libérera Robert contre une médaille ?

— C'est l'honneur de sa famille qui est en jeu. La caravane des dominicains a disséminé la peste en Europe, je ne crois pas que Louis tienne à ce que cette gloire revienne à l'un des siens. Il sait que la vérité sera révélée dans le vélin et qu'elle sera connue de tous.

— Quand pourra-t-on voir Robert ? interrogea Antonin.

— On m'a autorisé une visite après les vêpres.

Jusqu'au soir, Antonin réfléchit à la lettre qu'il pourrait écrire à son compagnon. Mais aucun mot ne lui vint. Quand les cloches sonnèrent, il chercha dans son barda et trouva une tranche de lard qu'il lui restait du voyage de Verfeil. Il l'enveloppa avec précaution dans un bout de tissu, sur lequel il dessina à la plume leurs deux initiales reliées entre elles. Le prieur les quitta avec ce message.

Robert marchait en dessinant des croix.

Ses pieds traçaient une ligne d'avant en arrière, depuis la porte jusqu'au mur qui lui faisait face. Une autre la croisait en son milieu. Il avait ainsi parcouru des milliers de croix depuis son transfert dans sa nouvelle cellule. Le mur étroit lui paraissait loin. Il ne pensait plus à son passé. Les souvenirs de Verfeil lui blessaient trop profondément le cœur. Trop de douleur autour des visages d'Antonin, du prieur, des cuisines du couvent où il aimait traîner, des parfums du jardin des simples et des forêts autour. Ces souvenirs n'étaient pas bienfaisants. Ce qui était tendre à sa mémoire distillait un terrible poison de nostalgie qui achevait de l'assombrir. Il priait mais n'espérait plus. L'espérance était aussi cruelle que le souvenir des choses douces.

Parfois, des hallucinations le saisissaient. Elles mariaient les ombres de la cellule en couples démoniaques. Leurs cortèges le traversaient comme s'il n'était plus rien. La veille, il avait cru entendre une voix lointaine qui appelait son nom. Une voix qu'il avait reconnue et à laquelle il avait répondu, en murmurant pour que les oreilles du diable ne l'entendent pas.

« Antonin. »

Antonin… ce nom lui avait offert quelques minutes d'un repos intérieur qui faisait maintenant payer douloureusement son consolant passage.

Les charnières de la porte grincèrent et il crut que les mirages démoniaques venaient encore l'assaillir. Le prieur Guillaume entrait dans sa cellule en lui ouvrant ses bras.

CHAPITRE 37

Le maître pauvre

L'inquisiteur n'avait autorisé aucune visite à Robert en dehors de celles du prieur. Il accorda néanmoins à Antonin et au sacristain la faveur d'assister à sa promenade dans le petit cloître réservé aux prisonniers. Le vœu de silence devait être rigoureusement respecté, comme la distance qui les séparait.

Robert tournait autour du puits dans le carré de verdure qu'encadraient les allées du cloître. Les deux hommes avaient ordre de rester sous les voûtes, assis sur un banc, sous la garde d'un oblat.

Quand Antonin aperçut Robert, il ne put s'empêcher de lever la main. Robert était en habit, la capuche rabaissée et il s'arrêta devant cette main qui sortait du fond obscur de la galerie. Il distinguait des silhouettes mais pas les visages. L'oblat ordonna à Antonin de ne pas bouger. Robert releva sa capuche et s'interrogea sur le mouvement de sa propre bouche qui dessinait la forme étrange d'un sourire, le premier à renaître après ses mois d'enfermement. Il mit du temps pour en identifier le sens. Lorsqu'il comprit ce que son cœur avait senti avant sa conscience, il joignit ses mains en direction d'Antonin et du sacristain et s'agenouilla. Le moine qui le surveillait voulut le contraindre à se redresser, mais il lui résista. Sous les voûtes, l'oblat menaçait les deux frères qui s'étaient levés pour rejoindre Robert au milieu du cloître et finit par les repousser brutalement en arrière. Malgré l'interdiction, le vieux sacristain et Antonin s'agenouillèrent alors à leur tour. Les trois hommes prièrent face à face, comme si chacun reconnaissait en l'autre la présence du ciel.

Le retour aux cellules fut léger. Au début, l'émotion avait tenu Antonin à l'écart. L'angoisse accumulée ces derniers mois s'éloignait mais une crainte superstitieuse l'empêchait de se laisser aller à l'allégresse. Les cheveux de Robert avaient blanchi. Les jours du mur étroit avaient creusé des cicatrices sur son visage émacié. Leurs traces ne disparaîtraient jamais complètement. La paix de Verfeil pourrait les recouvrir, elles attendraient la bonne lumière ou la bonne ombre pour réapparaître.

Guillaume avait fait porter l'éperon à l'inquisiteur. La libération de Robert allait suivre. La petite communauté vivait l'instant. En attendant l'heure des vêpres, le tanneur jouait aux dés sous l'œil intéressé du sacristain. Le vieux moine retenait sa main désireuse de participer au jeu, en se demandant si la règle l'interdisait aussi formellement que le certifiaient ses propres sermons aux jeunes frères de Verfeil menacés de frivolité. Le tanneur finit par lui enfoncer les trois dés dans la paume et emporta sa résistance. Il jeta un coup d'œil inquiet au prieur, comme un novice pris en faute, puis lança ces objets de péché avec félicité.

Guillaume et Antonin s'étaient rapprochés et observaient, amusés, la joie du sacristain et ses gestes d'enfant retrouvés. Depuis le partage des souvenirs d'Eckhart, une nouvelle complicité s'était créée entre eux et l'affection protectrice du prieur se renforçait chaque jour. Il aimait la fraîcheur de cette présence à ses côtés, elle calmait les brûlures de sa mémoire.

La nuit avançait, Guillaume demanda à Antonin de l'aider à regagner sa cellule. Les souvenirs d'Eckhart revenaient l'assombrir, comme toujours à cette heure. Et ses pensées pour s'apaiser devaient se partager avec le jeune frère qui les gravait dans le vélin.

Il ne lui avait pas encore parlé de la folie d'Eckhart. Elle s'était déjà emparée d'une grande partie de lui-même au temps du voyage en Avignon. La mort de Mathilde avait rouvert les plaies que la maladie avait creusées dans son cerveau et accumulé en elles des quantités d'humeur sombre. Mais c'est l'enfant assassinée qui avait eu raison de son esprit. La petite fille du béguinage dont la lumière brillait toujours.

Les derniers mots de Kanssel avaient déchiré le cœur d'Eckhart, aggravant ses troubles et sa mélancolie, mais la vision de Marie affamée jusqu'à la mort avait convoqué bien plus.

Antonin déroula le parchemin et prépara sa plume. Il sentait la présence du maître dans la cellule du prieur. Le visage de Guillaume se creusait et une ride apparaissait, profonde, en travers de son front. Signe d'Eckhart.

Le récit s'était achevé en Italie, dans le couvent franciscain, dernière étape sur le chemin de Marie. Antonin ignorait ce que le destin avait décidé pour la suite. Guillaume avait parlé d'une retraite en Savoie, à Acoyeu, dans une commanderie templière laissée à l'abandon. Un hospitalier qui gardait les lieux leur avait offert un abri dans un coin de sa tour en ruine dont il avait fait un ermitage. Le prieur avait laissé la suite en suspens.

La mort du maître avait été proclamée le 4 avril 1328. Mais l'histoire ne s'arrêtait pas là. Le jeune moine était impatient et sentait que l'heure était venue. Comment Eckhart avait-il disparu ? Où reposait-il ? Quels secrets se cachaient encore dans les mémoires survivantes ?

Guillaume lui répondit, avec lassitude.

« Tant de gens sont venus m'interroger, des évêques, des cardinaux, des universitaires qui le respectaient ou qui le prenaient pour un fou. Tous réclamaient les sermons qui avaient été détruits et que je cachais dans une armoire à double-fond. Je les ai recopiés quatorze fois depuis et ils reposent maintenant dans les béguinages et chez des clercs en terre d'Empire, malgré la chasse des inquisiteurs. Personne ne pourra les effacer.

Ils ont tous voulu savoir les circonstances de sa disparition. J'ai répondu que je n'étais pas présent ce jour-là, Dieu jugera de ce mensonge, et qu'on m'avait rapporté sa noyade dans le Rhin au retour de son procès vers Cologne. Son embarcation aurait chaviré et le fleuve l'aurait emporté.

Le Rhin semblait une sépulture à sa mesure.

Je me suis recueilli avec ses fidèles sur sa rive. J'ai laissé ma pensée suivre la leur, remonter le cours de ces eaux tumultueuses avec le corps du maître qu'elles n'ont pourtant jamais possédé. Mes frères de l'Inquisition m'auraient volontiers passé à la question et fait tenailler les chairs après m'avoir donné leur bénédiction pour obtenir la preuve certaine de sa mort. Cette preuve, personne ne l'a jamais apportée. L'ordre lui a infligé alors une mort spirituelle en effaçant son nom et en interdisant ses œuvres. Puisque son corps n'avait pas été retrouvé, au moins avait-on l'assurance que son esprit ne lui survivrait pas. »

Le prieur ouvrit un petit coffre que le sacristain avait gardé dans son barda durant le voyage depuis Verfeil. Une page de parchemin y était soigneusement roulée. Guillaume la tendit à Antonin. C'était une page manuscrite d'Eckhart, la seule qu'il devait rester au monde. Le jeune frère la déroula avec précaution, comme s'il tenait un être vivant entre ses mains.

L'écriture ressemblait à celle du prieur, avec des lettres mal formées et des signes au milieu des lignes, des points et des traits qui freinaient la lecture. La page était noircie, mais il n'y avait qu'un seul mot à lire, écrit et réécrit indéfiniment, et recouvrant toute la surface. « Détresse », lut Antonin sans aller jusqu'au bout.

Guillaume le reprit.

« Si tu ne lis pas chacun de ces mots, un par un, tu ne fais pas ton travail de lecteur et d'homme. Eckhart le disait, il ne les avait pas écrits pour rien. Aucun d'entre eux pour rien. Et je le comprenais, Antonin. J'avais vécu la mort de Mathilde et de cette enfant. Chacun de ces mots convoyait son désespoir, chaque lettre en portait une infime partie comme une charge sur le dos des bêtes de somme. Si la page n'était pas lue dans son entier, tout lui était rendu. Ce n'était pas le genre d'homme qui demandait de l'aide ou partageait ses sentiments, mais cette page était simplement une question de survie. Car, en quittant l'Italie, la détresse débordait de lui. Tout ce qu'un homme pouvait contenir de désespoir avait été contenu et les vagues continuaient à s'abattre. Des masses de détresse, Antonin, qui déferlaient. Eckhart en était plein.

C'était un temps si triste. La peste, aux jours les plus sombres, n'avait pas épuisé toute la souffrance que le cœur d'un homme pouvait endurer. L'enfer avait creusé dans celui d'Eckhart pour en faire jaillir une source intarissable.

Il ne mangeait plus, sa maigreur était effroyable. On ne retrouvait plus rien de celui qu'il avait été. Il disait de lui qu'il n'était plus un homme, ni même une chose de la terre. Moins que mort, incapable de vie. Un arbre avait plus d'existence, son sang ne suffirait pas à nourrir une seule de ses feuilles. L'écorce était à sa ressemblance. Écorce d'homme, bonne nourriture pour le feu.

Pauvre homme, Antonin, pauvre maître. Il s'écartait de lui-même.

Son corps s'était couvert de plaies profondes et, au contact de sa chaise ou de son lit, les chairs se creusaient. Les os saillant sous sa peau, mis à nu par les ulcères, il était l'image même de la désolation.

La nuit, quand il en trouvait la force, il allait s'étendre sur la terre. Des chiens venaient parfois le flairer. Il les laissait faire. Il enfonçait ses mains dans la glaise et saisissait les racines qui s'y trouvaient.

Toujours, ses doigts revenaient à la terre, car c'était là que reposait l'enfant. Elle enfermait sa lente désagrégation. Elle y conduisait sa vermine, dans une chaleur douce et humide, qui redonnait un destin aux morts. Sa profondeur était le lieu où naissaient les vies simples et primitives, où se multipliaient les organismes invisibles qui nous étaient reliés par une chaîne. Eckhart sentait ce cœur vivant de la terre et le voyait battre dans la poitrine de celle qui y était ensevelie.

Et la pensée lui vint alors d'un échange possible entre sa propre vie et celle de l'enfant perdue. Car il l'avait suffisamment prêché : au bout du détachement absolu existait un lieu de création où l'être de la créature se mêlait à l'être du Créateur et partageait son pouvoir. La résurrection des morts était à la portée de celui qui s'était suffisamment abandonné car dans cet état de grâce l'homme devenait Dieu.

Ressusciter Marie, Antonin, voilà ce dont Eckhart se croyait capable.

Et pour cela, il décida de s'anéantir. »

CHAPITRE 38

Résurrection

« Eckhart commença alors le terrifiant chemin du détachement. Mais ce détachement n'avait rien à voir avec la haute spiritualité qu'il avait enseignée. Il ne s'agissait pas de s'unir à la pensée de Dieu mais d'aller chercher l'enfant dans ses entrailles, pour la lui arracher. Il ne restait plus rien de l'acte noble auquel il engageait tous ceux qui écoutaient ses sermons. Le chemin de paix vers Dieu était devenu un chemin de guerre et de vengeance. Il pervertissait sa puissance spirituelle et tendait la main au diable. »

— Personne ne pouvait le raisonner ? murmura Antonin.

— Personne ne raisonnait Eckhart, dit Guillaume. Mais écoute avec attention.

« Pour atteindre ce but insensé, il lui fallait de la vie. Un fluide vital à transmettre à l'enfant au-delà de la mort. Il le prit en lui-même. »

— Comment cela ? interrogea Antonin.

« Il condamna son propre corps. Il lui imposa un jeûne absolu. Pas seulement de nourriture extérieure, mais de tout échange avec lui-même, le séparant de son esprit, l'exilant de sa conscience comme une matière étrangère. »

— Mais pourquoi ?

— Pour que son corps ne détourne aucune énergie pour sa survie. Pour que tout puisse revenir à Marie.

« Il interdit le mouvement à ses membres et ferma sa conscience en entrant dans un demi-sommeil, puis il s'attaqua à la marche intime de ses organes : les battements de son cœur, le flux de ses poumons, la chaleur de son sang. Là, disait-il, se trouvait le fluide vital nécessaire à la résurrection. »

— Peut-on croire, Antonin, un homme capable de prélever sur lui-même sa puissance de vie et d'en disposer ?

— Non, répondit le jeune moine.

— Eckhart y parvenait.

« Sa peau était froide, son cœur lent et sa respiration à peine audible. Et, était-ce de la sorcellerie ou je ne sais quelle mystérieuse opération alchimique, mais l'enfant lui apparaissait. Dans son sommeil, il ressentait sa présence, lointaine, éthérée, mais absolument certaine. La forme était floue, à peine dessinée, comme une esquisse de corps qui se précisait sous la main invisible qui en traçait les contours.

À mesure qu'il s'affaiblissait, Marie renaissait. Il lui donnait sa vie. Mais la vie ne se laissait pas faire. Elle défendait le corps d'Eckhart qu'elle habitait toujours. Elle résistait à sa volonté qui l'offrait en sacrifice. Elle le combattait. Elle laissait les besoins de sa chair l'assaillir de souffrances, la faim et le froid le déchirer. Elle faisait le siège de son esprit, le tordant d'angoisses fulgurantes.

Je ne comprenais rien à tout cela. Je n'y voyais que démence et possession. Et je le secourais, Antonin, de toutes mes forces de disciple je le secourais, alors que j'aurais dû le laisser mourir. Le frère hospitalier m'offrait son aide. Ensemble, nous lui enfoncions de la nourriture trempée d'eau dans la gorge à l'aide d'un bâton, comme pour le gavage des oies. Nous chauffions son crâne pour évacuer les mauvaises humeurs et étirions ses membres pour lutter contre les raideurs. Je massais sans cesse son corps recouvert d'escarres et frappais sa peau pour y faire revenir le sang. Mais je ne savais pas entendre les gémissements qui s'échappaient de sa bouche. Ils n'étaient pas de douleur, Antonin, mais de désolation. Car, en le soignant, je m'opposais au retour de Marie.

À l'heure du cataplasme que j'appliquais sur son ventre, ses doigts se refermaient sur les miens avec une telle violence que je les croyais brisés. Je luttais pour sa guérison, mais il arrachait mes mains de son corps et continuait à les arracher à chacun de mes soins. J'ignorais que plus il reprenait des forces, plus je trahissais sa volonté. Comment pouvais-je savoir que la folie d'Eckhart avait sa vérité et qu'au fond extrême de son délabrement volontaire où le diable, seul, pouvait se reconnaître, se trouvait le pouvoir de Dieu.

Comment pouvais-je savoir qu'en sauvant Eckhart, je tuais Marie une seconde fois ?

Une nuit, son état empira. Il sut, par je ne sais quelle magie, ralentir davantage le rythme de son cœur et de ses poumons et retirer encore plus de chaleur à sa peau.

Le frère conduisit un barbier à son chevet, un vieil homme qui avait travaillé dans la maison-Dieu de la commanderie du temps des Templiers avant la destruction de leur ordre.

Après avoir examiné le maître, il déclara :

— Il est trop faible pour la saignée, mais, dit-il en jugeant de ma jeunesse, peut-être que ton sang pourrait lui donner tes bonnes humeurs.

— Mon sang ?

— Oui, c'est une médecine qui vient de Perse. Un Maure me l'a enseignée. Elle peut tuer ou bien ressusciter. Les croisés l'utilisaient pour leurs blessés en Palestine.

Il expliqua la méthode. Il s'agissait de faire pénétrer du sang neuf dans les veines du malade pour nourrir son cœur. Aucun médecin n'enseignait une telle pratique en Occident. Toute maladie signifiait accumulation des humeurs qu'il fallait évacuer par saignée ou purge. Remplir un corps souffrant déjà trop plein par un liquide était une hérésie. Mais Eckhart se mourait et nous n'avions aucun remède.

Alors, je donnai mon bras.

Le barbier ouvrit une veine au pli de mon coude. Il y inséra un tube de verre fin et long prolongé par une tige souple dont il fit glisser l'extrémité taillée en aiguille sous la peau du maître. Debout, au-dessus de lui, je laissais mon sang se mélanger au sien. Le barbier interrompait régulièrement le flux.

Quand il vit que le corps d'Eckhart ne rejetait pas mon sang, il doubla le temps d'échange. L'effet fut saisissant. Sa chair accueillait cette nourriture et se renforçait. Le cœur reprenait un rythme normal, la peau se colorait. La vie revenait en lui et se diffusait partout, étanchant la soif qui dévorait ses organes. Mais il résistait encore. Il défendait l'enfant avec les dernières forces de sa volonté, luttant contre la vigueur qu'il sentait renaître. En vain. La silhouette de Marie devenait plus imprécise. Et plus elle s'effaçait, plus les douleurs qui le traversaient aggravaient leurs violences. Ses gémissements étaient pitoyables et ses larmes s'écoulaient sans tarir sur ses joues.

Une jour, sa souffrance devint telle que sa bouche s'ouvrit brusquement pour pousser un cri aigu comme celui d'un oiseau. Il tenta d'arracher la canule de verre et on le sangla à son lit par des cordes serrées à ses poignets et à ses chevilles. Mais il repoussait mon sang, Antonin, je le sentais à travers mes propres veines. Il devint soudain livide et sa respiration sembla s'arrêter. Le barbier retira la canule de son bras pour chercher une veine plus large. Il palpa son cou et planta l'aiguille dans la jugulaire. Un flux puissant le pénétra et le corps d'Eckhart se tendit en arc au-dessus du lit brisant le fil de verre qui nous reliait. Je reculai, bouleversé, au fond de la pièce.

Et, était-ce l'étrange alchimie du mélange de nos humeurs qui embrumait mon esprit, mais j'eus le sentiment d'être transporté hors de moi-même et de pénétrer son âme. Je partageai alors l'horrible vision de Marie qui s'enfonçait dans la terre, nue, au milieu du vide et, autour de sa forme chétive, tous les fluides du corps d'Eckhart qui refluaient d'elle pour la laisser à la dernière solitude. Pour l'abandonner, Antonin… »

La voix du prieur Guillaume se brisa et il dut attendre avant de poursuivre son récit.

« Cette image hante encore mes nuits. J'étais avec le maître devant cette petite fille que nous aimions et je voyais la vie d'Eckhart se retirer d'elle comme une marée pour revenir inutilement à lui et laisser la terre la recouvrir.

Alors, il y eut cette minute où la dissolution de l'enfant sembla pourtant s'arrêter. Un temps où le reste de sa présence se tint tout près du maître pauvre, comme une dernière chance offerte avant sa disparition définitive.

Et il fit face à ce dernier instant, sans secours pour l'enfant, les mains vides et muet. Sans rien d'autre que lui-même. Il lui fit face, Antonin, sans réponse pour celle qui avait entendu sa promesse, en suspens sur la ligne du néant mais encore à distance d'amour. Puis, au bout de ce silence, qui était la certitude qu'il ne la sauverait plus, le cours de la destruction reprit et l'enfant mourut.

Le hurlement d'Eckhart traversa l'ermitage et rien ne put le faire cesser.

Plus tard, quand il ouvrit les yeux, son regard ne me voyait plus. Je n'existais plus pour lui. Il se remit sur pied et dès qu'il en eut la force, il me chassa. »

Guillaume se tut et prit la main d'Antonin. Ils restèrent tous deux en prière, jusqu'à ce que l'ombre d'Eckhart se retire de la cellule et que leurs deux cœurs s'apaisent.

CHAPITRE 39

Deuxième entrevue

L'inquisiteur servit du vin à Guillaume. Il paraissait heureux de partager ce moment avec lui. Il s'était débarrassé de sa cape et de ses insignes. Il avait ouvert le col de sa robe qui mordait sa peau comme le cilice qu'il portait sous sa chemise. La pénitence étant à ses yeux la clé de tous les pardons, il ne se séparait jamais de cette ceinture de crin enroulée autour de son ventre et dont la rugosité écorchait sa chair à vif.

Un novice leur avait porté un repas frugal mais l'inquisiteur avait demandé du vin pour sceller leur amitié retrouvée. Guillaume, qui depuis longtemps en avait perdu le goût, accepta de tremper ses lèvres. Son hôte se laissa aller à boire deux coupes entières, en comptant sur les douleurs purifiantes du cilice pour les faire pardonner.

Le vin déliait sa langue.

— Un jour, ce monde sera petit, Guillaume. Ce seront les petits, les vrais maîtres du monde, les pauvres, les médiocres, les laids, les idiots qui formeront des armées. Regarde-nous, solitaires et défendus l'un contre l'autre. Regarde-les, en clans soudés, unis par des liens de survie.

Ils crient plus fort ensemble et leurs mâchoires rapportées à leur envergure infligent les morsures les plus profondes. Ils n'obtiendront pas de grands triomphes, mais mille petites victoires, sans honneur, qui finiront par imposer leur loi.

L'inquisiteur retira son scapulaire et les sabots qui enserraient ses pieds.

— On m'a rapporté qu'un village vers Foix se remplissait d'enfants venus au monde, inachevés. Leur bouche ne se ferme pas à la naissance et leurs lèvres non soudées s'ouvrent sur leurs dents. Leurs becs de lièvre effraient les autres et le peuple aux alentours les fuit ou les repousse. Ils deviennent des parias et finissent dans les pires solitudes. Mais s'ils se sentaient assez puissants pour chercher leurs semblables, s'ils s'unissaient et plaidaient leur cause devant le tribunal du monde, ils pourraient convaincre, par leur volonté inépuisable et leur énergie trempée dans toutes les humiliations subies, qu'ils représentent la norme de la nature. Et peut-être que, sous l'effet de cette conviction, « le tribunal du bec de lièvre » déciderait que tous les enfants à naître devraient avoir les lèvres tranchées.

Le vin rendait l'inquisiteur bavard.

— Et sais-tu quel dernier rempart nous sauve de la domination des petits ? demanda-t-il avec un air complice.

Guillaume restait silencieux.

— C'est que le courrier est lent.

— Qu'est-ce que tu veux dire ?

— Le jour où les lettres arriveront vite et ne s'égareront plus dans les beuveries des messagers et des chevaucheurs, les petits se trouveront, s'uniront et parleront d'une seule voix. Ce jour-là sonnera la fin des hommes que nous sommes.

— Je ne me suis jamais considéré comme un grand homme, Louis, mais comme un simple moine dont la mission est précisément d'aider les petits.

Guillaume en avait assez.

— Quand libéreras-tu Robert ?

L'inquisiteur soupira.

— Tu n'as fait que la moitié du chemin. La libération de Robert est au bout. Cependant...

— Tu m'as fait une promesse, Louis, coupa Guillaume. Je t'ai donné l'éperon.

Un sourire dédaigneux passa sur les lèvres de l'inquisiteur.

— Je ne vais pas te rendre ton moine ridicule pour des miettes.

Guillaume étouffa sa colère.

— Je ne pensais pas qu'un dominicain traiterait un frère de cette façon.

— Les Dominicains ne m'ont jamais considéré comme l'un des leurs. À cause de mon poids, d'abord, qu'ils ont toujours soupçonné de cacher un péché de gourmandise, malgré mes jeûnes publics. Mais surtout parce qu'à l'origine, je n'étais pas des leurs, c'est vrai. Mon père m'avait placé chez les Cisterciens, à Fontfroide, à quelques lieues de Narbonne où je suis né. Leurs professeurs ont trouvé en moi des facilités intellectuelles et conseillé à ma famille de les développer auprès des Dominicains dont l'enseignement était indépassable. L'évêque a donné son accord et j'ai troqué l'habit blanc de Cîteaux pour la cape noire de l'ordre.

— Comment as-tu su pour la caravane ? interrogea Guillaume.

— Par une confession. Quand la peste a commencé à refluer, j'ai enquêté sur la disparition de mon frère. On m'a appris qu'il avait quitté Kaffa en 1347 pour revenir en Europe et qu'on avait perdu sa trace. Il aurait disparu dans les régions du Danube au cours du voyage. J'en avais fait le deuil. Mais quelques années plus tard, j'ai découvert que les éperons des missionnaires défunts d'Orient avaient été envoyés à la Curie. Tous les éperons, sauf un.

J'ai lancé mes meilleurs oratores[1] qui ont retrouvé la trace de son passage à Mayence. J'ai fait le voyage, je suis resté six mois dans cette ville pour entendre les témoins. Des moines, qui ont voulu respecter leur vœu de silence malgré les questions que je leur posais, oubliant que le droit de l'Inquisition s'impose à la règle des monastères.

C'est par l'un de leur convers que j'ai appris qu'aux tout premiers temps de l'épidémie, un missionnaire de retour d'Orient était venu mourir de la peste parmi eux, Je n'ai pas douté de sa sincérité, mais je l'ai soumis, devant nos frères muets, à une ordalie[2]. J'ai ordonné qu'on fasse rougir une barre de fer au feu et qu'on la place dans la main de cet homme brave afin qu'il marche avec. Au moins huit pas, chiffre de Dieu, sans la lâcher. Ce qu'il fit. On banda sa main et, trois jours plus tard, je la fis examiner. La plaie était pure d'infection et commençait à cicatriser. L'homme disait donc vrai.

L'ordalie fit grande impression. Quand je la proposai aux frères qui continuaient à se taire, leur silence devint

1. Espions de l'Inquisition.
2. Jugement de Dieu.

soudain moins irréductible. Le plus âgé de la communauté, poussé par les siens, me demanda de l'écouter en confession. Il avait connu l'ancien prieur qui avait donné l'absolution à ce missionnaire et tenait les archives du couvent. C'est lui qui me révéla le secret de la caravane.

— Je croyais que tu voulais le vélin pour sauver l'honneur de ta famille. Ton frère était parmi ceux qui nous ont apporté la peste. Tu as l'éperon et je te donne ma parole que son nom n'apparaîtra nulle part.

— Le frère de Charnes n'existe plus pour personne, Guillaume. J'ai déjà fait fondre l'éperon que tu m'as donné. Qui se souvient de lui ? Les archives des missions ont brûlé à Avignon, au palais des papes, dans l'incendie de la tour de Trouillas en 1354. Ceux qui pourraient témoigner sont morts. Le seul document qui reste est le rapport de mon enquête. Tu y liras qu'on perd la trace de ce moine intrépide en Orient où ses courageuses missions l'ont mené. Pour tous, il doit reposer là-bas, en terre tartare, où son lieu de sépulture restera à jamais inconnu. Je voulais cette médaille pour effacer mon nom de cette caravane maudite. C'est fait. Paix à son âme oubliée.

— Ton cœur de frère bat si tendrement…

L'inquisiteur haussa les épaules.

— Ce nom était le seul bien que nous partagions. Pour le reste, je ne savais même pas à quoi il ressemblait. Il était mon aîné, entré au cloître à sept ans, je n'ai connu que son lit vide à côté du mien.

— Qu'est-ce que tu veux, Louis ?

— La pourpre de cardinal, Guillaume. Et quand les Dominicains me l'auront donnée, je porterai l'habit blanc des Cisterciens pour leur montrer à qui j'appartiens vraiment.

L'inquisiteur ferma les yeux pour mieux laisser résonner en lui les mots qu'il venait de prononcer.

Guillaume le contemplait avec pitié.

« Pour une ambition de cardinal », se disait-il… et il mesura tout le dérisoire de l'instant. Le fantastique dérisoire où s'abîmait la fin de sa vie d'homme, dans un océan d'absurdité où se noyaient avec lui Eckhart et ses croix de cendre, les morts de Kaffa, les cadavres des Tartares tournoyant dans le soleil et la peste qui défrichait la terre.

— Jamais le consistoire ne l'acceptera. Tu n'es aimé de personne, tu es inquisiteur et, tu l'as dit, tu n'es qu'à moitié dominicain.

— Le pape Benoît XII était cistercien, de Fontfroide lui aussi. Il a dirigé lui-même le tribunal de l'Inquisition contre les derniers Cathares avant de devenir cardinal. Vois-tu ces signes dans le ciel, Guillaume ?

— Le ciel ne t'aidera pas en Avignon, Louis.

— Je sais et c'est là que tu interviens. Je n'ai pas assez d'or pour acheter l'appui des dominicains de la Curie. Je n'ai pas de soutien chez les nobles, ni chez l'empereur allemand qui hait l'Inquisition. Comment obtenir ce qu'on veut quand personne ne veut de vous ?

— Par la peur, je suppose.

— Précisément, par la peur. Dis-moi, Guillaume, que deviendrait l'ordre si je rendais publique la preuve de sa responsabilité dans l'apparition de la peste ? Si le monde venait à savoir que la caravane des dominicains a transmis le mal à l'Europe plus sûrement que les bateaux de Kaffa ?

Imagine, poursuivit l'inquisiteur avec passion, les fantastiques conséquences sur notre Église. Des chrétiens prêcheurs de peste… Sainte nouvelle pour les hérétiques et les infidèles ! La parole du Christ semant les miasmes de l'épidémie la plus mortelle de l'univers. Notre foi serait salie à jamais et notre confrérie certainement sacrifiée. La chrétienté survivra, pas les Dominicains.

— C'est donc pour cela, dit Guillaume avec amertume. Pour entendre le mot « éminence » flatter tes oreilles. Pour devenir prince de l'Église, toi qui méprises tant les princes du monde… Je pensais que tu défendais une noble cause, Louis, mais le vélin n'a pas d'autre intérêt à tes yeux que de forcer l'ordre à soutenir ta candidature à la robe. Mais c'est le pape qui choisit les cardinaux.

— Le pape ne signe aucun décret et ne choisit aucun de ses cardinaux sans l'accord des Dominicains.

— Tu crois que le vélin sera suffisant ? L'ordre est bien trop puissant et n'ouvrira jamais les portes de la Curie à un maître chanteur.

Guillaume se pencha vers l'inquisiteur en détachant chacun de ses mots :

— La peur des Dominicains ne l'emportera pas sur leur mépris, c'est lui qui t'écrasera.

L'inquisiteur hocha la tête puis murmura d'un air faussement résigné :

— Nous verrons.

CHAPITRE 40

Nouvelle Inquisition

Les deux hommes étaient restés longtemps silencieux. Guillaume réfléchissait à la nouvelle situation. Il avait été naïf. La libération de Robert n'avait jamais tenu à la remise de l'éperon. Le sacristain voyait juste, l'honneur n'avait pas sa place dans le plan de l'inquisiteur. Il devait maintenant en saisir les véritables clés.

— Qui te dit que je parle de la caravane dans ce livre ? demanda-t-il.

— Tu n'aurais pas choisi un si beau parchemin pour raconter ta petite vie de moine à Verfeil… L'heure de ta mort approche et un frère aussi admirable que toi ne pouvait quitter ce monde sans confesser tous ses secrets. Quand j'ai appris que tu avais envoyé chercher l'encre et les peaux précieuses, j'ai compris que le temps était enfin venu.

— … de faire payer à un jeune frère le prix de ton avidité ?

— Tu me sous-estimes, Guillaume, répondit l'inquisiteur. C'est vrai, j'ai d'abord pensé utiliser le vélin comme une épée qui servirait ma seule destinée. Tout était simple : je te forçais à me remettre son cuir contre la vie de ton protégé. Je le portais ensuite à Avignon et j'offrais ta confession en témoignage de ma servile fidélité. L'ordre la détruisait et, avec elle, la dernière preuve de l'existence de la caravane des dominicains. Je m'efforçais d'effacer la trace de ce qui pouvait la faire survivre, contre la pourpre de cardinal en récompense de mes services. Quant à toi et ceux qui t'accompagnent…

Le regard de l'inquisiteur se remplit de compassion.

— Robert dans ses aveux t'a accusé d'hérétication[1] en compagnie de ton sacristain et de ton secrétaire. Vous seriez passés en jugement et le peuple aurait vu des frères rejoindre les hérétiques sur le bûcher de Toulouse. L'ordre aurait ainsi prouvé la pureté de sa discipline en montrant qu'il n'épargnait pas ses propres enfants. Pour toi, Guillaume, parce que notre amitié est encore vivante, je t'aurais condamné à vie au mur étroit pour t'éviter les flammes. Ta maladie t'en aurait libéré, en t'accordant la grâce d'y mourir vite.

— Ta sollicitude me touche, Louis.

L'inquisiteur leva sa coupe vide.

— Mais tu as raison, l'arme du vélin utilisée aussi vulgairement gâcherait son propre éclat. L'histoire de la caravane ne repose que sur nos deux paroles. Qu'est-ce qui empêcherait le Conseil de me remercier pour ma noble loyauté avant de me congédier sans la moindre récompense ? ou bien d'assurer, par précaution, mon élection

1. Sacrement administré dans les communautés cathares du XIIIe siècle et encore vivant au XIVe dans les communautés hérétiques, l'équivalent d'un baptême spirituel signant l'appartenance.

à un monde meilleur par la voix du poison… Ton vélin mérite mieux que ces insignifiances.

— Mieux que la pourpre ? ironisa le prieur.

— J'ai pensé à quelque chose de plus grand, oui, quelque chose qui nous dépasse toi et moi. Les Dominicains méprisent l'Inquisition. Ils la déshéritent, chaque jour un peu plus, de leur affection et de leur respect comme un père qui rejetterait son propre enfant. Un membre de leur conseil m'a déjà offert de l'or pour que j'envoie un innocent au bûcher. De l'or, comme à un mercenaire… Mais qui suis-je, Guillaume ?

La voix devint plus forte et le doigt à l'anneau de fer se leva.

— Je suis le grand inquisiteur du Languedoc. Ma main est restée vierge de tout joyau. J'ai laissé les émeraudes aux évêques et aux princes. J'ai consacré toute ma vie à cet anneau de fer, à le servir et à rester fidèle à ce qu'il est. Un métal dur, gris et juste. J'ai fait le travail de mille croisés dans mes terres. Je les ai rendues propres à Dieu, arrachant toutes les racines impures. Et aujourd'hui, alors que sa loi règne, que les grandes hérésies sont brisées et que je n'ai plus que des sorcières ridicules à écraser, je vois des hommes corrompus convoiter mon tribunal et mon pouvoir.

— Et quand mon vélin t'aura fait cardinal, tu changeras le cours des convoitises ?

— Je changerai beaucoup plus.

L'inquisiteur agita une petite cloche. Sa vessie le faisait souffrir. Le frère qui le servait le conduisit à la « chambre des retraits » ainsi que les seigneurs désignaient les latrines de leurs châteaux. Celles de l'inquisiteur étaient privées. Il combattait quotidiennement les petits maîtres de son corps qui contestaient son autorité. Celui de ses urines était le plus insoumis, le forçant à se lever à chaque heure de la nuit. Il aurait voulu cacher ces faiblesses à Guillaume, mais Guillaume n'était pas un ennemi.

Le trou des latrines s'ouvrait sur une fosse d'aisance remplie de foin de toilette et d'inutiles herbes aromatiques qui ne couvraient pas les odeurs nauséabondes. Un lieu où l'on pouvait bien penser, estimait Louis de Charnes.

Les bagages des frères de Verfeil avaient été fouillés. Nulle trace du vélin. Il allait devoir faire preuve de prudence. Guillaume ne pensait qu'à son frère emprisonné, il ne mesurait pas l'ampleur des enjeux. Au fond de son couvent, loin des réalités du monde, il ne percevait pas l'état de déliquescence de l'Église, empuantie par ses prêtres sans culture, ses évêques enrichis et ses mendiants cracheurs de morale. Tous ces bateleurs qui rejouaient inlassablement la triste farce que le Christ n'avait jamais écrite.

Louis de Charnes croyait au message évangélique et avait poursuivi toute sa vie ceux qui le défiguraient ; les hérétiques bien sûr, mais l'hérésie n'était pas l'ennemi le plus dangereux de la foi ; le plus dangereux était l'ennemi intérieur qui habitait son Église. Le traître, le frère corrompu séduit par la voix du monde et le chant des princes qui voulaient en prendre possession.

L'Inquisition était infectée, comme cette fosse qu'aucune eau ne drainait suffisamment.

Les nobles chargeaient les inquisiteurs à leur service de la poursuite des ennemis qu'ils voulaient briser. Les parlements faisaient pression pour que les juges inquisitoriaux perdent leurs privilèges. Les tribunaux laïcs ne toléraient plus cette justice parallèle. Ils s'acharnaient aujourd'hui à transformer les accusations d'hérésie en crimes ordinaires pour pouvoir les juger eux-mêmes.

Il fallait sortir l'Inquisition de ce monde dévoyé et lui donner une seconde vie. Une vie marquée par le sceau de l'honneur et de la dignité. De cette renaissance, il serait le maître d'œuvre, son ambition de cardinal trouvait là sa source. La Nouvelle Inquisition serait l'aboutissement de son pèlerinage terrestre.

Guillaume n'avait pas besoin de connaître la vérité. Une seule personne au monde la partageait avec lui : le pape Urbain.

Tous deux s'étaient accordés sur ce grand projet construit dans le secret de la maison Seilhan : la fondation d'une commission de six cardinaux-inquisiteurs regroupés autour de la papauté, en Avignon, puis à Rome où le retour de la Curie était annoncé.

Libre des influences des princes, ce tribunal suprême jugerait les délits en matière de foi, avec le droit d'agir contre les prélats, évêques, archevêques et cardinaux s'il le fallait. Aucun dominicain n'en ferait partie.

Les décisions de cette commission souveraine présidée par le pape seraient appelées à s'étendre à tous les crimes. L'Église rendrait justice sur terre comme au ciel. Sa loi serait celle des Évangiles, sans qu'une seule virgule n'en soit retirée. Et elle s'imposerait à celle des rois et des empereurs.

L'inquisiteur touchait enfin au but. Le haut dessein qu'ils avaient forgé ensemble attendait un signe du ciel pour s'accomplir. Il était venu sous la forme d'un parchemin.

Le vélin de Guillaume.

L'inquisiteur n'avait jamais pu décider le pape à passer à l'action mais le pouvoir de cette confession l'avait enfin convaincu. Sans cette arme, il n'aurait pas osé affronter la puissance de l'ordre et la Nouvelle Inquisition serait restée enterrée derrière les murs de la maison Seilhan.

Bientôt, Urbain recevrait le vélin de ses propres mains. Il trouverait sa place parmi les précieuses reliques cachées dans les caves du palais, après avoir été authentifié par les membres du Conseil. Avec cette laisse, « les chiens de Dieu » deviendraient « les chiens du pape » et les Dominicains viendraient mendier leurs os à ses pieds[1].

---

1. Chiens de Dieu, surnom des Dominicains. Jeu de mots francais/latin entre dominicains et « *dominis canis* ».

CHAPITRE 41

En odeur de péché

Loin de la maison Seilhan, un homme seul méditait. Les ors de sa chambre et les parfums d'encens n'avaient rien de commun avec l'austérité des appartements de l'inquisiteur, mais il aimait laisser son esprit rejoindre la rigueur de ces lieux pour retrouver un frère digne de sa confiance.

Le pape serrait dans son poing la note du Conseil. Le financement de la nouvelle croisade qu'il avait promise à la chrétienté était examiné. Examiné... Comment osaient-ils ? Il ne tolérait plus le pouvoir de ce cercle sur ses propres décrets. Ses membres ne craignaient pas d'en débattre en sa présence. Ils se croyaient son égal. Son égal ! Lui, le successeur de l'apôtre Pierre, le souverain pontife et le vicaire du Christ sur terre dont l'autorité n'était soumise qu'à Dieu. L'inquisiteur lui avait donné les preuves que des dominicains au Conseil remettaient en question cette filiation sacrée. Ils le traitaient de « métayer », chargé d'administrer pour eux les champs de l'Église. « Un métayer ! » répétait-il avec rage quand il quittait cette salle où chacun aurait dû plier le genou devant lui.

Sa fonction avait fait de son existence un espace stérile, un lieu vide de probité et d'affection. Personne n'en recevait autant de faux témoignages. Fidélité, loyauté, dévouement… Il n'était entouré que d'âmes serviles et trompeuses.

L'inquisiteur était le seul qui n'avait pas déçu son attente et il le respectait. Pas seulement pour son intelligence et sa culture. Il lui trouvait de la vertu et un élan que son cœur fatigué avait perdu. Cet homme haï, moqué et frère de solitude avait su garder intacte son ardeur pour la justice. La sienne s'était usée. Dans ce palais d'Avignon dont les larges couloirs voyaient passer tant de petitesse et d'insignifiantes passions, le pape pensait souvent à l'épaisse silhouette de ce compagnon lointain. Elle était à la mesure du lieu et du temps. Et l'écho de son pas lourd près du sien accompagnait d'amitié ses humeurs mélancoliques.

Guillaume avait froid. L'inquisiteur lui tendit la couverture qui recouvrait ses jambes et fit attiser le feu. Son gros corps se leva péniblement, il repoussa l'aide du frère qu'il avait fait appeler et marcha quelques pas dans la pièce glacée. Une toux sèche avait saisi Guillaume qui cherchait son souffle entre les quintes. L'inquisiteur proposa de le faire raccompagner, ce que le prieur refusa. Le médecin de la maison Seilhan pouvait le recevoir à l'infirmerie mais Guillaume répondit qu'il n'avait pas besoin de soins.

L'inquisiteur approuva en lui-même la vigueur d'âme de son hôte. Il reprit place à ses côtés et déclara d'une voix apaisante :

— Tu as écrit un livre de confession, Guillaume. La caravane n'est pas un péché que tu as commis. Ce n'est pas l'ordre dominicain qui va bientôt comparaître devant Dieu, c'est toi seul. C'est toi, qui devras répondre de tes propres péchés. Et je le sais, il y a dans les pages que tu as écrites la vérité sur un ennemi de la foi, un homme que tu as servi et donc aidé à corrompre tant d'esprits simples et purs. Ses fautes sont les tiennes et tu dois les avouer pour espérer leur absolution.

Il leva sa coupe vide.

— À ton maître, railla-t-il. Cette coupe vide à boire en son honneur. C'est ce que méritent tous les hommes d'ailleurs, des coupes vides pour trinquer à la santé de leurs destins misérables.

— Eckhart avait plus d'ambition que toi pour les hommes.

— L'union à Dieu, rien que cela… soupira l'inquisiteur. Ton maître était un fanatique, Guillaume. Comment peux-tu défendre sa mémoire ?

— Ce n'est pas sa mémoire que je défends, mais ses œuvres.

— Précisément, ses œuvres… on dit que tu les diffuses, que tes moines en secret les copient sans relâche.

— C'est faux.

L'inquisiteur se raidit.

— Je n'en ai pas fini avec Eckhart, Guillaume. L'Église ne l'a jamais puni comme il le méritait. Un homme de cette envergure ne méritait pas une peine aussi ridicule qu'une censure de quelques phrases de ses discours.

La main lourde qui portait l'anneau se posa sur celle du prieur.

— Ce serait d'ailleurs rendre hommage à ton maître que de l'honorer d'une condamnation à sa mesure. Je n'ai jamais rencontré d'homme aussi supérieur. Qu'en penses-tu ? Quelle est, selon toi, la peine qui serait digne d'Eckhart ?

— Le repos, répondit Guillaume.

L'inquisiteur retira sa main.

— Je suis certain que tu cultives encore des graines diaboliques dans ton jardin de Verfeil. J'ai trouvé des sermons qui portaient la marque de ton scriptorium.

— Il y a bien longtemps que je ne copie plus les sermons d'Eckhart, affirma Guillaume. Mon service s'est arrêté avec sa mort.

— Sa mort ? Il y a presque quarante années de cela, je t'ai écouté quand tu as témoigné devant la Curie qui t'interrogeait sur la fin de ton maître. Et j'ai senti quelque chose… Les péchés ont une odeur, Guillaume. Au tribunal, je ferme souvent mes yeux et demande le silence à l'accusé pour flairer le parfum des mots qu'il vient de prononcer pour sa défense. Les mots des coupables puent. Et les tiens, sur la disparition de ton maître dans les eaux du Rhin, avaient ce même goût avarié. Eckhart était un homme vigoureux et sa flamme intérieure était assez forte pour résister aux attaques du temps et peut-être même au grand holocauste que nous avons traversé.

— Eckhart était mort bien avant la peste.

— Tu mens. J'ai la preuve qu'il était vivant après 1328, date à laquelle tu as déclaré son décès. J'ai le témoignage d'un frère hospitalier qui l'a recueilli dans une commanderie de Savoie et tu étais présent. Tu as menti, Guillaume. Tu as trahi l'Inquisition et trahi ton Église.

— Et si Eckhart avait vécu vingt ans ou cent ans de plus, Louis, quelle importance ? Aujourd'hui, sa messe est dite et la nôtre se prépare. C'est à elle que tu devrais penser.

L'inquisiteur contemplait l'âtre et murmura comme pour lui-même :

— S'il a vécu un jour de plus, ce jour a échappé à la justice.

Après quelques instants, il approcha sa tête massive du feu et cracha sur les braises. Guillaume entendit le grésillement de sa salive.

— Tu vois, dit-il, c'est ça brûler un hérétique. C'est brûler un crachat.

Guillaume n'écoutait plus. Sa confession n'était pas encore pleinement accomplie. L'inquisiteur ne connaissait pas la vérité sur le destin du maître. Lui seul la connaissait et lui seul la souffrait.

CHAPITRE 42

Brûler Eckhart

« Eckhart », ce mot résonnait dans le crâne tondu du gros inquisiteur. Il n'avait jamais cessé de résonner, comme les cloches qui rythmaient les heures de la maison Seilhan. Toute sa vie, l'inquisiteur avait lutté contre le Libre Esprit, les béguines, les mystiques de tout bord. Mais il n'avait, en vérité, jamais combattu qu'un seul homme. La voix des hérésies était celle d'Eckhart, le plus grand Judas de la chrétienté qui promettait Dieu à tous. Sa folie continuait d'alimenter les pires impiétés pour lesquelles il avait fait brûler des hommes qui n'étaient pas les vrais coupables. Tous ceux qui prétendaient que l'Église était inutile, qui méprisaient le pape, les moines, les sacrements. Tous ceux qui ne comptaient que sur leurs propres forces spirituelles, qui se sentaient capables de Dieu, tous ceux-là étaient fils d'Eckhart.

L'inquisiteur avait poursuivi les insoumis qu'on accusait de posséder des écrits du maître. Il avait brûlé des centaines de pages de ses sermons mais il n'avait pas eu accès aux bibliothèques des grands du royaume, ni à celles des intellectuels et des universitaires qui en gardaient des copies.

L'enseignement d'Eckhart était à présent une hérésie de riche.

Les déviances qui séduisaient les pauvres étaient bruyantes et faciles à écraser, elles entraînaient des foules dont les cris grésillaient bien dans les flammes, mais aucun son ne s'échappait des cabinets secrets des érudits qui étudiaient sa pensée malsaine. Elle diffusait lentement par le haut. Ses racines étaient au ciel du monde, trop hautes pour être tranchées. Jamais un homme ne lui avait paru plus dangereux.

Les mots… les mots d'Eckhart cachaient leur corruption. Ils n'infectaient pas l'esprit comme les remords ou les souvenirs honteux qui tournent en roues dans nos profondeurs. Leurs miasmes ne se formaient pas sur les marécages et sur les lieux de pourriture. La mort ne les accompagnait pas et ils ne terrifiaient personne. Ils ensorcelaient. Leurs vapeurs montaient subtilement pour éveiller un désir luxurieux. Leur charme était celui des ribaudes qui vous mènent sur les chemins de damnation. Les mots d'Eckhart avaient une telle beauté, pensait l'inquisiteur, leur peau une telle douceur, leur parfum vous enlaçait, irrésistible. Ils excitaient les désirs les plus enfouis, plus voluptueux que ceux du corps. Ils troublaient l'âme. Ils l'attiraient comme le chant des sirènes pour la fracasser ou l'engloutir dans les illusions de l'union divine.

Au temps de la grande pestilence, les rats annonçaient l'arrivée du mal, leurs cohortes fuyaient devant l'ennemi invisible avant d'être anéanties. Les mots promettaient une épidémie plus dévastatrice. La peste des rats tuait les créatures mais épargnait Dieu. La peste d'Eckhart le tirait vers la terre, le coupait du ciel en le rendant à portée d'homme, autrement dit à portée d'arme. Sans la distance de majesté, le cœur de Dieu était ouvert. Il suffisait de l'ajuster.

L'inquisiteur avait depuis longtemps proposé la réouverture du procès, mais le Conseil s'y était opposé. Malgré ses égarements, Eckhart restait un grand maître dominicain. Or, le pape l'avait formellement déclaré, le procès ne pourrait s'ouvrir qu'avec l'accord de l'ordre, ce qui, aux yeux de tous, était impossible. Le vélin de Guillaume balaierait ces obstacles. Et il en serait ainsi, pensait l'inquisiteur, car justice n'avait pas été rendue. Ses œuvres avaient été censurées mais l'homme n'avait pas été condamné et la distance de majesté qui garantissait la souveraineté absolue de Dieu n'avait pas été vengée comme elle le méritait.

Rien dans la procédure n'empêchait de rouvrir un procès contre un accusé mort, si des preuves nouvelles apparaissaient. Au siècle dernier, à Carcassonne, on avait brûlé les ossements d'une femme qui avait reçu l'infâme sacrement des Cathares avant de mourir.

Brûler les ossements d'Eckhart ! L'inquisiteur s'en était fait le serment. L'idée faisait frissonner la peau de son énorme corps et le cilice punissait cette exaltation comme un désir coupable. Il avait instruit de nombreux procès posthumes dans sa carrière. Soixante-neuf exhumations, dont trois de prêtres coupables d'avoir assisté à des « hérétications ». La présence du corps d'un hérétique profanait le cimetière. C'était un devoir d'en exhumer les restes maudits qu'on jetait dans des sacs, accrochés aux selles des chevaux pour les faire défiler dans les rues en criant le nom de l'impie, avant de calciner ses os, de les broyer et de les semer sur du fumier.

Peu importe que la dépouille d'Eckhart ne puisse être arrachée à son repos. C'est le spectre de son esprit qui serait convoqué par la Nouvelle Inquisition. Le procès d'Eckhart serait le procès de tous les intellectuels qui dénaturaient la parole du Christ. L'inquisiteur les avait côtoyés de près. Ils bataillaient dans les universités pour imposer leurs dogmes et leurs idées philosophiques. Ils commentaient des Sommes[1] qu'une vie entière ne suffisait pas à lire. Sa propre culture faisait de lui un membre de leur famille. Elle n'était pas une bonne nourriture pour le corps de l'Église qui avait besoin de foi et d'innocence.

— Tu parles comme un franciscain, lui avait dit Guillaume en entendant ses paroles.

— Il faut croire simple, avait-il répondu. Voilà le secret d'une religion forte.

— Tu t'intéresses encore à la religion, Louis ?

— Je m'intéresse à la justice.

La cloche de l'inquisiteur fit venir un frère hâve portant deux coupes de tisane fumante sur un plateau. Il avait annoncé à Guillaume l'ouverture prochaine d'une nouvelle procédure contre son maître. Le procès posthume d'Eckhart se tiendrait sur le tombeau du Conseil des Dominicains. La refondation de l'Inquisition en tribunal universel réduirait leur domination à néant. L'humiliation de leur ordre infligerait la première blessure et le procès d'Eckhart en serait le fer.

1. Œuvre de synthèse des connaissances sur un sujet.

— Tu pars en guerre bien tardivement.

— L'Inquisition se meurt, Guillaume, et ne se relève pas des temps de peste, continua-t-il après avoir bu une longue gorgée du breuvage sans paraître en ressentir la brûlure. Tu sais comment les gens du peuple appellent la grande épidémie ? Le fléau de Dieu. C'est le nom qu'ils donnaient à mon tribunal. Mais le bras qui les a châtiés s'est abattu bien plus fort que le mien. C'est la peste qui a redressé la chrétienté. Aucun de nos châtiments, aucune de nos tortures n'aurait pu terrifier les pécheurs à ce point. Depuis, le peuple fait pénitence. En Allemagne et tout au long du Rhin, entre Bâle et Strasbourg, des groupes de laïcs se regroupent dans la simplicité et le service des autres. Leur seule aspiration est d'imiter le Christ. On les appelle les « amis de Dieu ». On devrait dire les « amis de la peste ». Ils ne sont pas guettés par les hérésies car ils ne réfléchissent pas. Ils ne pensent pas leur foi, ils la vivent. Simplement. La peste a tué la pensée. Les idées sont mortes sur les charrettes qui portaient les corps de ses victimes. Les catastrophes ont cet effet sur l'humanité, elles tuent les ambitions. Elles rendent l'humilité au monde et les inquisitions inutiles. Les amis de la peste n'essaieront jamais d'atteindre le ciel. Ils prennent Jésus comme maître de vie. Jésus, l'homme, pas le fils de Dieu. La hauteur d'homme, Guillaume, c'est l'altitude de l'avenir. Personne ne voudra monter plus haut.

— C'est pour cela que tu veux brûler les cendres d'Eckhart, pour que personne ne monte plus haut ?

— Non, pour le bien du monde. Il faut que la religion survive. C'est elle, la garantie de toute justice. Les hommes ont besoin de lois célestes. Celles qu'ils ont écrites de leurs propres mains ne résistent pas aux souffrances terrestres et sans l'Église que ton maître voulait détruire, leur barbarie emportera tout.

— Tu as bien peu d'estime pour ton prochain.

— Il n'y a que deux grands inquisiteurs capables d'inspirer assez de peur pour tenir notre troupeau : Dieu et la peste. Dieu fera respecter la justice, Guillaume, en versant moins de sang. Dieu ou bien la peste, il faudra choisir.

— Tu as perdu ton âme, Louis.

— Non, ma seule ambition est de protéger notre foi. J'apporterai le vélin en Avignon, je le remettrai au pape et je briserai l'orgueil des Dominicains avec ! Tu n'imagines pas, Guillaume, ce que je vais faire de tes souvenirs. Ils marqueront la fin de tous les tribunaux corrompus et ils auront leur place dans l'histoire de l'Église. Ne me réduis pas à ce petit personnage sans honneur que tu vois en moi. La pourpre ne sera pas l'habit de mon avidité, mais de ma foi en la justice.

Guillaume se sentait las, mais la présence de l'inquisiteur engendrait une impression trouble en son cœur, une forme d'apaisement qui le retenait à ses côtés. Rien d'obscur, juste le sentiment d'être en bonne compagnie avec soi-même. Depuis longtemps, son métier de prieur et la direction de ses frères de Verfeil avaient rendu cette compagnie amère et importune. La responsabilité de conduire des âmes avait emporté tous les restes d'insouciance qui survivaient dans la sienne. Il n'avait cessé de lutter contre lui-même pour protéger les siens, de surveiller ses paroles, sa conduite, ses décisions et de résister à ses propres ombres. Face à l'inquisiteur, il avait enfin un adversaire extérieur à combattre, bénédiction que tous les hommes ne recevaient pas.

— Donne-moi le vélin, Guillaume, et je jure devant Dieu que je te rendrai ton frère.

Le prieur demanda à se retirer. L'inquisiteur le fit reconduire après lui avoir recommandé de bien peser sa décision. Il n'attendrait pas longtemps sa réponse.

En franchissant le seuil de la maison des hôtes, Guillaume se sentit en paix. Le doute avait quitté son esprit. Son vélin ne terminerait pas dans la cave aux reliques d'un palais en Avignon ou à Rome, près des couronnes d'épines et des clous de la vraie croix que les croisés rapportaient de Jérusalem. Des coffres remplis de clous capables de crucifier dix fois le Christ… Le vélin était un message de vérité pour le monde et il n'appartenait à personne.

CHAPITRE 43

La chaîne brisée

— Qu'est-ce que tu fais ? interrogea le sacristain.

— Mes malles, répondit Guillaume.

Le jeune tanneur et Antonin échangèrent un regard d'incompréhension. Le prieur rendit compte de la deuxième entrevue. Le sort de Robert ne se réglerait pas dans la maison de l'Inquisition.

— Je t'avais dit qu'il ne tiendrait pas sa promesse, lâcha le sacristain.

— Ce n'est pas lui qui tiendra sa promesse, mais son ambition.

— Il veut être pape ?

— Cardinal, pour commencer.

— Et ?

— Et le secret de la caravane lui donne le pouvoir sur le Conseil dominicain.

— Personne ne croira à cette histoire.

— Il a des témoignages et le vélin les confirmera.

Le sacristain hocha négativement la tête.

— Il ne nous laissera pas partir, Guillaume.

— Et comment justifiera-t-il à la Curie la détention de

trois frères de son ordre et de leur prieur ? Sans procès, sans jugement. Nous partons.

— Pour Verfeil ?

— Non, pour Avignon. L'inquisiteur a assez d'ennemis dans le diocèse. Je vais réunir un cortège d'hommes influents qui nous accompagnera. Le pape sera forcé de nous entendre.

Antonin et le sacristain aidèrent Guillaume. Au fond de son bagage se trouvait le petit saint Pierre, la sculpture en bois peint qu'il gardait à son chevet dans sa cellule de Verfeil et toujours près de sa main sur les routes. Elle figurait l'apôtre pleurant sur lui-même après sa trahison au chant du coq.

Antonin la souleva délicatement et suivit des doigts les larmes sculptées sur la joue droite, trois larmes pour les trois reniements du Christ. Une seule s'écoulait sur la joue gauche.

— Celle-ci compte le plus, avait dit Guillaume. Si tu la compares aux autres, elle est plus grosse et elle coule droit. Elle pourrait les contenir toutes. Cette quatrième larme, aucun moine ne devrait jamais l'oublier, aucun homme ne devrait jamais l'oublier. C'est la larme du pardon.

Antonin enveloppa le bois dans un linge, en pensant à Robert qu'il allait de nouveau abandonner. Une chose était certaine : la larme du pardon ne coulerait jamais sur sa joue.

Guillaume leur demanda de se réunir autour de lui et ils prièrent la Vierge jusqu'à la cloche des vêpres. Puis chacun se retira dans sa cellule.

Guillaume méditait. Le soleil se couchait sur le jour de Dieu. Son premier dimanche sans messe depuis bien des années. À l'aube, le message qu'il avait confié à leur départ au plus vieux moine de Verfeil serait ouvert. Sans nouvelles de lui, le frère Bruno, un vieux compagnon qui perdait ses yeux mais dont le cœur voyait loin, agirait comme il l'avait demandé et prendrait le chemin de la cuve à chaux où reposait le coffre du vélin. Il était encore temps de prévenir l'inquisiteur et d'envoyer un messager, songea Guillaume.

Une heure s'écoula jusqu'à la nuit noire. La maison des hôtes paraissait en repos. Un cierge diffusait sa belle lueur dans l'entrée. Antonin prélevait sa flamme à l'aide d'un long allumoir pour la distribuer aux chandelles de suif de chacune des cellules.

Quand il pénétra dans celle du prieur, il le trouva assis sur sa couche, l'air grave, les poings fermés serrant la couverture qui recouvrait ses genoux. Sa respiration était bruyante et difficile. Antonin voulut l'aider à s'allonger, mais Guillaume l'en empêcha.

— Je n'ai plus beaucoup de temps, Antonin. Peut-être pas assez pour te raconter la fin du maître. Mais ce qui compte, c'est que tu graves dans ta mémoire le secret de la caravane des dominicains.

— Pourquoi dans ma mémoire ?

Guillaume désigna tendrement du doigt le front de son jeune frère.

— Le vélin le plus précieux se trouve là.

Antonin baissa les yeux.

— Je t'ai dit un jour ce qu'il fallait faire du parchemin si je disparaissais. Il faudra le porter au pape et en préparer deux copies : l'une pour l'empereur d'Allemagne et l'autre pour le roi de France. La vérité sur le secret de la peste ne sera pas seulement dans les mains des hommes de Dieu. La maladie a frappé le monde sans faire de choix. La vérité sera comme elle, donnée à chacun.

Guillaume voyait le visage du jeune moine s'assombrir. L'ombre de Robert passait sur lui. Guillaume sentit sa présence et le doute revint l'étreindre. Le cachot était à quelques pas, un mot suffirait à l'ouvrir.

— Que ferais-tu, Antonin, si tu étais à ma place ?

Sans lever les yeux, Antonin répondit d'une voix ferme.

— Je donnerais le vélin à l'inquisiteur, pour la vie de Robert.

Guillaume parut soudain las et désabusé. « Faire œuvre de vérité » était le commandement sur lequel il avait engagé ses vœux de jeune dominicain plein de foi et d'espérance. « L'espérance... », murmura-t-il pour lui-même en haussant imperceptiblement les épaules.

À qui devait-il la vérité ? aurait pu demander Antonin. Aux morts de la peste qu'il ne ressusciterait pas ? À l'ordre, pour qu'il fasse pénitence ? À l'histoire ? À Dieu qui n'avait pas besoin de confession écrite pour juger des péchés ? La vérité avait son propre destin. Qui était-il pour s'en croire le maître ?

Mais ce qu'il était n'importait plus. Il contemplait la jeunesse de ce jeune frère qui reposait son cœur plus doucement qu'une prière. Elle avait la garde de ses souvenirs et saurait les protéger de l'oubli. La copie de son parchemin dormirait en paix dans la mémoire d'Antonin sans menacer la vie de personne. « Ainsi, se répétait Guillaume, le vélin aura été écrit deux fois, par ma main dans le cuir périssable, par ma voix dans l'esprit d'un frère qui saura le transmettre. » Ces mots, en lui, éclairaient les sombres choix à venir.

La nuit avançait. Assis au bord du lit, parfaitement immobile, le prieur semblait attendre.

— Écoute, dit-il soudain à Antonin.

Le silence fut troublé par des bruits de pas et des échos métalliques d'hommes en armes qui s'approchaient.

— J'ai pris une décision pour le vélin, déclara Guillaume, avec un léger sourire.

La porte s'ouvrit brusquement sur la haute silhouette de l'oblat. Deux hommes l'escortaient. Il jeta un coup d'œil à la malle ouverte.

— Tu nous quittes ?

Guillaume se leva avec tranquillité sans lui accorder un regard. Il revêtit lentement son scapulaire puis son manteau.

— Vous ne pourrez pas cacher mon arrestation, dit-il d'une voix paisible.

— Personne ne t'arrête, frère dominicain, répondit l'oblat. Tu es un hôte de marque et l'inquisiteur veut te loger comme tu le mérites. Je te conduis dans ses appartements où tu résideras.

Le sacristain et le tanneur attendaient dans la pièce principale. Le prieur sortit de la cellule, suivi par l'oblat. Le sacristain voulut s'interposer mais Guillaume l'arrêta d'un geste. Il demanda à Antonin d'aller chercher sa cape. En l'ajustant sur ses épaules, il saisit la chaîne qui portait la croix sur sa poitrine et la brisa d'un geste sec. Avant de franchir la porte, il la tendit sans un mot au sacristain et sortit avec dignité.

CHAPITRE 44

Un plan

À la première lueur de l'aube, le frère Bruno, qui assurait les fonctions de prieur au couvent de Verfeil en l'absence de Guillaume, prit la direction du jardin des simples. Sa vue vacillante lui fit heurter une souche que ses frères n'avaient pas suffisamment arrachée. Il s'en préoccupa peu, il avait coutume de se heurter aux obstacles de la terre, raison pour laquelle il ne précipitait jamais son pas. Depuis des années, le jour ne se levait plus qu'à moitié pour son œil droit et plus jamais pour le gauche.

La lettre de Guillaume était froissée dans la poche de sa robe. Il se dit qu'il devait penser à la brûler avant le réveil de ses frères. Au bout du jardin, il arriva à la fosse remplie de chaux. Il souleva le couvercle de bronze. À l'aide d'une chaîne, il tira le coffre de plomb caché dans la cavité secrète. Il l'ouvrit avec précaution puis en déversa le contenu dans la fosse, comme Guillaume le lui avait commandé. Sa vue brouillée lui fit apercevoir les feuilles d'un parchemin qui lui parut d'une grande pureté. Avec une pelle, il répandit sur les peaux des couches de poudre blanche. Quand elles furent entièrement recouvertes, il referma la fosse, respira l'air glacé du matin et reprit le chemin du cloître en prenant garde aux écueils.

À quelques lieues de là, les pèlerins de Compostelle quittaient les faubourgs endormis de Toulouse. Leurs tristes bandes ressemblaient à une armée défaite. Ils traînaient derrière eux les mêmes hommes pâles, recouverts de haillons, qui s'appuyaient sur des bâtons comme des soldats blessés en retraite. Mais aucun d'eux ne regardait le sol, leur tête était droite, les yeux fixés au sud, vers un horizon qu'un soldat vaincu n'aurait pas cherché.

Au centre de la ville, la maison Seilhan enfermait ses propres pèlerins qui comptaient leurs pas entre les murs de leurs cellules.

Le découragement semblait épargner le sacristain. Ses deux compagnons, eux, faisaient peine à voir, chacun dans un coin contemplant pitoyablement le sol poussiéreux de la maison des hôtes que le prieur venait de quitter. Le sacristain leur demanda de se rapprocher et, à voix basse, déclara que le temps était venu.

— Il faut libérer Robert par nous-mêmes.

Antonin leva la tête sur la troupe misérable qu'ils formaient. Si le destin de Robert était entre leurs mains, il était déjà accompli…

Le jeune tanneur montrait moins d'accablement. Les mots du sacristain avaient rallumé une petite flamme dans ses yeux.

— C'est l'avis du prieur ? interrogea-t-il.

— Ce n'est pas un avis, répondit le sacristain, c'est un ordre. La chaîne brisée signifie qu'il faut nous échapper.

Ils restèrent rassemblés sans prononcer une parole. Chacun d'eux avait eu la même pensée : faire évader Robert.

À Verfeil, Antonin avait creusé sans relâche le tunnel qui le libérerait du mur étroit, et abattu cent fois sa masse sur les pierres du cachot après avoir brisé les crânes de tous les gardiens. Mais la maison Seilhan était mieux défendue qu'un château. Comment un vieux moine et deux jeunes hommes désarmés pourraient-ils réussir ce que personne n'avait jamais réussi avant eux ? Ouvrir les griffes de l'Inquisition dans sa tanière.

Le jour suivant, ils n'eurent aucun contact avec Guillaume. Aucune visite n'était permise. L'inquisiteur leur avait fait dire que la santé de leur prieur nécessitait du repos et un confort qu'une cellule de moine ne pouvait lui apporter. Le prieur chargeait son hôte de les saluer pour lui et de les rassurer. Les trois hommes cherchaient un moyen mais l'angoisse et le manque de sommeil embrumaient leurs esprits. « Impossible », répétaient les voix intérieures. Celle du sacristain finit par s'élever pour les faire taire.

— Vous allez surveiller jour et nuit la cellule de Robert, noter les heures de garde et de promenade. Il faut connaître les frères qui lui portent ses repas et ceux qui ont accès aux cachots.

Le tanneur acquiesça à ces paroles avec un demi-sourire.

— J'avais déjà commencé.

Depuis des jours, Robert n'apparaissait plus dans le cloître.

De l'étage qui surplombait les cellules, le jeune tanneur passait son temps à observer les rites de chacun, le quotidien des moines entre les heures de prière que tous respectaient comme au monastère, les habitudes, les manies, les détails utiles.

Quand ils traversaient les allées du cloître, le tanneur observait patiemment leur démarche qui révélait des secrets de caractère. Et peu à peu, des pièces s'assemblaient dans son esprit.

Chaque frère dominicain de la maison Seilhan prenait, à tour de rôle, la charge du secours spirituel des prisonniers. L'aile des cachots était en permanence tenue par un oblat soldat et un frère de garde qui y occupait une cellule.

— Le souper des oblats est servi après celui des moines. Le frère attend toujours le retour de l'oblat de garde qui traîne à la cantine. Ça peut durer une demi-heure où il reste seul. Ce serait le bon moment.

Le sacristain et Antonin écoutaient avec attention le rapport du tanneur.

— Ça peut durer moins ? demanda le vieux moine.

— Pas une fois cette semaine et une heure complète, jeudi. Les soldats s'ennuient et cachent du vin dans les cuisines.

— Comment tu le sais ?

— Par mon chat. Il se faufile partout.

Le tanneur désigna le petit novice qui dessinait des chiffres sur le sol poussiéreux de leur courette.

— Tu as confiance ? demanda Antonin.

Il acquiesça en souriant.

— Oui, celui-là ne sera jamais moine. C'est un commerçant. Il veut apprendre à calculer pour s'enrichir. Je lui apprends sous condition. En échange de mes leçons, il me vend les petits secrets de la maison.

Le novice poursuivait avec application le dessin de ses chiffres. Il leva sur eux un regard plein de malice avant de retourner à sa besogne. Il était petit mais robuste. Un chapelet pendait à sa ceinture. « Trop neuf », pensa le sacristain qui savait reconnaître à l'usure des chapelets les novices dévots à encourager et les oisifs à corriger.

Le tanneur échafaudait des plans mais la tâche paraissait inaccessible. Bien loin de son apparence de couvent calme où flânaient des moines, la maison de l'Inquisition était une geôle impénétrable avec son ensemble de cours et de bâtiments en carrés qui s'emboîtaient comme des cubes. Les jours suivants, Antonin et le sacristain attendirent en priant. Pendant ce temps, le jeune tanneur tournait avec impatience entre les murs de la maison des hôtes, cherchant le détail qui lui échappait. Il avait déclaré avoir peut-être trouvé un moyen, mais il manquait une pièce à l'ouvrage. Comment réduire le frère de garde au silence ? Le novice avait suggéré « un bon coup sur le crâne », mais le moindre bruit rameuterait les soldats.

Le soir venait sans l'apaiser, le sommeil le fuyait.

Huit jours s'étaient déjà écoulés depuis l'arrestation du prieur. Les cloches de matines retentirent au milieu de la nuit. Antonin se leva de sa couche et s'habilla pour se rendre à la chapelle avec le sacristain. Il enfila sa tunique blanche, sous l'œil intéressé du jeune tanneur qui partageait sa cellule.

— Qu'est-ce que tu regardes ? lui demanda-t-il.

— Rien, continue.

Par-dessus la robe, Antonin revêtit son scapulaire prolongé par le capuchon blanc qui y était cousu. Il s'enveloppa de sa cape noire avant de retrouver ses gros souliers aux bords crevassés par les chemins de prêche. Il releva son capuchon pour le rabattre. La voix du tanneur l'arrêta.

— Pourquoi fais-tu cela ?

— Un dominicain rabat toujours son capuchon quand il accomplit ses devoirs dans le monde. Tu ne sais pas cela ?

— Le frère qui garde la cellule de Robert… continua le tanneur l'air absent. Quand vient son tour de garde, est-ce qu'il le rabat, lui aussi ?

Antonin le regarda sans comprendre.

— Quoi ?

— Son capuchon.

Antonin se dit que son compagnon avait dû boire une eau moins bénite que celle qu'il lui servait. Les oblats avaient leur cave et le tanneur avait son novice qui s'infiltrait partout, bien capable de le fournir en vin de messe que les laïcs de la maison détournaient pour leur consommation pécheresse.

— Si le dominicain rabat son capuchon, j'ai peut-être la solution pour libérer Robert.

Le sacristain vint les rejoindre et le tanneur leur exposa son plan à voix basse.

— Il y a une substance, commença-t-il, la feuille de corroyère. On l'utilise pour la teinture. Il faut la manipuler avec des gants. Les sorcières en récoltent, elles la vendent comme du venin de chimère. Si elle pénètre ta peau, elle te couche sur-le-champ, ça ouvre grand la porte aux rêves, comme si tu avais avalé un tonneau de vin.

— Tu es sûr de l'effet ? demanda le sacristain.

— J'ai endormi des Turcs avec ça, alors des dominicains…

— Et comment…

— Il faut qu'il le porte.

Le sacristain eut un geste d'impatience.

— Le poison, poursuivit le tanneur. C'est une teinture, il faut qu'elle soit au contact de la peau. À la tannerie, c'est en les faisant presser les cuirs imprégnés qu'on endormait les Turcs.

— Et comment veux-tu en coller sur la peau d'un frère ?

— Je ne sais pas encore. J'y réfléchis… mais si on peut engourdir le moine pendant le temps où il est seul aux cachots, on peut faire sortir Robert.

— Et après ?

— Après, je te dirai quand j'aurai dormi, conclut le tanneur en bâillant.

CHAPITRE 45

Audace

Le novice toqua à la porte pour mendier quelques chiffres. Le jour venait de se lever. Le tanneur le fit approcher.

— Tu connais le nom du moine qui prendra la garde du soir ?

Le novice sentit les regards posés sur lui et la gravité du silence en attente de sa réponse. Il en tira une considérable satisfaction, l'orgueil étant un péché qu'il ne confessait plus.

— Je peux, répondit-il, avec importance.

— Bien. J'ai un autre service à te demander, mais il faudra marcher.

Le novice écoutait avec attention.

— J'ai besoin d'une teinture.

— Il peut sortir d'ici librement ? s'étonna le sacristain.

— Je peux, affirma leur nouvel allié sans attendre la réponse du tanneur.

Ce dernier acquiesça.

— Il sort par les latrines des offices. Ce sera notre chemin.

— On passe sous le cul des croisés, déclara joyeusement le novice, visiblement assez peu tourmenté par les préoccupations spirituelles.

— Il a l'habitude, continua le tanneur. Il sort la nuit pour le commerce. Il rapporte du sucre, du lard et de la bière. Les oblats sont ses clients.

Le tanneur rédigea un message qu'il confia à son élève.

— Le voyage ne sera pas long. Si tu cours, la tannerie est à une heure. Tu remets ce message aux Turcs, ils en ont toujours en réserve. Et tu reviens avec dix onces.

— Et cette teinture, on la donne comment au frère de garde ? interrogea le sacristain.

— Ça… répondit le tanneur, énigmatique, ça va dépendre d'Antonin.

Le novice fila remplir sa mission.

Antonin et le sacristain écoutèrent attentivement.

Le plan paraissait bien trop audacieux pour un vieux moine et un frère aussi inexpérimenté, mais il y allait de la vie de Robert. Le sacristain hésitait. L'ordre de Guillaume était formel mais il s'inquiétait pour ses compagnons. Le succès de l'entreprise demandait une chance que l'alignement le plus parfait de toutes les planètes du ciel n'était pas certain de leur accorder. Et il se sentait inutile. Les risques n'étaient pas équitablement partagés.

Le tanneur avait déjà confié son idée à Antonin : récupérer le scapulaire du moine et imprégner sa capuche de teinture. La récupération du scapulaire était la partie la plus délicate. Aucun frère dominicain n'en possédait un de rechange, chacun gardant le sien comme une précieuse relique. Il n'y avait que deux solutions : le lui emprunter, ce qui était impossible, ou le forcer à le remplacer. Un souvenir du jardin des simples était alors revenu à l'esprit d'Antonin. Il existait une plante aux vertus redoutées par les malades, présente dans toutes les sacoches d'apothicaire et qu'il avait été facile de trouver dans l'infirmerie de la maison Seilhan ouverte aux frères.

— Tu l'as avec toi ? demanda le tanneur.

— Oui, répondit Antonin en faisant apparaître une racine arrondie dans sa main.

Il leur tendit le bulbe grisâtre aux reflets jaunes qui dégageait une odeur de purin.

Chacun l'examina avec un air de dégoût.

Antonin connaissait mieux que personne les propriétés de l'ellébore blanc. Il en avait administré à suffisamment de moines pour leur faire rendre leurs humeurs bilieuses en excès. C'était le plus violent vomitif du codex.

— Tu veux empoisonner le frère de garde ? interrogea le sacristain.

— Pas lui… moi, répondit Antonin.

Le sacristain le regarda avec incrédulité.

— Tu vas croquer ça ?

— Il ne restera pas longtemps dans son estomac, affirma le tanneur avec confiance.

— Je ne comprends pas, dit le sacristain.

Antonin expliqua les détails de l'opération. Sa voix rassurante ne leva pas les inquiétudes du vieux moine.

— C'est le seul moyen pour récupérer le scapulaire. Et je n'ai pas peur de l'ellébore, les plantes ont toujours été bienveillantes avec moi.

— La bienveillance des plantes… maugréa le sacristain en s'éloignant.

Ils traînèrent jusqu'au soir. Antonin et le sacristain respectèrent les heures de prière et eurent le même sentiment de se retrouver au couvent de Verfeil. Le tanneur, dans sa cellule, repassait inlassablement chaque étape de son plan.

À six heures, le novice réapparut au milieu d'eux sans un bruit. Il méritait son surnom, ses pieds frôlaient le sol comme les pattes d'un chat. Le voyage vers la tannerie s'était déroulé sans encombre. Pour quelques écus, les Turcs lui avaient remis le sac de teinture. Son voyage à travers le couloir souterrain des latrines n'avait pas effacé l'odeur âcre de la tannerie. Il sentait le cuir écharné et ce parfum fit battre un peu plus vite le cœur du jeune tanneur.

Antonin essayait de chasser de sa mémoire les images de moines mélancoliques vomissant leurs tripes et jurant devant Dieu que leurs humeurs allaient s'éclaircir pourvu qu'on cesse de les traiter. Mais les jours de Robert entre les murs de son cachot pesaient bien plus lourd en charge de souffrance.

Le plan était en place. Il restait l'essentiel : identifier le moine de garde.

Le novice s'en chargea en exigeant une forte contrepartie. Le tanneur devait lui apprendre auparavant la clé de tout calcul, la sainte addition des chiffres. Le marché fut conclu. Et comme le temps pressait, on décida de commencer sur-le-champ. Le novice reçut son ultime enseignement avec autant de ravissement qu'un alchimiste à qui on aurait révélé le secret de la pierre philosophale. Le tanneur lui montra l'opération avec patience dans la poussière de la courette.

Antonin suivait la leçon, aux côtés du sacristain qui écoutait dans l'ombre, en comptant sur ses doigts.

Le jeune élève fila plus tard rejoindre ses quartiers en promettant qu'il reviendrait avant complies[1] avec le nom du frère de garde.

Tout pourrait se jouer le lendemain, si la pluie ne rendait pas impossible l'accès au couloir des latrines. La trappe s'ouvrait dans un recoin non surveillé, près du mur d'enceinte, au nord de la maison. Le couloir continuait plus loin vers les sous-sols de la ville jusqu'à un puits asséché à l'entrée d'une rue pavée.

Il était temps de préparer la teinture.

Le tanneur chauffa les feuilles de corroyère dans l'âtre, sur un tapis de braise. Ils les émietta dans une marmite en terre remplie d'eau, ajouta une poignée de cendre mêlée à du vinaigre puis, sans gêne, souleva les pans de sa chemise et pissa au milieu.

— C'est le mordant, dit-il d'un air enjoué, ça fixe les pigments.

Il fit bouillir le mélange et compléta par de la chaux grattée des murs pour le blanchir. Antonin, à ses côtés, séparait les feuilles des tiges que le tanneur braisait ou qu'il écrasait sur une pierre avant de diluer leur poudre grise dans la préparation.

— Tu peux apporter ton habit, finit-il par déclarer après avoir vérifié la teinte du liquide.

Antonin enleva son scapulaire. Il vérifia la résistance de la capuche et la bonne tenue de la couture. Le parfum

---

1. Dernière prière du jour.

faisandé de la corroyère se répandait dans la cellule et embrouillait l'esprit.

— Vite, commanda le tanneur.

Il plongea la capuche dans le mélange. La teinture pénétra dans les mailles du tissu, les cendres et l'urine la firent mordre profondément dans la laine. Le tanneur fit sortir ses compagnons. Ils retrouvèrent l'air pur de la courette, en attendant la fin de l'opération.

— Ça pue le cochon mort, lâcha le sacristain à leur retour.

— Faut laisser faire, dit le tanneur, quand la teinture prend, le tissu chasse l'odeur.

Il restait à faire passer le temps. Les heures avançaient laborieusement dans l'air pesant de la maison des hôtes. Le scapulaire d'Antonin séchait lentement. Le tanneur le retournait, les mains protégées par des chiffons. Aucune peau ne devait plus toucher le tissu. Il n'acceptait aucune aide. Le sacristain, dans la courette, une baguette à la main, repassait les chiffres qui marquaient le sol, en cherchant le secret des additions qu'il n'avait pas appris à faire. Antonin s'inquiétait. Il avait fallu attendre la fin des dernières prières du jour pour recevoir le nom du moine. Le novice avait ensuite disparu sans que personne s'en aperçoive. Beaucoup de confiance à porter pour les épaules d'un chat… Mais une question plus grave occupait son esprit. Il ne croyait pas entièrement au pouvoir de la corroyère. Aucun apothicaire ne l'utilisait. L'essence de pavot et la jusquiame noire étaient les seuls sédatifs dont il était sûr. Mais ils étaient chers et difficiles à trouver.

— Tu es sûr que ça suffira ? demanda-t-il une nouvelle fois au tanneur.

— J'ai mis assez de feuilles pour endormir dix Turcs, répondit son compagnon avec irritation.

Cette nuit-là, personne ne trouva le sommeil. Des nuages d'orage s'étaient rapprochés. À l'aube, le jour hésita derrière leurs nuées et un soleil pâle se leva finalement à l'est dans la direction des forêts de Verfeil. Les trois hommes le contemplaient le cœur serré. Chacun se disait que l'heure était venue et que l'astre qui montait se coucherait peut-être sans eux.

Antonin pensait à Robert, et à la ribaude aussi, à toutes les ribaudes que ses yeux ne toucheraient plus ; le sacristain pensait à Guillaume et au poids du commandement qui lui était revenu ; le tanneur, à un mauvais souvenir qu'il avait caché à ses compagnons : la douloureuse rossée d'un Turc que la corroyère n'avait pas réussi à endormir.

Le novice surgit de nulle part avec des fruits, des œufs et du pain chapardé sur les réserves des oblats. Le sacristain contempla la manne avec stupéfaction.

— Comment peux-tu… ?

— Je peux, lâcha le jeune moine avec un large sourire.

CHAPITRE 46

Action

Ils attendirent l'heure de la promenade des moines dans le cloître. Le novice désigna le frère de garde qui égrenait son chapelet au milieu des autres. Il les surplombait d'une tête.

— Il a les épaules larges, murmura Antonin.

Aucune importance, pensa le tanneur, les scapulaires allaient à tout le monde même aux bœufs puisqu'on les appelait aussi les « jougs du Christ ».

L'air était lourd mais le ciel restait dégagé.

— Si l'orage ne revient pas, c'est pour ce soir, déclara-t-il d'un ton grave.

La journée s'étira. Le tanneur la passa à lancer les dés pour lui-même, le novice à additionner les chiffres dans la poussière, le sacristain à prier et Antonin à éventer le scapulaire pour lui faire perdre la puanteur de la corroyère. Chacun surveillait les nuages à l'horizon que le vent repoussait vers l'ouest.

Vêpres sonna enfin. Le ciel était clair. Le son de la cloche parut au sacristain aussi sinistre que le glas de Verfeil. Elle résonna dans la maison des hôtes et au même instant le crucifix de sa cellule se décrocha du mur.

« Mauvais présage », se dit-il.

Antonin s'habillait, le cœur apaisé, habité par la certitude de retrouver Robert. La voix du tanneur résonna :

— C'est l'heure.

Il sortit l'ellébore de la poche de sa robe. Le sacristain lui tendit le pichet qu'il avait préparé, une soupe tiède, colorée par de la betterave. Il l'avala en grimaçant.

— Encore, l'encouragea le vieux moine, en versant une nouvelle rasade de soupe rougeâtre. J'ai ajouté du sel pour que ça passe mieux.

Le tanneur donnait les dernières consignes au novice.

Antonin buvait les yeux clos, en pensant au supplice de l'eau que les prisonniers de l'Inquisition subissaient dans les sous-sols de torture. La soupe du sacristain remontait jusqu'à l'arrière de sa langue.

— Ça devrait suffire, lui accorda-t-il.

Le plus dur restait à faire. Courageusement, Antonin croqua dans le bulbe d'ellébore et mâcha la chair fade.

Ils se retrouvèrent tous les trois dans la cour. Le tanneur souhaita bonne chance à Antonin et au sacristain qui pressèrent le pas vers la chapelle où les moines étaient réunis.

Les frères priaient. Antonin s'agenouilla derrière celui que le novice avait désigné et attendit l'effet de l'ellébore. Il ne tarda pas. À la fin de son premier Ave Maria, il sentit son estomac se contracter. Un frisson parcourut tout son corps, accompagné d'un vertige qui lui fit craindre de perdre connaissance. Il serra les poings et laissa les nausées monter. Il eut un premier hoquet, puis un second. Vers le chœur, un moine agitait un encensoir. Le parfum lourd envahissait la chapelle. Ça venait. Il fixa les épaules du frère de garde devant lui, se pencha pour approcher sa bouche à hauteur de sa capuche et laissa la dernière contraction de son estomac faire son œuvre.

Un liquide rougeâtre jaillit de sa gorge et recouvrit la robe du moine. Avant qu'il ne réagisse, un deuxième jet se répandit sur sa capuche et Antonin s'écroula sur le sol en tenant son ventre. Les frères se précipitèrent autour de lui, tandis qu'il continuait à vomir en gémissant. On essaya de le redresser mais chaque mouvement déclenchait un hoquet. On l'étendit sur le côté sans oser le toucher. Comme il grelottait, un frère apporta une couverture et on l'aspergea de quelques gouttes d'eau bénite.

Peu après, on le fit sortir de la chapelle. Le sacristain le soutint sur le chemin de la maison des hôtes.

— Ça va ? murmura-t-il en traversant le cloître.

Antonin acquiesça sans pouvoir prononcer un mot. Ils gagnèrent la courette où le tanneur attendait. Antonin titubait, blanc comme un cierge. Le tanneur lui tendit une serviette et lui dit en souriant :

— Il reste encore un peu de soupe, si tu veux.

Leur destin était maintenant entre les mains du novice.

L'attente leur parut éternelle. L'estomac d'Antonin battait comme un second cœur. Une salive mêlée de bile remontait dans sa bouche aux contractions les plus douloureuses. Mais il était fier de lui, son rôle avait été rempli.

Le novice finit enfin par les rejoindre.

— Le frère Simon aurait besoin d'un nouveau scapulaire pour sa garde, déclara-t-il d'une voix théâtrale. Je lui ai assuré que je trouverais une bonne âme parmi vous qui lui prêterait le sien.

Le tanneur lui tendit des gants et lui désigna le scapulaire imprégné de teinture, étendu près de l'âtre. Il fallait maintenant que les oblats respectent leur retard quotidien. Le temps d'action serait court.

À la sortie de la chapelle, les moines avaient pris le chemin du réfectoire.

Leur souper s'acheva dans un silence absolu. C'était l'heure de regagner les cellules. Sauf pour le frère Simon, de garde spirituelle aux cachots des prisonniers de l'Inquisition.

Il était bien rare qu'un accusé fasse appel à lui. La plupart priaient religieusement dans leur geôle sans réclamer l'aide de personne, et surtout pas celle d'un moine dominicain appartenant à l'ordre responsable de leur châtiment.

Le frère Simon repassa par sa cellule où un novice avait déposé son nouveau scapulaire, fraternellement prêté par les hôtes de l'inquisiteur. Le sien était à la lingerie. En signe d'humilité, il avait d'abord souhaité garder le tissu souillé après l'avoir passé à l'eau, mais le novice lui avait rappelé le devoir de propreté inscrit dans la règle de saint Benoît et il avait fini par accepter l'échange.

Quand il passa le nouveau scapulaire, il lui trouva une odeur forte qui l'incommoda au début mais à laquelle il s'habitua. Le frère Simon avait du goût pour les épreuves. Dieu lui avait donné un corps robuste pour les affronter. Il traversa le cloître pour rejoindre sa place à l'entrée de l'aile des cachots et rabattit sa capuche en y pénétrant.

Le tanneur et Antonin se tenaient prêts. Le sacristain surveillait la porte du réfectoire des oblats. Il n'entendait ni éclats de voix, ni chants. « Mauvais signe », pensa-t-il, le vin ne coulait pas suffisamment. Si l'oblat prenait sa garde à l'heure, leur sort était scellé.

— On y va, dit Antonin.

— Attends un peu, souffla le tanneur qui commençait à douter de l'effet de la corroyère.

De longues minutes s'écoulèrent. Antonin entraîna son compagnon par la manche et ils longèrent la galerie du cloître jusqu'au mur qui le séparait de l'aile des cachots. Tout était silencieux. Ils pénétrèrent dans l'enceinte jusqu'au poste d'entrée, par le passage des moines. La cellule du frère de garde était éclairée. La flamme brillante de sa lanterne leur parut pleine d'une vie hostile. Ils attendirent dos collé au mur en retenant leur souffle, guettant le moindre mouvement. La place semblait morte. Le jeune tanneur tressaillit soudain et Antonin serra son bras : tous deux venaient d'entendre le bruit distinct d'une page qu'on tournait. Ils reculèrent d'un pas, le bruit se répéta, revenant d'une manière régulière. Frère Simon ne dormait pas.

Le tanneur lança à Antonin un regard désespéré. Une toux venait des cellules des prisonniers qui leur parut aussi puissante qu'un cri. Les deux compagnons hésitaient. Le tanneur désigna d'un signe de tête la porte de sortie pour faire retrait mais Antonin se décida. Il avança seul dans la pièce de garde, l'esprit vide. Le moine était assis face à une petite table où un livre ouvert laissait le courant d'air de la fenêtre feuilleter ses pages. Le capuchon recouvrait sa tête penchée et son sommeil était aussi profond que paisible.

Antonin saisit le trousseau des clés sur la table et tous deux pénétrèrent dans le couloir des cellules. Le prieur avait désigné celle de Robert : la plus proche du poste de garde. Le plus doucement possible, ils ouvrirent la porte et Antonin entra, un doigt sur la bouche. Robert le vit s'approcher comme une apparition divine.

Il toucha sa main pour s'assurer de sa réalité, reconnut le jeune tanneur derrière lui et les suivit sans un mot.

Le cloître était désert. Le sacristain leur fit signe de le rejoindre. Les oblats ne s'empressaient pas de mettre un terme à leur repas et d'assurer leurs devoirs. « Bénis soient-ils », se dit le vieux moine. Ils filèrent ensemble vers la cour nord où le novice les attendait. Il souleva la trappe donnant accès au couloir des latrines et ils descendirent avec précaution, chacun progressant au jugé jusqu'au ruisseau qui recueillait les déjections. L'air fétide leur parut aussi pur que celui d'une forêt à l'aurore. Ils suivirent le cours du ruisseau jusqu'à une cavité qui s'ouvrait sur un vieux puits aux pierres disjointes. Ils grimpèrent sans difficulté jusqu'au bord et sortirent, un par un, dans la rue vide.

CHAPITRE 47

Fugitifs

Antonin et Robert marchaient côte à côte comme deux pèlerins. Aucun mot n'avait été échangé depuis l'évasion. Ils s'étaient contentés d'accorder leurs pas.

Robert reconstituait sa mémoire d'homme libre. Il levait souvent la tête pour respirer les parfums perdus dans la nuit du mur étroit. Antonin le regardait faire. Il lui désignait parfois un coin de ciel, des arbres, des lumières, des grâces offertes par la nature pour l'aider à retrouver le chemin de lui-même.

Le sacristain avait choisi la direction d'Albi. L'évêque était un ami de Guillaume et les protégerait. Mais l'inquisiteur était sur leurs traces.

Une petite troupe s'était mise en route dès l'aube, à la découverte de leur évasion. Cinq hommes à pied, une charrette pour l'intendance, conduite par un barbier et deux chevaux pour l'oblat et un soldat en armes.

Les fugitifs avaient six heures d'avance, mais la nuit les avait perdus. Le sacristain s'était égaré dans les bois de Lavaur et ils avaient laissé deux heures aux broussailles et aux fondrières avant de retrouver la route du nord-est vers Albi, à une journée de marche.

Le vieux moine tirait la jambe sur les chemins boueux que les crues des rivières gorgées de pluie avaient inondés. Le tanneur soutenait son bras. Le sacristain maugréait à chaque pas. Il savait qu'il ralentissait la progression et maudissait ce corps qui n'obéissait plus à sa volonté.

— On va s'arrêter un peu, proposa le tanneur qui sentait sa fatigue.

— Ferme-la, répondit le vieux moine, on s'arrêtera quand je le dirai.

La troupe avançait plus vite qu'eux. L'oblat ne s'était pas engagé sur les chemins de Lavaur, et les avait contournés par le nord. Il savait où trouver les fugitifs. Dès que leur direction avait été rapportée à l'inquisiteur, celui-ci avait désigné Albi, la seule ville du diocèse où son autorité pouvait être contestée par un évêque puissant. La feuille de route était simple. Il n'avait donné aucune consigne à l'oblat qui avait sa confiance.

« Ne tue pas les moines », avait été sa seule recommandation.

L'oblat s'était préparé avec tranquillité. Une croisade contre des fuyards en robe ne lui paraissait pas mériter la moindre passion. Mais il gardait le souvenir de sa chute dans la cour de la maison Seilhan : le compte avec le vieux moine qui l'avait poussé devant ses soldats n'était pas réglé.

À quelques heures de Toulouse, les compagnons peinaient. La dernière lieue avait été douloureuse. Chacun se sentait épuisé. Le sacristain s'appuyait lourdement sur l'étrange canne enveloppée de chiffons cousus qui ne l'avait pas quitté depuis le départ de Verfeil et qu'il n'avait pas voulu laisser à la maison des hôtes ; le tanneur râlait contre ses chausses qui prenaient l'eau ; Robert fatiguait. Il s'essoufflait anormalement, comme si les longs mois de cachot avaient gardé une partie de ses poumons. Il accepta sans discuter le bras de son compagnon, signe de profonde détresse.

— Il faut s'arrêter, dit Antonin.

Le sacristain désigna la grande barrière verte vers laquelle ils progressaient.

— La forêt de Gaillac, dit-il, elle continue jusqu'à Albi. Une fois dedans, personne ne nous trouvera plus.

Ils quittèrent le chemin. Une prairie en pente douce conduisait plus bas, vers des champs qui s'étendaient sur un quart de lieue jusqu'à l'orée des arbres.

Le sacristain autorisa enfin un bref repos et ils s'effondrèrent sur l'herbe grasse. Robert sur le dos, les yeux sur l'immensité du ciel, ouvrit ses bras en croix, les mains contre la terre. Il goûta la caresse du vent et laissa le temps glisser avec lui. Tout pourrait s'arrêter là, pensait-il, et tout serait bien.

Antonin ne regardait pas le ciel mais le visage de son ami qui partageait sa félicité. Les lèvres de Robert murmuraient des mots qu'il reconnaissait. Les louanges qu'ils emportaient étaient celles qui venaient à son cœur :

« *Je t'exalterai, ô mon Dieu… Je dirai la splendeur glorieuse de ta majesté, je chanterai tes merveilles*[1]. » Après tant d'épreuves et de doutes, Antonin retrouvait enfin le désir d'exalter le Seigneur.

1. Psaume 145.

Le tanneur jura en contemplant une de ses chausses dont la semelle était largement trouée. Le sacristain, à ses côtés, massait ses genoux douloureux.

— Pourquoi tu couvres ton bâton ? interrogea son compagnon.

— Pour pas qu'il attrape froid, répondit le sacristain avec humeur.

Il resta ensuite silencieux, le regard porté vers l'orée de la forêt, au bout des champs.

— Il va falloir faire vite, murmura-t-il, l'air grave.

Le tanneur se redressa pour observer la grande étendue vide qui les séparait des arbres. Au moins trente minutes de marche à découvert, peut-être plus avec la jambe du sacristain et les poumons de Robert. Des corbeaux tournaient autour des champs laissés en friche. Ils s'approchèrent de leur groupe puis disparurent brusquement sans les survoler. « Bon présage », pensa le jeune homme.

De larges nuages de pluie couvraient l'horizon. Le sacristain se disait qu'il faudrait peut-être les attendre et que la pluie mêlée à la nuit naissante couvrirait leur fuite. Mais le retard n'avait pas été comblé et les croisés de l'inquisiteur étaient proches, il le sentait dans sa peau. Son vieux corps de soldat du Christ ne lui mentait pas. Attendre ou avancer… Il chercha un signe dans le ciel où il ne trouva que du gris en réponse. Puis il fit rouler un caillou entre ses doigts dont une extrémité pointue pouvait montrer une direction et le jeta comme un dé sur le sol. Le caillou pointa vers lui.

Puisque aucun ordre n'était reçu du monde invisible, il se décida.

— On y va, commanda-t-il.

Ils descendirent la pente douce de la prairie et pénétrèrent dans le champ.

Un vent humide se leva. Robert jeta un regard vers le lit d'herbe qui gardait sa trace. Quelque chose de bon reposait là.

Ils avancèrent sans se retourner, les yeux fixés sur la lisière de la forêt.

En arrière, séparée par la colline de Gaillac, la petite troupe d'hommes en armes se rapprochait. L'oblat ouvrait la marche, le dos voûté sur son cheval, les épaules couvertes de son épais manteau de campagne et la poitrine serrée dans une cotte de mailles qui coupait son souffle. Il avait lancé en éclaireur le second cavalier du groupe, son ancien écuyer. Il était confiant. Il pensait avoir dépassé les moines en les contournant. Il serait facile de les arrêter avant la forêt.

Un peu plus loin, l'écuyer descendait la colline jusqu'au chemin rocailleux qui remontait vers le plateau au-dessus de la vallée. Il parvint en quelques minutes jusqu'à la prairie qui surplombait les champs. Les quatre hommes lui apparurent au milieu comme un gibier offert. Sans hâte, il poussa son cheval jusqu'à la bonne distance, mit pied à terre et décrocha l'arbalète fixée au quartier de sa selle.

Robert avait repris des forces et suivait sans peine le pas d'Antonin. La forêt s'approchait, sœur de celle de Verfeil dont le souvenir était encore si doux. Tout ce que son regard effleurait le réjouissait et ranimait en lui son énergie perdue.

Le sacristain maudissait cette ligne verte que les arbres marquaient sous l'horizon et qui ne se rapprochait pas. Ses deux frères avaient pris de l'avance. Le tanneur avait ralenti son pas pour l'attendre et une belle émotion l'avait saisi quand il l'avait rejoint. Il n'avait pas imaginé d'autre amitié que celle qui le liait à Guillaume mais son vieux cœur en découvrait pourtant une nouvelle pour cet homme courageux dont il avait trois fois l'âge et qui prenait soin de lui.

Le vent était tombé. Ils marchaient dans un calme lourd. Des nuages épais et noirs approchaient par l'ouest. Le monde paraissait retenir son souffle avant l'orage. La nature faisait silence. Le vieux moine, derrière son compagnon, suivait ses traces fraîches où il posait le pied. Sa pensée était pleine d'une affection qui déconcertait sa vieillesse depuis longtemps résignée au désert. Il ne prêta aucune attention au sifflement bref qui traversa l'air, juste au-dessus de son épaule.

Le carreau perça l'omoplate du tanneur qui bascula en avant sous la puissance du coup. Il sentit un contact dur sous sa chemise et sa main trouva la pointe triangulaire qui saillait au milieu de sa poitrine, fichée entre les côtes.

Il se redressa sur les genoux et le mouvement déplaça imperceptiblement le fer.

Il n'eut pas le temps d'avoir mal, son cœur s'arrêta d'un coup et il s'écroula face contre terre. Le sacristain se précipita. Il secoua le corps inerte et dégagea la tête. Les yeux du tanneur étaient grands ouverts et éteints. Il posa la main sur sa gorge pour y chercher en vain les battements de son cœur, puis descendit vers sa poitrine. Le sang coulait à flots autour du carreau, aussi chaud et vivant que le sien, traversant ses doigts incapables de le contenir. Il sentit une rage irrépressible l'envahir et cracha sur le sol comme pour s'en défaire. Antonin et Robert revenaient vers eux en courant.

La troupe apparaissait au flanc de la colline et l'oblat éperonnait son cheval. L'écuyer avait déjà lancé le sien qui dévalait la pente de la prairie.

— Foutez le camp, cria le sacristain.

Antonin hésita un instant puis empoigna le bras de Robert pour l'entraîner vers la forêt. L'écuyer galopait vers eux, en poussant sa monture pour les rejoindre avant les premiers arbres. Le sacristain agenouillé près du jeune tanneur traça une croix sur son front avant de se redresser. Puis, avec calme, il dénoua la sangle qui emprisonnait la gaine de son bâton. La vieille épée du siège de Kaffa retrouva sa place. Ses mains s'ajustèrent naturellement entre le pommeau et la garde et firent tourner la lame devant lui.

Les deux frères virent les gerbes de boue soulevées par les sabots du cheval qui fondait vers eux. Le sacristain était à mi-chemin. L'écuyer éperonnait et chargeait droit sur lui, dressé sur sa route.

Le sacristain enfonça ses pieds dans la terre humide et avança son épaule, prêt à recevoir l'assaut. Le cheval arrivait à sa hauteur. Sans s'écarter, il monta son épée, l'arma à l'horizontale et d'un coup puissant trancha la jambe avant qui se levait sur lui.

La bête culbuta avec un hennissement atroce. Le soldat frappa le sol, tête la première et son hurlement couvrit le craquement de son épaule brisée. Le vieux moine le laissa gémir et alla s'asseoir auprès du corps du jeune tanneur. Il jeta un coup d'œil vers la forêt. Maintenant, Antonin et Robert auraient suffisamment d'avance.

La troupe descendait à travers la prairie. Il surveilla son approche en pensant à Guillaume. Peu d'hommes avaient partagé autant d'années d'amitié. Peu d'hommes, se disait-il, avaient vu ce qu'ils avaient vu, souffert ce qu'ils avaient souffert et gardé la même foi en Dieu et en eux-mêmes. La peste n'avait pas eu raison de cela. Le balancement de la charrette des croisés qui tanguait sur les herbes de la prairie lui rappela les navires qu'ils avaient pris ensemble sur la mer Noire, le fleuve des missions. Il avait toujours détesté la mer, cette terre fondue, mais il avait fallu suivre celui qu'il avait toujours suivi. Pourtant, il allait mourir avant lui. Guillaume ne l'aurait jamais cru. Un éclair ouvrit le grand nuage qui avait enfin rejoint le ciel du champ. Une obscurité sinistre en descendait. « Tant mieux, se dit-il, il aurait été moins facile de crever au soleil. »

La troupe arriva peu après alors que les deux frères avaient atteint la forêt. Les soldats encerclèrent le sacristain et deux d'entre eux allèrent porter secours au blessé. L'oblat s'approcha. Il salua le vieux moine d'un signe de tête et un sourire vint sur ses lèvres lorsque son regard balaya le petit champ de bataille où le cheval de son écuyer se tordait dans une mare de sang. Le cavalier sur le ventre gueulait alors que les hommes tentaient de lui retirer son armure. L'oblat respira la bonne puanteur de guerre qui suintait puis mit pied à terre. Il retira le heaume qui l'étouffait et fit glisser son manteau sur le sol. Le sacristain se releva pour lui faire face en s'appuyant sur son arme.

— Tu as du sang pour un moine, dit l'oblat qui sortit lentement son épée du fourreau.

Une croix d'argent était gravée sur la lame. Il donna l'ordre à ses soldats de s'écarter, mais le sacristain jeta l'épée de Kaffa à ses pieds.

— Un homme de ta trempe refuse un combat singulier ?

— Un moine ne combat pas.

— Tu tues bien les chevaux.

— Pas les hommes.

— Pour moi, cracha l'oblat en levant son épée, les chevaux valent bien mieux que les hommes.

Le sacristain n'avait pas peur de la mort mais ne voulait pas finir sacrifié comme un agneau. Il attendit son adversaire, les poings en avant, bien décidé à se battre. Son geste amusa l'oblat.

— J'ai vu des Sarrazins se défendre comme toi, devant les murs de Jérusalem.

— Ils y sont toujours, répliqua le vieux moine.

Les hommes de la troupe formaient un cercle autour d'eux. L'écuyer avait été porté dans la charrette pour y recevoir des soins. L'odeur du cheval qui agonisait agitait les mules qui y étaient attelées, leurs ruades arrachaient des cris de souffrance au blessé.

— Barbier ! cria soudain l'oblat.

Une tête chauve émergea de la charrette.

— Ton fer est rouge ?

Le barbier acquiesça et planta plus profond ses lames dans les braises du poêle de campagne qu'il devait toujours garder vives. Le sacristain regardait la scène sans comprendre. L'oblat avança sur lui. Le poing du moine s'abattit sur sa tempe sans le faire reculer. Le croisé le repoussa d'un coup de pied. Le sacristain revint à la charge, en frappant vers la poitrine. Ses poings se déchirèrent sur la cotte de mailles. Il s'y accrocha pour chercher la gorge de son adversaire. L'oblat se dégagea et cogna violemment son visage du pommeau de son épée. L'orbite du vieux combattant craqua sous le choc. Des étincelles l'aveuglèrent, il lança ses poings qui battirent le vide. Le pommeau s'abattit sur sa mâchoire et ses genoux fléchirent sous la douleur. Un coup de pied au bas-ventre l'envoya à terre. Une pierre entailla la peau de son crâne.

— Amen, lançaient les soldats à chaque nouvelle blessure.

L'oblat tournait à pas lents dans leur cercle. Le moine se redressa, le visage couvert de sang, prêt à un autre assaut. Il leva les poings et marcha vers la silhouette que ses yeux meurtris distinguaient à peine. Le croisé recula alors d'un pas et fit tournoyer son épée. La lame s'abattit de toute sa force sur la jambe du sacristain qu'elle trancha net sous le genou. Le vieil homme s'écroula tétanisé par la violence de la douleur.

L'oblat essuya le fer sur sa robe et appela le barbier.

— Cautérise, ordonna-t-il.

Le barbier courut vers le blessé qui se tordait au sol. Il fourra dans sa bouche un chiffon imprégné de belladone et, sans attendre ses premiers effets, approcha les lames brûlantes. Il appuya son pied sur la poitrine du moine pour l'immobiliser et avec dextérité écrasa le fer rougi sur le moignon.

Le geste dura quelques secondes. Le barbier contempla son œuvre avec satisfaction, sans prêter attention aux cris. Sa vieille expérience des champs de bataille de Terre sainte restait fraîche. Il laissa le sacristain à moitié évanoui aux mains des soldats.

CHAPITRE 48

Chassé

— Tu m'as trahi, Guillaume.

— Disons que j'ai appris à parler ta langue.

L'inquisiteur ne contrôlait plus sa rage. Il frappa du poing sur la table.

— Je pourrais te passer à la question.

— Je suis prêt, répondit calmement Guillaume.

— Ne me tente pas.

Les deux hommes se défiaient du regard.

— Tu espères que ton cœur sera assez fort pour résister aux tenailles ? railla le gros inquisiteur.

— Non, j'espère que mon cœur sera assez fort pour s'arrêter de battre quand il le faudra. Tu auras tué un prieur dominicain, ton élection sera assurée, ironisa Guillaume.

— Ce soir, j'aurai récupéré tes moines et c'est toi qui les enverras au mur étroit. Le consistoire est dans sept semaines, je n'attendrai plus.

— Je ne te donnerai jamais le vélin si tu t'en prends à eux.

Guillaume quitta la salle et regagna l'appartement que l'inquisiteur réservait aux hôtes de marque. Deux grandes pièces chauffées par des poêles et une étuve personnelle qu'un novice remplissait d'eau propre. Confort inutile pour son âme tannée par une vie de privation.

Il alla rejoindre sa chaise. Ils avaient donc réussi… Mais sa joie n'avait pas longtemps résisté aux nouvelles inquiétudes.

Par la fenêtre, il surveillait l'horizon. Les fugitifs devaient s'en approcher. Qu'étaient-ils devenus ?

Il revoyait Antonin écrivant sur son parchemin avec la précaution d'un enlumineur et les heures partagées à voyager dans son passé. Il ressentait pour lui une paternelle affection. Celle qu'il aurait pu offrir au fils qu'il n'aurait jamais. Mais le monde méritait-il qu'on lui donne des fils ? Pour les voir souffrir et mourir, pour les offrir en sacrifice à la peste, à la misère, à l'épée… ou à l'amour, corrigea-t-il en lui-même, pour que tout ce désespoir ait un sens.

Cent fois il avait douté de Dieu, de sa justice, de sa clairvoyance, de sa présence… mais jamais il n'avait douté de son amour. Il ne l'avait pourtant pas toujours ressenti dans l'obscurité de ses cellules, la lumière étroite des cierges et les découragements de sa vie de moine. Mais la voie était simple, il fallait renoncer à combattre les doutes de sa foi, les laisser vivre avec soi et croire aux mots du vénérable saint Augustin qui soignaient toutes les plaies spirituelles : *« Si tu aimes ton frère, tu aimes l'amour. Si tu aimes l'amour tu aimes Dieu*[1]. » Quand Dieu était perdu, on pouvait le retrouver dans le cœur des hommes quand il battait pour un autre qu'eux-mêmes. Et cette étreinte qui serrait sa gorge en pensant au sort de ses compagnons était la preuve que quelque chose du ciel existait encore en lui.

1. Commentaire Épître de Jean V, 7.

Il regagna sa chambre pour allonger ses jambes qui enflaient de nouveau. Son souffle était court et chaque pas resserrait l'étau sur sa poitrine. Près de l'étuve, il remarqua un objet incongru qui lui avait échappé. Un petit miroir arrondi fiché dans la pierre. Aucun couvent n'autorisait la possession d'un tel insigne de vanité. Un moine ne voyait jamais son reflet. Guillaume surprit le sien.

Il jeta un regard moqueur à son image, en découvrant la triste forme qu'il était devenu. Il ne restait rien du jeune Guillaume. Il se contempla sans éprouver la moindre affection pour lui-même. Sa fin prochaine se lisait sur son visage creusé d'ombres. Il pensa à la question que les frères du couvent se poseraient entre eux, le jour venu : de quoi le prieur est-il mort ? Il alla s'allonger sur sa couche et ferma les yeux. Le glas de sa mémoire sonnait ses souvenirs. Le vent couvrait leurs voix de ses rafales, mais celle d'un homme qui le poursuivait depuis des années résistait aux bruits du monde. Elle résonnait en lui et accomplissait sa tâche de destruction.

On ne devrait jamais se demander de quoi on va mourir, pensa-t-il, mais de qui ? Toujours, quelqu'un vous tue.

Guillaume se sentait seul. Son passé ressemblait à un désert qu'il ne voulait plus traverser. Il n'en avait plus la force. Seul le parchemin où il avait couché sa vérité d'homme résistait à sa faiblesse qui n'aspirait qu'à un mortel repos. Le vélin… il ne manquait que quelques pages pour l'achever. Quelques lignes sur le maître et sur sa malédiction.

L'inquisiteur ne savait pas tout. Comme il l'avait pressenti, la vie d'Eckhart ne s'était pas arrêtée à la commanderie d'Acoyeu. Elle avait continué bien longtemps après, pour s'achever au-delà des mers, en Orient.

Il fallait remonter loin et retourner là-bas. Guillaume n'avait plus fait ce voyage depuis tant de jours, interdisant à sa mémoire d'y conduire ses souvenirs.

Le chemin d'Eckhart avait une dernière fois croisé le sien en l'an 1349, plus de vingt ans après leur séparation. Le monde entier le croyait mort. Ses sermons interdits circulaient en secret dans les béguinages et auprès des érudits qui en possédaient des copies dans les doubles-fonds de leur bibliothèque, mais il n'était plus enseigné nulle part. L'université avait rejeté ses œuvres.

Guillaume n'avait pas oublié ce jour d'hiver 1328 où son maître l'avait chassé comme un valet. Mais Eckhart n'était plus lui-même. Il ne restait qu'un reflet difforme de l'homme qu'il avait connu.

Lorsqu'on l'avait interrogé sur sa disparition, il avait décidé de protéger son souvenir et de le laisser mourir en paix. On disait que le Rhin ne rendait pas les corps qui s'y noyaient, il l'avait choisi pour fausse sépulture afin que cessent les poursuites et les enquêtes. Son maître avait droit au silence.

Il avait souvent prié pour le repos de son âme tout au long de ces années. Jamais il n'aurait pensé qu'Eckhart ait pu survivre. Le gouffre de mélancolie qui l'avait noyé à la mort de l'enfant ne pouvait pas avoir relâché son corps. Ou bien était-il revenu de l'enfer par une de ces alchimies noires dont il possédait les secrets ? Guillaume n'en savait rien, mais Eckhart avait survécu.

Il s'étendit sur sa couche, face au crucifix de fer au milieu du mur de la chambre des appartements de l'inquisiteur. Le même métal servait à forger l'épée des soldats. Il rappelait aux dominicains que leur foi devait combattre et qu'ils devaient savoir manier le fer spirituel. Guillaume était fatigué des combats et il avait froid. Jamais il ne retrouverait l'exquise chaleur qu'il avait connue à Kaffa, quand il possédait encore toute sa vigueur.

Kaffa… 1347. Guillaume allait appareiller pour Marseille, après le siège de la ville. La mer était encore couverte des cadavres des Tartares pestiférés. Il avait fait halte avec Jean, son frère de mission, dans une auberge du port, pleine de voyageurs en partance, de soldats et de marins. Ils avaient écouté les bavardages. Le bruit courait qu'un ermite se terrait dans les montagnes. On disait qu'il avait des pouvoirs et il était craint. Les fidèles qui le visitaient laissaient des aumônes à distance de sa maison, en se signant comme devant l'antre d'un sorcier.

À cette époque, de nombreux ermitages s'étaient créés sur les chemins de Crimée. Les pèlerins, des marchands qui parcouraient la route de la soie, étaient généreux et peu regardants sur les diplômes de sainteté de ces faux moines qui leur garantissaient la protection de Dieu. De nombreuses canailles s'étaient ainsi découvert une vocation religieuse. Les missionnaires les chassaient mais ils revenaient comme les charognards à l'arrière des caravanes.

Guillaume n'avait pas prêté d'attention à l'histoire, au début. Le vieillard qui impressionnait tant ceux qui l'avaient approché n'était sans doute qu'un faux dévot de plus ou un illuminé. Un Génois en avait dressé un portrait qui avait fait frémir l'assistance, celui d'un sorcier qui avait pris au diable le secret de l'éternité, maigre et décharné, au regard capable d'enflammer les corps à distance. Un autre, qui prétendait l'avoir rencontré dans son antre, affirmait au contraire qu'il n'était qu'un vieillard dément entouré de rats et que rien de prodigieux n'était à chercher là-bas, mais… et ces mots troublèrent profondément l'âme de Guillaume, il se rappelait d'un phénomène curieux, ses mains brillaient dans la nuit. D'autres témoins, qui l'avaient observé, confirmèrent ses dires.

Impossible, s'était répété Guillaume, Eckhart était mort. Il en était certain. Il l'avait quitté, agonisant, dans la commanderie d'Acoyeu et, en cette année 1347, son âge aurait dépassé les quatre-vingts ans. Mais il y avait les mains… ces lueurs pâles comme les feux qui s'allumaient aux croix des cimetières et qu'il avait vues lui-même brûler aux doigts d'Eckhart. Des fables… En un autre temps, il serait parti sur l'heure pour aller lui-même prouver leur absurdité et retirer aussi la pointe de doute plantée dans son esprit mais le siège venait de s'achever et, après tant de souffrances, le retour en Europe appelait tous les rescapés. L'ermitage était à trois jours de marche de Kaffa et la galère génoise qui le ramenait à Marseille levait l'ancre le lendemain. Guillaume avait tant rêvé de ce départ tout au long de ces vingt mois de combat et les miasmes des Tartares envahissaient la ville. Il ne pouvait plus attendre. Il était donc revenu en France en laissant derrière lui ce mystérieux ermite aux mains lumineuses.

Dès son arrivée à Marseille, l'ordre l'avait nommé prieur d'un couvent du Languedoc, près du village de Verfeil et il avait fait de frère Jean son sacristain. Quelques semaines après, la peste déferlait sur la terre.

Pendant deux années, la mort frappa avec une rage que jamais l'humanité n'avait connue. La terre s'ouvrait pour la faire disparaître. Les hommes paraissaient étrangers au monde. Les fosses étaient pleines, les charniers laissés à l'air libre et recouverts de chaux formaient des collines blanches au milieu des champs. Il y avait des villages de cadavres où personne n'osait aller, des tables ouvertes pour les corbeaux et la vermine. Les chiens et les chevaux n'y échappaient pas. Ils crevaient sur les routes désertes et leurs carcasses abritaient des vies grouillantes. La vie réduisait sa taille, involuait dans ce qu'elle avait de plus primitif, reculant aux temps anciens où aucun homme n'avait encore été engendré. Dieu ne punissait pas la vie, mais les pécheurs. Et les flèches de la peste préparaient peut-être un monde purifié offert à une sainte vermine qui rachèterait les fautes de tous les fils d'Adam.

Guillaume tomba malade, à son tour. La pestilence l'attrapa au printemps 1348. Il se souvenait de cette terrible fièvre à Verfeil qui avait fait fuir tous les frères, à l'exception de Jean qui l'avait soigné. Il ne savait pas, des mains de son compagnon ou de celles de Dieu, lesquelles l'avaient arraché aux griffes de la maladie. Peut-être était-ce simplement les mêmes. Mais il avait survécu.

À sa demande, le sacristain l'avait conduit au béguinage de Ville Dieu, sur le Rhin, où l'on disait qu'une source guérissait les pestiférés. L'air était le même que celui de l'enclos de Ruhl, la Vierge en plus, qui en ce lieu apparaissait aux malades. Il y avait trouvé sa guérison mais seule l'ombre d'Eckhart lui était apparue. Pas un jour ne s'était écoulé sans que la vision des mains lumineuses ne vienne le tourmenter.

À la fin de l'année 1349, quand l'épidémie commençait à refluer, il obtint l'autorisation de retourner à Kaffa avec pour mission de chasser les faux moines qui entravaient les évangélisations sur la route de la soie. Il laissa la gouvernance du couvent à Jean et repartit vers l'Orient.

Le voyage jusqu'à Marseille lui montra le fracas de la peste et le bien qu'elle laissait au monde : des routes désertes, des villages silencieux, des rues et des places délabrées. Les hommes s'évitaient et masquaient leurs visages. Les regards ne portaient que terreur et découragement. Chacun se recroquevillait derrière ses murs. L'horizon s'arrêtait aux barrières des maisons. La société des hommes avait volé en éclats. Marchés, fêtes, cérémonies ne mélangeaient plus les humains. Les cœurs s'étaient fermés. Ne restaient plus que des clans qui défendaient leur famille et leur territoire. Les hommes ressemblaient aux loups que la pestilence avait rendus plus nombreux et plus redoutables. La famine et le froid avaient ramassé la faux que la maladie avait abandonnée et tuaient maintenant autant qu'elle. Les canailles vous égorgeaient pour un morceau de viande, personne n'osait plus voyager et Guillaume ne dut sa vie sauve qu'à son habit de dominicain, car les gens respectaient Dieu depuis qu'ils avaient vu le diable.

La traversée fut paisible et les portes de l'Asie s'ouvrirent sur un monde vivant. Quand Guillaume arriva au port de Kaffa, la ville était neuve. Il lui sembla que toutes les maisons avaient été rebâties et les murailles lui parurent plus hautes et majestueuses. La vie était ardente, les marchés colorés et criards, l'air pur, les quais fleuris. Le berceau de la peste ressemblait à présent à un jardin d'Éden. Il monta sur les remparts, à l'endroit même où l'armée tartare avait levé son nuage de sable et de sang. Le désert touchait calmement l'horizon. Le sang des pestiférés ne marquait pas le sol, le sable était vierge de ses traces. La nature lavait facilement ses mains.

— Écoute, Antonin, murmura Guillaume. Écoute et écris.

La silhouette du jeune moine absent se mêlait à celles que les cierges de la chambre dessinaient sur le mur. Guillaume commença son récit, comme si la plume d'Antonin était là pour le recueillir. Il ferma les yeux et dicta à voix basse.

« J'ai finalement marché vers les montagnes jusqu'à l'ermitage, à la rencontre du sorcier dont les hommes de l'auberge avaient parlé. C'est là que je l'ai retrouvé pour la dernière fois. Eckhart était un vieillard. Il avait perdu l'usage de ses jambes. Il ne quittait plus son lit, sa maison grouillait de rats. Ce sont eux qui mangeaient les aumônes. Il avait laissé les portes grandes ouvertes pour leur permettre d'aller et venir. Et il se mourait. Je pénétrai dans cette pièce à travers la poussière que le vent levait. Le désert y entrait. Des couches de sable recouvraient le sol et formaient des monticules au pied des murs. Le lit était au fond, loin de la fenêtre, dans une petite alcôve obscure. La puanteur était suffocante. Eckhart était allongé, nu, sur le dos. Ses côtes saillaient sous sa peau, on devinait les os de ses membres, squelette d'homme immobile au milieu des rats. Quand sa tête se tourna vers moi, je fus saisi. Son visage était ravagé de sillons de gale et sa tonsure dessinait une croix au milieu de son crâne chauve, comme celle des malades qu'on internait dans les tours de folie. Le sulfure de lumière avait dévoré ses mains couvertes de croûtes purulentes. Seuls ses ongles diffusaient encore l'étrange lueur bleutée.

Ses yeux se fixèrent sur moi.

— Guillaume, dit-il d'une voix étonnamment claire, comme tu es devenu vieux…

J'étais incapable de prononcer une parole. Je ne croyais pas encore à la réalité de ce que je voyais. Cet homme revenait de la mort. Ma mémoire l'avait enterré, enseveli depuis vingt ans. Son corps était retourné au néant et le voilà qui réapparaissait, devant mes yeux, dans son horrible résurrection.

La folie de son esprit avait eu la force de retenir cette chair déjà corrompue et de s'y incarner à nouveau pour repousser sa destruction. Mais cette force était insuffisante pour empêcher la mort de continuer lentement son travail. Il n'inspirait que dégoût et effroi, mais il toucha pourtant mon cœur. Son délabrement était si infini.

Aucun homme n'avait atteint une telle profondeur de désolation. À la mesure de celle qui avait gravi le mont du calvaire sous les fouets et les crachats. Oui, Antonin, la croix du Christ portait Eckhart. »

Guillaume continuait son récit pour la plume d'Antonin mais c'était sa propre main qui griffonnait des lignes sur un parchemin. Si ces mots ne se perdaient pas, ils auraient leur place sur le vélin. Il revoyait cette scène si vivante, si proche… L'atroce solitude qu'il avait ressentie alors remonta pour l'étreindre, assez puissante pour regagner le présent sans rien perdre de toute sa cruauté.

Oui, la croix du Christ portait Eckhart et la bonté que la peste n'avait pas arrachée au cœur de son disciple, l'entraîna de nouveau au chevet de son maître. Mais, comme il s'approchait pour lui donner des soins, une voix sèche l'arrêta. « Je t'ai chassé, Guillaume. »

Autrefois ces mots auraient touché douloureusement son âme, mais l'âge était passé. Ce jour-là, ils n'y trouvèrent que de la pitié.

« Moi aussi, maître, je vous ai chassé », murmura Guillaume d'une voix triste.

CHAPITRE 49

Pour longtemps

Le vacarme tira Guillaume de sa méditation. Il reconnut la voix de l'oblat couverte par celle de l'inquisiteur. Leurs pas se rapprochaient de sa porte. Elle s'ouvrit brutalement et l'inquisiteur entra, le visage convulsé de rage.

— Tes moines se sont échappés, mais j'ai ton sacristain qui n'a pas payé toute sa dette ! cracha-t-il.

Ses mains étaient tendues devant lui, les doigts crispés.

— Si tu ne me donnes pas le vélin, je mettrai ton couvent à sac. Mes soldats finiront bien par trouver ton maudit parchemin.

— Tu n'en as pas le pouvoir, Louis. La Curie ne s'ouvrira pas à un clerc qui saccage les couvents.

— J'irai jusqu'au bout et si tu te mets en travers de mon chemin…

Guillaume réfléchissait. Robert était libre. Le tanneur et ses frères avaient réussi l'impossible. Il fallait maintenant décider vite et accomplir ce qui devait l'être pour assurer la sécurité des siens.

— Calme ta colère, déclara-t-il posément. J'ai pris la décision de te remettre le vélin. Tu as ma parole. Je te conduirai à lui. À la condition que tu cesses de poursuivre ceux qui t'ont échappé et que tu laisses la vie à Jean.

La réponse figea l'inquisiteur. Il resta debout sans un mot, près de l'oblat impassible. Pour la première fois, il ne se sentait plus maître de la situation. Sans l'arme du vélin et le récit de la caravane de la peste, il ne serait jamais cardinal et la Nouvelle Inquisition ne verrait pas le jour. Cela ne signifiait pas l'échec d'un projet, mais l'entière destruction du sens de la courte vie qu'il lui restait à vivre. Et il n'avait plus l'âge des humiliations. Son âme d'inquisiteur veillait et ne laisserait jamais impuni le plus impardonnable de tous les péchés : le crime contre sa fierté. Il fit de nouveau jurer au prieur. Guillaume réaffirma son serment de le conduire au vélin et conclut d'une voix froide :

— Mais tu signeras la grâce de Robert.

L'inquisiteur ne répondit pas et se retira de la pièce en claquant la porte derrière lui.

Un peu plus tard, Guillaume se rendit au chevet du sacristain.

Le vieux moine avait été placé dans l'infirmerie à l'écart des autres malades et sous la garde d'un soldat. La fièvre l'avait saisi mais il se tenait dignement sur sa couche. La vision de l'homme qui venait le visiter le fit se redresser un peu plus. Guillaume prit sa main et s'assit sur le bord du lit.

Les deux amis laissèrent le temps reposer.

— Tu avais gardé ton épée ?

— Oui.

— Elle a servi ?

— Disons qu'elle n'a pas mortellement péché.

Guillaume sentait l'émotion de son vieux compagnon.

— Et les autres ? demanda-t-il.

— Le tanneur… répondit le sacristain, sans pouvoir ajouter un mot.

Il chassa avec humeur la larme qui s'écoulait sur sa joue et détourna ses yeux vers la fenêtre.

— Les frères sont saufs, murmura-t-il.

— Albi ?

— Oui.

Guillaume souleva la couverture. Le moignon avait été emmailloté dans un linge à peu près propre. Des filets de sang durci apparaissaient à travers.

— Ça va ?

— Ça va, répondit le sacristain. Le barbier m'a dit qu'on ne mourait qu'une fois sur deux après ses soins.

— Ils n'y seraient jamais arrivés sans toi, Jean.

— Non, jamais sans leur courage. Chacun a été brave.

Le sacristain ferma les yeux. Le prieur épongea son front que la sueur recouvrait et se leva pour le laisser en repos.

— Tu es là, Guillaume ? murmura le vieux moine, alors qu'il s'en allait.

— Pour longtemps, frère Jean, répondit-il.

Guillaume n'attendait plus le sommeil. Il pensait au vélin. Son œuvre de vérité n'était pas destinée à servir l'ambition d'un homme. À cette heure, ses pages avançaient dans leur destruction sous la chaux vive du couvent de Verfeil comme il l'avait ordonné, mais il ne voulait pas emporter le secret de la peste dans sa tombe. Ni celui de la mort d'Eckhart qu'il n'avait pas encore eu le temps de confier à la mémoire d'Antonin. Aucun secret ne devait alourdir l'âme pour la rencontre avec Dieu. Et l'ombre de cet homme maléfique accompagnait encore la sienne. Le prieur ne voulait pas comparaître avec elle devant son juge.

Il avait fait ce qui lui avait paru juste, mais il attendait en vain l'apaisement. Les voix des morts résonnaient encore. Les morts ne cessaient pas de parler. C'est parce qu'ils n'étaient jamais silencieux qu'on pouvait croire qu'ils se taisaient. On ne reconnaissait plus le début de leur discours, ni sa fin, comme un bruit de fond qu'on n'écoutait plus à force de l'entendre.

La voix d'Eckhart traversait à nouveau les nuits de Guillaume. Elle venait de Kaffa, chargée des puanteurs de l'ermitage et de son plancher mouvant de rats. Il l'entendait clairement et revivait ces heures avec une impression troublante de réalité. Les cierges autour de sa couche n'avaient pas été renouvelés et sa chambre semblait hantée par leurs silhouettes éteintes aux bords déchirés. Eckhart venait facilement dans les lieux obscurs et solitaires où le prieur faisait retraite. Et les rats l'accompagnaient.

— N'aie pas peur, Guillaume, les aumônes nourrissent mes compagnons. S'ils n'ont pas faim, ils ne te feront aucun mal.

Eckhart laissait les bêtes monter sur son corps sans les repousser. Son antre était vide, pillé sans doute par les mendiants de la route. Ne restait que son manteau, roulé dans un coin, trop mité pour attirer la convoitise. Guillaume se rappelait l'avoir ramassé et en avoir palpé la doublure. L'usure du tissu et les déchirures avaient fait leur œuvre. Il ne restait plus rien des croix de cendre.

Des rats glissaient sur ses chausses, il recula en portant un linge à sa bouche.

— Tu peux respirer librement, dit Eckhart. Si les rats vivent, les hommes aussi.

— La peste est dans leurs miasmes.

— Non, les rats sont les vaisseaux de la peste, elle navigue avec eux. Tant qu'ils vivent, elle reste à leur bord et nous ignore. Quand ils meurent, elle les quitte et va trouver les hommes qui peuvent l'embarquer pour continuer son voyage. Il n'y a pas de peste pour les hommes quand les rats sont vivants.

Guillaume se souvenait de tout. Le sable de Kaffa entrait dans la chambre de l'inquisiteur avec le vent du désert et Eckhart était là, à quelques pas de lui.

— J'ai caché tout cela aux frères de la caravane.

— La caravane ?

— Oui, Guillaume, tes frères dominicains ont formé une caravane à ma demande. Je connaissais chacun de ces missionnaires. Mon ermitage les avait abrités. Ils respectaient encore mon nom et ne craignaient pas de le prononcer. Pour eux, j'étais toujours maître Eckhart de Hochheim et j'avais autorité sur leurs actes.

Il répéta son nom avec exaltation.

— Eckhart… le plus grand esprit qui ait régné sur l'ordre misérable des Dominicains. Ces chiens qui aboient au monde, cette meute qui veut rassembler les enfants du Christ et qui n'a que des dents pour déchirer leur cœur.

La voix d'Eckhart semblait si proche. Le prieur savait que les visions de l'esprit pouvaient prendre chair, mais jamais avec une telle vérité sauf si le diable en était le maître.

— Pourquoi es-tu venu, Guillaume ?

Pourquoi… ? Jadis, la réponse aurait été simple. Parce qu'Eckhart était mon maître, parce qu'il m'avait fait espérer un grand destin et parce que je l'aimais. Ce feu pour lui aurait dû s'éteindre quand sa folie nous avait séparés. Mais la peste avait effacé tous ceux qui portaient mon nom. Il n'existait plus sur terre aucun membre de ma famille et j'avais échangé mon sang avec lui, ce qui faisait de cet homme mon dernier frère devant la nature. Comment expliquer cela à l'étranger que j'avais devant moi ?

— Tu es venu enquêter à la demande de ton ordre, reprit Eckhart, comme un petit inquisiteur.

— Je n'ai pas oublié les années partagées…

— Tu les as oubliées. Comme tu as oublié l'enfant.

— Je ne l'ai pas oubliée.

— Si ! hurla Eckhart, en redressant le haut de son corps, les poings tendus, le visage livide, tu as oublié ! Tu as tout oublié ! Tu as oublié comment il me l'a prise, comment il a refusé de me la rendre.

Je ne comprenais pas. Je croyais que la haine du maître était encore dirigée sur Kanssel que la mort avait emporté depuis longtemps.

— Je ne te parle pas du franciscain, cria-t-il. Je te parle de Dieu. Ton franciscain n'était capable que de destruction comme tous les hommes, mais Lui…

Il pointait le ciel du doigt.

— Lui… répéta-t-il, la voix brisée. J'ai tenu son corps entre les mains, Guillaume, articula-t-il. Que tu le croies ou non, j'ai touché sa main dans la mort. Je l'ai vue réapparaître. Ce n'était pas une illusion.

Des larmes glissaient sur ses joues.

— En moi, elle commençait à renaître. Et ma vie s'écoulait en elle. Et plus elle s'écoulait, plus sa forme devenait précise. Son visage est sorti du néant. J'ai vu sa peau, tu te souviens de la blancheur exquise de sa peau… je l'ai vue se retendre sur ce qui restait d'elle, remonter le cours, tu comprends ? Et ses yeux… je les ai vus combler le creux de ses orbites et retrouver un regard. Son corps se reconstruisait, mais…

Des sanglots agitaient sa poitrine.

— Mais, Il t'a envoyé et tu m'as soigné. Tu m'as soigné, Guillaume, sans savoir ce que tu faisais, sans savoir ce qu'Il te faisait faire. Tu m'as donné ton sang et en me rendant la vie, tu la lui as retirée. Ton sang, Guillaume, dont Il a fait l'acide qui l'a brûlée pour l'éternité.

Il pointa à nouveau rageusement le doigt vers le ciel.

— C'est Lui qui l'a renvoyée à la destruction alors que je la tenais dans mes bras !

Son regard se figea et une pâleur de mort envahit son visage. Il eut un sursaut de tout son corps et il sombra dans l'inconscience.

Il resta longtemps sans connaissance. Ses membres s'agitaient, leurs muscles se contractaient comme s'il combattait en lui-même. Je le veillais.

À son réveil, sa voix s'était adoucie et les mots venaient clairement à sa bouche.

— Approche, Guillaume, je vais te raconter mon histoire qui est aussi la tienne et celle de ce monde que tu as traversé pour me rejoindre. Tu verras que la présence d'Eckhart en terre de peste ne doit rien au hasard.

CHAPITRE 50

Les rats

« J'ai rejoint Kaffa à la fin de l'année où tu m'as quitté. J'ai disparu. J'ai suivi les chemins de l'Orient, vers les territoires les plus reculés de l'empire tartare. J'ai remonté la route de la soie jusqu'au fin fond des steppes. Jusqu'au plus grand lac d'Asie centrale, Issyk-Koul, le lac Chaud, en forme d'œil géant au milieu des montagnes. Là-bas, j'ai vécu dix ans parmi nos frères nestoriens qui accueillaient les pèlerins et les marchands. Une vision m'avait montré ce lieu, l'œil bleu du lac, comme celui d'un titan borgne couché, contemplant éternellement le ciel et le défiant. Je savais que je la trouverais là.

— Trouver quoi ?

— L'arme, Guillaume. L'arme de ma vengeance, la seule qui peut combattre Dieu : la peste. La vision ne m'avait pas menti. À la fin du printemps, plusieurs années après mon arrivée, en 1338, des moines commençaient à mourir d'une maladie des poumons. Elle ressemblait à celle qui touchait les chasseurs de tarbagans, des marmottes grises qui pullulent dans ces régions. L'infirmerie les recevait, toujours agonisants. Les hommes crachaient leur sang et leur cou gonflait. J'étais dans le berceau de la peste, Guillaume, et tous l'ignoraient.

Le visage d'Eckhart s'éclairait et sa voix montait. Je retrouvais l'exaltation qui traversait ses sermons lorsqu'il les prononçait devant les assemblées ensorcelées. Le sermon de la peste couronnait son œuvre. La maladie infusait dans ses mots, dans ses gestes, elle le possédait.

— Les caravanes tartares croisaient les caravanes génoises. Une foule d'hommes de toutes les races se mélangeait sur les rives du lac. Les nestoriens m'avaient confié leur infirmerie. Ils prétendaient avoir découvert en moi des pouvoirs de guérison. La pestilence montait peu à peu. Je passais mon temps à l'étudier.

Un jour, un chasseur mourut à quelques lieues du lac. Son compagnon enterra son corps et vint apporter sa veste en héritage à son fils qui vivait parmi nous. Le jeune homme succomba six jours plus tard de la fièvre des poumons. Les incapables médecins d'Occident pensent que les maladies infectent l'air par des nuées chargées de pourriture inerte. Mais comment pourraient-elles franchir d'aussi grandes distances et ne faire qu'une seule victime alors que tous les respirent ?

Ce ne sont pas les miasmes qui transmettent la peste, Guillaume, mais des créatures vivantes et invisibles que les vêtements peuvent porter. Pour le prouver, j'ai enfoui les linges souillés des malades dans les chariots des caravanes, au gré du hasard. Et j'ai attendu.

Au retour des marchands, j'appris que plusieurs d'entre eux avaient péri sur les routes de l'Inde. Comme ils avaient traversé des lieux de misère et de lèpre, ils pensèrent que la fièvre des lazarets les avait emportés. Mais cette fièvre tue lentement en décharnant les corps, les marchands étaient morts en quelques jours alors que leur santé était bonne. Ainsi, mes linges faisaient survivre la peste et je pouvais l'envoyer au bout du monde. Une des caravanes infectées perdit plusieurs des siens au-delà de Samarkand et de Kashgar.

Le récit d'Eckhart me glaçait. Il racontait ses crimes avec une parfaite insensibilité. Son humanité était morte.

— Plutôt que de cacher mes linges au fond des charrettes, je décidai alors de les offrir au grand jour. Je coupais au milieu du tissu des carrés de petite taille et je distribuais du pain que j'enveloppais avec. Tous acceptaient le pain d'Eckhart. Le pain offert, le pain de Dieu. La peste se glissait dans ses miettes et voyageait. Les rumeurs d'une "maladie des caravanes" se propageaient. Des malades abandonnés revenaient mourir à l'infirmerie du lac. Je trempais chaque fois mes linges dans leurs humeurs.

Quand l'armée tartare, dans sa marche sur Kaffa, a traversé nos terres, j'ai distribué cette manne à ses guerriers. Mes linges rejoignaient les armes redoutables qu'ils emportaient dans leur bagage. Leur orgueilleuse horde d'or qu'aucune puissance humaine ne pouvait abattre portait sa destruction dans un bout de tissu accroché à une selle.

— Vous êtes devenu fou, murmurais-je.

Eckhart ne m'entendait plus.

— C'est moi qui ai chargé la peste dans la caravane des dominicains, à la fin du siège de Kaffa. J'ai quitté le grand lac pour rejoindre mon ermitage comme chaque hiver et j'ai glissé dans leurs malles les linges souillés des malades. C'est moi qui leur ai déconseillé le retour en bateau où les quarantaines pouvaient les arrêter. Je les ai orientés sur la route du Danube. Les missionnaires avaient foi en ma parole. J'ai placé un coffre rempli de rats au fond de leur charrette, au cas où les linges ne suffiraient pas. Je le leur ai caché, mais j'aurais pu les convaincre que les rats les protégeraient. Et voyant que je vivais parmi eux alors que la peste était partout, ils m'auraient cru.

— La peste n'avait pas besoin de la caravane, tous les ports italiens et français ont été infectés.

— Oui, poursuivit Eckhart, car mes linges ont aussi voyagé par mer. Les corps des Tartares jetés au-dessus de vos murs, à Kaffa, ont porté mon message partout dans le monde.

— Alors pourquoi la caravane ?

La question sembla le réjouir et un mauvais sourire déforma sa bouche.

— La peste, Guillaume… je voulais qu'elle soit prêchée par des hommes de Dieu. Ils l'ont portée au cœur des terres, ils ont ensemencé ses graines. Elles dorment encore quelque part sur le chemin des dominicains, dans un lieu reculé loin de l'agitation des ports et des villes. Elles s'y font oublier. Un jour ou l'autre, le monde les verra germer. Et s'il échappe aux guerres ou aux sables de la paix, la peste se réveillera pour le dévaster.

Je ne voulais pas en entendre plus. J'avais joint les mains et je priais debout, devant Eckhart, en laissant la voix de mes prières couvrir celle de ses malédictions.

— Ravale tes prières, elles ne trouveront l'oreille de personne.

J'ouvrais mes bras à la grâce du Très-Haut. Ce geste déclencha sa colère. Il voulut lever la main sur moi, mais son corps ne lui obéissait plus.

— J'ai lancé la caravane dans un seul but, cracha-t-il, pour que Dieu se retrouve seul. Que sa terre d'union soit une terre stérile. Et qu'Il devienne un errant.

Quand tu étais jeune, Guillaume, tu me demandais toujours ce qu'était le détachement. Devenir désert, tu te rappelles ? Dieu veut une âme inhabitée pour apparaître. Eh bien, je vais déshabiter le monde. Quand la peste aura fini son œuvre, Dieu sera seul. Qu'il se manifeste alors pour les airs, les eaux stagnantes et la vermine. Qu'il n'apparaisse que pour la peste et qu'il s'unisse à elle.

Eckhart serra ses poings et dans un ultime élan cria :

— Si l'homme est absent, Guillaume, lequel de ses fils Dieu accrochera-t-Il à la croix ?

Ce furent ses derniers mots. »

Guillaume se souvenait de la vision qu'il eut alors d'un abîme ouvert sous ses pieds plongeant jusqu'à l'enfer et ce gouffre lui réapparaissait. La maison de l'Inquisition lui apparut soudain comme un refuge. Il toucha les murs glacés de sa chambre et le son de la cloche qui appelait à l'office de la nuit calma son agitation. Tout cela devait être écrit.

— Voici les dernières pages du livre, Antonin, murmura-t-il comme si le jeune frère ne l'avait jamais quitté.

Il saisit un bout du parchemin que sa main tremblante avait déjà noirci et continua.

— Je suis resté à genoux dans cette pièce au chevet du diable. L'abîme ne se refermait pas et m'aurait avalé si je ne l'avais pas moi-même repoussé. Et sais-tu quelle force en moi triomphait de cet abîme ? La foi ? Non, Antonin, pas la foi, mais la haine. La haine infinie contre cet homme qui n'avait plus que le mal en lui. Aucune prière n'y pouvait rien et je savais qu'aucune confession ne pourrait la faire pardonner. À cette haine, je sacrifiais toutes les grâces que j'avais reçues et ma foi impuissante. Je ne voyais plus Dieu nulle part. Je ne voyais plus rien sauf ces créatures en mouvement qui couraient dans tous les recoins de la maison d'Eckhart. Je ne voyais plus Dieu, Antonin, je voyais les rats.

Les aumônes avaient été dévorées et ils avaient faim. Leurs petits yeux brillaient dans la nuit comme des points de braise jaune. Et ils tournaient autour du lit d'Eckhart. Alors, je reculai. Je quittai ce lieu maudit. Et en sortant, je verrouillai la porte.

— Vous avez enfermé le maître ? demanda l'ombre d'Antonin.

— Non, j'ai enfermé les rats.

CHAPITRE 51

La chaux

Antonin et Robert regardaient vers l'ouest. Le point où le soleil allait disparaître. On disait ici que le soleil se couchait sur la cathédrale de Toulouse et se levait sur celle d'Albi. Leur destin suivait le même chemin.

L'évêque les avait reçus avec bienveillance. Dès que le nom de Guillaume avait été prononcé, il les avait assurés de sa protection. Les deux frères avaient retrouvé leur amitié d'antan. Le couvent dominicain d'Albi les avait abrités et le récit de leurs épreuves avait attiré la sympathie des moines et le respect du prieur. Robert profitait des largesses culinaires qu'on lui accordait et s'était arrondi.

— Tu penses qu'à bouffer, lui répétait Antonin.

— Je pense qu'à vivre, répondait Robert.

Antonin passait son temps au scriptorium à exercer sa plume et à rêver au vélin. Tous deux s'inquiétaient pour Guillaume et pour le sacristain qui les avait défendus de son épée. Robert gardait au cœur une admiration infinie pour le vieux moine et se disait que le plus brave des Templiers n'arrivait pas à sa cheville.

Entre les offices, ils vagabondaient à travers la ville rouge et traînaient autour de la cathédrale de brique toujours en construction. Les architectes voulaient qu'elle ressemble à une citadelle. Depuis que l'hérésie cathare s'était brisée sur ses tours, ils continuaient à renforcer ses murs comme des remparts.

— On dirait un four de boulanger, déclarait Robert pour qui une cathédrale méritait la pierre.

Ils s'ennuyaient, mais avec douceur. La joie d'être ensemble infusait à travers la routine des jours, l'inquiétude pour leurs frères et la nostalgie de leur couvent de Verfeil.

Antonin avait enfoui la médaille du tanneur sous la croix sans nom d'un moine enterré dans le petit cimetière attenant au cloître. Robert et lui allaient chaque matin se recueillir sur cette tombe avec la certitude que l'ombre de leur jeune compagnon saurait la retrouver dans les brumes de son voyage pour y reposer.

Deux mois s'étaient écoulés. Aucune nouvelle. L'avenir semblait de plus en plus incertain.

Pourtant, quelques-unes de leurs prières avaient été entendues.

À une quinzaine de lieues, au cœur de Toulouse, le portail de la maison de l'Inquisition s'ouvrait. Deux mules conduites par des novices tiraient une charrette sur laquelle un vieil homme corrigeait sa posture à l'approche des grilles. Sa robe de moine remontait sur ce qui ressemblait à une étrange botte taillée dans un bois clair fixée à son genou droit par des lanières. Le barbier avait travaillé saintement. Deux clous renforçaient la masse en son centre. La jambe ressemblait à une croix sans traverse.

L'oblat l'avait attendu dans la cour.

Lorsque le sacristain était monté dans la charrette en refusant l'aide d'un frère, il l'avait salué et, devant ses soldats, avait déclaré haut et fort :

— Si tu cherches un nouveau métier, moine, il y aura une place pour toi dans ma garde.

Le sacristain avait toujours prévenu ses novices contre le danger des paroles flatteuses mais, dans le secret de son cœur, il laissait tourner les mots de l'oblat avec un coupable sentiment de fierté. Sur le chemin d'Albi, il tenait ferme dans sa main le pommeau de l'épée de Kaffa qui avait retrouvé son fourreau de linge.

Guillaume avait quitté les lieux un jour plus tôt avec le cortège de l'inquisiteur, en route pour Avignon. La veille du départ, il s'était rendu dans la chapelle convertie en tribunal où son hôte l'attendait. L'inquisiteur avait revêtu sa robe d'apparat, un long velours vert brodé d'or dont le col de fourrure enserrait la gorge. Son visage était maquillé. De la poudre blanche recouvrait la couperose de ses joues. Sa masse de chair se répandait sur son fauteuil de juge, les bras enflés plissaient vers les poignets et avalaient ses mains. On aurait dit un gros pantin de foire que les bateleurs pendaient à leurs tréteaux. La sueur avait tracé des sillons à travers la poudre. Il soufflait dans ce costume qui l'étreignait.

— Tu es un homme triste, avait dit Guillaume en le contemplant.

Dans un mois, le nouveau cardinal se présenterait ainsi vêtu devant le consistoire, après avoir obtenu la consécration officielle du pape : le décret de sa « création », comme on le disait de ceux qui gagnaient cet honneur. Il recevrait la pourpre des mains du Saint Père et le chapeau rouge de la couleur du sang du Christ et de tous les condamnés qu'il avait envoyés à la mort. On passerait ensuite à son doigt l'anneau de saphir qui remplacerait l'anneau de fer.

Il était confiant. Mais le temps pressait. Le retour de la papauté à Rome était imminent et le Conseil des Dominicains devait être brisé avant. L'inquisiteur avait reçu une lettre signée de la main du pape lui assurant sa fraternelle affection pour le présent et pour l'avenir. Ce dernier mot avait été souligné et l'appelait à se mettre en route dès que possible.

Le pape ne trahirait pas leur accord. Urbain était un bénédictin qui n'avait été ni évêque, ni cardinal. On disait qu'il était né difforme et qu'un miracle survenu quelques jours après sa mise au monde lui avait rendu une apparence normale. Pour l'inquisiteur, ils étaient frères en difformité. Ce lien ne pouvait être brisé.

Contre l'avis de ses cardinaux et malgré les troubles politiques qui y régnaient, Urbain avait décidé de reprendre le chemin de l'Italie. L'inquisiteur l'avait mis en garde pour le retour dans la Ville éternelle. Dès qu'il aurait quitté la place, le roi de France tenterait d'enlever la Provence, mais que lui importaient les affaires de France… Son rêve de Nouvelle Inquisition passait par Rome, c'est là que son tribunal rendrait ses jugements à l'abri de l'influence des princes et des factions des ordres mendiants, sous le seul arbitrage du pape et de Dieu.

Le consistoire était prévu pour le 12 septembre 1367. La seule décision du pape aurait dû suffire à sa consécration mais les membres du Conseil devaient auparavant l'approuver et exigeaient une élection à l'unanimité des voix. C'est pour ce vote que l'inquisiteur avait versé tant de sueur.

Sans le vélin, la tâche était impossible. Son émissaire à Avignon le lui avait confirmé, les Dominicains se méfiaient de lui. Il savait que les inquisiteurs n'étaient à leurs yeux que des chiens de garde de l'œuvre qu'ils avaient créée. Ce n'était pas sa seule faiblesse. Il n'était pas évêque et il avait l'amitié du pape. Cardinal, il devenait un puissant personnage, autrement dit un adversaire. Louis de Charnes était lucide. Sans l'arme de la caravane aux mains du pape, il aurait été renvoyé comme un vulgaire novice. Ce qui ne pouvait se concevoir.

Il était grand temps, la santé d'Urbain assailli par la maladie de la pierre s'altérait. Quelques mois plus tôt, les médecins avaient annoncé son trépas au bout d'une crise qu'il avait finalement su vaincre. Guillaume devrait tenir parole. Une fois le vélin en sa possession, il le laisserait s'en aller mourir dans son couvent entouré de ses fidèles. Avec cet homme, il n'avait pas l'âme d'un assassin. Il s'en étonnait d'ailleurs, car personne ne lui paraissait digne de sa grâce.

Dans la chapelle de la maison Seilhan, avant le départ du cortège, ils s'étaient encore affrontés. Il n'avait pas signé la grâce de Robert. Le vélin devrait d'abord être entre ses mains. Guillaume avait déclaré qu'il ne quitterait pas le lieu sans la grâce. Il était même allé jusqu'à exciter son humeur en lui remettant un rouleau usé qu'il avait tenu caché contre sa poitrine.

— Sans la grâce de Robert, c'est avec ce parchemin que tu iras plaider ta cause en Avignon.

L'inquisiteur avait lu sans comprendre le mot inlassablement répété qui noircissait la feuille, griffonné en lettres minuscules. « Détresse ». Il l'avait fait tourner dans la lumière pour y chercher une écriture secrète que Guillaume aurait su déchiffrer. Mais il n'en était rien.

— Qu'est-ce que c'est que ce parchemin ? lui avait-il demandé.

— Le testament d'Eckhart, avait répondu Guillaume, j'ai pensé qu'il pourrait t'intéresser. Aucun dominicain ne l'a jamais lu. Il devrait émouvoir le cœur du Conseil.

L'inquisiteur avait rageusement froissé la feuille avant de la jeter au sol.

— Prenons la route de Verfeil, avait dit Guillaume. Tu veux le vélin, je vais te mener au lieu où il se trouve, mais pas sans la grâce de Robert.

Le prieur l'avait toisé. Jamais l'inquisiteur n'aurait dû permettre qu'un tel regard soit porté sur lui. Il avait voulu abattre son arrogance mais s'était ravisé. Il n'était plus temps. Un frère avait apporté l'acte et son poing avait appuyé brutalement le sceau du tribunal. Le choc de la victoire résonnait encore dans le cœur de Guillaume.

Le cortège avait quitté la maison Seilhan à l'aube, sous une pluie froide. L'escorte importante signifiait qu'un grand personnage s'y trouvait. Les soldats en armes ouvraient la marche précédant un carrosse drapé de blanc que l'inquisiteur empruntait pour les grandes cérémonies de l'ordre. Le cortège avait pour devoir de célébrer la puissance de la Sainte Inquisition. Les passants crachaient sur son passage.

Deux charrettes portant les malles et le ravitaillement suivaient. Cinq frères, parmi les plus fidèles, fermaient le cortège en psalmodiant. À la sortie de Toulouse, la pluie avait redoublé, trempant les étendards et faisant taire les moines.

Tout au long du voyage, l'inquisiteur avait regardé ceux qui s'écartaient de sa route, le peuple de sa juridiction. Aucun de ces visages ne laisserait la moindre trace. Et le sien qu'il avait préparé avec tant de soin, pas davantage. La terre que les hommes foulaient était comme de l'eau. Elle se refermait sur leur passage comme les flots insensibles et leur barque ne faisait pas d'écume.

Le cortège arriva à Verfeil.

Les soldats préparèrent leur campement et firent reposer les bêtes. Le frère Bruno accueillit son prieur avec émotion. Il avait donné l'ordre aux autres frères de rester dans leurs cellules, Guillaume approuva et lui demanda de préparer celles des hôtes.

Il se tenait avec l'inquisiteur au milieu du couvent désert, cerné par ses vieux remparts. L'air de Verfeil lui faisait du bien. Il portait les essences de la forêt qui lui étaient familières et le parfum des menthes qui montait du jardin des simples.

— Il est au scriptorium ? interrogea l'inquisiteur.

— Non, suis-moi, répondit sereinement Guillaume.

Il le conduisit vers le petit cimetière en arrière du cloître. Là, ils firent halte devant la plaque de bronze qui fermait la cuve de chaux.

— Il est là, dit Guillaume en ouvrant la cuve.

L'inquisiteur se pencha et découvrit, en son centre, les reliures de cuir d'un livre que la chaux avait presque entièrement dévoré. Il devint livide. Son regard s'arracha de la cuve pour se fixer incrédule sur le prieur.

— Tu vois, ton secret sera bien gardé, entendit-il. Rien ne garde mieux les secrets que la chaux.

— Le vélin ! hurla-t-il, mais la rage serra si violemment sa gorge que sa voix se brisa.

Il voulut empoigner Guillaume pour le précipiter dans la fosse, mais celui-ci s'éloigna paisiblement pour aller suivre des yeux la ligne nouvelle d'une petite palissade qui clôturait le jardin des simples et que les frères avaient montée en son absence.

L'inquisiteur sentit soudain une infinie lassitude et l'image de ses années de jeunesse dans les couloirs de la Sorbonne lui revint. L'homme qui l'accompagnait en faisait partie. Son visage avait pris les marques du temps comme le sien. Et, malgré ses trahisons, il n'arrivait pas à le haïr.

— Tu m'avais promis, Guillaume.

— Je t'ai dit que je te mènerais au vélin et je l'ai fait. Il est à tes pieds. Mais je tiendrai une autre parole, Louis, je continue la route et je témoignerai pour toi en Avignon.

CHAPITRE 52

Sulfure de lumière

Les compagnies de routiers battaient la campagne. Ils attaquaient les cortèges et celui d'un grand inquisiteur, même défendu par une escorte, ne les effrayait pas.

Ils revenaient d'Orient, des croisades perdues. Il y avait des mercenaires et des canailles qui s'alliaient à eux, des écorcheurs, des hommes dangereux qui n'avaient peur de rien. La peste avait défriché tous les chemins de haine et de misère pour ceux qui n'avaient plus que leur vie à perdre. Ils les empruntaient avec la sauvagerie d'hommes décivilisés, plus rien ne les arrêtait. Les soldats du roi en avaient peur et les nobles préféraient les payer plutôt que les affronter. Les paysans qui avaient connu l'épidémie, la famine, le froid et les nuages de sauterelles n'en étaient plus à une plaie près. Ils labouraient avec fatalité des champs qui ne leur appartenaient pas et dont les moissons seraient livrées aux pillages.

Du côté de Nîmes, on annonça un mouvement de troupes à quelques lieues et le cortège fut détourné vers le nord. Il fallut remonter vers les Cévennes et obliquer beaucoup plus haut pour atteindre le Rhône. La suite du voyage se ferait par le fleuve.

La pluie n'avait pas cessé. Guillaume et l'inquisiteur partageaient le carrosse que la boue faisait ressembler à une vulgaire charrette couverte. Deux braves chevaux la tiraient comme ils pouvaient sur les chemins défoncés. L'inquisiteur méditait sur les heures longues qu'il allait traverser au palais d'Avignon. Il faudrait réunir les Dominicains après avoir visité le pape. Son soutien ne devait pas faiblir, il devrait faire acte d'autorité sur le Conseil comme si rien n'avait changé. Le destin de la Nouvelle Inquisition se jouait là.

Malgré leur amitié, il serait difficile à convaincre sans le vélin. Le prestige de Guillaume allait peser. Il lui ferait promettre une confession écrite, un acte inscrit dans le cuir d'un nouveau parchemin où son témoignage serait gravé. Il forcerait Guillaume par tous les moyens. Il avait le pouvoir de raser le couvent de Verfeil et de faire comparaître tous ceux qui le peuplaient sur une simple dénonciation. La délation était sainte en France, et rétribuée par des indulgences. Il n'avait qu'à lever l'anneau de fer pour que Verfeil devienne un nid d'hérésie à anéantir dans les flammes.

Il pensa au voyage de la caravane, en imaginant le retour des missionnaires de Kaffa, son frère à leur tête, et les graines de la peste semées sur son chemin. La traversée des villes, des campagnes, des foires, des marchés et les miasmes invisibles des bénédictions, des signes de croix, des baisers de Dieu. La peste en habit de prêcheur.

Ses frères du Conseil ne pourraient pas négliger une menace aussi prodigieuse pour leur ordre. Mais il venait les mains vides. Et toutes les pensées rassurantes pliaient devant cette vérité.

Guillaume, à ses côtés, restait silencieux, occupé à mélanger les poudres médicinales emportées dans son coffre de voyage. L'inquisiteur le regardait faire. L'une d'elles attirait le regard. Elle diffusait une lueur bleu pâle.

— Qu'est-ce que c'est ? demanda-t-il.

— Du sulfure de lumière. Les alchimistes le retirent de l'urine des hommes en la faisant chauffer dans leur four. De n'importe quel homme, c'est cela qui fait sa valeur. La pire expression du corps du pire des humains est capable de faire naître le sulfure de lumière. On dit qu'il guérit l'inguérissable. Tu en sécrètes aussi, Louis, comme moi.

La route du nord était libre et ils atteignirent le Rhône sans encombre. On affréta des barques pour descendre le fleuve. Deux partirent en avant avec le paquetage. Guillaume garda son coffre avec lui et ils embarquèrent sur une barge plate alors que le soleil commençait à décliner. Le passeur avait recommandé d'attendre l'aube mais l'inquisiteur ne voulait plus perdre de temps. Ils quittèrent la rive au crépuscule. L'escorte prit du retard sur eux car les chevaux rechignaient à monter sur les barges. La pluie baissait mais le vent était glaçant. Les deux hommes s'enroulèrent dans des couvertures.

Le soir élargissait lentement le fleuve. Guillaume pensait au béguinage de Ruhl, devant les images floues des berges. Tous les fantômes de son passé venaient naviguer avec lui sur ces eaux tumultueuses. L'inquisiteur, les mains accrochées au plat-bord, oscillait, le visage contracté. Il se demandait à quelle profondeur son gros corps pourrait couler comme une ancre libérée de sa corde et sur quel haut-fond son cadavre finirait par s'échouer. Il ne craignait pas la mort. Mais la noyade était pour lui une injuste façon de quitter cette terre où il avait allumé tant de bûchers fertiles.

— Continue, ordonna-t-il au marin qui conseillait d'accoster.

Guillaume retrouvait dans sa mémoire les mots du livre sacré des béguines que Mathilde citait souvent. « *Désencombre* », disait *Le Miroir*[1]. « *Désencombre cette âme de toute opération, le parler l'endommage, la pensée l'enténèbre.* »

Désencombre-toi, Guillaume, désenténèbre-toi…

L'horizon redevenait clair autour d'une lune à moitié pleine. Il respira l'air en fermant les yeux, rêvant aux quelques morceaux d'azur qui y flottaient encore. Le bleu ne disparaissait pas avec la nuit, il s'y diluait comme une poudre dans les flux qui nourrissaient les poumons des hommes. Un peu de ciel traversait donc son corps fatigué sans y faire grande halte mais l'idée de son passage était suffisante.

Il ouvrit la bourse de cuir qui contenait les préparations alchimiques. Le seul bien du maître qui lui restait et qu'il lui avait enlevé avant de refermer la porte de l'ermitage de Kaffa sur les rats qui avaient dévoré sa chair. La porte de Kaffa ou celle du ciel que son crime condamnait à jamais. Il demanda pardon à Dieu pour ses fautes. Et avec plus d'ardeur encore, il demanda pardon à Eckhart.

Il réchauffa les poudres entre ses mains et les pressa pour dissocier les grains. Il ajouta les éclats précieux des métaux

1. Livre condamné de la béguine Marguerite Porete.

purs et des alliages. Puis, il versa le mélange dans un gobelet rempli d'eau et avala d'un coup la poudre d'or avec tout le sulfure de lumière qu'il possédait.

Ses lèvres et ses dents s'éclairèrent. Le batelier crut voir le diable qui dévorait des braises. De terreur, il plongea dans le fleuve pour regagner la rive. Le courant l'éloigna du sillage de la barque et la nuit l'effaça.

Ils dérivèrent. Le sulfure de lumière se diffusait dans les veines de Guillaume, les brûlant de l'intérieur en lui arrachant des plaintes sourdes.

L'inquisiteur, saisi d'effroi, n'osait pas bouger. Le plus faible de ses mouvements faisait tanguer l'embarcation.

— Guillaume… Guillaume… répétait-il.

Le prieur râlait doucement, replié sur lui-même.

L'inquisiteur cherchait du secours. Ses yeux sondaient l'obscurité dans toutes les directions. Mais l'escorte était loin. Le fleuve vide s'étendait, indifférent, autour d'eux et la nuit le rendait aussi vaste qu'une forêt. L'angoisse l'écrasait. Avec précaution, il pencha son énorme corps vers celui de Guillaume et releva sa tête. Ses yeux étaient vitreux et un filet de bave scintillante coulait entre ses lèvres. Il voulut lui donner à boire mais l'eau glissa sur la bouche sans vie.

Une bourrasque le gifla et fit osciller la barque. Il hurla à l'aide vers toutes les fausses lueurs que sa peur allumait dans la nuit. Sa voix finit par se briser et une toux douloureuse lui arracha une nausée. Il vomit misérablement à ses pieds.

— Au secours, gémit-il, des larmes recouvrant ses joues épaisses.

Aucune âme qui vive. Personne pour lever le poids de solitude qui écrasait ses membres comme les étaux des salles de torture où son nom avait été tant de fois maudit. Personne. Nulle part.

Pourtant il n'était pas seul.

Un jeune homme contemplait avec tristesse le dérisoire spectacle de son gros corps agité d'angoisse qui implorait de l'aide au néant. Ce jeune homme lui faisait face et lui ressemblait. Quand il surprit son regard de pitié sur lui, la crainte quitta brusquement son cœur.

Il releva la tête, troublé par ce calme irraisonné qu'il ressentait soudain. Il se souvenait d'hommes devant son tribunal qui lui avaient montré la même étrange sérénité à l'annonce de ses sentences les plus sévères. Les coupables à « belle allure » dont il avait fustigé l'arrogance. Peut-être était-il temps de marcher comme eux sur le chemin de sa dernière heure et de finir sur un acte valeureux à accomplir en terre de dignité.

Il vit son arrivée à Avignon avec le corps de Guillaume et l'histoire d'une caravane de moines tous disparus qui aurait semé la peste et dont personne ne pouvait plus prouver l'existence. Le pape ne pourrait rien empêcher. Les visages des cardinaux qui l'attendaient auraient tous le même masque de moquerie et de condescendance. Cela ne serait pas. Il ne revêtirait jamais leur pourpre, au moins ne porterait-il pas la rouelle de leur mépris.

L'eau noire du fleuve ne reflétait plus rien et Guillaume ne respirait plus. Le sulfure de lumière avait déchiré ses entrailles comme de l'acide et sa lumière bleuâtre diffusait à travers lui. Jamais l'inquisiteur ne l'aurait cru capable d'un tel acte. Le suicide était un péché mortel que rien ne pardonnait. Pas de funérailles, pas de croix ni de bénédiction sur sa sépulture, les cimetières interdits et un trou creusé à l'écart en terre maudite. Tous les frères connaissaient le prix de ce péché et aucun n'aurait été assez fou pour risquer son éternelle damnation dans les feux de l'enfer, mais l'enfer avait déjà été promis à Guillaume, ce qu'il ignorait.

La barque accélérait dans le courant.

L'inquisiteur desserra les vêtements qui contraignaient son corps. Il retira son manteau et sa robe pour ne garder que sa chemise blanche de cistercien avec laquelle il voulait paraître devant le tribunal de Dieu.

Une femme qui marchait sur la rive, avec une enfant à ses côtés, les vit passer. Le brouillard se leva jusqu'au ciel pour effacer une à une les clartés des étoiles et l'étrange lueur de la barque sur le fleuve. Elle demeura plus longtemps que celle du dernier astre. Quand elle disparut, l'enfant désigna un point dans la nuit, comme s'il y avait encore quelque chose à voir.

Épilogue

La barque de l'inquisiteur fut retrouvée vide. On dragua le fleuve en vain.

Les cardinaux d'Avignon respectèrent quelques instants de silence après la bénédiction du pape sur sa mémoire. Le Conseil des Dominicains proposa un nom pour le nouvel inquisiteur du Languedoc et chacun s'interrogea sur la date de la prochaine croisade.

Le couvent de Verfeil s'était trouvé un autre sacristain que l'on disait bien plus impitoyable que l'ancien. C'était un moine célèbre échappé des geôles de l'Inquisition où il avait été enfermé injustement.

Robert appliquait à ses novices une discipline de fer et négociait durement ses indulgences. L'office des laudes réveillait en lui de douloureuses blessures de jeunesse. Maudites laudes, qui l'arrachaient autrefois à sa couche pour le livrer au bâton du sacristain qu'il avait reçu en héritage. Il confiait maintenant la charge de les sonner à un frère méritant qui le représentait à la chapelle, avec le devoir de ne pas déranger son sommeil, sa méditation nocturne corrigeait-il, nécessaire à son progrès spirituel.

Le nouveau prieur de Verfeil qui avait succédé à Guillaume était un vieux moine que tous respectaient. Il s'appelait Jean. Il avait perdu une jambe lors d'un combat dont les circonstances étaient mal connues, mais ce fait de guerre lui donnait un singulier prestige dans cette communauté paisible qui s'était agrandie.

L'évêque d'Albi avait autorisé la construction de nouveaux bâtiments pour accueillir les novices et fonder une école monastique.

Une seule année s'était écoulée depuis leur retour.

Lorsqu'ils avaient vu apparaître le clocher de Verfeil, Antonin, Robert et le sacristain avaient prié ensemble pour la mémoire de Guillaume et du jeune tanneur qui avait sacrifié sa vie pour que ce retour soit possible.

L'été commençait, sec et étouffant. Mais dans la vallée de Verfeil, le printemps rebroussait chemin. L'air était frais, la forêt humide et jeune. La cloche, au cœur du couvent, battait sur un rythme tranquille. Le chant des frères s'entendait de loin. Tout était à sa place. Le temps n'était passé que sur eux.

Antonin retrouva le jardin des simples et le chat des remparts qui ne voulut pas le reconnaître. Sa vie de moine reprit son cours. Il ne poussait plus la porte du scriptorium et chaque jour, le nouveau prieur lui demandait pourquoi il n'avait plus rien à écrire.

Tant de souffrances avaient été enfantées par le livre.

En arrivant à Albi, le sacristain lui avait remis un parchemin soigneusement caché dans les linges qui couvraient son épée. Le dernier chapitre de la vie d'Eckhart, écrit de la main de Guillaume avant son départ pour Avignon.

Depuis qu'il l'avait ouvert, quand les nuits s'avançaient, l'ombre maléfique de maître Eckhart venait l'étreindre. Elle s'étendait dans ses cauchemars, entraînant avec elle un convoi infini de charrettes remplies des cadavres de la peste. Le temps n'apaisait rien. L'angoisse d'Antonin résistait aux simples et aux prières.

Robert s'inquiétait de son humeur.

— Il dépérit, disait Jean.

Les deux compagnons ne savaient plus comment aider leur frère qui vivait comme les autres moines avec la même charge de travail et d'oraison mais sans goût pour l'existence.

— Il n'arrête plus la vie, pensait Robert, elle passe à travers lui comme s'il était troué.

Il l'avait surpris un jour à pleurer sur le corps d'un oiseau tombé du ciel. Il ne l'avait pas consolé. Il avait plutôt encouragé ses larmes en se souvenant du mur étroit où avaient coulé les siennes.

— La vie est sèche, Antonin, c'est pour ça qu'il faut pleurer dessus. Pour qu'on puisse y faire pousser quelque chose.

Chaque dimanche, Antonin se rendait à la fosse. Le vélin apparaissait encore à la surface. La chaux l'avait presque entièrement dévoré mais des lambeaux de peau arrachés au cuir noircissaient encore le centre de la cuve. Les vapeurs irritaient sa peau et ses yeux. Il les laissait monter. Elles tournaient la tête et faisaient onduler des vagues de lumière derrière les paupières. C'est l'image de cette peau que la chaux ne faisait pas disparaître et ses effluves engourdissants qui le menaient toujours à la même heure et à la même place au-dessus de la fosse. Il ne pouvait pas s'empêcher d'y revenir.

Il était seul au monde à connaître le secret de la peste. La mémoire de Jean fléchissait et bientôt l'oubli y creuserait sa propre fosse pour emporter ses souvenirs. Tous les souvenirs étaient promis à la chaux.

Pour le dernier dimanche de juin, Robert l'avait précédé. Le jour se levait doucement derrière eux. Antonin regardait leurs ombres grandir sur la cuve.

— Je pensais pas qu'il résisterait autant, murmura Robert.

— Qui ? interrogea Antonin.

— Le cuir.

— C'est ce qui est gravé dessus qui l'empêche de pourrir.

Robert avança son bras. Son bâton de sacristain fouilla la chaux pour y enfoncer profondément les restes du vélin jusqu'à ce que plus rien n'apparaisse à travers la couche blanche.

— C'est fait, déclara-t-il en essuyant ses yeux rougis par les vapeurs.

Le vélin avait disparu. Et avec lui, la mémoire de Guillaume et de son péché. L'assassinat d'Eckhart, enfermé dans son ermitage avec les rats, l'avait condamné au feu éternel et cent fois Antonin avait prié pour que Dieu lui accorde son pardon.

Devant la fosse qui avait retrouvé sa blancheur immaculée, il se demandait si le pardon des actes existait vraiment et si les promesses de châtiment étaient toujours tenues au-delà de notre vie terrestre. Peut-être que rien de la terre ne restait au ciel et que la chaux y rendait sa justice dans des cuves immenses où tous les hommes, innocents ou coupables, étaient condamnés à disparaître.

Les deux compagnons restaient côte à côte, le regard fixé sur la cavité vide qui avait contenu le coffre du vélin.

— T'as qu'à l'écrire pour moi, dit soudain Robert.

— Écrire quoi ?

— Ton livre.

— Pour raconter quoi ?

— Ce que tu veux… de toute façon, je sais pas lire.

Le sourire d'Antonin réchauffa le cœur de Robert. Sa main se posa fraternellement sur son épaule.

Ils refermèrent le couvercle de la fosse et se quittèrent.

Robert tourna vers les cuisines et Antonin prit le chemin du scriptorium.

BIBLIOGRAPHIE

Maître Eckhart, *Sermons*, Éd. du Seuil, traduction Jeanne Ancelet-Hustache, 1974.

Marguerite Porete, *Le Miroir des âmes simples et anéanties*, Éd. Albin Michel, « Spiritualités vivantes », 2018.

Jean-Claude Bologne, *Les Sept Vies de maître Eckhart*, Éd. du Rocher, 1997.

Didier le Fur, *L'Inquisition*, Livre de Poche, 2012.

Remerciements

à
Chloé Deschamps
Isabelle d'Hauteville
Albert Moulonguet
Agnès Nivière
Olivier Nora
et Véronique

Cet ouvrage a été imprimé
par CPI Brodard & Taupin
pour le compte des éditions Grasset
à La Flèche (Sarthe)
en novembre 2023

Mise en pages PCA, 44400 Rezé

PAPIER À BASE DE
FIBRES CERTIFIÉES

Grasset s'engage pour
l'environnement en réduisant
l'empreinte carbone de ses livres.
Celle de cet exemplaire est de :
600 g éq. CO_2
Rendez-vous sur
www.grasset-durable.fr

N° d'édition : 23000 – N° d'impression : 3055261
Première édition, dépôt légal : août 2023
Nouveau tirage, dépôt légal : novembre 2023
Imprimé en France